JULIE JAMES

Keine Hochzeit ist auch keine Lösung

Über dieses Buch:

Als die Investmentbankerin Sidney Sinclair ihren Verlobten mit einer anderen im Bett erwischt, zögert sie nicht lange: Sie packt ihre Sachen und zieht zurück in ihre Heimatstadt Chicago. Neue Stadt, neuer Job, neue Liebe – das hört sich nach einem guten Plan an! Eines ist allerdings klar: Von selbstverliebten Machos mit zu großem Ego und panischer Bindungsangst hat sie ein für alle Mal genug. Als sie eines Nachmittags von einem Mann angesprochen wird, auf den diese Beschreibung ganz genau zuzutreffen scheint, hat Sidney dann auch kein Problem damit, ihn ohne mit der Wimper zu zucken abblitzen zu lassen. Sie konnte ja nicht ahnen, dass sie ihm wenige Stunden später beim Abendessen wieder gegenübersitzen würde: Denn Vaughn Roberts ist niemand anders als der Trauzeuge, mit dem sie gemeinsam die Hochzeit ihrer kleinen Schwester organisieren soll! Obwohl Vaughn sie mit seinem verschmitzten Lächeln auf die Palme bringt, kommt Sidney nicht darum herum, bei der Vorbereitung für die Feier eng mit ihm zusammenzuarbeiten. Je näher sie den FBI-Agenten kennenlernt, desto deutlicher wird ihr, dass sich hinter seiner Playboy-Fassade weit mehr verbirgt, als zunächst angenommen. Und bevor sie es verhindern kann, gerät ihr Entschluss, sich von ihm fernzuhalten, gefährlich ins Wanken …

Die Autorin:

Julie James hat an der University of Illinois Jura studiert und einige Jahre als Rechtsanwältin gearbeitet, bevor sie Drehbücher zu schreiben begann. Heute lebt und arbeitet sie als Schriftstellerin in Chicago. Ihre Romane wurden in zwölf Sprachen übersetzt. Weitere Informationen unter: www.juliejames.com

Die Romane von Julie James bei LYX:

1. Für alle Fälle Liebe
2. Undercover ins Glück
3. Wiedersehen macht Liebe
4. Einspruch für die Liebe
5. Keine Hochzeit ist auch keine Lösung

Weitere Romane der Autorin sind bei LYX in Vorbereitung.

JULIE JAMES

Keine Hochzeit *ist auch keine* Lösung

Roman

Ins Deutsche übertragen von
Stephanie Pannen

LYX
EGMONT

Die Originalausgabe erschien 2014 unter dem Titel
It Happened One Wedding bei Jove Books,
published by The Berkley Publishing Group,
a member of Penguin Group (USA) Inc., New York.

Deutschsprachige Erstausgabe Mai 2015 bei LYX
verlegt durch EGMONT Verlagsgesellschaften mbH,
Gertrudenstr. 30–36, 50667 Köln

This edition published by arrangement with The Berkley Publishing Group,
a member of Penguin Group (USA) Inc.

1. Auflage
Redaktion: Anika Klüver
Umschlaggestaltung: © Guter Punkt, München | www.guter-punkt.de
Umschlagmotiv: © Guter Punkt unter Verwendung
eines Motivs von shutterstock
Satz: Greiner & Reichel, Köln
Printed in Germany (670421)
ISBN 978-3-8025-9751-0

www.egmont-lyx.de

MIX
Papier
FSC FSC® C083411

Für meine Eltern

1

Seine umfassenden Kenntnisse in der Kunst, die subtilen Hinweise der Körpersprache zu deuten, verrieten FBI-Special-Agent Vaughn Roberts, dass dieses Date gerade ziemlich in die Hose ging.

Das Gute daran war, dass es sich nicht um *sein* Date handelte, das da in diesem Augenblick mit Pauken und Trompeten unterging. Denn das unglückselige Rendezvous fand zwischen zwei anderen Personen statt: der attraktiven Frau mit dem kastanienbraunen Haar, die ihm sofort aufgefallen war, als sie das Café vor zwanzig Minuten betreten hatte, und einem Typen in einem gestreiften Businesshemd, der es offensichtlich auf den Rekord für die längste Geschichte der Welt abgesehen hatte.

Die Frau nickte während der Geschichte immer wieder und bemühte sich, interessiert zu wirken. Sie blinzelte, unterdrückte ein Gähnen und nahm dann schnell einen Schluck von ihrem Kaffee, um es zu überspielen.

Vaughn grinste. Er nahm an, dass es sich entweder um ein Blind Date oder um eine Verabredung über eine Onlinepartnerbörse handelte, denn die Frau hatte sich beim Hereinkommen erst mal in dem Laden umgesehen, bevor sie schließlich mit einem zögernden Lächeln auf den Typen im gestreiften Businesshemd zugegangen war. Und angesichts dessen, wie die Sache lief, nahm er außerdem an, dass dies für die beiden das *einzige* Date bleiben würde. Aber er rechnete es der Frau hoch an, dass sie so höflich blieb, während der Kerl immer weiterlaberte.

Vaughn wusste, dass eine der wichtigsten Regeln für erste

Verabredungen lautete, *Fragen* zu stellen. Frauen mochten Männer, die sich für sie interessierten – und genauso wichtig war es für sie, dass der Mann ihrer Antwort aufmerksam lauschte. Als Mann, der dafür ausgebildet worden war, genauestens auf Antworten zu achten, hatte er in dieser Hinsicht einen kleinen Vorteil.

Der Typ im gestreiften Businesshemd hingegen schien dieses Memo verpasst zu haben.

Vaughn wandte sich wieder seinen eigenen Angelegenheiten zu. Er zog sein Handy heraus und checkte seine Mails. Er musste noch zehn Minuten totschlagen, bevor er sich mit seinem jüngeren Bruder Simon und dessen neuer Freundin in einem Restaurant um die Ecke zum Abendessen traf – ein Treffen, auf das er sehr neugierig war.

Dies war das erste Mal, dass er Isabelle begegnen würde, seit sein Bruder vor drei Monaten begonnen hatte, mit ihr auszugehen. Aber Simon hatte sie mehr als ein Mal erwähnt, und das sprach Bände. Ebenso wie Vaughn vermied es Simon normalerweise, gegenüber seiner Familie von seinen Liebschaften zu sprechen. Denn das führte unweigerlich zu knallharten Verhören durch ihre sehr traditionelle, sehr katholische Mutter, die nun schon seit einiger Zeit inständig darauf hoffte, dass sich einer ihrer Söhne häuslich niederlassen würde. Und da sie Vaughn inzwischen als hoffnungslosen Fall ansah – ein vierunddreißigjähriger überzeugter Junggeselle, der noch dazu vollkommen unirisch war –, hatte sie all ihre Hoffnungen in Simon gesetzt.

Doch nun waren sie hier. Es war das erste Mal, dass Simon Vaughn ausdrücklich gebeten hatte, eine seiner Freundinnen persönlich kennenzulernen. Natürlich hatte Vaughn sofort strikte Anweisungen erhalten, einen vollständigen Bericht abzuliefern, sobald das Essen vorüber war.

Im Café ertönte ein männliches Lachen und riss Vaughn aus seinen Gedanken. Er blickte von seinem Handy auf. Vielleicht hatte sich das Date ja doch noch zum Guten gewendet.

Im Gegenteil.

Der Typ im gestreiften Businesshemd laberte immer noch ohne Punkt und Komma und lachte jetzt auch noch über seine eigenen Witze. Denn natürlich war er nicht nur ein total gut aussehender Typ in einem teuren Anzug mit einem Händchen für brillante Geschichten, sondern auch noch *saukomisch!*

Na klar.

Frauen mochten selbstbewusste Männer, daran gab es keinen Zweifel. Aber als Kerl, der niemals ein Problem damit gehabt hatte, Frauen kennenzulernen – genau genommen sogar ganz im Gegenteil –, wusste Vaughn, dass Frauen einen Mann wollten, der Interesse daran bekundete, *sie* besser kennenzulernen. Und in dieser Hinsicht scheiterte der Typ im gestreiften Businesshemd gerade grandios.

Vaughn sah, dass die Frau ganz bewusst einen Blick auf ihre Uhr warf. Neugierig beobachtete er, was nun geschehen würde. Als der Typ im gestreiften Businesshemd das nächste Mal Luft holte, brachte sie sich lächelnd, aber nachdrücklich ins Gespräch. Das Lächeln brachte den Typen vorübergehend zum Schweigen.

Und das war auch kein Wunder, denn sie hatte ein hinreißendes Lächeln.

In diesem Moment fing Vaughn wirklich an, auf *sie* zu achten, anstatt lediglich diesen Verkehrsunfall von einem Rendezvous mitzuverfolgen, um die Zeit totzuschlagen. Ihr kastanienbraunes Haar fiel ihr in einem modischen Stufenschnitt über die Schultern. Tatsächlich sah alles an ihr modisch und aufeinander abgestimmt aus, von ihrer elfenbeinfarbenen Rüschenbluse über ihren schmalen grauen Bleistiftrock bis hin zu dem leichten Sommerschal um ihren Hals. Er schätzte sie auf Anfang dreißig und vermutete angesichts ihrer teuer wirkenden Kleidung und der schicken High Heels, dass sie beruflich eine höhere Position innehatte.

Mit anderen Worten: Sie war klug, attraktiv und scheinbar Single.

Damit konnte er arbeiten.

Nach ein paar Augenblicken erhob sich der Typ im gestreiften Businesshemd vom Tisch und gestikulierte herum, als wollte er sagen: *Kein Problem, ich habe auch noch einen anderen Termin.* Und natürlich hatte er das, denn er war nicht nur gut aussehend und witzig und hatte einen Spitzenjob, nein, *er war auch wichtig!*

Sicher.

Jetzt musste die Frau mit dem kastanienbraunen Haar eine Entscheidung treffen. Sie konnte es sich einfach machen – *schick mir eine E-Mail, lass uns das irgendwann wiederholen*, und dann niemals zurückschreiben –, oder sie konnte sich für die unangenehmere, aber ehrlichere Variante entscheiden: *Es war nett, aber ich spüre keine Verbindung zwischen uns.*

Der Typ im gestreiften Businesshemd deutete auf sein Handy. *Was hältst du davon, wenn ich dich mal anrufe?* Dann wartete er ab, um zu sehen, ob er erfolgreich gewesen war.

Vaughn wartete mit ihm.

Die Frau schüttelte bedauernd den Kopf.

Vaughns Interesse schoss in die Höhe. In seinen eigenen Beziehungen bevorzugte er Ehrlichkeit, daher gefiel ihm der Stil dieser Frau. Es erforderte Mut, in einer solchen Situation ehrlich zu sein.

Der Typ im gestreiften Businesshemd hatte eine solche Abfuhr offensichtlich nicht erwartet, und in dieser Hinsicht fühlte Vaughn mit ihm. Er sah zu, wie der Typ der Frau eine Frage stellte und ihr ironischerweise damit endlich eine Gelegenheit zum Sprechen gab. Sie schien freundlich zu antworten. Er nickte und marschierte dann mit einem verblüfften Gesichtsausdruck zum Ausgang.

Sobald er fort war, stieß sie ein erleichtertes Seufzen aus und holte ihr Handy aus der Handtasche.

Vaughn beobachtete, wie sie eines ihrer langen Beine über das andere schlug und es sich auf ihrem Platz bequem machte.

Es wäre eine Schande zuzulassen, dass eine solche Frau ihren Freitagabend auf eine derart unschöne Weise beenden musste.

Tja, das war nicht gerade ein Volltreffer.

Sidney Sinclair simste ihrer besten Freundin Trish, mit deren Hilfe sie am vergangenen Samstagabend über einer Flasche Pinot Noir ihr Datingprofil erstellt hatte. Zu diesem Zeitpunkt hatte sich die Idee, es mal mit Onlinedating zu probieren, lustig und aufregend angehört – und das würde es ja vielleicht auch noch werden –, aber bis jetzt stand es eins zu null dagegen.

JUNGGESELLE NUMMER EINS GING GAR NICHT, schrieb sie Trish. ER HAT ZU VIEL GEREDET.

Innerhalb von Sekunden schrieb Trish zurück. IST DAS BEI EINEM ERSTEN DATE NICHT GUT?

Natürlich versuchte Trish, es in einem positiven Licht zu sehen. Wenn man als glücklich verheiratete Mutter die beste Freundin einer dreiunddreißigjährigen Singlefrau war, gehörte das quasi zur Stellenbeschreibung.

SO VIEL WIE DER ESEL AUS *SHREK*, antwortete Sidney.

AUTSCH. NICHT GUT.

Allerdings. William alias Junggeselle Nummer eins schien eine Menge Potenzial zu haben. Als Wertpapierhändler war er im Anlagegeschäft. Daher hätten sie eigentlich etwas gehabt, über das sie beide – also Sidney eingeschlossen – hätten reden können. Und er hatte angegeben, dass er gerne reiste, ins Kino ging und gerne neue Restaurants ausprobierte. Das alles hatte sie auf dem Pluskonto verbuchen können.

Was er in seinem Profil nicht erwähnt hatte, war die Tatsache, dass er es liebte, über all diese Dinge in todlangweiligen Einzelheiten zu sprechen.

Natürlich war Sidney klar, dass man bei einer ersten Verabredung schon mal nervös war und versuchte, das zu überspielen, indem man viel redete. Aber William hatte weniger nervös als wahnsinnig eingebildet gewirkt – und das war für sie wiederum ein großes Minus.

Sidney, die nach acht Jahren in New York vor Kurzem wieder nach Chicago gezogen war, hatte entschieden, dass sie für die Datingsache einen Plan brauchte. Es war nun sechs Monate her, seit sie sich von ihrem Verlobten getrennt hatte – das war mehr als genug Zeit, um das Ende dieser Beziehung zu betrauern.

In ihre Heimatstadt Chicago zurückzukehren war ihre Chance für einen Neuanfang. Und um die Gelegenheit richtig zu nutzen, hatte sich Sidney entschieden, die Fertigkeiten anzuwenden, die sie in ihrem Berufsleben kultiviert hatte. Als Abteilungsleiterin einer der erfolgreichsten Private-Equity-Firmen des Landes hatte sie ein tolles Gespür, wenn es darum ging zu entscheiden, ob ein Unternehmen eine gute oder schlechte Investition darstellte. Dieses Gespür war der Grund dafür gewesen, dass ihr neuer Arbeitgeber vor drei Monaten an sie herangetreten war, während sie noch bei einer Investmentbank in Manhattan beschäftigt gewesen war, und sie gebeten hatte, einen Vier-Milliarden-Dollar-Fonds zu managen.

Nun musste sie das gleiche Gespür nur noch in ihrem Privatleben anwenden. Man musste wohl ein wenig nüchterner an die Sache herangehen, wenn man in ihrem Alter wieder mit Verabredungen begann. Um erfolgreich zu sein, musste sie sich für neue Perspektiven öffnen, aber auch entschlossen und schnell handeln, wenn sich ein Kandidat als weniger lohnenswerte Investition entpuppte.

Manche Leute würden vielleicht sagen, dass ihre Herangehensweise etwas zu pragmatisch war und sie dadurch ein wenig unnahbar wirkte. Manche Leute würden ihr wohl raten, dass sie lieber ihrem Herzen als ihrem Verstand folgen sollte, wenn es ums Verlieben ging.

Sie hatte auch einmal zu diesen Leuten gehört.

»Wenigstens ist der Kaffee hier gut.«

Es war eine raue und doch wohlklingende männliche Stimme. Sidney sah von ihrem Handy auf und …

Heiliger Strohsack!

Er war es. Der heiße Typ, der ihr sofort aufgefallen war, als sie das Café betreten hatte. Er war groß und schaffte es irgendwie, trotz seines konservativen dunkelgrauen Anzugs und der blauen Krawatte kernig und sexy zu wirken. Vielleicht lag es an seinem kurz geschnittenen dunkelbraunen Haar. Oder an seinen aufgeweckten haselnussbraunen Augen. Oder an seinem markanten Kinn mit der perfekten Menge Dreitagebart.

Zu dumm, dass sie keine Ahnung hatte, wovon er gerade redete.

»Der Kaffee?«, fragte sie. »Im Gegensatz zu …?«

»Der Unterhaltung«, sagte er. »Ihre Verabredung wirkte, als hätte sie besser laufen können.«

»Das ist Ihnen aufgefallen, was?« Sie war sich nicht sicher, wie sie es fand, dass ein vollkommen Fremder ihr Date so genau beobachtet hatte.

»Ja. Aber nur weil ich dafür ausgebildet bin, solche Dinge zu bemerken.« Er grinste breit. »Ich bin kein Perversling oder so etwas.«

»Genau das würde ein Perversling wahrscheinlich sagen.«

»Stimmt.« Seine Augen funkelten schelmisch. »Ich könnte Ihnen meine Marke zeigen, wenn Sie sich dann besser fühlen würden.«

Sidney betrachtete ihn etwas genauer. Die Erwähnung einer »Marke« bedeutete wahrscheinlich, dass er in der Strafverfolgung arbeitete. Das konnte sie sich gut vorstellen – er hatte das Auftreten von jemandem, der es gewohnt war, eine Machtposition einzunehmen. »Warum nur habe ich das Gefühl, dass ich nicht die erste fremde Frau bin, der Sie anbieten, ihr Ihre Marke zu zeigen?«

»Glauben Sie mir, in meinem Beruf hat schon eine Menge fremder Frauen meine Marke gesehen. Fremde Männer ebenso.« Mit diesen Worten schnappte er sich den Stuhl auf der anderen Seite des Tisches und setzte sich.

Ähm … hallo? Sidney deutete auf den Platz, den er gerade ungebeten eingenommen hatte. »Was tun Sie da?«

Er sah sie an, als ob das offensichtlich wäre. »Eine Unterhaltung beginnen.«

»Aber ich kenne Sie nicht einmal.«

»Darum beginne ich ja eine Unterhaltung. Fangen wir mit den Grundlagen an. Wie Ihrem Namen.«

Ach so. Sidney wusste genau, was hier vor sich ging. Dieser Typ hatte ihr fehlgeschlagenes Date mitverfolgt, daraus geschlossen, dass sie Single war, und glaubte nun, sie wäre leicht zu haben.

»Ich verrate Ihnen meinen Namen nicht«, erwiderte sie.

»Meinetwegen, dann also Ms Doe«, fuhr er unbeirrt fort. »Warum erzählen Sie mir nicht ein wenig von sich, Ms Doe?«

Sie bedachte ihn mit ihrem besten »Verpiss dich«-Blick, den sie in ihren acht Jahren in New York perfektioniert hatte. »Sie versuchen es jetzt also mit der ›Guter Bulle‹-Nummer? Wie originell.«

Sein Tonfall wurde durchtrieben. »Ich kann natürlich auch den bösen Bullen geben, wenn Ihnen das lieber ist.«

Sidney bemühte sich, nicht rot zu werden. »Ich wette, dass solche Sprüche normalerweise ziemlich gut funktionieren, was?«

»Die Frage ist, funktionieren sie bei Ihnen?«

»Nicht im Geringsten.«

»Verdammt. Dann muss ich wohl beim nächsten Versuch meine Taktik ändern.«

»Und das würde ich mir furchtbar gerne ansehen. Wirklich.« Sidney warf einen Blick auf ihre Uhr. »Aber leider habe ich eine Verabredung zum Abendessen.«

In diesem Moment überraschte er sie.

Sein Gesichtsausdruck wurde ernsthafter. »Okay, hören Sie. Vielleicht habe ich mich ein bisschen zu sehr aus dem Fenster gelehnt. Normalerweise hätte ich mir eine originelle Eröffnung ausgedacht, gefolgt von diesem ganzen Programm, mit dem ich Sie bezaubere und beeindrucke – ja, ich sehe den skeptischen Blick in Ihren Augen, aber glauben Sie mir: Das ist allerbester Stoff. Aber ich habe ebenfalls noch einen Termin. Also bin ich ein wenig unter Zeitdruck.

Die schlichte Wahrheit lautet, dass Sie meine Aufmerksamkeit auf sich gezogen haben, seit Sie in dieses Café gekommen sind. Und ich würde gerne mehr wissen. Sie brauchen mir weder Ihre Nummer noch Ihren Namen zu verraten. Treffen Sie mich einfach morgen zur gleichen Zeit hier. Ich gebe Ihnen einen Kaffee aus, wir unterhalten uns, und dann können Sie entscheiden, ob ich wirklich so ein Arschloch bin, wie Sie denken.« Er lächelte spitzbübisch. »Möglicherweise kann ich Sie in dieser Hinsicht noch überraschen.«

Selbstbewusst, charmant und unverschämt gut aussehend. Es war eine tödliche Kombination, die für diesen Kerl normalerweise wahrscheinlich perfekt funktionierte. Sie hätte einfach *warum nicht?* sagen und ihn morgen wiedertreffen können, und wenn er wirklich so eingebildet war, wie sie annahm, hätte es sich damit gehabt. Sie würde noch einen Gratiskaffee dazubekommen sowie den billigen Nervenkitzel, dass ein Kerl, der so sexy aussah wie er, hinter ihr her war.

Aber.

Das Problem war, sie kannte diesen Typen. Sie war mit diesem Typen ausgegangen. Ja, sie war sogar mit diesem Typen *verlobt* gewesen. Manhattan wimmelte nur so von Typen wie ihm: selbstbewusst, gut aussehend und aalglatt. Und sie wusste genau, wie die Sache laufen würde, weil sie mit Brody genau den gleichen Weg eingeschlagen hatte: Dieser Typ würde sich nicht direkt als Arschloch entpuppen, sondern erst mal charmant und klug und witzig sein. Aus dem Kaffee würden Drinks werden, Drinks würden zu einem Abendessen, und sie würde die ganze Zeit Schmetterlinge im Bauch haben. Bla, bla, bla.

Sie hatte von diesem Typen dermaßen die Nase voll.

Denn jede Frau, die sich von der romantischen Fantasie, die das Ausgehen mit diesem Typen darstellte, hinreißen ließ, ignorierte eine entscheidende Tatsache.

Dieser Typ war eine schlechte Investition.

Und das wusste sie besser als jede andere.

Dem logischen Teil von Sidneys Verstand war natürlich bewusst, dass ihr die rehäugige Dreitagebartversion dieses Typen, die ihr gegenübersaß, nichts getan hatte. Deswegen lächelte sie, um höflich zu wirken. »Sehr nett, dass Sie fragen. Aber leider muss ich ablehnen.«

»Toll.« Er nickte, als ob er genau diese Antwort erwartet hätte. Dann runzelte er die Stirn und sah sie fragend an. »Wie bitte?«

Sidney biss sich auf die Lippe, um nicht zu lachen. Ah … wenn sie diese Geschichte später Trish erzählte, würde der perplexe Gesichtsausdruck dieses Kerls den Höhepunkt darstellen.

»Ich werde mich morgen leider nicht mit Ihnen treffen können«, erklärte sie ihm.

Sein verwirrter Gesichtsausdruck verwandelte sich in Begreifen. »Ach so, klar. Weil Sie schon andere Pläne haben, richtig?«

Sie schüttelte den Kopf. »Eigentlich nicht. Es ist eher ein direktes Nein.«

»Hm.« Er verschränkte die Arme vor der Brust und schien einen Augenblick lang darüber nachzudenken. »Ich muss zugeben, dass ich eine andere Antwort erwartet habe.«

Ja, den Eindruck hatte sie auch.

»Darf ich fragen, warum?«

»Ich glaube einfach nicht, dass Sie mein Typ sind«, sagte sie um der Einfachheit willen.

»Interessant. Sie wissen also nach den fünf Minuten, die wir miteinander gesprochen haben, was für ein Typ ich bin?«

Jetzt begann er ihr ein wenig auf die Nerven zu gehen. »Ja.«

»Beeindruckend. Hören Sie, es ist mein Beruf, Leute einzuschätzen. Also würde ich zu gern erfahren, ob Sie wirklich so gut sind, wie Sie denken.«

Sidney warf ihm einen strengen Blick zu. »Schätzchen, Sie wissen genau, was für ein Typ Sie sind. Genau wie jede alleinstehende Frau in den Dreißigern.«

»Ich verstehe.« Er lehnte sich zurück und vollführte eine einladende Geste. »Jetzt will ich es auf jeden Fall hören.«

Sidney wusste, dass dies nicht die Art von Gespräch war, die man mit einem vollkommen Fremden in einem Café führen sollte. Erstens hatte es keinen Zweck. Zweitens hatte sie gleich noch einen Termin und er ja angeblich auch.

Aber er warf ihr einen so herausfordernden Blick zu.

Wider besseres Wissen verspürte sie bei dem Gedanken, seine Herausforderung anzunehmen, einen Adrenalinstoß. Während ihrer Anfänge als Investmentbankerin in Manhattan hatte sie viele Männer gekannt, die angenommen hatten, sie mit genau solchen Taktiken einschüchtern zu können.

Sie hatten sich alle geirrt.

Also lehnte auch sie sich entspannt zurück. Sie hatte versucht, mit ihrer Zurückweisung so diplomatisch wie möglich zu sein, aber hey, wenn dieser Kerl auf einer klaren Antwort bestand, würde er sie auch bekommen.

»Also gut.« Sie musterte ihn von Kopf bis Fuß. Sie sind vier- oder fünfunddreißig Jahre alt, haben einen guten Job, waren nie verheiratet. Eines Tages wollen Sie sesshaft werden, vielleicht mit vierzig oder so, aber momentan stecken Sie all Ihre Energie in Ihre Arbeit. Allerdings feiern Sie genauso heftig. Sie neigen dazu, sich mit Frauen Mitte zwanzig zu verabreden, denn Frauen Anfang zwanzig erscheinen Ihnen ein wenig zu jung, und Dreißigjährige wollen nach dem dritten Date immer über Heirat und Kinder reden. Sie gehen ein paar Mal mit jemandem aus, haben eine Menge Spaß miteinander, und dann, wenn sie die Sache ein wenig verbindlicher machen will, gehen Sie zur Nächsten über und fragen sich, warum sich Frauen nicht damit begnügen können, ohne Verbindlichkeiten miteinander auszugehen. Und warum sollten Sie sich überhaupt auf eine Frau festlegen? Für Männer, die so attraktiv sind wie Sie, ist diese Stadt wie ein einziger großer Süßwarenladen, voll mit so vielen glänzenden Köstlichkeiten, dass Sie auf keinen Fall nur eine Einzige auswählen könnten. Stattdessen laufen Sie also mit Ihrem offensichtlich gesunden Ego herum und kosten so viele Leckereien, wie Sie wollen – einfach nur, weil Sie es können.«

Als sie fertig war, holte Sidney tief Luft und fühlte sich seltsam … gut. Die letzten sechs Monate nach ihrer Trennung von Brody war sie so entschlossen gewesen, nach vorn zu blicken und gegenüber ihrer Familie, ihren Freunden und ihren Arbeitskollegen gute Miene zum bösen Spiel zu machen, dass sie fast niemals Dampf abgelassen hatte. Also tat es gut, ihre Frustration endlich mal in Worte zu fassen.

Und das offenbar gegenüber diesem Typen.

Besser er als jemand anders, dachte sie. Sie würde ihn ja ohnehin niemals wiedersehen.

Er legte die Arme auf den Tisch. »Tja. Dann möchte ich mich erst mal im Namen der männlichen Bevölkerung für das entschuldigen, was *er* Ihnen angetan hat.«

Sidney warf ihm einen finsteren Blick zu. Sie hatte ihn zwar ganz schön angeblafft, aber seine sarkastische Bemerkung war jetzt doch ein wenig zu sehr unter der Gürtellinie. »Wir sind dann jetzt wohl fertig, was?«

»Das sehe ich auch so.« Er stand auf. »Lassen Sie sich Ihren Kaffee schmecken, Ms Doe.« Er verließ das Café ohne ein weiteres Wort.

Sidney atmete tief durch und versuchte, das eben Geschehene abzuschütteln. In ein paar Minuten würde sie ihre Schwester Isabelle und ihren neuen Freund treffen, und sie wollte nicht mit schlechter Laune zum Abendessen erscheinen.

Sie bemerkte, dass sie der etwa sechzigjährige Mann am Nebentisch beobachtete. Wahrscheinlich hatte er die ganze Show mitbekommen.

»Na ja, er *hat* mich schließlich nach meiner Meinung gefragt«, sagte sie verteidigend.

»Ich frage mich nur, was Sie mit dem nächsten Burschen anstellen, der hereinkommt«, sagte der ältere Mann. »Wenn das so weitergeht, wird man sie in Leichensäcken hinaustransportieren.«

Es war höchste Zeit, aus diesem Café zu verschwinden.

2

Das war dann wohl ein eindeutiges »Nein« von Ms Doe.

Vaughn überquerte die Straße und wich an der Kreuzung einem Taxi aus. Währenddessen bemühte er sich, die selbstgerechte Rede zu vergessen, die ihm wie ein nerviger Ohrwurm im Kopf herumspukte.

Und warum sollten Sie sich überhaupt auf eine Frau festlegen? Für Männer, die so attraktiv sind wie Sie, ist diese Stadt wie ein einziger großer Süßwarenladen, voll mit so vielen glänzenden Köstlichkeiten, dass Sie auf keinen Fall nur eine Einzige auswählen könnten.

Tja, kurz gesagt … genau.

Er stritt es nicht ab; er hatte gerne seinen Spaß. Er hatte ein gesundes Privatleben, es stand ihm frei, mit verschiedenen Frauen auszugehen und sich mit ihnen eine schöne Zeit zu machen, und er sah nicht ein, warum er sich deswegen schuldig fühlen sollte. Es gab keinen großen geheimnisvollen Grund, warum er sich nicht binden wollte. Er genoss sein Leben einfach, wie es momentan war. Er war ein alleinstehender Mann mit einem guten Job in einer pulsierenden Stadt voller interessanter Leute. Hier gab es ein großes Angebot an Dingen, die man tun und sehen konnte, sowie neue Restaurants und Bars zum Ausprobieren. Er nahm es niemandem übel, wenn er sesshaft werden wollte, aber er selbst hatte an diesem Punkt seines Lebens nicht das geringste Verlangen danach. Vielleicht, wenn er vierzig war.

Er konnte förmlich hören, wie die bissige Ms Doe selbstgefällig »Wusste ich's doch!« rief.

Tatsächlich hatte sie ihn ziemlich genau beschrieben – und das hätte ihn bestimmt auch mehr beeindruckt, wenn sie dabei nicht so giftig gewesen wäre. Wegen des sarkastischen Kommentars, den er gemacht hatte, fühlte er sich ein wenig schuldig, aber weil sie es zuvor so genossen hatte, ihn in die Mangel zu nehmen, war er mehr als gerechtfertigt gewesen. Normalerweise lief es nicht so, wenn er eine Frau ansprach – er wollte nicht angeben, doch im Allgemeinen standen die Frauen total auf die FBI-Sache –, aber … Nun ja. Er würde sie ja ohnehin nie wiedersehen.

Glücklicherweise.

Endlich sah Vaughn das *Boarding House*, das Restaurant, in dem er mit Simon und Isabelle verabredet war, und schob alle Gedanken an die zänkische Ms Doe beiseite. Auch wenn er schon ein paar Mal in der Bar gewesen war, die für ihren riesigen Kronleuchter aus neuntausend Weingläsern berühmt war, hatte er niemals im Hauptspeisesaal im zweiten Stock gegessen. Der Raum schmückte sich mit freigelegtem Gebälk, Parkettboden, großen Erkerfenstern und einer Decke aus Tausenden von Weinflaschen.

Er sah Simon an einem Tisch in der Nähe der Fenster neben einer hübschen Frau sitzen. Sie war Mitte bis Ende zwanzig und hatte erdbeerblondes Haar.

Das war also die geheimnisvolle Isabelle.

Er ging zu ihrem Tisch. Simon stand auf, legte zur Begrüßung eine Hand auf Vaughns Schulter und stellte ihn sofort vor.

»Isabelle, das ist mein Bruder Vaughn. Vaughn, das ist Isabelle.«

»Schön, dich kennenzulernen, Isabelle«, erwiderte Vaughn freundlich, während er ihr die Hand schüttelte. Dies war für Simon offensichtlich eine wichtige Sache, also nahm er sich vor, sich von seiner besten Seite zu zeigen. Was bedeutete, dass er die ganzen peinlichen Anekdoten über seinen Bruder zumindest bis zum Hauptgang aufsparen würde.

»Ganz meinerseits«, sagte sie. »Simon hat mir schon so viel von dir erzählt.«

»Ich musste ein paar der Geschichten ein bisschen überarbeiten, aber sie hat einen groben Überblick bekommen«, scherzte Simon.

Schmunzelnd setzte sich Vaughn. Er bemerkte, dass der Platz neben Isabelle ebenfalls eingedeckt war.

»Isabelles Schwester kommt auch noch«, erklärte Simon.

»Zusammenführung der Familien?« Vaughn zog eine Augenbraue hoch. »Das wird ja richtig ernst.«

»Um genau zu sein, hat Simon Sidney bereits getroffen«, sagte Isabelle. »Aber wir dachten, es wäre nett, heute mit euch beiden zusammen zu Abend zu essen.«

Vaughn fand das ziemlich … interessant. Vielleicht war ja etwas im Busch? »Je mehr, desto besser.« Er trank einen Schluck Wasser und musterte über den Glasrand hinweg Simons strahlendes Grinsen.

Und wie da etwas im Busch war.

»Ah, perfektes Timing. Da ist Sidney.« Isabelle winkte jemandem auf der anderen Seite des Restaurants aufgeregt zu.

Vaughn saß mit dem Rücken zum Eingang, also drehte er sich um.

Das.

Kann.

Doch.

Nicht.

Wahr.

Sein.

Es war die zänkische Ms Doe.

Als sie ihn im selben Augenblick sah, blieb sie wie angewurzelt stehen. Vaughn war sich ziemlich sicher, dass sie leise »Oh, Scheiße« murmelte.

Ganz seine Meinung.

Sidney schien sich jedoch schnell zusammenzureißen und kam zum Tisch.

Isabelle stand auf und umarmte sie. »Ich bin so froh, dass du da bist.« Sie drehte sich zu ihm um. »Das hier ist Simons Bruder Vaughn. Vaughn, das ist meine Schwester Sidney.«

Vaughn erhob sich und streckte seine Hand aus. Angesichts der Umstände hatte er nicht vor, sich anmerken zu lassen, dass sie sich bereits begegnet waren. »Schön, dich kennenzulernen, Sidney.«

Ihr Blick schien zu bedeuten, dass sie es ebenfalls so handhaben würde. Sie schob ihre Hand in seine. »Gleichfalls.«

»Sid«, sagte Simon, als ob sie alte Freunde wären. Er ging um den Tisch herum und drückte sie fest.

Danach setzten sich alle auf ihre Plätze. Vaughn saß direkt neben Sidney. Er faltete seine Hände auf dem Tisch. *Na, wenn das nicht gemütlich ist.*

Isabelle sah zu Simon. Er zuckte mit den Schultern und grinste dabei immer noch wie ein Honigkuchenpferd. Sie wandte sich wieder an Sidney und Vaughn und begann schnell zu sprechen. »Okay, ich weiß, dass wir lieber noch etwas warten sollten, bis ihr beide euch ein wenig besser kennengelernt habt, aber ich kann nicht anders. Simon und ich haben euch etwas zu sagen.«

»In diesem Fall überspringen Vaughn und ich gerne den Kennenlernteil«, sagte Sidney mit einem charmanten Lächeln.

»Sehr gerne«, pflichtete er ihr ebenso charmant bei.

»Oh, ihr beiden seid so lieb. Also dann, es hat wohl keinen Sinn mehr, länger um den heißen Brei herumzureden …« Isabelle warf einen verstohlenen Blick zu Simon, dann riss sie die Hände in die Höhe. »Wir werden heiraten!«

Vaughns Mund klappte auf, und Sidney bedeckte ihren im selben Augenblick mit den Händen.

»Oh mein Gott!«, stieß Sidney aus.

Dem konnte er von ganzem Herzen zustimmen. Sein Bruder hatte Isabelle nach nur drei Monaten einen *Antrag* gemacht? Er hatte angenommen, dass sie verkünden wollten, zusammenzuziehen, was für sich betrachtet schon ein großer Meilenstein gewesen wäre. Aber *heiraten*?

Das war eine ziemlich große Sache.

»Das sind wunderbare Neuigkeiten«, sagte Sidney. Mit einem breiten Lächeln im Gesicht stand sie auf und umarmte ihre Schwester.

Vaughn warf einen Blick zu seinem Bruder, der ihn erwartungsvoll ansah.

Das rührte ihn.

Okay, ja. Er selbst hielt es für vollkommen verrückt, sich nach nur drei Monaten mit seiner Freundin zu verloben. Wie konnte man sich nach so einer kurzen Zeit sicher sein, dass man den Rest seines Lebens mit dieser einen Person verbringen wollte? Bei dem bloßen Gedanken begann sein Auge zu zucken. Keine Jagd mehr. Keine spaßigen One-Night-Stands. Keine Gedanken mehr an diesen Dreier, den man mal mit Wie-hieß-sie-noch und ihrer sexy Freundin gehabt hatte, und die Überlegung, ob sie das vielleicht irgendwann wiederholen würden. *Puff* – alles weg, einfach so.

Aber dies war Simons Entscheidung, nicht seine. Und auch wenn Vaughn nicht klar war, was seinen Bruder dazu gebracht hatte, sich so schnell zu verloben, *war* ihm klar, dass er sich keinesfalls wie ein Arschloch verhalten würde, indem er ihm diesen großen Moment verdarb.

Also stand auch er auf. Er grinste und klopfte Simon auf den Rücken. »Mein kleiner Bruder wird heiraten. Heilige Scheiße.«

Simon lachte und umarmte ihn brüderlich.

Weitere Beglückwünschungen folgten – Sidney umarmte Simon, Vaughn umarmte Isabelle, Vaughn und Sidney behielten gegenseitig einen sicheren Abstand bei – und dann setzten sich alle wieder.

»Einer der Gründe, warum Isabelle und ich es euch zuerst sagen wollten, besteht darin, dass wir euch als Trauzeugen haben wollen«, sagte Simon.

Isabelle drohte scherzhaft mit dem Zeigefinger. »Also kein Überspringen des Kennenlernteils. Als die beiden wichtigsten Menschen in unserem Leben …« Sie deutete zwischen Simon und sich hin und her, »seid ihr jetzt auf ewig aneinander gefesselt.«

»Was für ein Spaß, oder?«, fragte Simon begeistert.

Vaughn und Sidney beäugten einander skeptisch.

Na klar.

Alles in allem verlief das Abendessen eigentlich ganz reibungslos.

Eins musste Vaughn Sidney lassen – die Frau hatte ein wahnsinnig gutes Pokerface. Sie war ihm gegenüber zwar nicht übermäßig gesprächig, aber sie ignorierte ihn auch nicht. Ihr Tonfall und die Dinge, die sie sagte, waren vollkommen höflich.

Es half natürlich enorm, dass er und Sidney in der ersten halben Stunde kaum miteinander sprechen mussten. Fast sofort, nachdem Simon und Isabelle die Bombe hatten platzen lassen, gab es nur noch die Themen Brautparty, Hochzeitsempfang und Flitterwochen. Als Reaktion darauf tat Vaughn, was jeder FBI-Agent tat, wenn er sich in einer Situation wiederfand, die vollkommen außerhalb seines Wohlfühlbereichs lag – er hielt sich bedeckt und sagte so wenig wie möglich.

Aber als der Nachtisch kam, versuchten Isabelle und Simon, ihre jeweiligen Geschwister mehr in die Unterhaltung einzubeziehen.

»Hast du dich langsam in dein neues Büro eingelebt?«, fragte Simon Sidney. Er wandte sich erklärend an Vaughn. »Sidney ist erst kürzlich hergezogen, nachdem sie mehrere Jahre in New York gelebt hat.«

»So langsam«, antwortete Sidney. »Wir haben unseren Fonds letzte Woche abgeschlossen, also beginnt jetzt erst die eigentliche Arbeit.«

»Was tust du denn so?«, fragte Vaughn. *Abgesehen davon, Männern, die dich ganz unschuldig ansprechen wollen, die Eier abzureißen, meine ich.*

»Früher war ich Investmentbankerin. Aber ich habe die Seiten gewechselt – jetzt bin ich Abteilungsleiterin in einer Private-Equity-Firma.«

»Klingt beeindruckend.« Als Agent in der Abteilung für Wirtschaftskriminalität wusste Vaughn zwei Dinge über Sidneys Berufszweig: Erstens, wenn sie sich die Position der Abteilungsleiterin schnappen konnte, musste sie in ihrem Job ziemlich gut sein, und zweitens verdiente sie damit zweifellos eine Menge Geld. Aber *sie* brauchte nicht zu wissen, dass er von einem beruflichen Standpunkt aus beeindruckt war. Er konnte sie sich leicht in ihrem schicken Büro vorstellen, wo sie Unternehmen aufkaufte und darüber nachdachte, wie man sie mit Profit wieder verkaufen konnte.

Unter anderen Umständen hätte er dieses Bild wahrscheinlich ziemlich sexy gefunden.

»Vaughn arbeitet beim FBI«, erzählte Isabelle ihrer Schwester, um die Unterhaltung am Laufen zu halten.

Sidney musterte ihn und erinnerte sich wahrscheinlich daran, wie er ihr scherzhaft angeboten hatte, ihr seine Marke zu zeigen. »Mit was für Fällen hast du zu tun?«

»Ich arbeite in der Abteilung für Wirtschaftskriminalität.«

»Vaughn führt eine Menge verdeckter Ermittlungen durch«, erklärte Simon stolz. »Er ist einer der wenigen Agenten, die die FBI-Undercoverschule in Quantico absolviert haben.«

»Ich wusste nicht, dass ihr dafür tatsächlich eine Schule habt«, sagte Sidney.

»Ich auch nicht.« Isabelle wirkte fasziniert. »Gibt es da Klassenräume und all so was?

»Ja, aber meistens sind wir gar nicht auf dem Schulgelände, sondern benutzen ein nahe gelegenes Städtchen, damit sich die Situationen authentischer anfühlen«, sagte Vaughn. »Im Grunde genommen spielen wir drei Wochen lang Undercoverszenarien durch und lernen, wie man reagiert, wenn die Sache schiefläuft.«

»Sehr cool«, kommentierte Isabelle. »Ist das nicht interessant, Sid.«

»Faszinierend.« In Sidneys Tonfall schwang ein Hauch Sarkasmus mit. Schnell nahm sie einen Schluck Wein.

Und so ging der Tanz weiter.

Vaughn und Sidney brachten den Rest des Abends mit höflichem und charmantem Small Talk irgendwie hinter sich. Nur ein einziges Mal bröckelte die Fassade für einen kurzen Moment. Sie standen vor dem Restaurant, nachdem sie mit dem Abendessen fertig waren. Isabelle war noch auf der Toilette, und Simon ging davon, um dem Parkwächter sein Ticket zu geben.

Damit waren Sidney und Vaughn allein.

Sie ging zu einem wartenden Taxi. Vaughn folgte ihr und öffnete, ganz der Gentleman, die Tür für sie.

»Ich würde ja anbieten, dass wir uns ein Taxi teilen, aber ich befürchte, mein ›offensichtlich gesundes Ego‹ und ich würden zu viel Platz einnehmen.« Für den Fall, dass Simon zusah, schob er ein Lächeln hinterher.

»Du hast bestimmt den ganzen Abend darauf gewartet, das zu sagen, oder?«, spottete sie.

»Glaub mir, von all den Dingen, die ich den ganzen Abend sagen wollte, war das noch das höflichste.« Er machte eine einladende Handbewegung und sah dann zu, wie sie ins Taxi stieg.

Dabei teilte sich der Schlitz ihres Bleistiftrocks bis zur Mitte des Oberschenkels.

Sie blickte auf und erwischte ihn dabei, wie er auf ihre Beine starrte.

Ja, was auch immer. Schnell warf Vaughn die Tür zu.

Schreckschraube hin oder her, die Frau hatte verdammt schöne Beine.

Während das Taxi das Restaurant hinter sich ließ, schüttelte Sidney den Kopf. Sie konnte immer noch nicht glauben, dass der Kerl, dem sie im Café einen verbalen Einlauf verpasst hatte, der Bruder ihres zukünftigen Schwagers war.

Offenbar handelte es sich um einen dieser verrückten Zufälle. Um ihre Zeit effizient zu nutzen, hatte sie ihre Verabredung mit William in einem Café abgehalten, das in der Nähe des Restaurants lag, in dem sie später Simon und Isabelle treffen würde. Wenn sie das Gespräch zwischen Vaughn und Simon richtig mitbekommen hatte, war Vaughn später als erwartet von der Arbeit weggekommen und hatte nicht mehr genug Zeit gehabt, um noch nach Hause zu fahren und sich umzuziehen, also hatte er sich entschieden, eine halbe Stunde im selben Café totzuschlagen.

Das Schicksal lachte sich über seinen Einfall wahrscheinlich gerade tot.

Sie holte ihr Handy heraus, um Trish zu schreiben, sah dann aber, dass es nach zweiundzwanzig Uhr war. Es war wahrscheinlich ein wenig spät, um mit jemandem zu plaudern, der ein vier Monate altes Baby zu Hause hatte. Also entschied sie, dass die Sache bis zum Morgen warten konnte.

Das Taxi hielt vor ihrem Zuhause an, einem Sandsteingebäude aus der Zeit der Jahrhundertwende, das der Vorbesitzer komplett saniert hatte. Sidney bezahlte den Fahrer, überquerte die Straße und schloss die Haustür auf. Dann stellte sie ihre Handtasche ab und zog ihre Schuhe aus. Dabei ging ihr immer wieder Vaughns letzter Kommentar durch den Kopf.

Glaub mir, von all den Dingen, die ich den ganzen Abend sagen wollte, war das noch das höflichste.

Er war so … eingebildet. Und nervig. Und noch nerviger war die Tatsache, dass er zufällig auch noch gut aussehen musste und diesen interessanten Beruf hatte – *oh, sieh mich an, ich bin ein attraktiver FBI-Agent, ich bin zur Schule gegangen, um so ein toller Kerl zu werden* –, bla, bla, bla. Und jetzt würde ihre Schwester seinen Bruder heiraten, was bedeutete, dass sie bis in alle Ewigkeit mit diesem Typen zusammenstoßen würde.

Na herrlich.

Ein Klopfen an der Haustür ließ Sidney zusammenzucken. Da sie um halb elf an einem Freitagabend keine Gäste erwartete, warf sie erst mal einen Blick auf das Bild der Sicherheitskamera, die mit ihrem Fernseher verbunden war.

Überraschenderweise war es Isabelle.

Sidney ließ ihre Schwester herein. »Hey, ich dachte nicht, dass ich dich so schnell wiedersehen würde.«

»Ich habe Simon gebeten, mich hier abzusetzen, damit wir reden können. Du weißt schon, nur wir beide.«

Sidney lächelte. Nun war sie schon weniger überrascht. Trotz der fünf Jahre Altersunterschied hatten ihre Schwester und sie sich immer nahegestanden. Durch die ständige Abwesenheit ihres Vaters und eine dauernd wechselnde Horde von Kindermädchen und Stiefmüttern waren sie einander in ihrer Kindheit die einzige Konstante gewesen. Sie und Isabelle hatten während ihrer Zeit in New York ständig miteinander telefoniert und geskypt, aber das hier hatte sie dennoch vermisst – die Möglichkeit, sich jederzeit persönlich zu treffen.

Sie führte ihre Schwester ins Wohnzimmer und setzte sich auf das Sofa. Sie war sehr auf die Einzelheiten gespannt, die sie in Anwesenheit von Simon und seinem ach so tollen FBI-Bruder nicht hatte fragen wollen. »Also? Warst du total überrascht, als Simon gefragt hat, ob du ihn heiraten willst? Ich meine, ihr seid ja erst seit drei Monaten zusammen.«

Isabelle setzte sich im Schneidersitz neben Sidney. »Ja und nein. Das Thema kam auf, als wir ein Gespräch über etwas anderes hatten.«

»Was denn?«

»Ich habe Simon gesagt, dass ich schwanger bin.«

Wie bitte? Sidney blinzelte. »Oh mein Gott.«

Isabelle musste schmunzeln. »Das war ziemlich genau auch meine erste Reaktion. Und Simons ebenfalls.«

Wow. Ihre Schwester – ihre kleine Schwester – war schwanger. Sidney wusste nicht, wo sie vor lauter Fragen anfangen sollte. »Es war also nicht geplant.«

»Ähm, nein. Vor drei Wochen habe ich mich entschieden, Simon seine eigene Schublade in meinem Schlafzimmer zu geben. Du weißt schon, damit er einen Platz für seine Sachen hat, wenn er bei mir übernachtet. Um das zu feiern, haben wir eine Flasche Champagner geöffnet – weil *das* in dem Moment ein großer Schritt für unsere Beziehung war –, und wir waren schnell ein wenig beschwipst. Die Einzelheiten sind etwas schwammig, aber meine Theorie ist, dass wir das Kondom nicht schnell genug übergezogen haben.«

Ups.

Sidney nahm die Hand ihrer Schwester in ihre. »Und wie fühlst du dich dabei?«

Isabelle atmete tief durch. »Seit ich es weiß, ist alles ein einziger Wirbelwind, und ich muss natürlich bei meinen Klienten ein wenig jonglieren, sobald das Baby da ist.« Damit bezog sie sich auf ihre Stelle als Sozialarbeiterin. »Aber ich denke, dass Simon und ich uns so langsam an den Gedanken gewöhnen.«

»Und wollt ihr deswegen so schnell heiraten? Denn … ich will ja jetzt nicht wie die große Schwester klingen … aber man muss nicht mehr heiraten, nur weil man ein Kind erwartet, Izz.«

»Das weiß ich doch.« Isabelle sah sie ernst an. »Aber es ist so: Ich wusste schon nach der zweiten Verabredung, dass ich Simon heiraten will. Er ist der Richtige, Sid. Und zu heiraten, bevor das Baby geboren wird, ist sehr wichtig für ihn. Also ja, vielleicht geht alles schneller, als ich es mir vorgestellt habe, aber wir nehmen die Dinge so, wie sie kommen.«

Sidney suchte im Gesicht ihrer Schwester nach Anzeichen für Unsicherheit. »Bist du sicher, dass du das willst?«

Isabelle nickte, ohne zu zögern. »Absolut.«

Sidneys Beschützerinstinkte entspannten sich ein wenig. »Okay. Dann beeilen wir uns mal besser mit der Hochzeitsplanung.« Aufgeregt klatschte sie in die Hände. »Wie lange haben wir? Acht Monate, um die Sache durchzuziehen? Vielleicht besser sieben, um auf Nummer sicher zu gehen?«

Isabelle schürzte die Lippen. »Tja, weißt du, das ist der Haken. Simons Mutter ist offenbar sehr traditionell katholisch. Er macht sich Sorgen, dass sie enttäuscht sein könnte, wenn sie erfährt, dass ich vor unserer Hochzeit schwanger geworden bin, also haben wir gehofft, die Hochzeit hinter uns zu bringen, bevor wir ihr von dem Baby erzählen.«

»Oh, ihr wollt also durchbrennen und heimlich heiraten?«

»Das habe ich als Möglichkeit in Betracht gezogen, aber Simon sagt, dass seine Eltern am Boden zerstört wären, wenn wir das täten. Also wollen wir die Hochzeit einfach hier durchziehen, bevor man es mir ansieht.«

»Das ist toll, Izz. Aber ich glaube, dass Simons Mutter wissen wird, was Sache ist, wenn fünf Monate nach eurer Hochzeit ein Baby auf die Welt kommt. Es sei denn, ihr wollt ihr erzählen, dass der Storch jetzt auch Expresslieferung anbietet.«

Isabelle warf ihr einen finsteren Blick zu. *Ha, ha.* »Natürlich müssen wir es ihr vorher sagen. Ich will nur nicht, dass sie noch vor der Hochzeit sauer auf mich ist.« Sie hielt inne. »Ich meine, ich habe die Frau noch nicht mal kennengelernt, und ich möchte einfach nicht, dass ihr erster Eindruck von mir darin besteht, dass ich diejenige bin, die ihren Sohn in die Ehe gezwungen hat, weil sie nach nur drei Monaten Beziehung schwanger geworden ist. So soll es nicht laufen, wenn ich meine zukünftige Schwiegermutter das erste Mal treffe. Meine Schwiegereltern sollen sich darüber freuen, dass ich ihren Sohn heirate, und meine Schwiegermutter soll mir … keine Ahnung … Familienrezepte weitergeben und mir vielleicht zeigen, wie man die perfekte Pastete backt, und mir dabei helfen, das Taufkleid für das Baby auszusuchen. Halt all diese Sachen, die Mütter eben so tun.«

Bei diesen Worten schnürte sich Sidneys Kehle ein wenig zu. Sie wusste genau, was Isabelle meinte. Sie beide hatten so viele dieser Momente verpasst, seit die damals neunjährige Sidney und die erst vier Jahre alte Isabelle ihre Mutter durch Brustkrebs verloren hatten. Und da ihr Vater … na ja, nun einmal ihr

Vater war, hatte er ihnen nie wirklich ein typisches Familienleben bieten können.

»Ich will einfach nur, dass Simons Eltern mich mögen.« Isabelle lächelte spitzbübisch. »Sobald sie sehen, wie wunderbar ich bin und wie perfekt Simon und ich zusammenpassen, werden wir ihnen die frohe Botschaft verkünden. Und fairerweise sei gesagt, dass es nicht nur um Simons Eltern geht. Diese Schwangerschaft ist etwas Besonderes, etwas ganz Persönliches zwischen Simon und mir. Ich will nicht, dass sich die Leute das Maul darüber zerreißen, dass ich mich habe schwängern lassen, bevor ich verheiratet war. Nach der Hochzeit können sie sagen, was sie wollen, aber jetzt wollen Simon und ich die Sache noch geheim halten. Du bist außer uns die Einzige, die davon weiß.«

Sidney drückte die Hand ihrer Schwester. »Weißt du, was ich denke? Ich denke, dass es niemanden etwas angeht, ob du schwanger bist. Du solltest es den anderen erst erzählen, wenn du bereit bist. Als Trish schwanger war, hat sie gewartet, bis das erste Trimester vorbei war, bevor sie es jemandem gesagt hat. Du erweiterst diesen Zeitraum nur ein wenig.«

»Genau«, sagte Isabelle nachdrücklich.

»Also, drei Monate, was? Das wird echt knifflig.« Sidney zwinkerte ihrer Schwester zu. »Aber glücklicherweise hast du zufällig eine verdammt gute Trauzeugin, die dir helfen wird.«

Isabelle biss sich auf die Lippe und wirkte plötzlich zum ersten Mal an diesem Abend zögerlich. »Jetzt kommt der Teil, bei dem du wirklich total ehrlich zu mir sein musst. Ich habe in der ganzen Stadt nach einem freien Veranstaltungsort gesucht – aber überraschenderweise ist in den nächsten drei Monaten alles voll. Ich habe allerdings einen Ort gefunden, der am Samstag vor dem Labor Day frei wäre. Und es ist dort auch total schön.«

»Großartig. Und was ist das Problem?«

»Es ist der *Lakeshore Club*.«

Sidney verstummte.

Oh.

»Ich wusste, dass es eine schreckliche Idee ist«, sagte Isabelle schnell. »Vergiss, dass ich es überhaupt erwähnt habe, Sid.«

Schrecklich war vielleicht ein wenig übertrieben. Aber Sidney hatte nicht unbedingt erwartet, dass ihre Schwester ihre Hochzeit dort feiern würde, wo Sidney noch vor sechs Monaten ihren eigenen Hochzeitsempfang hatte abhalten wollen.

Angesichts dessen, wie diese Erfahrung geendet hatte – Sidney hatte zwei Wochen vor dem großen Tag alles abgesagt –, war die Vorstellung, dass Isabelle dort ihre Hochzeit feiern wollte, tatsächlich ein wenig … seltsam. Aber wollte sie ihrer Schwester deswegen wirklich Steine in den Weg legen? Sie wusste, wie viel Isabelle daran lag, und außerdem war der *Lakeshore Club* tatsächlich ein toller Veranstaltungsort.

Wie so oft in den letzten sechs Monaten strich Sidney ihre Gefühle aus der Gleichung und berief sich auf ihren Pragmatismus.

Und ein Pragmatiker würde sagen, dass ihre schwangere Schwester nicht davon abgehalten werden sollte, ihre Traumhochzeit zu bekommen, nur weil Sidneys Exverlobter seine vierundzwanzigjährige Fitnesstrainerin gebumst hatte.

Nachdem das entschieden war, antwortete sie Isabelle mit einem bewusst lockeren Lächeln.

»Das ist überhaupt keine schreckliche Idee. Dann also der *Lakeshore Club*.«

3

Am darauffolgenden Montagmorgen saß Sidney am Kopfende eines langen grauen Granittischs in einem der Besprechungsräume bei Monroe Ellers. Sechs Augenpaare starrten sie an. Sie gehörten Männern und Frauen, die zu den besten Absolventen ihrer MBA-Programme zählten und nun als Analysten bei einer der erfolgreichsten Private-Equity-Firmen des Landes arbeiteten.

Und diese Männer und Frauen würde sie nun führen.

In den vergangenen Wochen hatte sie sich langsam an ihre neue Rolle und das Unternehmen gewöhnt, genauso wie daran, mit den anderen Abteilungsleitern an ihrem Fonds und dem Auftun neuer Investoren zu arbeiten. Sie hatten durch das Kombinieren von Firmeninvestoren, Universitätsstiftungen, privaten Investoren und Lehrerpensionsfonds vier Milliarden Dollar zusammenbekommen, einen ziemlich großen Fonds.

Jetzt war es an der Zeit, den Ball ins Rollen zu bringen. Sie hatten das Geld, also bestand der nächste Schritt darin, Unternehmen zu finden, in die ihre Klienten investieren sollten. Es war für sie an der Zeit, sich der Herausforderung zu stellen und zu beweisen, dass sie so gut war, wie die Partner bei Monroe Ellers glaubten.

»Wer in dieser Runde hat für mich den nächsten Dunkin' Donuts gefunden?«, fragte sie die Gruppe.

Sechs Augenpaare sahen einander besorgt an. Mit dieser Frage hatten sie offensichtlich nicht gerechnet. *Scheiße, erwartet sie etwa von uns,* darauf *eine Antwort zu haben?* Dunkin'

Donuts war eins der erfolgreichsten Private-Equity-Konzepte der vergangenen Jahre. Das Unternehmen hatte kurz davorgestanden, von Krispy Kreme ausgelöscht zu werden, bis es von mehreren Private-Equity-Firmen aufgekauft worden war. Das Marketing wurde verändert und anstelle von Donuts mehr auf Kaffeeprodukte und Getränke ausgerichtet. Das hatte sich als brillante Strategie herausgestellt: Sechs Jahre später hatten die Private-Equity-Fonds ihre Investition fast verdoppelt, indem sie Dunkin' Donuts mit knapp zwei Milliarden Dollar Gewinn verkauft hatten.

Aber kein Abteilungsleiter, ganz egal wie gut, sollte so einen Gewinn seinen Klienten versprechen oder ihn von seinem Team erwarten. »Das war ein Scherz, Leute. Sie haben alle so ernst gewirkt, da konnte ich nicht widerstehen.«

Sie sah, wie sich die Mitarbeiter entspannten. Dies war ihre erste Teambesprechung, und sie konnte verstehen, dass die Nerven blank lagen. Wahrscheinlich hatten sie schon einiges über Sidney gehört, zum Beispiel, dass sie sich als Spezialistin für Konsumentenprodukte einen Namen gemacht hatte, als sie noch Vizepräsidentin bei ihrer früheren Investmentbank gewesen war. Möglicherweise nahmen sie an, dass sie aggressiv und – wie viele New Yorker Investmentbanker hier – darauf aus war, sich zu profilieren. Und damit hätten sie auch recht.

Aber.

Wie sie in den letzten acht Jahren gemerkt hatte, machte es einen großen Unterschied, ob man von einer aggressiven und karrierebewussten Person geführt wurde oder von jemandem, der einfach nur ein Arschloch war. Also war dieses erste Treffen ihre Chance, direkt von Anfang an klarzumachen, was ihr Team von der Zusammenarbeit mit ihr erwarten konnte.

Sie verschränkte die Hände auf dem Tisch ineinander. »In den letzten paar Wochen habe ich Sie alle einzeln kennengelernt, und wir hatten allgemeine Gespräche über einige Möglichkeiten, die ich gerne mit diesem Fonds erkunden möchte. Aber da dies das erste Mal ist, dass wir alle beieinander sind, dachte ich, wir sollten darüber sprechen, wie meine Vision für dieses Projekt aussieht.

Als ich mit den Partnern über die Aussicht sprach, bei Monroe Ellers zu arbeiten, wurde ich gefragt, wie meine Strategie für einen erfolgreichen Fonds aussehen würde. Meine Antwort war schlicht: Ich sagte, dass ich Unternehmen gerne wachsen lasse. Ich suche nach Firmen, die Probleme haben und einen Richtungswechsel benötigen, oder vielleicht nach einem kleineren Unternehmen, das eine vermarktbare Idee hat, aber nicht über die Ressourcen zum Expandieren verfügt. Hier kommen wir ins Spiel. Wir finden dieses Potenzial und kultivieren es. Und bringen unseren Klienten damit eine Menge Geld ein.«

Sidney sah ein paar lächelnde Gesichter. Die Zuhörer nickten, und ihre Rede schien gut bei ihnen anzukommen. Andererseits hatten fünf von den sechs Leuten am Tisch große Kaffeebecher vor sich stehen, also konnte es auch sein, dass einfach nur das Koffein zu wirken begann. »Also lautet die wichtigste Frage: Welches Unternehmen hat unserer Meinung nach ein solches Potenzial? Und wie es der Zufall will, habe ich auf diesem Gebiet ein paar Ideen.« Sie startete die PowerPoint-Präsentation, die sie auf ihrem Laptop vorbereitet hatte.

Auf der Leinwand vor ihnen erschien das Foto einer Ladenfront. »*Vitamin Boutique*. Hauptsächlich im Mittleren Westen verbreitet und auf, nicht weiter überraschend, Vitamine spezialisiert. Einhundertfünfundzwanzig Läden in zwölf Staaten. Ich habe mich letzte Woche mit den Investmentbankern des Unternehmens getroffen. Sie sagten mir, dass sie nach einer Gelegenheit suchen, über den Mittleren Westen hinaus und in andere Absatzwege zu expandieren sowie ihre Onlinepräsenz erheblich zu steigern. Sie haben deutlich gemacht, dass sie an einer Übernahme interessiert wären.«

Sidney sah, dass sich die Mitarbeiter am Tisch Notizen zu machen begannen. »Übrigens werde ich Sie in zwei Teams aufteilen, also suchen Sie sich bitte von meiner Liste aus, welche Unternehmen Sie in den nächsten vier Wochen in- und auswendig kennenlernen möchten. Die übliche Prospektprüfung: ihre Finanzen, ausstehende Rechtsstreitigkeiten, wer ihre Firmenanwälte sind und wie sehr die uns nerven werden, wenn wir den Handel abschließen.«

Einer der Mitarbeiter, ein Mann namens Spencer, lachte auf. Dann hielt er inne und sah sie unsicher an.

Sidney nickte ermutigend. »Nein, ganz richtig, das war wieder ein Scherz. Bleiben Sie locker, wir werden die nächsten fünf oder sechs Jahre zusammen an diesem Projekt arbeiten. Lachen sie ruhig über meine witzigen kleinen Kommentare, wann immer Sie möchten … Hey, genau so, langsam werden wir warm miteinander, was?« Unter erneutem Gelächter tippte sie auf das Touchpad ihres Laptops, und das Logo einer weiteren Firma erschien. »Also gut. Als Nächstes *Evergreen Candles*.«

Die Besprechung dauerte noch eine weitere halbe Stunde, danach zerstreute sich das Team. Sidney blieb noch ein paar Minuten im Raum, um einem Mitarbeiter ein paar Fragen zu beantworten, dann kehrte sie in ihr Büro zurück.

Kurz darauf hörte sie ein Klopfen an ihrer Tür, und Michael Hannigan steckte seinen Kopf in das Büro. Er war der jüngste der drei Partner im Investmentkomitee der Firma und derjenige, der sie am aggressivsten rekrutiert hatte. Seit sie bei Monroe Ellers angefangen hatte, war er zu so etwas wie ihrem Mentor geworden.

»Ich habe gehört, Sie haben sich bei Ihrer ersten Besprechung gut geschlagen«, sagte Michael.

Sidney war immer wieder erstaunt darüber, wie schnell sich Informationen in einem Büro verbreiteten. »Wie können Sie das schon wissen? Die Besprechung war erst vor fünf Minuten zu Ende.« Sie sah ihn fragend an. »Haben sie das gesagt? Dass ich mich gut geschlagen habe?« Sie hatte sich wirklich große Mühe gegeben, um bei der Gruppe gut anzukommen, aber sie hatte nicht verzweifelt wirken wollen. So wie bei einem guten ersten Date. Wenn sie sich richtig erinnerte.

»Stacy hat den Schreibtisch direkt vor dem Besprechungsraum«, sagte Michael. Stacy war seine Sekretärin. »Sie hat mir erzählt, dass die Leute genau das gesagt haben, als sie herauskamen.« Bevor er ging, zwinkerte er ihr noch einmal zu. »Ich bin schon sehr gespannt, Ihre Pläne für diesen Fonds zu erfahren.«

Sidney lächelte. Sie hatte tatsächlich große Pläne. Und nicht nur in Bezug auf die Arbeit.

Diese bevorstehende Hochzeit hatte ihr in ein paar Fragen Klarheit gebracht.

Zum Mittagessen traf sich Sidney mit Trish in einem Restaurant zwischen ihren Büros. Sie konnte es kaum erwarten, ihrer besten Freundin ihre Pläne mitzuteilen. Doch eins nach dem anderen.

»Wie läuft dein erster Arbeitstag?«, fragte sie Trish, die nach einem viermonatigen Mutterschaftsurlaub gerade erst wieder in ihren Job als Pressemitarbeiterin für United Airlines zurückgekehrt war.

»Ich musste bereits mit drei Krisen fertigwerden. Ich liebe es«, antwortete Trish lachend. Ihr blondes Haar war frisch zu einem Bob geschnitten, und mit ihrem marineblauen Hosenanzug wirkte sie bereit, die Welt zu erobern. »Aber warte, ich brauche meine stündliche Dosis.« Sie holte ihr Handy heraus, und sie und Sidney bewunderten die süßen Fotos ihres Sohnes Jonah, die ihr das Kindermädchen am Vormittag zugeschickt hatte.

»Wie war der Rest deines Wochenendes?«, fragte Trish, nachdem sie das Handy wieder in ihrer Tasche verstaut hatte.

»Sehr interessant. Ich habe Neuigkeiten. Isabelle wird heiraten.«

Trish starrte sie schockiert an. »Was? Mir war nicht bewusst, dass deine Schwester jemanden hat, mit dem es so ernst ist.« Da Sidney und sie seit der dritten Klasse beste Freundinnen waren, kannte sie Isabelle schon ewig.

»Genau genommen kennen sich Simon und sie erst seit drei Monaten«, sagte Sidney.

»Drei Monate? Und sie haben sich bereits verlobt?«

Sidney zuckte mit den Schultern. Sie hatte nicht gern Geheimnisse vor Trish, doch die Loyalität zu ihrer Schwester war noch größer. Und das bedeutete, dass sie ihrer Freundin nichts von der Schwangerschaft erzählen konnte. »Sie sagt, sie weiß, dass Simon der Richtige ist. Sie werden am Labor-Day-Wochenende heiraten. Im *Lakeshore Club*.«

»Im *Lakeshore Club*?« Trish studierte Sidneys Gesicht sorgfältig. »Das ist schon ein bisschen komisch, angesichts deiner Vorgeschichte mit diesem Ort.«

Nun … ja. »Isabelle hat mich gefragt, ob ich damit einverstanden bin, wenn sie den Empfang dort abhält.«

»Und *bist* du es?«, fragte Trish.

Ja. Nein. Sidney hatte das ganze Wochenende über diese Frage nachgegrübelt. Aber sie hatte Isabelle ihr Okay gegeben, also würde sie nun das Beste daraus machen. »Natürlich. Um die Wahrheit zu sagen, hat mir diese ganze Situation einen

Ansporn gegeben, mein Privatleben wieder auf die Reihe zu kriegen. Ich werde bei diesem Plan, wieder auszugehen, einen höheren Gang einlegen.«

»Schön, das zu hören«, sagte Trish begeistert.

»Ich wusste, dass du mit an Bord bist.«

»Vorausgesetzt, du bist wirklich bereit, jemanden kennenzulernen.«

Sidney sah sie erstaunt an. »Ich? Natürlich bin ich das. Es ist sechs Monate her. Ich bin vierunddreißig, ich kann nicht ewig damit warten. Ich habe Pläne, Wünsche, eine tickende biologische Uhr.«

Trish zog eine Augenbraue in die Höhe. »Und das ist alles, was hinter diesem neu entdeckten Ansporn steckt?«

»Ja.« Sidney sah Trishs Blick und knickte ein. »Okay, na gut. Es wäre mir zugegebenermaßen lieber, wenn ich zu der Hochzeit meiner jüngeren Schwester nicht allein auftauchen würde. Wenn doch, wird mich jemand mit diesem ›Arme Sidney‹-Blick ansehen. Und du weißt, wie ich diesen Blick hasse.«

»Und wie ich das weiß.«

Der ›Arme-Sidney‹-Blick war ihr Spitzname für das Gesicht, das ihre ehemaligen New Yorker Kollegen gemacht hatten, nachdem sie ihre Verlobung gelöst hatte. Weil sie und Brody beide als Investmentbanker in New York tätig gewesen waren, hatte sich die schillernde Geschichte darüber, wie sie herausgefunden hatte, dass er fremdging, mit rasender Geschwindigkeit in der Branche herumgesprochen. Danach hatte sie im Büro jede Menge mitleidiger Blicke bekommen; und einige wohlmeinende Leute hatten sie angerufen, ihr eine Mail geschrieben oder waren vorbeigekommen, um sie zu fragen, wie sie so durchhielt. Und auch wenn sie gewusst hatte, dass ihre Freunde und Kollegen nur hatten nett sein wollen, hatte sie die ganze Sache doch als extrem peinlich empfunden.

Es war keine Erfahrung, die sie auf der Hochzeit ihrer Schwester gerne wiederholen wollte.

»Mein Profil ist online, und das ist ein guter Anfang, aber mir ist dieses Wochenende klar geworden, dass ich einen genaueren Angriffsplan brauche. Brodys ›Entschuldigung‹« – Sidney beschrieb Anführungszeichen in der Luft – »für sein Fremdgehen war ja, dass er wegen der Hochzeit in Panik verfallen ist. Dass er sich bei der Vorstellung des ›Für immer‹ in die Hose gemacht hat.«

Trish schnaubte. »Habe ich schon erwähnt, wie wahnsinnig ich diesen Mann verabscheue?«

Damit waren sie schon zu zweit. »Ich werde diesen Fehler also kein zweites Mal machen. Keine bindungsscheuen Typen, keine Frauenhelden, keine Kerle mit Problemen oder sonstigem Drama. Ich kannte Brodys Ruf, bevor wir zusammengekommen sind, aber ich habe mir von seinem Charme den Verstand vernebeln lassen. Das wird mir nicht noch mal passieren. Von jetzt an werde ich die gleichen Methoden wie bei meiner Arbeit anwenden: Ganz egal, wie aussichtsreich ein Kandidat auch wirken mag, wenn ich irgendwelche Warnzeichen sehe, ist er raus.«

»Was für Warnzeichen sind das?«, fragte Trish.

Sidney grinste. Sie hatte sich auf diese Frage genauestens vorbereitet. »Ich habe am Wochenende ein wenig Recherche betrieben.« Sie holte ihr iPad aus der Handtasche und öffnete die Liste, die sie geschrieben hatte. »Dies ist eine Zusammenfassung der diversen Artikel, die ich gelesen habe.«

Trish las laut vor. »›Anzeichen, dass er nicht zu einer Beziehung bereit ist.‹« Sie scrollte runter. »Ach du meine Güte, diese Liste umfasst ja mindestens dreißig Punkte.«

»Vierunddreißig. Auch wenn sich ein paar leicht wiederholen.«

»›Wenn er sich zu schnell in die Beziehung stürzt, wird er sie wahrscheinlich auch genauso schnell wieder verlassen. Aber wenn er zu langsam handelt, ist er sich entweder unsicher oder hängt noch immer an einer früheren Beziehung.‹« Trish las weiter vor. »›Er ist am Wochenende nicht verfügbar. Er stellt dich nicht seiner Familie oder seinen Freunden vor. Er spricht nicht von der Zukunft. Er spricht nicht über seine Vergangenheit. Er hat keinen gesicherten Job.‹« Sie sah auf. »Was hat es damit auf sich?«

»Laut meiner Recherche wollen Männer sicher sein, dass sie jemanden versorgen können, bevor sie bereit sind, sich auf eine Langzeitbeziehung einzulassen.«

»Ich verstehe.« Trish übersprang ein paar Punkte. »›Er spricht schlecht über seine Ex, er redet die ganze Zeit von seiner Ex, er hat keine gute Beziehung zu seinen Eltern, der Großteil seiner Freunde ist in keiner festen Beziehung …‹«

»Weil Männer ihre Zeit typischerweise mit Personen verbringen, deren Wertvorstellungen sie teilen«, erklärte Sidney.

»Ah ja.« Trish las weiter. »›Er fragt nicht, wie dein Tag war, er kann beruflich schlecht mit Kritik oder Rückschlägen umgehen, er ruft nicht an, obwohl er es versprochen hat …‹« Sie überflog die übrigen Punkte. Dann legte sie das iPad auf den Tisch und schwieg einen Augenblick, als ob sie sorgfältig über ihre nächsten Worte nachdenken würde. »Das ist eine ziemlich … ausführliche Liste. Und da sind zweifelsohne auch ein paar gute Ratschläge dabei.« Sie nahm Sidneys Hand in ihre und drückte sie. »Aber Sid, Süße, auch das ist keine Garantie dafür, dass man dich in einer Beziehung nicht verletzen wird. Ganz egal, wie aufmerksam du nach Warnsignalen Ausschau hältst oder wie viel Recherche du betreibst.«

Sidney dachte darüber nach. Sie dachte an den Tag, an dem ihr Leben auf den Kopf gestellt worden war, wie die Geschichte zu quasi jedem durchgedrungen war, den sie kannte, und wie sie sich Monate lang schwach, idiotisch, naiv und überhaupt nicht wie sie selbst gefühlt hatte. Denn die Sidney Sinclair, die sie zu kennen geglaubt hatte, war eine starke, selbstbewusste und kluge Frau. Aber auf einen Schlag hatte es Brody geschafft, sie an alldem zweifeln zu lassen.

Mit diesen Dingen im Hinterkopf sah sie ihre Freundin entschlossen an. »Diese Liste ist das Nächstbeste, was ich an Garantien habe, Trish. Daran muss ich einfach glauben. Denn ich werde mir sicher nicht noch einmal so etwas antun wie mit Brody.«

Sie packte ihr iPad weg – als wollte sie sagen, dass die Diskussion damit beendet war – und lächelte dann. Sie hatte in den vergangenen sechs Monaten gelernt, dass der beste Weg, eine Unterhaltung zu beenden, die ein wenig zu persönlich wurde, in einem Themenwechsel bestand. »Und? Zahnt Jonah schon?«

Um das schöne warme Juniwetter auszunutzen, entschieden sich Sidney und Trish, zu ihren jeweiligen Büros zurückzuspazieren, anstatt mit dem Taxi zu fahren. Während sie über eine der Brücken des Chicago Rivers schlenderten, fiel Sidney plötzlich etwas ein.

»Ach du meine Güte, ich habe wegen der Sache mit der Hochzeit ja ganz vergessen, dir von Vaughn zu erzählen.«

»Wer ist Vaughn?«, fragte Trish.

»Simons Bruder. Und das wirst du jetzt nicht glauben.« Sie berichtete Trish alle Einzelheiten über ihre erste Begegnung mit ihrem zukünftigen Schwager in diesem Café und ihr peinliches Wiedersehen beim Abendessen mit Isabelle und Simon.

»Ein FBI-Agent, ja?« Trish grinste. »Ist er scharf?«

»Ich erzähle dir von diesem verrückten Zufall, meiner glorreichen Beleidigungsrede und der Tatsache, dass ich diesen

Typen nun immer wieder sehen muss, und das ist deine erste Frage? ›Ist er scharf?‹« Sidney schüttelte den Kopf, »Trishelle … im Namen aller Frauen habe ich von dir etwas Besseres erwartet.«

Trish wartete einfach weiter.

»Total scharf«, sagte Sidney. Verdammt, Trish würde ihn spätestens auf der Hochzeit sehen, es hatte also keinen Zweck, es zu verschweigen. »Als er in dem Café plötzlich vor mir stand, lautete mein erster Gedanke: *Heiliger Strohsack*. Leider begann er dann zu sprechen.«

Trish legte einen Arm um Sidney. »Irgendwo da draußen wartet das Gesamtpaket auf dich. Ein *Heiliger-Strohsack*-Kerl auf der Suche nach der Richtigen.«

Sidney lächelte. Sie wollte die Stimmung nicht ruinieren. Aber die Pragmatikerin in ihr riet, ihre Hoffnung nicht darauf zu setzen. Eigentlich sagte ihr die Pragmatikerin in ihr sogar, ihre Hoffnungen auf überhaupt keinen Kerl zu setzen, *Heiliger Strohsack* hin oder her.

Ihre innere Pragmatikerin war in letzter Zeit zu einer ganz schön skeptischen Ziege geworden. Aber sie war keine Idiotin.

Und sie selbst würde auch nie wieder eine Idiotin sein.

4

Auf der anderen Seite der Stadt fuhr Vaughn im Aufzug des FBI-Gebäudes mit seinem Partner, Special Agent Seth Huxley, in den elften Stock. Sie kamen gerade aus der Mittagspause und waren wegen einer neuen Ermittlung auf dem Weg zu ihrem Chef, dem leitenden Special Agent.

»Wer wird es diesmal sein? Der Bürgermeister?«, fragte Huxley ironisch.

»Ich hoffe nicht. Ich mag den Kerl«, erwiderte Vaughn. Auch wenn es ihm durch seine Arbeit bedingt schwerfiel, dem öffentlichen Image von Politikern zu vertrauen.

Im vergangenen Jahr war es für Huxley und ihn so etwas wie ihre Spezialität geworden, korrupte Regierungsbeamte auffliegen zu lassen. Dies war Teil des Feldzugs der Staatsanwaltschaft gegen Korruption in Chicago. Allein im letzten Jahr hatten sie einen Senator, ein Mitglied des Repräsentantenhauses und drei Stadträte wegen Bestechung anklagen können. Darüber hinaus war es ihm erst kürzlich gelungen, einen Gefängniswärter zu verhaften, der Sturmgewehre an ehemalige Strafgefangene verkauft hatte.

In seinen acht Jahren beim FBI hatte Vaughn in den verschiedensten Abteilungen gearbeitet, bevor er bei der Wirtschaftskriminalität gelandet war. Zuvor war Vaughns derzeitiger Chef, Nick McCall, der leitende Undercoveragent gewesen. Doch vor zwei Jahren war er befördert worden, und man hatte seine Stelle mit jemand anders besetzen müssen, der eine ähnlich große Erfahrung mit verdeckten Ermittlungen hatte.

Alle Special Agents des FBI waren dafür qualifiziert, kleine »Statistenrollen« zu übernehmen, in denen der Agent nur ein paar Interaktionen mit den Verdächtigen durchführen musste. Aber als einziger Agent in der Abteilung für Wirtschaftskriminalität, der die Undercoverschule in Quantico absolviert hatte, war Vaughn nun der Ansprechpartner, wenn eine Ermittlung einen intensiveren Kontakt mit den Verdächtigen verlangte. Und das war ihm auch ganz recht so. Er fand die Arbeit interessant und herausfordernd, und er mochte die Planung hinter den Kulissen, die mit jeder Ermittlung einherging. Immer wenn er eine neue Rolle annahm, musste er darüber nachdenken, wie sich diese Person verhalten würde, wie sie aussah, was für Kleidung sie trug, welches Auto sie fuhr und, falls nötig, welche Art Waffe sie besaß. Nach außen hin musste er diese Person perfekt verkörpern, denn wenn er auch nur bei einem Detail einen Fehler machte, könnte ihm die ganze Ermittlung um die Ohren fliegen. Oder man würde ihn töten.

Im Aufzug unterdrückte Vaughn ein Grinsen, während er Huxley dabei zusah, wie er das Einstecktuch in der Brusttasche seines maßgeschneiderten Anzugs zurechtrückte, anders als sein anspruchsvoller Partner hatte Vaughn weder ein Einstecktuch noch einen maßgeschneiderten Anzug. Meistens trug er noch nicht mal eine Krawatte, da er sich diese meistens schon gegen zehn Uhr morgens genervt vom Hals gerissen hatte.

Er war anfangs skeptisch gewesen, als man ihm Huxley vor zwei Jahren erstmals als Partner zugeteilt hatte. Zu jener Zeit hatte er lediglich gewusst, dass der jüngere Agent auf die juristische Fakultät in Harvard gegangen, sofort nach seinem Abschluss in Quantico in die Abteilung für Wirtschaftskriminalität gekommen war und in der Umkleidekabine des FBI Badepantoletten von Ralph Lauren trug.

Ja.

Aber inzwischen verstand er, warum sein Chef sie zu Partnern gemacht hatte. Vaughns verdeckte Ermittlungen beinhalteten eine Menge Variablen und unbekannte Größen, und die beste Methode, damit fertigzuwerden, bestand darin, jede mögliche Eventualität durchzuplanen. Hier kam Huxley ins Spiel – er war zweifellos der bestorganisierte, effizienteste und detailorientierteste Agent, den Vaughn jemals getroffen hatte. Und deswegen funktionierte ihre Partnerschaft tatsächlich. Vaughn war der Frontmann im Einsatz, der die verschiedenen Rollen spielte, während sich Huxley im Hintergrund um alles kümmerte.

»Wir fangen heute mit dem Training an«, sagte Vaughn.

Der Aufzug hielt im elften Stock, und sie stiegen aus.

»Morgan trifft sich mit uns in der Umkleide?«, fragte Huxley.

Vaughn nickte. »Um achtzehn Uhr.« Vor einer Woche hatte er verkündet, dass er und sein bester Freund, der stellvertretende Staatsanwalt Cade Morgan, am Chicago-Triathlon teilnehmen würden. Er hatte diese Entscheidung aus zwei Gründen getroffen: Erstens genoss er es, sich körperlich an seine Grenzen zu bringen, und Cade, ein ehemaliger Footballstar, war ähnlich veranlagt; und zweitens hatte er das Gefühl, dass Cade etwas Ablenkung nötig hatte, seit sein einst lange Jahre von ihm entfremdeter Vater seinen elfmonatigen Kampf gegen den Krebs verloren hatte. Cade hatte sofort zugesagt, und dann war Huxley mit an Bord gekommen, und heute würden die drei ein elfwöchiges Trainingsprogramm für den großen Tag beginnen.

»Ich nehme an, du hast dir schon deinen mit Monogramm versehenen Badeanzug von Ralph Lauren bestellt?«, scherzte Vaughn.

»Ist nicht im Programm. Ich habe nachgefragt«, erwiderte Huxley.

»Und das Unheimliche daran ist die Tatsache, dass ich keinen Schimmer habe, ob du das ernst meinst oder nicht, Hux.« Sie blieben an einem Schreibtisch vor dem Büro ihres Chefs stehen.

»Sie können direkt reingehen. Er erwartet Sie«, sagte Nicks Assistentin.

Schon als Vaughn mit Huxley durch die Tür trat, bemerkte er, dass sich sein Chef über irgendetwas aufregte. Nick lief vor Jack Pallas auf und ab, einem der Agenten aus der Abteilung für Gewaltverbrechen.

»Die ganze Sache ist eine Unverschämtheit«, sagte Nick. »Sie drängen dich in eine Ecke und vernebeln dir mit ihrem Gelaber den Verstand, bevor sie dir den letzten Penny aus der Tasche ziehen. Ich sollte jeden Einzelnen von ihnen wegen Wucher und Geschäftemacherei aus dem Verkehr ziehen.«

»Er und Jordan waren am Wochenende Kinderwagen aussuchen«, erklärte Jack, als Vaughn und Huxley hereinkamen und sich vor Nicks Schreibtisch setzten.

»Diese Dinger kosten mehr als mein erstes *Auto*!«, tobte Nick.

»Babys sind nicht billig.« Jack legte den Kopf schief. »Und sag mir noch mal – wie viele bekommst du noch gleich?«

Da Vaughn sein Job lieb war – und er mit Nick auch nicht so gut befreundet war wie Jack –, unterdrückte er sein Grinsen und bemühte sich, einen neutralen Gesichtsausdruck zu bewahren. Vor ein paar Wochen hatten Nick und seine Frau erfahren, dass sie Zwillinge erwarteten. Danach hatten die Agenten der FBI-Zweigstelle von Chicago amüsiert verfolgen können, wie ihr furchtloser Anführer wie in Trance im Büro umhergelaufen war und jedem, der ihm seine Glückwünsche aussprach, »Es sind *zwei*« zugemurmelt hatte.

Inzwischen hatte sich Nick allerdings vollkommen von der

Neuigkeit erholt und schmunzelte über den Scherz. »Nur die zwei. Vorausgesetzt, wir werden beim nächsten Ultraschall nicht noch einmal überrascht.« Er ging hinter seinen Schreibtisch und setzte sich.

Er legte die Arme auf den Tisch und sah Vaughn und Huxley an. »Also gut, dann wollen wir mal zur Sache kommen. Wie ich bereits sagte, habe ich eine neue Ermittlung für Sie beide. Eine, die Undercoverarbeit beinhalten wird. Am Freitagnachmittag erhielt Jack einen Anruf von einem seiner vertraulichen Informanten, der ihm einige Informationen zuspielte, die für uns von Interesse sind.« Er wandte sich an Jack. »Warum bringst du sie nicht auf den neuesten Stand?«

»Der Name des Informanten ist Hector Batista«, begann Jack. »Er arbeitet in einer Werkstatt im Süden der Stadt. Ich habe ihn vor ein paar Jahren bei einer verdeckten Ermittlung im Martino-Fall kennengelernt. Er war damals ein kleiner Schmuggler, hauptsächlich Zigaretten und Spielautomaten, aber diese Karriere endete abrupt, nachdem die Staatsanwaltschaft Martinos Organisation dichtgemacht hat. Batista hat immer noch seine Verbindungen und hat uns in der Vergangenheit bereits wertvolle Informationen besorgt.«

»Er ist ein bezahlter Informant?«, hakte Vaughn nach.

»Ja. Aber er schuldet mir außerdem einen Gefallen«, sagte Jack, um zu betonen, dass er Batista für absolut vertrauenswürdig hielt. »Er rief mich am Freitag an und wir haben uns kurz darauf getroffen. Batista begann die Unterhaltung damit, dass er mir sagte, er hätte einen Polizisten getroffen, der angeblich Strafzettel verschwinden lassen kann. Der Name des Polizisten lautet Craig Pritchett. Ich habe ihn bereits überprüft, er arbeitet im fünfzehnten Distrikt. Laut Batista haben sie kurz über den Strafzettel gesprochen, doch dann sagte Pritchett etwas in der Richtung, er hätte gehört, Batista hätte ›Verbindungen‹. Batista hatte das Gefühl, dass da etwas im Busch war, und ermutigte den Polizisten, weiterzusprechen. Und das tat er auch.

Pritchett erzählte ihm etwas über ein Schmuggelgeschäft, das er mit ein paar anderen Polizeibeamten am Laufen hat«, fuhr Jack fort. »Er sagte, er hätte gehört, Batista kenne Leute, die an dem, was er zu bieten hätte, interessiert sein würden. Pritchett prahlte damit, dass er und seine Kollegen alles in die Stadt schmuggeln könnten, ohne aufzufliegen, weil sie Polizisten seien. Er erwähnte Zigaretten, Diebesgut und Waffen.«

Beim letzten Punkt zog Vaughn eine Augenbraue hoch. Chicago hatte eines der schärfsten Waffengesetze des Landes, und die Strafverfolgung versuchte kontinuierlich, die Flut illegaler Schusswaffen aus Staaten mit laxeren Gesetzen einzudämmen. Als Polizisten sollten Pritchett und seine Freunde im Krieg gegen das Verbrechen *helfen* – nicht noch mehr Schusswaffen herschaffen, die direkt in die Hände von Kriminellen wandern würden.

»Klingt so, als ob Pritchetts Schmugglerring aus dem Verkehr gezogen werden muss«, sagte Vaughn.

»Wir werden Batista noch einmal zu Pritchett schicken, um ihm zu sagen, dass er einen potenziellen Käufer gefunden hat.« Nick wandte sich an Vaughn. »Was halten Sie davon, die nächsten paar Monate einen Waffenhändler zu spielen?«

Davon hielt Vaughn eine Menge, wenn es bedeutete, ein paar korrupte Polizisten einzukassieren. »Ich fange gleich heute Nachmittag mit der Legende an«, versicherte er Nick. Damit meinte er die verschiedenen Informationsdetails – Personalausweis, Telefonnummer und so weiter –, die seine Scheinidentität unterstützen würden.

Sein Chef nickte. »Gut. Als ehemaliger Polizist nehme ich solche Beschuldigungen sehr ernst. Lassen Sie uns diesen

Arschlöchern zeigen, was mit korrupten Bullen passiert, die Schusswaffen in diese Stadt schmuggeln.«

Einsatzbereit antwortete Vaughn für sich selbst und für Huxley.

»Wird erledigt, Chef.«

Nach der Besprechung folgte Jack Huxley und Vaughn in den sechsten Stock, wo sich die Abteilung für Wirtschaftskriminalität befand, um ihnen weitere Hintergrundinformationen über den Informanten zu geben.

»Ich werde für Ende der Woche ein Treffen zwischen Ihnen und Batista organisieren«, sagte Jack zu Vaughn, bevor er wieder ging.

»Klingt gut.« Vaughn wollte an seinem Arbeitsplatz gerade mit der Legende anfangen, als sein Handy klingelte. Es war Simon.

»Ich weiß, dass es sehr kurzfristig ist, aber hast du am Samstagabend zufällig Zeit?«, fragte sein Bruder.

Eigentlich hatte Vaughn an diesem Abend ein Date mit einer Enthüllungsjournalistin der *Tribune*, die er vor ein paar Monaten kennengelernt hatte. Sie war sechsundzwanzig, konzentrierte sich voll auf ihre Karriere und hatte an diesem Punkt ihres Lebens null Interesse an einer festen Beziehung. Sie trafen sich gelegentlich auf ein paar Drinks, ein Abendessen und ein bisschen Spaß.

»Ich hatte zwar Pläne, aber nichts Wichtiges«, sagte Vaughn. »Was ist los?«

»Offenbar veranstalten Isabelles Vater und Stiefmutter am Samstag ihre jährliche Sommerparty und sie haben beschlossen, die Verlobung dort ›bekannt zu geben‹.«

»Klingt ja schrecklich vornehm.«

»Oh, das wird es auf jeden Fall. Isabelles Vater macht in

Hedgefonds und hat ein riesiges Haus am North Shore. Also pack deinen Leinenanzug aus, denn sie haben die Einladung auch auf dich ausgeweitet.«

Leinenanzug? Na klar, Vaughn hatte drei davon im Schrank, für all die Krocketturniere und Gartenpartys, zu denen er eingeladen war. »Wenn ich so darüber nachdenke, sollte ich meinen Samstagstermin wohl besser doch nicht absagen. Denn dieser Termin sieht vor, dass ich wilden Sex habe, wohingegen diese Party … total langweilig klingt.«

Simon lachte. »Ich sehe dich dann also dort um neunzehn Uhr?«

»Ja, ja.« Vaughn hatte bereits einen Stift in der Hand, um sich die Adresse aufzuschreiben.

»Hey, zumindest kennst du Sidney jetzt«, sagte Simon. »Dann hast du jemanden zum Reden.«

Na klar.

Denn das war ja immer so ein Riesenspaß.

5

Vaughn trat auf die Terrasse, die die Außenanlagen hinter Ross Sinclairs Villa im Tudorstil überblickte, und sah sofort, dass Simon nicht gescherzt hatte. Vornehm war gar kein Ausdruck. Es waren bestimmt an die zweihundert Gäste in festlicher Garderobe, die an den Gartenskulpturen vorbei über den perfekt getrimmten Rasen schlenderten. Kellner in Fracks trugen Tabletts mit Hors d'œuvres, Wein und Champagner herum, während ein Streichquartett vom Balkon im zweiten Stock spielte.

Man konnte wohl getrost sagen, dass sich diese »Sommerparty« gewaltig von denen unterschied, zu denen Simon und er in ihrer Jugendzeit in Apple Canyon, Wisconsin – Bevölkerung nach letzter Zählung 3468 –, gegangen waren.

Vaughn entdeckte Simon und Isabelle am anderen Ende der Terrasse, wo sie mit mehreren Paaren sprachen, die in den Vierzigern zu sein schienen. Der Anblick seines Bruders ließ ihn schmunzeln – Simon war Grafikdesigner und trug normalerweise zu jedem Anlass Jeans und T-Shirt. Hier jedoch war er in einen scheinbar maßgeschneiderten Leinenanzug gekleidet. Vaughn dachte amüsiert, wie stolz ihre Mutter sein würde, ihren Sohn so aufgetakelt zu sehen.

Simon bemerkte, dass Vaughn auf ihn zukam, und grinste. »Da ist er … Wir haben gerade von dir gesprochen.«

»Simon hat allen erzählt, wie er sich entschlossen hat, nach Chicago zu ziehen, nachdem er nach seinem Collegeabschluss einen Sommer lang mit dir zusammengewohnt hat«, fügte Isabelle hinzu.

»Eigentlich habe ich gesagt, dass ich mich entschlossen habe, nach Chicago zu ziehen, obwohl ich einen Sommer lang mit dir zusammengewohnt habe«, scherzte Simon, während er Vaughns Hand schüttelte.

»Mein Bruder, der Komiker«, sagte Vaughn zu der Gruppe. Er wurde allen vorgestellt. Bei den Paaren handelte es sich offenbar um Freunde von Isabelles Stiefmutter Jenny. Ein paar Minuten später stieß ein weiteres Paar dazu – ein großer Mann Mitte sechzig mit grauem Haar und leuchtend blauen Augen und eine attraktive Brünette, die wahrscheinlich zwanzig Jahre jünger war als er.

»Dad, Jenny, das ist Simons Bruder Vaughn«, stellte Isabelle ihn vor. »Vaughn, das sind mein Vater Ross Sinclair und seine Frau Jenny.«

»Der FBI-Agent«, sagte Ross Sinclair und musterte Vaughn, während er ihm die Hand gab. »Waren Sie einer der Leute, die diesen Neunzehnjährigen geschnappt haben, der eine Bombe vor dem Wrigley Field deponieren wollte?«, fragte er. Der Fall war vor Kurzem überall in den Medien gewesen.

»Nein, Sir. Dieser Verdienst gebührt den Agenten der Terrorismuseinheit.«

»Oh.« Plötzlich wirkte Ross von der Unterhaltung gelangweilt. »In welcher Einheit sind Sie?«

»Wirtschaftskriminalität.«

Ross zog eine Augenbraue hoch. »Schon mal einen Hedgefondsmanager verhaftet?«, scherzte er. Die Gruppe lachte.

»Nur, wenn er kriminell ist.«

Ross warf Vaughn einen weiteren musternden Blick zu und ging dann weiter, um neue Gäste zu begrüßen.

Simon lehnte sich zu Vaughn herüber und flüsterte: »Ja, so lief auch mein erstes Gespräch mit ihm. Und so ziemlich jedes weitere danach. Der Kerl ist eine harte Nuss.«

»Wie der Vater, so die Tochter«, dachte Vaughn.

Ein Kellner bot ihm ein Glas Champagner an, das er ablehnte. Doch während er sich in diese Richtung drehte, fiel sein Blick auf jemanden, der draußen auf dem Rasen mit einer Gruppe sprach.

Sidney.

Da sie gerade nicht zu ihm sah, ließ Vaughn den Blick wandern. Zugegebenermaßen wusste er nicht viel über Frauenmode, doch er nahm an, dass ihr pinkfarbenes Kleid von irgendeinem schicken Designer war. Und was immer sie dafür ausgegeben hatte, war jeden Penny wert. Das Kleid war an den Beinen asymmetrisch geschnitten, und ein Träger hing verlockend von ihrer rechten Schulter. Kombiniert mit den High Heels, die sie trug, wirkte der Look gleichzeitig klassisch und verdammt sexy.

Sie hatte einen Arm gegen die Hüfte gestemmt, während sie mit einem Paar sprach, das ungefähr im Alter ihres Vaters zu sein schien. Als ob sie Vaughns Blick gespürt hätte, drehte sie sich herum, und ihre Blicke trafen sich.

Kurz schien sie ihn in seinem Anzug zu mustern – er trug keine Krawatte, sondern hatte die obersten Knöpfe seines Hemds auf –, dann sah sie absichtlich desinteressiert weg und konzentrierte sich wieder auf ihre Unterhaltung.

Ah … Die kalte Schulter. So wollte sie es also an diesem Abend halten. Für ihn war das vollkommen in Ordnung.

Die nächste halbe Stunde machte er mit Simon und Isabelle die Runde, führte höfliche Konversation über die Hochzeit und unterhielt die Gruppe mit lustigen Anekdoten über Simon, wie es als Trauzeuge und älterer Bruder seine Pflicht war. Dann wurde ein Glas angestoßen und Ross Sinclair stellte sich in die Mitte der Terrasse, um einen Toast auszusprechen.

Die Gäste, die sich bisher auf dem Gelände verteilt hatten, versammelten sich.

»Jenny und ich möchten euch allen dafür danken, dass ihr heute Abend hergekommen seid«, begann Ross mit der selbstbewussten Art eines Mannes, der es gewöhnt war, vor anderen zu sprechen. »Es ist wunderbar, dass sich uns so viele von euch bei diesem freudigen Anlass anschließen konnten.« Er sah zu seiner jüngeren Tochter und seinem zukünftigen Schwiegersohn. »Wie einige von euch wissen mögen, kennen sich Isabelle und Simon noch nicht besonders lange. Als sie ihn also letzte Woche zum Abendessen mitbrachte und er mich zur Seite nahm, um meine Erlaubnis einzuholen, sie zu heiraten, lautete meine erste Frage ...« In gespielter Verwirrung legte er den Kopf schief. »Wie war noch mal dein Name?«

Die Menge brach in Gelächter aus.

»Simon«, rief sein Bruder gutmütig.

Die Menge lachte noch lauter.

»*Simon*, richtig«, sagte Ross, um den Scherz weiter in die Länge zu ziehen. Als sich die Zuhörer wieder beruhigt hatten, sprach er weiter. »Aber nachdem wir das geklärt hatten, ging meine nächste Frage an Isabelle. Sie lautete: ›Macht er dich glücklich?‹« Er lächelte seiner Tochter zu. »Und ohne zu zögern, sagte sie Ja.«

Er machte eine Pause, während die Menge einen lang gezogenen Ausdruck des Entzückens von sich gab und Simon und Isabelle einen liebevollen Blick austauschten.

»Mehr brauchte ich nicht zu hören.« Ross hob sein Glas. »Also möchte ich euch jetzt alle bitten, eure Gläser zu erheben und dem glücklichen Paar alles Gute für die gemeinsame Reise zu wünschen. Auf Isabelle und ...« Er machte ein übertrieben entschuldigendes Gesicht, als hätte er den Namen erneut vergessen.

»*Simon!*«, rief die Menge einstimmig und lachte.

»Ich werde es mir schon noch merken«, sagte Ross über den Lärm.

Alle klatschten und nahmen einen Schluck Champagner.

Danach teilten sich die Gäste wieder in diverse Grüppchen auf. Simon und Isabelle waren auf der anderen Seite der Terrasse in ein Gespräch vertieft. Da er sonst niemanden zum Reden hatte, entschied Vaughn, sich den Garten anzusehen.

Er ging in Richtung Treppe. Wie es der Zufall wollte, traf er dort auf Sidney.

»Vaughn, hallo«, sagte sie mit einem höflichen Lächeln.

»Sidney … schön, dich wiederzusehen«, antwortete er ebenso höflich.

Gemeinsam gingen sie die Stufen hinunter.

Dann sagte Sidney so leise, dass nur er es hören konnte: »Wir trennen uns am unteren Ende?«

»Ich gehe nach rechts, du nach links.«

Auf der breiten Treppe kam ihnen eine Frau entgegen. Sie grinste, als sie Sidney und Vaughn so einträchtig nebeneinander sah. »Werdet ihr beiden nicht traumhaft aussehen, wenn ihr gemeinsam zum Altar schreitet?«

Vaughns Auge begann zu zucken. »Falsche Geschwister«, sagte er zu der Frau.

»Sie meint beim Einzug«, erklärte Sidney, als sie am unteren Treppenabsatz ankamen.

»Oh.« Das ergab natürlich viel mehr Sinn.

»Weißt du, vielleicht solltest du in den nächsten drei Monaten doch mal googeln, was der Trauzeuge bei einer Hochzeit eigentlich macht. Nur so als Vorschlag«, sagte sie im Gehen. Dabei hatte sie immer noch das falsche Lächeln auf dem Gesicht, falls ihr jemand zuschauen sollte.

Vaughn hielt sie auf. »Hast du drei Monate gesagt?«

Sie verdrehte die Augen. »Na gut, technisch gesehen sind es jetzt wohl noch nur noch elf Wochen.«

Das hatte er nicht gemeint. »Mein Bruder und deine Schwester heiraten schon in *elf* Wochen?« Er war zwar kein Hochzeitsexperte, aber das kam ihm unglaublich schnell vor … *merkwürdig* schnell.

Sidney sah ihn an. »Ich dachte, sie hätten dir den Termin schon genannt. Es ist der Samstag vor dem Labor Day.«

»Ich hatte keine Ahnung.«

»Oh.« Sie schien unsicher, was sie darauf sagen sollte. »Na ja … Jetzt weißt du es.« Sie marschierte nach links davon.

Elf Wochen.

Während Vaughn über diese Information weitergrübelte, ging er in die entgegengesetzte Richtung. Er fragte sich, ob es vielleicht einen besonderen Grund gab, warum Isabelle und Simon so schnell heiraten wollten. Da er in diesem Augenblick niemanden zum Reden hatte, entschied er, ein wenig herumzuschnüffeln. Während er vorgab, den Garten zu bewundern, fand er einen Standort, von dem aus er Isabelle und Simon auf der Terrasse beobachten konnte, wo sie mit ein paar Leuten sprachen.

Als ein Kellner vorbeikam und Champagner anbot, lehnte Isabelle ab, und während der Kellner zu den nächsten Gästen weiterzog, zwinkerte Simon seiner Verlobten zu.

Interessant.

Um einundzwanzig Uhr hatte Vaughn mehr als genug von dieser Party.

Ihm war in seinem Jackett – das er aus logistischen Gründen nicht ausziehen konnte – furchtbar warm, und er hatte keine Kraft mehr, höflich mit einem Haufen Leute zu plaudern, die er überhaupt nicht kannte.

Vom ganzen Small Talk ausgelaugt entschied er, noch etwas zu trinken, bevor er sich auf die fünfundvierzigminütige Fahrt zurück in die Stadt machte. Er ging zur Bar, die auf der Terrasse aufgebaut war, und bestellte ein Wasser.

Mit dem Glas in einer Hand lehnte er sich gegen das Geländer und sah sich um. In der letzten Stunde hatte er die Überwachung seines Bruders und seiner zukünftigen Schwägerin fortgesetzt und bemerkt, dass sie den ganzen Abend lang nichts Alkoholisches trank. Das musste nichts bedeuten. Vielleicht hatte Isabelle angeboten, heute nichts zu trinken, um Simon später nach Hause fahren zu können. Vielleicht hatte sie einfach keine Lust auf Alkohol.

Oder vielleicht war sie auch schwanger.

Nachdem er begonnen hatte, das zu vermuten, hatte Vaughn Simon und Isabelle gegenüber geäußert, er hätte gehört, er müsse sich den Samstag vor dem Labor Day im Kalender rot anstreichen.

Sie hatten sich beide gewunden und hektisch die verworrene Geschichte erzählt, dass die Aussicht von der Terrasse im Country Club ihres Vaters so wunderbar sei und Isabelle schon immer von einer Hochzeitsfeier im Freien geträumt hätte, dies aber der einzig verfügbare Termin vor April gewesen sei, und jeder wisse ja, wie unberechenbar das Aprilwetter in Chicago sei, und außerdem wollten sie nicht so lange warten, weil Isabelle darüber nachdenke, ihr Betätigungsfeld als Sozialarbeiterin zu erweitern, und zusammen mit einer Hochzeit sei das einfach zu viel Organisation.

Sicher.

Vaughn nickte während der ganzen Ansprache, als ob er jedes Wort glauben würde. Aber da er in den letzten acht Jahren eine Menge Leute verhört hatte, erkannte er es, wenn eine Geschichte zu perfekt und zu detailliert klang. Das war einer dieser Fehler, die Leute machten, wenn sie eine Lüge vertuschen wollten.

Doch er verstand einfach nicht, warum Simon ihn wegen Isabelles Schwangerschaft anlügen würde.

Weil ihre Mutter es nicht erfahren sollte? Geschenkt. Kathleen Roberts kam aus einer strenggläubigen irisch-katholischen Familie und hatte sehr konservative Ansichten über die Reihenfolge, in der Hochzeit und Sex stattfinden sollten. Vaughn zweifelte nicht daran, dass seine Mutter aufgebracht sein würde, wenn sie erfuhr, dass einer ihrer Söhne eine Frau geschwängert hatte, ohne mit ihr verheiratet zu sein. Nicht nur wütend, sondern … enttäuscht. Und da Vaughn und Simon gute irische Jungs waren – inklusive einer gesunden Dosis eines katholischen Schuldkomplexes –, hassten sie es, ihre Mutter zu enttäuschen.

Doch die Situation zwischen *ihm* und seinem Bruder war doch eine ganze andere. Natürlich konnte Simon ihm solche Dinge anvertrauen – sie hatten sich immer sehr nahegestanden. Oder zumindest hatte er das immer gedacht.

Während Vaughn sein Wasser austrank, grübelte er weiter über diese Frage nach. Er war gerade beim letzten Schluck, als er aus dem Augenwinkel etwas Pinkfarbenes wahrnahm.

Um ehrlich zu sein, war es nicht das erste Mal, dass ihm dieses pinkfarbene Objekt auffiel. Sidney war an diesem Abend überall gewesen, hatte sich unterhalten, gelächelt und gelacht, und das scheinbar immer so, dass er sie mit ihren schlanken Beinen und diesem verdammten Träger, der von ihrer Schulter hing, hatte sehen können. Ein ziemlich guter Trick, dieser verlockende Träger. Er ließ einen Mann gewisse Dinge denken …

Dinge, die ein Mann über eine Frau, der er den ganzen Abend aus dem Weg zu gehen versuchte, definitiv nicht denken sollte.

Vaughn stellte das leere Glas auf das Tablett neben der Bar. In diesem Moment hörte er die Unterhaltung der Gruppe neben sich.

»… gehört, dass der Empfang im *Lakeshore Club* stattfinden soll«, sagte eine Frau.

»Sollte da nicht auch *Sidneys* Empfang sein?«, fragte eine zweite Frau.

»Genau. Vielleicht kann Isabelle auch gleich das Brautkleid ihrer Schwester übernehmen. Dann wird es wenigstens getragen«, meinte die erste Frau kichernd.

»Auf keinen Fall. Das Kleid ist bestimmt verflucht. Du hast doch gehört, was passiert ist, oder? Wie sie herausgefunden hat, dass ihr Verlobter sie betrügt?«, erwiderte die zweite Frau.

Eine dritte Person mischte sich ein und brachte die beiden anderen zum Schweigen. »Pst. Sidney steht gleich dort *drüben*«, flüsterte sie.

Vaughn blickte über seine Schulter und sah Sidney, die sich gerade mit zwei Frauen unterhielt, die, wenn er sich trotz der Flut an Vorstellungen richtig erinnerte, am Hedgefonds ihres Vaters arbeiteten. Sie stand ziemlich nah bei den Klatschweibern, also war es durchaus möglich, dass sie alles gehört hatte. Aber ihr Gesichtsausdruck verriet nichts, während sie einfach weitersprach.

Dann hörte Vaughn eine weitere Stimme. Es war seine eigene.

Tja. Dann möchte ich mich erst mal im Namen der männlichen Bevölkerung für das entschuldigen, was er *Ihnen angetan hat.*

Er war im Café also ein wenig … sarkastisch gewesen. Vielleicht mehr als ein wenig. Doch Sidney hatte sich mit ihrer selbstgerechten Rede auch nicht gerade zurückgehalten, was bedeutet, dass er zu einer entsprechenden Antwort berechtigt gewesen war. Doch nachdem er nun wusste, dass ihr Exverlobter sie betrogen hatte, fühlte er sich wegen der Bemerkung ein wenig schuldig.

Jetzt war es aber ernsthaft Zeit, nach Hause zu gehen.

Er fand Isabelle und Simon und hatte wirklich vor, nur schnell Gute Nacht zu sagen. Doch stattdessen stellten sie ihm noch mehr Leute vor – Leute, die wie so häufig fasziniert davon waren, dass er beim FBI arbeitete, und mit der Standardlitanei an Fragen begannen. *Haben Sie eine Waffe?* (Ja.) *Haben Sie sie jetzt auch dabei?* (Ja.) *Kann ich sie mal sehen?* (Nein.) *Wie viele Personen haben Sie schon verhaftet?* (Wahrscheinlich weniger, als man erwarten würde; verdeckte Ermittlungen brauchen ihre Zeit.) *Sie führen verdeckte Ermittlungen durch? Cool! Wie ist das so?*

Und so weiter und so weiter.

Nach zwanzig Minuten gelang es ihm endlich, den Rückzug anzutreten. Er entschied sich, außen herum anstatt durchs Haus zu gehen, da er dachte, dass er so vielleicht schneller bei seinem Auto wäre. Endlich konnte er sein Jackett ausziehen, während er über den gepflasterten Weg am Pool und am Gästehaus vorbeiging und einen abgelegeneren Gartenbereich mit einem eleganten dreistöckigen Brunnen betrat.

Dort saß Sidney auf einer Bank, fernab vom Rest der Party.

Als sie ihn bemerkte, sprang sie erschrocken auf. Einen Augenblick lang tat es ihm leid, dass er sie gestört hatte. Vielleicht hatte sie die Lästerei ja doch mitgehört und war hergekommen, um ein wenig Ruhe zu haben.

Aber dann begann sie zu sprechen.

»Du schon wieder«, knurrte sie.

»Ich schon wieder«, knurrte Vaughn zurück. Als ob es *seine* Schuld wäre, dass sie sich ständig über den Weg liefen. Wenn es nach ihm ginge, würden er und die zänkische Miss Sidney

Sinclair getrennte Wege gehen und … *Wow*, der Ausschnitt dieses Kleids war tiefer, als er gedacht hatte.

Konzentrier dich, Roberts.

»Ich wollte gerade gehen«, sagte er.

»Das dachte ich mir.« Ihr Blick fiel auf das Jackett, dass er sich lässig über die Schulter geworfen hatte und mit einer Hand hielt. »Du musst in dem Ding ja fast eingegangen sein.«

»Berufsrisiko.«

Sie sah ihn verwirrt an. »Wie bitte?«

»Es wird nicht gern gesehen, wenn ein FBI-Agent in der Öffentlichkeit seine Schusswaffe zeigt«, erklärte er.

»Oh.« Ihr Blick wanderte zu seiner rechten Hüfte, wo er seine Glock trug. »Da musst du ja echt kreativ werden, wenn du schwimmen gehst.«

Bei jeder anderen Person hätte Vaughn gedacht, dass es sich um einen Scherz handelte. Doch bei Sidney war er sich nicht sicher. Er musterte sie fragend.

Es war dieser verdammte herunterhängende Träger. Plötzlich musste er den Drang unterdrücken, diesen Träger zu richten.

Oder ihn vielleicht noch tiefer herunterzuziehen?

Im sanften Licht des Springbrunnens trafen sich ihre Blicke.

»Du hast etwas von Gehen gesagt?«, fragte sie.

Richtig. »Genieß den Rest deiner Party, Sidney.«

Dann drehte er sich um und ging davon. Die Musik des Streichquartetts verklang in der Ferne.

6

Am Montag nach der Arbeit traf Vaughn Huxley und Cade in dem modernen Fitnessstudio im ersten Stock des FBI-Gebäudes. Es war die zweite Woche ihres Triathlontrainingsprogramms, was bedeutete, dass sie neben ihrem üblichen Muskelaufbautraining noch einen fünfzigminütigen Lauf auf der Indoorstrecke absolvierten.

Während des Laufs trabten sie gemächlich nebeneinanderher und sprachen hauptsächlich über Pritchetts Schmugglerring. Weil Cade in der Abteilung der Staatsanwaltschaft arbeitete, die für Korruptionsfälle zuständig war, fungierte er häufig als Berater bei rechtlichen Fragen, die im Zuge von Vaughns und Huxleys Ermittlungen aufkamen.

»Wir haben uns letzte Woche mit Batista getroffen«, sagte Vaughn zu Cade, als sie ihre vierte Runde begannen. »Er hat eingewilligt, ein Treffen mit Pritchett zu arrangieren und sich dafür verkabeln zu lassen. Er wird Pritchett sagen, dass er jemanden kennt, der ein paar Dinge von A nach B bewegen kann. Und hier komme ich ins Spiel.«

»Und wie heißt du diesen Monat?«, fragte Cade scherzhaft. Vaughn hatte im Laufe der Jahre als Teil seiner verdeckten Ermittlungen schon viele verschiedene Identitäten angenommen.

»Mark Sullivan. Schusswaffenkäufer. Fährt einen Hummer H3, trägt teure Anzüge und besitzt eine Kimber 1911«, sagte Vaughn.

»Keine Ahnung, was das ist«, erwiderte Cade.

»Sagen wir einfach, das ist was für ganz coole Jungs.« Er nahm seine Requisiten sehr ernst.

Nach dem Training erkundigten sich Cade und Huxley in der Umkleide, wie die Verlobungsparty gelaufen war. Beide hatten Simon bei mehreren Gelegenheiten getroffen.

»Ihr hättet das mal sehen sollen«, sagte Vaughn, der sich nach einer kurzen Dusche abtrocknete. »Eine riesige Villa am See, ein eigener Pool, ein Gästehaus, das ganze Programm. Isabelles Vater leitet einen Hedgefonds. Offensichtlich ziemlich erfolgreich.«

»Und du magst deine zukünftige Schwägerin?«, fragte Cade.

»Sicher. Isabelle scheint echt nett zu sein.« *Ihre Schwester allerdings …*

Huxley musterte ihn, während er seine Boxershorts überstreifte. »Aber?«

»Kein Aber«, erwiderte Vaughn. »Ich mag Simons Verlobte.« *Und scheinbar hat sie auch alle Freundlichkeitsgene der Familie geerbt.*

Cade runzelte die Stirn. »Da ist er wieder – dieser Blick. Als ob du noch mehr sagen willst.«

Vaughn schnaubte und zog seine Hose an. »Es gibt keinen Blick.«

Cade deutete auf den jüngeren Agenten. »Huxley hat sich gerade seine Unterhose angezogen. In den zwei Jahren, die ihr Partner seid, hast du nicht ein einziges Mal eine Gelegenheit versäumt, dich darüber lustig zu machen, dass er seine Boxershorts *bügelt*.«

»Hey. So kann man sie besser falten. Das spart Platz in der Schublade«, verteidigte sich Huxley.

Cade warf Vaughn einen Blick zu. *Beweisführung abgeschlossen.* »Also, was ist los?«

Vaughn sah den abwartenden Gesichtsausdruck seines

Freundes und wusste, dass weiteres Abstreiten nur noch mehr Fragen nach sich ziehen würde. Er seufzte. »Also gut.« Er überlegte, wo er anfangen sollte. »Isabelle hat eine Schwester.«

Huxley verdrehte die Augen. »Jetzt verstehe ich.«

»Nein, nein. Du verstehst überhaupt nichts. Bei uns beiden läuft absolut gar nichts«, sagte Vaughn nachdrücklich. »Diese Frau ist eine richtige …« Er suchte nach dem passenden Wort. Genau in diesem Moment ging Sam Wilkins, ein weiterer Agent, an ihrer Bank vorbei. Der Mann war ein wandelndes Wörterbuch. »Hey, Wilkins, wie war noch mal das Wort, das du letztens benutzt hast, um eine Zeugin zu beschreiben, die sich mit dir herumgestritten hat?«

»Xanthippe«, rief Wilkins zurück. »Es bedeutet ›eine zänkische Frau‹«.

Vaughn nickte Cade und Huxley zufrieden zu. Diese Bezeichnung passte perfekt zu Sidney Sinclair. »Das ist es. Sie ist eine Xanthippe.«

»Man könnte auch Beißzange sagen«, ergänzte Wilkins.

»Vielen Dank, Merriam-Webster«, rief Vaughn zurück. »Ich glaube, wir haben es kapiert.«

Cade zog eine Augenbraue in die Höhe. »Und hat diese Xanthippe einen Namen?«

Ja, Vaughn war direkt in ihre Falle gelaufen. »Sidney.«

»Du hast sie am Samstag das erste Mal getroffen«, sagte Huxley. »Worüber konntet ihr beiden euch denn schon streiten?«

»Genau genommen haben wir uns am Wochenende davor kennengelernt. Simon und Isabelle haben uns beide zum Abendessen eingeladen, um uns von ihrer Verlobung zu erzählen.«

»Und Sidney und du hattet während des Essens eine Art Zerwürfnis?«, fragte Cade.

Vaughn wand sich. »Eigentlich schon vor dem Essen. Das Zerwürfnis fand in einem Café um die Ecke statt.« Er hielt inne. »Als ich sie angebaggert habe.«

»Du hast die *Schwester* deiner zukünftigen Schwägerin angebaggert?«, entfuhr es Huxley. Sein entsetzter Tonfall verriet, dass er das für ein Tabu zu halten schien.

»Ich wusste zu diesem Zeitpunkt nicht, wer sie ist«, verteidigte sich Vaughn. »Ich sah eine scharfe Singlefrau und habe gehandelt. Das ist nun mal meine Art.«

»Woher wusstest du, dass sie Single ist?«, fragte Huxley.

»Man konnte sehen, dass sie gerade eine Art erstes Date hatte. Mit dem anderen Kerl lief es nicht besonders gut, also ging ich rüber und versuchte, sie aufzureißen«, erklärte er sachlich.

»Und wie lief das?«, wollte Cade wissen.

»Nicht besonders gut.« Vaughn zog den Reißverschluss seiner Hose hoch, als er sah, dass ihn seine Freunde angrinsten. »Sie hat ein Profil von mir erstellt.«

Cade lachte auf. »Hör auf.«

Vaughn schnappte sich seine Sporttasche und warf krachend die Tür seines Spinds zu. »Ich meine es ernst. Es gab einen ganzen Vortrag. Sie hat gesagt, dass ich mit einem ›offensichtlich gesunden Ego‹ in der Stadt herumlaufen würde, und verglich mich, was Frauen angeht, mit einem Kind im Süßwarenladen, das versucht, sich so viele ›Leckereien‹ wie möglich zu schnappen.«

Cades Mundwinkel zuckten. »Wie kann sie es wagen? Das ist so …«

»Genau auf den Punkt«, ergänzte Huxley.

Die beiden brachen in Gelächter aus.

Vaughn warf ihnen einen bösen Blick zu. »Ich bekomme langsam den Eindruck, dass ihr das Ganze aus irgendeinem Grund genießt.«

»Oh, auf jeden Fall«, versicherte Huxley kichernd.

»Aber warum?«, fragte Vaughn wütend. Das waren seine engsten Freunde, was bedeutete, dass sie auf *seiner* Seite sein sollten.

Cade beantwortete diese Frage mit einer eigenen. »Wann wurdest du das letzte Mal von einer Frau zurückgewiesen, Roberts?«

Vaughn überlegte.

Cade grinste. Er hatte seinen Standpunkt dargelegt. »Und genau darum genießen wir das so.«

»Ich bin sicher, dass sie jede Sekunde hier sein wird«, sagte Sidney überzeugt.

Jackie, die Besitzerin des Brautmodengeschäfts, die Isabelle als Gefallen für eine Freundin noch ganz kurzfristig einen Termin in ihrer Mittagspause gegeben hatte, lächelte höflich. »Kein Problem.«

Da sich das Geschäft in der Oak Street befand, wo sich die teuersten Läden und Boutiquen versammelten, nahm Sidney an, dass Jackie die Kunst, »kein Problem« zu sagen, anlässlich einer Vielzahl von Kommentaren, Fragen und Situationen perfektioniert hatte. Dennoch war es Sidney peinlich, dass Isabelle spät dran war – außerdem sah ihr das gar nicht ähnlich. Sie warf einen Blick auf die Uhr ihres Handys und wollte ihrer Schwester gerade eine SMS schicken, als die Tür aufflog und Isabelle hereinstürmte.

»Oh mein Gott, wo ist die Toilette? Ich brauche sie *sofort!*«, rief sie Jackie zu.

Mit offenem Mund deutete Jackie auf einen Gang zu ihrer Rechten.

Isabelle rannte in die angezeigte Richtung.

Einen Moment später wurde eine weitere Tür zugeschlagen.

Nach einer unangenehmen Pause wandte sich Sidney lächelnd an Jackie. »Tja, zumindest ist sie jetzt schon mal im Laden.«

»Vielleicht haben Sie ja eine Ahnung, was Ihrer Schwester gefallen würde. Sehen Sie doch schon mal die Kleider durch, die ich ausgesucht habe«, schlug Jackie vor. »Ich befürchte, dass wir nicht ganz so viel Auswahl haben. Wegen des extrem kurzen Zeitrahmens, mit dem wir arbeiten müssen, hat Isabelle nur die Option, ein Kleid zu nehmen, dass wir bereits in ihrer Größe hier im Laden haben.«

Fünf Minuten später fand sich Sidney in einem Anproberaum wieder, umgeben von meterweise Tüll, Seide, Charmeuse, Samt und Organza. Sie durchstöberte die Kleider, die Jackie für sie ausgewählt hatte, und hielt inne, als sie zu einem einschultrigen Seidenkleid mit drapiertem Mieder kam, das dem Hochzeitskleid, das sie für sich in New York bestellt hatte, auf erstaunliche Weise glich.

Sie betastete das zarte Material, während die Erinnerungen auf sie einströmten – das erste Mal, dass Brody sie auf den Stufen vor ihrer Wohnung in Soho geküsst hatte, sein spontaner Antrag im Central Park, die Aufregung und Freude, die sie verspürt hatte, als sie ihr Hochzeitskleid für die letzte Anprobe getragen hatte, nur zwei Wochen vor dem großen Tag.

Dann kam eine weitere Erinnerung, eine an Verrat und Schmerz und Schock.

Sidney nahm sich einen Bügel und hängte das Kleid entschieden ans andere Ende der Stange. Aus den Augen, aus dem Sinn. Sie hatte ihre Lektion gelernt, und nun hatte sie ihren Plan – was Männer anging, würden ihr dämliche, abstruse Gefühle niemals wieder den Verstand vernebeln.

Die Tür des Anproberaums öffnete sich. Isabelle kam herein und ließ sich auf einen Sessel fallen. »Na, das hat ja mal keinen Spaß gemacht«, stöhnte sie.

Das hatte sich Sidney schon gedacht. »Morgenübelkeit?« Sie setzte sich neben ihre Schwester.

»Und Nachmittag und Abend. Der Arzt hat gesagt, es kann jederzeit passieren. Hurra«, sagte Isabelle und hob gespielt enthusiastisch eine Faust.

»Du hattest deinen ersten Vorsorgetermin? Wie ist es gelaufen?«

»Ich musste in einen Plastikbecher pinkeln, man hat mir bestätigt, dass ich schwanger bin, und dann habe ich in eine Bettpfanne gekotzt, während mir eine Helferin vier Ampullen Blut abgezapft hat.«

»Wer will da behaupten, eine Schwangerschaft wäre keine wunderbare Sache?«

Isabelle lächelte schwach und bemühte sich, aufrecht zu sitzen. Dann betrachtete sie die Reihe von Kleidern. »Also, eins davon wird das Hochzeitskleid meiner Träume werden.«

Sidney stand auf. »Ich bin die meisten schon durchgegangen. Du solltest dich auf diese Kleider hier drüben konzentrieren.«

Isabelle rümpfte die Nase und deutete auf das erste an der Stange. »Ich bin kein großer Fan von Empire-Taillen.«

»In drei Monaten werden Empire-Taillen das Einzige sein, was noch funktionieren wird, wenn du nicht willst, dass man dein Bäuchlein bemerkt.«

Isabelle blinzelte. »Ach, richtig. Mist.« Sie atmete tief durch und zwang sich zu einem Lächeln. »Okay, also eine Empire-Taille.« Sie stand auf und stellte sich neben Sidney vor die Kleiderstange. Dann begann sie ein wenig lustlos, die Kleider durchzugehen. Beim letzten hielt sie inne. »Warte mal. Das hier ist gar nicht so übel. Ich finde es sogar richtig gut.« Begeistert zog sie das Kleid heraus, um es Sidney zu zeigen. »Was denkst du?«

Das Kleid war ärmellos, mit Trägern, die sich v-förmig verbreiterten. Der Ausschnitt war herzförmig und mit Spitze besetzt, die Taille hoch und der Rock aus üppigem Tüll. Es wirkte elegant und erinnerte an das Hollywood der 1940er. »Es ist perfekt«, sagte Sidney vollkommen ehrlich. »Zieh es mal an.«

Isabelle fing an, sich kichernd mit dem Kleid vor sich in Richtung der Kabine zu drehen. Plötzlich blieb sie stehen und legte eine Hand auf ihren Bauch. »Oh je.«

Jackie nutzte genau diesen Moment, um ihren Kopf in den Anproberaum zu stecken. »Wie läuft es bis jetzt? Kann ich Ihnen etwas bringen?«

»Am besten einen Papierkorb«, sagte Sidney. »Schnell.«

Sie musste Jackie zugutehalten, dass sie nicht mal mit der Wimper zuckte.

»Kein Problem.«

»Ach du meine Güte, Izz. Du musst echt mal davon probieren.«

Isabelle, die darauf bestanden hatte, Sidney als Dank für die Hochzeitskleidberatung eine Freude zu machen, hob eine Hand, um den Red-Velvet-Cupcake abzulehnen, den ihre Schwester ihr hinhielt. »Ugh. Nein danke.« Sie legte eine Hand auf ihren Bauch. »Dem Baby gefällt offenbar nicht, wie das Frischkäse-Frosting aussieht.«

Sie schlenderten die Oak Street entlang. Sidney aß aus dem Plastikbehälter, den ihr die Frau hinter der Theke eilig zugeschoben hatte, wahrscheinlich nachdem Isabelles Gesicht noch grüner als die Zuckerglasur auf ihren Limonencupcakes geworden war. Ursprünglich hatten sie vorgehabt, in der Bäckerei zu essen, aber dann hatte Isabelle wieder »Oh je« gestöhnt, die Hand auf den Mund gepresst, etwas über »starke Gerüche« gemurmelt, und sie waren sofort wieder hinausgegangen.

»Dann werde ich darauf achten, dass bei deiner Brautparty nichts mit Frischkäse serviert wird«, sagte Sidney. »Es würde der Party doch einen kleinen Dämpfer verpassen, wenn sich der Ehrengast auf den Kuchen übergibt.«

Isabelle lächelte gezwungen. Sie wirkte abgelenkt. »Stimmt.« Dann legte sie den Kopf schief, als würde sie über etwas nachdenken. »Was hältst du eigentlich von Vaughn?«

Sidney hielt mitten im Biss in den Cupcake inne, während ihr spontan diverse Antworten in den Kopf kamen. *Nervig. Eingebildet. Casanova. Verführerisch.*

Für die letzte verpasste sie sich eine mentale Ohrfeige.

»Vaughn? Was soll ich schon groß von ihm halten?«, fragte sie lässig, während sie sich bemühte, nicht daran zu denken, wie er bei ihrer letzten Begegnung auf der Verlobungsparty ausgesehen hatte. Sie war zum Springbrunnen entkommen – dem Lieblingsplatz ihrer Mutter, bevor sie durch ihre Krebserkrankung das Bett nicht mehr hatte verlassen können. Sie hatte einen Augenblick gebraucht, um sich wieder zu beruhigen, nachdem sie die Lästerei über ihre gelöste Verlobung hatte mit anhören müssen. Und plötzlich hatte Vaughn mit seinem lässig über die Schulter geworfenen Jackett vor ihr gestanden. Er hatte in diesem Moment wahnsinnig gut ausgesehen.

Ihr erster Impuls war natürlich Sarkasmus gewesen. *Du hast etwas von Gehen gesagt?* Sie musste nicht mit der Nase darauf gestoßen werden, was für ein attraktiver Mann Vaughn Roberts war.

»Irgendwie habe ich das Gefühl, du kannst ihn nicht leiden«, sagte Isabelle.

Wie kam sie nur darauf?

»Ich dachte, dass zwischen Vaughn und mir alles in Ordnung war, als wir dich und Simon letztens zum Abendessen getroffen haben«, antwortete Sidney ausweichend. Und eigentlich war das keine Lüge. Sie hatte sich an jenem Abend und bei der Verlobungsfeier sehr bemüht, höflich zu Vaughn zu sein – zumindest in der Gegenwart anderer Leute.

»Vielleicht bin ich nur nicht daran gewöhnt, dich nach deiner Trennung von Brody in der Gegenwart anderer Männer zu sehen.«

Sidney sah ihre Schwester an. »Was soll das denn bedeuten?«

»Es bedeutet, dass du in seiner Gegenwart ein wenig angespannt wirkst. Als ob du ihm Signale senden würdest, dich in Ruhe zu lassen.« Isabelle bemerkte offenbar, dass Sidney etwas sagen wollte, und hob schnell eine Hand. »Was total verständlich wäre, nach dem, was dieses Arschloch dir angetan hat.« Das war ihr Spitzname für Brody. »Ich kann mir vorstellen, dass es ein wenig unheimlich ist, wieder in den Sattel zu steigen, sozusagen.«

Sidney widerstand dem Drang, die Augen zu verdrehen. Erst Trish, und jetzt versuchte auch noch ihre Schwester, sie mithilfe ihrer Therapietechniken in eine Diskussion zu verwickeln. »Es ist alles in Ordnung«, versicherte sie. »Um genau zu sein, habe ich nächste Woche gleich zwei Verabredungen.« Sie wollte nicht zugeben, dass Isabelles Hochzeit eine entscheidende Motivation für ihre Entschlossenheit war, ihr Liebesleben in Ordnung zu bringen. So nah sie ihrer Schwester auch stand, es fühlte sich komisch an, das zuzugeben.

»Oh.« Isabelle schien kurz überrascht zu sein, dass sie noch nichts von den Verabredungen wusste, doch dann lächelte sie. »Na, das ist doch toll. Ich bin froh zu hören, dass du die Sache langsam hinter dir lässt.«

»Genau.« Sidney biss noch einmal von ihrem Cupcake ab. »*Hmm*. Ich will das Baby ja nicht beleidigen, aber er oder sie ist verrückt, sich dieses Frosting entgehen zu lassen.« Ja, sie wechselte das Thema. Sie freute sich wirklich darüber, dass Isabelle und Simon heirateten und ein Kind erwarteten – sie würde ihrer Schwester nie etwas missgönnen. Aber über ihr eigenes Liebesleben zu sprechen betonte nun mal die Tatsache, dass *sie* nun wieder bei null war. Single mit dreiunddreißig und voller Angst, dass alle normalen, zu einer festen Beziehung bereiten Männer in dieser Stadt bereits vergeben waren.

Schweigend gingen sie ein paar Minuten weiter, bevor sich Isabelle räusperte. »Ach, an diesem Wochenende soll ich übrigens mit Simon und Vaughn nach Wisconsin hochfahren. Sie sollen ihrem Vater bei irgendeinem Projekt helfen, und Simons Eltern haben vorgeschlagen, dass ich mitkomme, damit wir uns kennenlernen.«

»Oh, deine erste Gelegenheit, deine zukünftigen Schwiegereltern zu verzaubern.« Sidney zwinkerte ihrer Schwester zu, während sie sich das Frosting vom Finger leckte.

»Ähm … richtig. Okay, hör mal. Simon und ich haben gestern Abend darüber gesprochen, und er hat mir erzählt, dass das Haus seiner Eltern eine kleine Ranch am Waldrand ist. Es gibt drei Schlafzimmer und nur anderthalb Badezimmer.«

Sidney war sich sicher, dass dieser verbale Grundriss des Zuhauses der Roberts irgendeinem Zweck diente, aber bis jetzt … hatte sie keine Ahnung, was das sollte. »Eine Ranch in den Wäldern klingt doch lauschig. Isabelle Sinclair entdeckt das Landleben.«

»Das ist ja das Problem – es ist wirklich lauschig. Zu lauschig. Wegen dieser Morgenübelkeit muss ich ständig zum Klo rennen. Denkst du, dass Vaughn, der FBI-Agent, das nicht bemerken wird? Oder Simons Mutter?«

Das war tatsächlich eine ziemlich verzwickte Situation. Sidney überlegte kurz. »Vielleicht könntest du so tun, als hättest du eine Magen-Darm-Grippe oder so etwas.«

»Und wenn diese ganze Sache dann in drei Monaten herauskommt, wird sie wissen, dass ich sie angelogen habe. Ich bemühe mich, direktes Lügen zu vermeiden, solange es geht. Also habe ich mir eine andere Lösung für das Wochenendproblem einfallen lassen.«

»Oh, prima. Und wie lautet sie?«

»Du kommst auch mit.«

Sidney lachte, da sie das für einen Scherz hielt. Dann sah sie Isabelles ernstes Gesicht. »Äh ja … Auf keinen Fall. Ich fahre nicht aufs Land.« Sie fand es schon rustikal, wenn sie mehr als drei Häuserblocks vom nächsten *Starbucks* entfernt war.

Isabelle presste flehend die Hände zusammen. »Komm schon, Sid. Es ist doch nur für eine Nacht. Wir fahren am Samstagmorgen hin und sind am Sonntagabend zurück. Du hast mir selbst gesagt, dass dein Arbeitsplan besser ist, seit du die neue Stelle angetreten hast. Du kannst dir doch bestimmt mal zwei Tage freinehmen.«

Natürlich konnte sie das. Seit sie bei der Private-Equity-Firma angefangen hatte, richteten sich andere nach *ihrem* Zeitplan, nicht umgekehrt. Aber darum ging es nicht. »Ich verstehe nicht, warum es dir hilft, wenn ich mitkomme? Wie sieht dein Plan aus? Dass ich dich jedes Mal ins Badezimmer begleite und so tue, als wäre *mir* schlecht? Hey, ich weiß – vielleicht bin *ich* ja diejenige mit dem geheimen Baby.«

»Nein, aber wenn du mitkommst, können wir uns ein *Hotelzimmer* nehmen. Es wäre bereits mit mir bei den Roberts ziemlich eng geworden, aber wenn ich gesagt hätte, dass ich stattdessen in einem Hotel schlafen will, hätte ich wie eine reiche, verzogene Göre gewirkt. Doch wenn du auch mitkommst, können wir das umgehen, und der gesamte Roberts-Clan wird nicht zu den Klängen meines Gekotzes aufwachen.«

»Okay, in Ordnung. Vielleicht würde dir die Hotelsache helfen. Aber warum in Gottes Namen sollte gerade ich mitkommen?«

»Weil du dachtest, dass es entspannend wäre, mal ein Wochenende lang der Stadt zu entfliehen?«, schlug Isabelle vor.

Sidney starrte sie über den oberen Rand ihrer Sonnenbrille hinweg an. *Versuch es noch mal.*

Isabelle ließ sich nicht beirren. »Na gut. Du kommst mit, weil es praktisch ist. Da wir weniger als drei Monate haben, gibt es noch wahnsinnig viel für die Brautparty, den Junggesellinnenabschied und die Hochzeit selbst zu planen. Also werden wir die dreistündige Autofahrt nutzen, um diese Dinge zu besprechen.«

Sidney stieß ein »Hmm« aus. So klang es wirklich einleuchtend.

Isabelle strahlte sie hoffnungsvoll an. »Bitte, bitte, bitte? Ich will doch nur, dass dieses Wochenende glattläuft. Mehr als alles andere.«

Sidney atmete tief ein und seufzte dann resigniert aus. Ihre Schwester war schon immer die eine Person gewesen, der sie noch nie etwas hatte abschlagen können. »Dafür bekomme ich hoffentlich ein Wahnsinnskleid für die Trauung.«

Isabelle jauchzte und schlang die Arme um Sidney. »Vielen Dank! Es wird bestimmt total lustig, du wirst schon sehen. Simon sagt, seine Eltern wohnen sehr schön, außerdem können wir beide im Hotelzimmer bis spät in die Nacht aufbleiben, eine kitschige Liebeskomödie gucken und Hochzeitsmagazine durchblättern.«

Sidney hakte sich bei Isabelle ein und legte im Gehen den Kopf auf die Schulter ihrer Schwester. »Wahrscheinlich kann man sein Wochenende unangenehmer verbringen.«

»Obwohl Vaughn dabei ist?«, fragte ihre Schwester, die immer noch nicht lockerlassen wollte.

Wenn ich so darüber nachdenke …

Sidney blieb gelassen. »Ich hab dir doch gesagt, ich hab kein Problem mit ihm. Ich bin davon überzeugt, dass wir uns prima verstehen werden.«

Zumindest in der Gegenwart anderer Leute.

7

Vom Steuer seines Dodge Charger aus sah Vaughn, wie zwei lange schlanke Beine aus der Fahrerseite des Mercedes stiegen, der ein paar Meter entfernt parkte.

Heraus kam Sidney. Die warme Brise wehte den Saum ihres Wickelkleids ein paar Zentimeter nach oben.

Vaughn öffnete sein Fenster und warf ihr durch dunkle Sonnenbrillengläser einen Blick zu. »Wie wäre es, wenn du einfach ein bisschen weniger trinken würdest?«

Sidney tippte auf ihre Wasserflasche, ihre dritte bis jetzt. »Ich muss auf meinen Flüssigkeitshaushalt achten. Ein Stadtmädchen wie ich ist an diese ganze frische Luft nicht gewöhnt.« Mit einem Lächeln, das besagte, er könne sie mal kreuzweise, wenn ihm das nicht gefiel, verschwand sie in der Tankstelle.

Die Beifahrertür des Mercedes öffnete sich, und Isabelle kletterte heraus. »Wenn wir schon anhalten, kann ich mir ja auch mal die Beine vertreten.« Sie lehnte sich gegen den Wagen und atmete tief durch.

Nun meldete sich Simon, der neben Vaughn auf dem Beifahrersitz saß, zu Wort. »Gute Idee. Ich könnte auch ein wenig Bewegung gebrauchen.«

»Lass dir Zeit«, erwiderte Vaughn. Er sah zu, wie Simon zu Isabelle herüberging, seinen Arm um sie legte und ihr etwas zuflüsterte, das Vaughn nicht verstehen konnte.

Das war also die Geschichte, die ihm die drei verkaufen wollten. Sie hatten in drei Stunden drei Mal angehalten, und Vaughn hatte inzwischen so viel über »frische Luft« und »Bewegung« gehört, dass man glauben könnte, seine Reisegefährten nähmen an einer Art reisendem Yogakurs teil.

Allerdings war ziemlich offensichtlich, dass Isabelle in Wirklichkeit reisekrank war und immer wieder eine Pause brauchte, um die Übelkeit zu bekämpfen. Aus diesem Grund beschwerte sich Vaughn nicht zu sehr über das Schneckentempo, in dem sie die Fahrt zu seinen Eltern zurücklegten – es tat ihm leid, dass sich Isabelle unwohl fühlte. Tatsächlich wäre alles sehr viel leichter, wenn sie ihm einfach die Wahrheit sagen würden. Doch da das offensichtlich nicht der Plan war, würde er weiterhin die Rolle des Kerls übernehmen, der von diesem ganzen Schwindel nichts mitbekam.

Glücklicherweise waren sie nun nur noch dreißig Kilometer vom Haus seiner Eltern entfernt. Die schlechte Neuigkeit jedoch lautete, dass sie in etwa drei Kilometern den Highway verlassen würden. Und der Rest der Strecke war hügelig und kurvenreich. Seine Eltern lebten in einem kleinen Städtchen am Rand eines Sees, und um zu ihrem Haus zu kommen, musste man ein kompliziertes Netz aus unmarkierten, vom GPS nicht erkannten Wegen durchfahren, das durch Kalksteinsteilufer und tiefe Schluchten führte. Für einen erstmaligen Besucher war es sehr schwer zu finden – und darum hatten Simon und er auch darauf bestanden, dass die beiden Autos während der Fahrt zusammenblieben.

Ein paar Minuten später kam Sidney mit einer Plastiktüte aus der Tankstelle. »Ein paar Leckereien für die Reise«, verkündete sie fröhlich.

Vaughn konnte den Inhalt durch die transparente Tüte sehen und bezweifelte, dass das Gingerale und die kleine Packung Salzkräcker für Sidney gedacht waren.

Aber all das war Teil des kleinen Schauspiels, das sie gerade aufführten.

Sie fuhren wieder auf den Highway. Sidneys schwarzer Mercedes war dicht hinter ihnen.

»Was werden Mom und Dad deiner Meinung nach von ihr halten?«, fragte Simon, während sie das letzte Stück Highway entlangfuhren.

Vaughn dachte an den eleganten Knoten, in den Sidney ihr kastanienbraunes Haar gebunden hatte, sowie an das Sommerkleid, die hochhackigen Schuhe und die Gucci-Sonnenbrille, die sie trug. Er hatte sich das auch schon gefragt. »Dass sie wie eine typische New Yorkerin aussieht.«

Simon sah ihn verwirrt an. »Oh. Nein, ich meinte Isabelle. Du weißt schon, die Frau, die ich heirate.«

Richtig. »Sie werden sie lieben, Simon.« Seine Mutter hatte ihn und bestimmt auch Simon in der vergangenen Woche fast jeden Tag angerufen, um zu fragen, um wie viel Uhr sie losfahren, wann sie am Sonntag wieder aufbrechen wollten und ob »die Mädchen« sicher waren, dass sie in ein Hotel wollten. Seine Eltern hatten sich sehr gefreut, dass Isabelle ihre Schwester mitbringen würde. Seine Mutter war schließlich Irin – und was die Familie anging, war es für sie umso schöner, je mehr Leute kamen.

Ursprünglich hatte Vaughn Sidneys kurzfristige Zusage seltsam gefunden. Aber nachdem er die Situation nun verfolgt hatte, verstand er es: Sidney war dabei, um Isabelle und Simon dabei zu helfen, ihre Tarnung aufrechtzuerhalten und um von der Tatsache abzulenken, dass sich ihre Schwester nicht gut fühlte. Und obwohl er es im Allgemeinen nicht besonders mochte, in die Irre geführt zu werden, fand er die Art und Weise, wie sich Sidney um Isabelle kümmerte, aus der Sicht eines älteren Bruders ziemlich … liebenswert. Vielleicht verbarg sich ja hinter diesem ganzen Sarkasmus doch eine sanftere Seite an Sidney Sinclair.

Zumindest wenn es um bestimmte Personen ging.

»Mom hat mir gesagt, dass es zum Mittagessen Shepherd's Pie gibt«, riss Simon ihn aus seinen Gedanken.

»Die Spezialität des Hauses.« Scheinbar waren Simon und Isabelle nicht die Einzigen, die einen guten ersten Eindruck machen wollten. Der Shepherd's Pie seiner Mutter konnte erwachsene Männer zum Heulen bringen.

Simon räusperte sich, als sie an den sanft geschwungenen Hügeln einer Milchfarm vorbeifuhren, die etwa acht Kilometer vom Zuhause seiner Eltern entfernt war. »Könnest du mir einen Gefallen tun?«

Simons Tonfall war so ernst, dass sich Vaughn denken konnte, was jetzt kam. *Bitte sag unseren Eltern nichts, aber Isabelle ist schwanger.* Gut, es war auch höchste Zeit, dass er ins Vertrauen gezogen wurde. Er war schließlich FBI-Agent, Herrgott noch mal. Isabelle und Simon brauchten ein wenig Hilfe mit ihrer Geheimmission? *Pfft.* Das war immerhin seine Spezialität.

»Ich möchte, dass du dieses Wochenende nett zu Sidney bist«, sagte Simon.

Vaughn blinzelte überrascht. »Warum denkst du, dass ich nicht nett zu ihr sein werde?«

»Isabelle hat mir gesagt, sie glaubt, dass Sidney nicht besonders viel für dich übrig hat.«

»Wenn das stimmt, solltet ihr beiden vielleicht besser mit Sidney sprechen statt mit mir.«

»Ich meine es ernst, Vaughn«, erwiderte Simon. »Sidney ist Isabellas Ein und Alles. Wenn du also irgendetwas getan hast, um sie zu verärgern, bieg es einfach wieder hin.«

Vaughn brummte. Wenn er und Sidney ihre erste Begegnung nicht lieber verschweigen würden, hätte er seinen Bruder darauf hinweisen können, dass er nicht mehr getan hatte, als sie anzubaggern. Und das war wohl kaum ein Verbrechen – im Gegenteil, es war ein *Kompliment*.

Doch Simon ließ einfach nicht locker. »Ich weiß, dass Sidney ein bisschen zu tough erscheinen mag, wenn man sie kennenlernt. Aber sie und Isabelle stehen sich wirklich sehr nahe – ihre Mutter starb, als sie noch sehr jung waren, und so wie Isabelle es schildert, hat Sidney danach im Prinzip die Mutterrolle für sie übernommen.«

»Was ist mit ihrem Vater?«

»Ich habe den Eindruck, dass er mit seiner Arbeit und seinem Liebesleben genug zu tun hatte.«

»Tja, Ehen machen eine Menge Arbeit. Besonders vier davon.«

Simon schmunzelte. »Du wirst also in den nächsten zwei Tagen nett sein?«

»Ich gebe mir Mühe«, versicherte Vaughn ihm. Bestimmt würde er es schaffen, Sidney die nächsten sechsunddreißig Stunden höflich zu behandeln, auch wenn sie eine Xanthippe war. Eine Xanthippe mit tollen Beinen.

»Gut.« Plötzlich verzog Simon das Gesicht, als wäre ihm etwas eingefallen. »Aber nicht *zu* nett.«

»Du weißt, dass du mir langsam tierisch auf die Eier gehst, oder, kleiner Bruder? Du wirst noch zu einem dieser durchgedrehten … Bräutigamzillas.«

Simon lachte laut auf. »So was gibt es gar nicht.«

Vaughn warf ihm einen Blick zu, der besagte, dass die Geschworenen hier noch nicht endgültig entschieden hatten.

»Izz, siehst du das? Da sind Kühe. Und da – ein echtes Farmhaus.« Sidney schaute durch die Windschutzscheibe. »Es ist, als ob wir in einem Musikvideo von John Cougar Mellencamp gelandet wären.«

Sidney Sinclair war tatsächlich auf dem Land.

Isabelle hingegen schien diese geballte Portion Americana nicht ganz so zu genießen. »Warum müssen Kühe nach Kuhstall riechen?«, stöhnte sie.

Sidney sah zu ihr hinüber. »Du kannst das Fenster zumachen, wenn dich der Geruch stört.«

»Bloß nicht. Ich brauche die frische Luft, sonst übergebe ich mich. Willst du, dass ich mich übergebe? Willst du das? Weil ich dir nämlich sofort dieses ganze Auto vollkotzen kann.«

Genau so hatte Sidney die letzten drei Stunden verbracht – gefangen mit der verrückten Schwangeren in dieser mit Leder bezogenen Hölle. Sie hoffte, dass die Jungs in ihrem frisierten Kerleauto eine nette, entspannte Fahrt hatten, denn sobald sie bei den Roberts ankamen, würde sie die Frau, die mal ihre Schwester gewesen war, an den Typen abgeben, dessen Sperma sie augenscheinlich in Satan persönlich verwandelt hatte. »Ich sag dir was – lass uns das Gekotze à la *Exorzist* für die Rückfahrt aufheben. Wir sollten nicht all unsere lustigen Autospiele am ersten Tag verballern.«

Isabelle presste einen Arm auf ihre Augen und stöhnte erneut. »Bitte bring mich nicht zum Lachen. Mein Magen tut zu sehr weh. Sind wir denn nicht bald mal da?«

Als ob Sidney den geringsten Schimmer gehabt hätte, wo sie waren. Sie folgte gehorsam Vaughns Auto, an der Farm und den offenen Feldern vorbei, bis sie vom zweispurigen Highway auf eine Zufahrtsstraße abfuhren, die als »Apple Canyon« ausgeschildert war. Dort wurde es waldiger, und die Straßen waren überhaupt nicht mehr gekennzeichnet. Sidney sah ein gelbes Wildwechselwarnschild, und die Städterin in ihr schaltete sofort einen Gang runter und verstärkte den Griff auf das Lenkrad – vor ihrem inneren Auge sah sie Bilder von tragisch durch ihren Mercedes dahingerafften Bambis. Dann fuhren sie um einen Hügel, und der Anblick, der sich ihr nun bot, ließ sie staunen.

Sie waren plötzlich in einem wunderschönen Tal – zu beiden Seiten ragten sanft geschwungene grüne Hügel auf – und fuhren über eine Brücke, die einen malerischen Bach überspannte. Es gab ein paar verstreute Häuser, aber sie fuhren weiter, einen anderen Hügel hinauf und an einem Wasserfall vorbei. »Izz, guck doch mal. Ein Wasserfall!«

»Sag mir einfach, dass wir gleich da sind, damit ich aus diesem verdammten Wagen rauskann.«

Ah, ihre liebreizende Schwester, die jeden Moment der Reise genoss. Sie fuhren noch ein paar Minuten weiter, dann verlangsamte Vaughns Wagen und bog in einen Kiesweg ein. Steinchen flogen umher und prasselten auf die Unterseite des Mercedes ein. Schließlich erreichten sie eine kleine Siedlung von neun oder zehn Häusern mit jeweils viel Land drumherum. Sidney folgte Vaughn, als dieser in die Auffahrt einer weißen Ranch mit einladender Veranda und einem hübschen bunten Garten bog.

Sidney parkte den Wagen und drehte sich zu ihrer Schwester um. »Bereit?«

Isabelle, die schon ein wenig besser aussah, nachdem das Auto stand, atmete ein paar Mal tief durch. Dann nickte sie und brachte sogar ein Lächeln zustande. »Also los.« Sie öffnete die Wagentür im gleichen Augenblick, als Simon herkam und ihr hinaushalf. Hand in Hand gingen sie über den gepflasterten Weg zum Haus.

Vaughn stellte sich vor Sidneys Seite des Mercedes und sah dabei mit seiner dunklen Sonnenbrille, dem Dreitagebart, dem grauen T-Shirt und der Jeans ungünstigerweise schrecklich sexy aus.

»Dann wollen wir mal«, sagte er, als sie ausstieg.

Großartig, dachte sie sarkastisch. Aber dann knickte sie mit ihren Absatzschuhen auf dem Kies weg, und Vaughn legte schnell seine Hand um ihre Taille, um sie zu stützen. Sofort verspürte Sidney Schmetterlinge im Bauch.

Das durfte doch nicht wahr sein.

Hallo, Hormone. Dieser Typ hier? Ja, der ist immer noch tabu.

»Danke«, sagte sie.

Er sah durch die Gläser seiner Sonnenbrille zu ihr hinab. »Vielleicht solltest du die Stöckelschuhe hier besser im Koffer lassen. Es sei denn, du willst, dass ich dich das ganze Wochenende lang festhalte.« Mit einem unverschämten Grinsen drehte er sich um und ging mit seinen breiten Schultern und Muskeln zur Haustür.

Sidney starrte seinen Rücken an, während sie ihm folgte.

Das würden zwei lange Tage werden.

Vor ihr begrüßte eine kleine dunkelhaarige Frau um die sechzig Isabelle mit einer Umarmung. Als sie Sidney sah, ließ Kathleen Roberts Isabelle los und lächelte. Vaughn hatte seine haselnussbraunen Augen offensichtlich von ihr geerbt, und in ihrer Stimme schwang ein leichter irischer Akzent mit. »Und das muss wohl Sidney sein.«

Sidney streckte ihre Hand aus. »Ich freue mich, Sie kennenzulernen, Mrs Roberts. Danke für die Einladung.«

»Aber natürlich! Und bitte nenn mich Kathleen, wir sind doch bald eine Familie.« Sie winkte sie alle ins Haus. »Kommt rein, ihr müsst nach der langen Fahrt hungrig sein.« Sie blieb in der Tür stehen und bedachte Vaughn mit einem missbilligenden Blick.

Er hob abwehrend die Hände. »Ich bin doch gerade erst angekommen. Was kann ich denn jetzt schon angestellt haben?«

Sie deutete auf seinen Dreitagebart. »Gibt es in ganz Chicago keine Rasierer?«

In diesem Augenblick entschied Sidney, dass sie Kathleen Roberts sehr mögen würde.

8

Drinnen wurden die Schwestern Simons und Vaughns Vater vorgestellt. Adam Roberts war ein Bär von einem Mann mit einem dichten Schopf aus grauem Haar. Gemeinsam gingen sie ins Wohnzimmer, und Sidney hielt sich zurück, während Kathleen und Adam Isabelle näher kennenlernten. Das Haus der Roberts war hell und farbenfroh eingerichtet. Es gab wunderschöne Bücherschränke aus Eichenholz, von denen Sidney vermutete, dass es sich dabei um Adams Werk handelte. Simon hatte mal erwähnt, dass sein Vater früher Zimmermann gewesen war.

Isabelles ursprüngliche Verlegenheit, ihre zukünftigen Schwiegereltern kennenzulernen, verflüchtigte sich schnell, und alle begannen, angenehm miteinander zu plaudern. Später zog sich Kathleen in die angrenzende Küche zurück, um das Essen vorzubereiten, während Simon Sidney und Isabelle das Haus zeigte.

»Und hier ist mein altes Zimmer«, sagte Simon ein wenig peinlich berührt. »Ich sage meinen Eltern immer wieder, dass sie es zu einem Hobbyraum oder so etwas machen sollen, aber Mom sagt, dass sie dafür zu nostalgisch ist.«

Isabelle warf einen Blick hinein und legte schnell ihre Hand vor den Mund, um ein Kichern zu unterdrücken. »Oh. Mein. Gott. Da ist ein Heidi-Klum-Poster an der Wand. Und hier, dieses total gestellte Foto von dir auf dem Schreibtisch.« Sie sah es sich genauer an. »Sind das Laserstrahlen im Hintergrund?«

»Ja. Das war auch mein Highschool-Abschlussfoto«, erklärte Simon.

Isabelle lachte und gab ihm einen Kuss auf die Wange. »Es ist hinreißend. Zeig mir mehr.« Begeistert betrat sie sein Zimmer.

Simon sah zu Sidney. »Willst du dich uns anschließen?«

»Auch wenn ich nur ungern weitere Peinlichkeiten aus deiner Jugend verpasse, lass ich euch zwei Turteltauben doch lieber allein.« Ehrlich gesagt fühlte sie sich gerade wirklich wie das fünfte Rad am Wagen. »Ich werde mal nachsehen, ob deine Mutter vielleicht Hilfe braucht.«

Als sie die Küche betrat, wusch Kathleen gerade Möhren in der Spüle, während sie mit Vaughn sprach, der auf einem der Barhocker an der Kochinsel saß.

Beide sahen zu Sidney, als sie hereinkam.

Kathleen lächelte. »Sidney. Wir plaudern nur gerade ein wenig. Gesell dich zu uns.«

Sidney warf einen Blick auf den freien Hocker neben Vaughn. Zu nah. »Kann ich dir irgendwie helfen, Kathleen?«

»Wie reizend von dir zu fragen.« Kathleen deutete auf zwei dicke dunkelrote Tomaten auf einem Schneidebrett auf der Kochinsel. »Diese Tomaten müssen noch für den Salat geschnitten werden, falls du Lust dazu hast.«

»Sehr gerne.« Sidney ging zur Insel und sah sich nach einem Messer um.

»Auf der Arbeitsplatte am Kühlschrank«, sagte Vaughn.

Sie folgte seiner Beschreibung und fand den Messerblock. »Danke.«

Mit einem skeptischen Blick verfolgte er, wie sie ein langes gewelltes Messer auswählte und zum Schneidebrett zurückkehrte. »Pass auf deine Finger auf«, sagte er. »Das nächste Krankenhaus ist siebzig Kilometer entfernt.«

Sidney nutzte den Umstand, dass seine Mutter mit dem Rücken zu ihnen stand, und warf ihm einen bösen Blick zu. »Ich gebe mir Mühe.«

Sie nahm die erste Tomate und begann, sie in etwa ein Zentimeter breite Scheiben zu teilen, wobei sie darauf achtete, sie nicht ganz durchzuschneiden. Dann drehte sie die Tomate und teilte die Scheiben erneut. Als sie damit fertig war, legte sie die Tomate auf die Seite und schnitt perfekte Würfel ab.

Sie legte das Messer hin und bemerkte zufrieden, dass Vaughn sie fasziniert ansah. Sie wedelte mit den Fingern. »Noch alle fünf da.« Dann steckte sie sich einen der Tomatenwürfel in den Mund.

Kathleen kam, um sich Sidneys Arbeit anzusehen. »Da kennt sich aber jemand aus«, lobte sie.

»Nur ein bisschen«, räumte Sidney ein. »Ich habe mich in New York mal von einer Freundin überreden lassen, einen Messerkurs zu machen. Ich dachte, es wäre ein Selbstverteidigungskurs.«

Kathleen lachte über den Scherz, dann drehte sie sich zum Kühlschrank, um etwas herauszuholen. Sidney nahm die zweite Tomate und bemerkte, dass Vaughn sie immer noch anstarrte.

Sie sah ihn fragend an. *Was?*

Er kniff seine braunen Augen ein wenig zusammen und starrte weiter.

Ihr Blick wurde verärgert. *Hau ab.*

Er zwinkerte ihr zu.

Gott, dieser Mann lebte offenbar nur, um sie zu nerven.

Als Kathleen den Kühlschrank zumachte und sich wieder umdrehte, waren Sidney und Vaughn zu ihren normalen Gesichtsausdrücken zurückgekehrt. Kathleen stellte eine Flasche mit offenbar hausgemachtem Salatdressing auf den großen Tisch, der auf der anderen Seite der Kochinsel stand.

Als sie an Vaughn vorbeiging, musterte sie erneut das unrasierte Kinn ihres Sohnes. »Das ist jetzt also modern, was?«

Mit einem verschmitzten Lächeln, das besagte, dass er über die Jahre eine Menge Standpauken dieser Art von seiner Mutter bekommen hatte, stand Vaughn auf und ging zur Anrichte auf der anderen Seite der Küche. »Ist nur vorübergehend, Mom.« Er öffnete einen der Schränke und holte einen Stapel Teller heraus.

»Sidney, gefällt das euch Mädchen heutzutage?«, fragte Kathleen und deutete dabei auf ihren ältesten Sohn. »Dieses kratzige Zeug?«

Sidney fühlte sich ein wenig in die Enge getrieben. Eigentlich fand sie den Bartschatten an Vaughn ja ganz nett. Eigentlich mehr als nett. Sie würde sich allerdings eher die nächsten sechsunddreißig Stunden mit der verrückten Schwangeren in einem Auto einsperren lassen, als das vor ihm zuzugeben.

»Im Allgemeinen bevorzuge ich glatt rasierte Männer.« Sie zuckte mit den Schultern – *tut mir leid* –, als Vaughn ihr einen finsteren Blick zuwarf.

»Siehst du? Wenn du mir schon nicht glaubst, hör wenigstens auf sie«, sagte Kathleen, während sie eine Möhre über einer Schüssel schälte. »Wenn du eine ordentliche Frau finden willst, kannst du nicht herumlaufen, als wärst du gerade aus dem Bett gerollt.«

»Ich werd's mir merken. Aber fürs Erste muss das ›kratzige Zeug‹ dranbleiben. Ich brauche es für eine Undercoverrolle.«

Überrascht sah Sidney von der großen Salatschüssel voller Blattsalat auf, in die sie die Tomatenwürfel gekippt hatte. »Du arbeitest gerade undercover?«

»Na ja, nicht jetzt in dieser Sekunde«, sagte Vaughn. »Ich schätze, meine Mutter könnte mich jederzeit identifizieren und damit meine Tarnung zunichtemachen.«

Ja, vielen Dank, das hatte sie auch verstanden. »Ich meine, wie läuft das ab?«, fragte Sidney. »Du läufst einfach so normal herum, wenn du nicht dieser … andere Kerl bist?«

»Genau so läuft es. Zumindest wenn wir über einen Fall reden, der nur eine Teilzeitundercoverarbeit erfordert.«

»Aber was, wenn ich dich irgendwo zufällig treffe? Zum Beispiel in einem Café?« Sie konnte sich die kleine Anspielung nicht verkneifen. »Was, wenn ich dich Vaughn nenne, ohne zu merken, dass du gerade arbeitest, würde das deine Tarnung nicht auffliegen lassen?«

»Also erstens bitte ich, wie alle Agenten, die regelmäßig verdeckt ermitteln, Familie und Freunde, mich nicht anzusprechen, wenn sie mich irgendwo sehen – aus genau diesem Grund. Und zweitens sitzt in diesem Fall mein ›anderes Ich‹ nicht in Cafés herum.«

»Und wo hängt es ab?«, fragte Sidney. Sie wollte seinem ohnehin schon gesunden Ego zwar nicht weiter schmeicheln, fand das alles aber unheimlich interessant.

»In dunklen, zwielichtigen Gassen, wo es dunkle, zwielichtige Dinge tut«, antwortete Vaughn, während er den Tisch mit Salatschälchen eindeckte.

»Dein anderes Ich ist also einer von den Bösen.« Sidney überlegte kurz. »Ist das, was du tust, gefährlich?«

»Bei uns auf der Arbeit scherzt man gern, dass die Agenten von der Wirtschaftskriminalität nie etwas Gefährliches tun.«

Sidney bemerkte, dass dies keine Antwort auf ihre Frage war.

Eine Gesprächspause entstand. Kathleen sah zwischen Sidney und Vaughn hin und her. »Weißt du, Sidney, als ihr Mädchen hereinkamt, habe ich so lange mit Isabelle geplaudert, dass ich noch gar nichts von dir weiß. Erzähl mir ein bisschen. Was machst du beruflich?«

»Ich bin Abteilungsleiterin in einer Private-Equity-Firma.«

»Oh, das klingt beeindruckend. Hast du schon immer in Chicago gearbeitet?« Kathleen war mit dem Schälen fertig und holte aus einem der Küchenschränke eine Reibe.

Sidney spülte ihr Messer ab. »Nach meinem Abschluss habe ich in New York als Investmentbankerin gearbeitet. Ich bin erst vor zwei Monaten nach Chicago zurückgekommen.«

»Dein Vater muss sich wahnsinnig freuen, dass du wieder in der Stadt bist.«

Sidney bewahrte ihren gleichgültigen Gesichtsausdruck. Sie wollte die Komplexität ihrer Beziehung zu ihrem Vater jetzt nicht thematisieren. Beruflich gesehen hatte sie eine Menge Respekt für ihn. Er war ein Kind der Mittelschicht gewesen, das sich aus eigener Kraft ein Wirtschaftsstudium erarbeitet hatte und nun einen der lukrativsten Hedgefonds Chicagos leitete. Er war der geborene Anführer: gerissen, durchsetzungsfähig, und er bewahrte immer einen kühlen Kopf, wenn er Risiken einging. Ihr Vater wusste, wie man einen Raum beherrschte. Sie erinnerte sich, wie beeindruckend er immer auf den Partys gewesen war, die seine Eltern in ihrer Kindheit gegeben hatten. Immer schien er im Mittelpunkt zu stehen, ganz egal, mit wem er gerade sprach. Doch seine Hingabe an seine Karriere und die erfolgsbedingte Ichbezogenheit hatten ihn und seine Töchter voneinander entfremdet – und zweifellos für das Scheitern seiner späteren Ehen gesorgt.

Ihre Erziehung hatte sich von Vaughns und Simons eindeutig stark unterschieden. Diese ganze heimelige Szene, das nette Familienessen an einem Samstagnachmittag – das alles war etwas, das sie als Kind nach dem Tod ihrer Mutter nicht mehr erlebt hatte. Aber um der Einfachheit willen nickte Sidney und gab die erwartete Antwort. »Ja, das tut er.«

Im angrenzenden Wohnzimmer schien die Sportsendung,

die sich Adam im Fernsehen angeschaut hatte, zu Ende zu sein. Er schaltete das Gerät ab und erhob sich vom Sofa. »Wann ist das Essen fertig?«, rief er in die Küche.

»Jetzt«, antwortete Kathleen.

»Meine Lieblingszeit«, erwiderte er.

Vaughn wurde ausgesandt, um Simon und Isabelle zu holen, und nach kurzer Zeit saßen alle am großen Holztisch. Es gab reichlich zu essen: frisch gebackenes Sodabrot, Salat und natürlich das Hauptgericht: Shepherd's Pie. Kathleen sprach das Tischgebet, während sich Sidney und Isabelle »Wir sind solche Heiden«-Blicke zuwarfen. Sie hatten das seit Jahren nicht getan. Nach einem Chor aus Amen bekreuzigten sich Vaughn und seine Familie, dann wurde das Essen verteilt.

»Oh, das hab ich fast vergessen.« Kathleen verließ kurz den Tisch und kam mit einer Flasche Wein wieder. »Da dies ein besonderer Anlass ist und wir das erste Mal unsere zukünftige Schwiegertochter treffen, sollten wir das feiern.« Sie gab Vaughn die Flasche und einen Korkenzieher. »Ich komm mit diesen Dingern einfach nicht klar.« Dann wandte sie sich erklärend an die anderen. »Einer von Adams Kunden hat ihm diese Flasche vor Jahren geschenkt. Wir haben sie für den richtigen Moment aufgehoben.«

»Reiche Familie, großes Haus in der Nähe von Milwaukee«, sagte Adam. »Sie wollten im Wohnzimmer zwei Wände mit eingebauten Regalen und beauftragten mich, es innerhalb von zwei Wochen vor einer großen Familienfeier zu erledigen. Wir haben es in zwölf Tagen geschafft«, verkündete er stolz. Er deutete auf die Flasche. »Ich kenne mich mit Wein nicht aus, aber sie sagten, es sei ein guter.«

»Und jetzt ist es an der Zeit, es herauszufinden.« Kathleen nahm die offene Flasche, die Vaughn ihr reichte, und schenkte jedem ein Glas ein. Dann hob sie ihres.

Isabelle sah ihre Schwester, die neben ihr saß, flehend an. *Hilfe*.

Sidney warf ihr einen ermutigenden Blick zu, um ihr zu sagen, dass sie sich schon darum kümmern würde.

»Es gibt einen irischen Segensspruch, der hier wohl ganz gut passt«, sagte Kathleen. »Mögen Liebe und Lachen eure Tage erhellen und eure Herzen und euer Heim wärmen.«

Nachdem alle miteinander angestoßen hatten, trank Sidney einen Schluck von ihrem Wein. Sie wartete, bis Isabelle ebenfalls so getan hatte, als ob, dann stellte sie ihr Glas absichtlich neben das ihrer Schwester.

Isabelle warf ihr einen verstohlenen Blick zu und lächelte. Dass Simons Familie mit einer besonderen Flasche Wein anstoßen wollte – den Isabelle natürlich nicht trinken durfte –, war ein kleiner Rückschlag in ihrem Plan, so zu tun, als sei niemand schwanger, aber mit ein paar Ablenkungsmanövern war das gar kein Problem. Sidney würde einfach auch aus Isabelles Glas trinken, wenn niemand hinsah.

Essen wurde herumgereicht, und Sidney genoss die köstlichen Gerüche des Sheperd's Pie, die luftige Schicht Kartoffelbrei, das gedünstete Lamm, die Möhren, Erbsen und Zwiebeln. »Es duftet unglaublich, Kathleen.«

»Es ist das Lieblingsgericht der Jungs«, sagte sie. »Isabelle, ich muss dir das Rezept geben.«

»Das wäre toll. Vielen Dank.«

Sidney sah sich um und erwartete, ein breites Grinsen auf dem Gesicht ihrer Schwester zu sehen. Schließlich hatte Isabelle genau darauf gehofft – sich im Laufe dieses Wochenendes mit Kathleen anzufreunden.

Doch stattdessen starrte sie kreidebleich auf ihren vollen Teller.

Isabelle atmete langsam aus und flüsterte: »Oh je.«

Sidneys Hand erstarrte. Sie kannte dieses *Oh je*.

Man konnte die Schwangere wirklich nirgendwohin mitnehmen.

9

Eines musste Vaughn den drei Amigos lassen: Sie arbeiteten hervorragend unter Druck.

Neben ihm »klaute« Simon den letzten Bissen von Isabelles Shepherd's Pie von ihrem Teller.

»Simon«, protestierte sie gespielt.

»Tut mir leid«, sagte er mit einem schelmischen Grinsen und deutete auf die leere Auflaufform. »Er ist alle, und ich habe Monate darauf gewartet.«

»Wie könnte ich dir das missgönnen?« Sie lächelten einander schmalzig an.

Vaughn brauchte sein ganzes Können als Undercoveragent, um nicht die Augen zu verdrehen.

Diese Vorstellung lief jetzt schon seit zwanzig Minuten, in denen Simon es geschafft hatte, jeden einzelnen Bissen von Isabelles Teller zu essen. Sie hatten sich immer wieder verräterische Blicke zugeworfen, doch Vaughn hatte einfach so getan, als würde er die ganze Sache nicht bemerken – genau wie er absichtlich darüber hinwegsah, dass Sidney immer wieder von Isabelles Wein trank.

Fairerweise musste man sagen, dass es Sidney zumindest gelang, etwas subtiler vorzugehen. Vaughns und Simons Eltern schienen jedenfalls nichts gemerkt zu haben. Doch offenbar glaubten die drei außerdem, auch *ihn*, den FBI-Agenten getäuscht zu haben, und was das anging, wusste Vaughn nicht, ob er amüsiert oder beleidigt sein sollte. Vielleicht ein wenig von beidem.

Nach dem Essen boten Sidney und Isabelle an, beim Abwasch zu helfen, während die drei Männer in den Garten gingen. Vaughn und Simon hatten vor, das Dach des Schuppens neu zu decken. Natürlich mit ein klein wenig Hilfe von ihrem Vater, dem ehemaligen Zimmermann, dem seine Frau nach seinem Herzinfarkt vor sechs Monaten jegliche Anstrengung untersagt hatte.

»Ich habe alle Materialien bei *McGovern's* bestellt«, sagte ihr Vater. Dabei handelte es sich um den örtlichen Baumarkt. »Ihr könnt meinen Transporter nehmen, um sie abzuholen.«

Simon nickte. »Sidney und Isabelle können uns in die Stadt hinterherfahren, damit sie zu ihrem Hotel finden.«

»Vorausgesetzt, eure Mutter lässt die beiden überhaupt wieder gehen«, sagte Adam. »Ihr hättet sie in den letzten zwei Wochen mal sehen sollen. Ich glaube, ganz Apple Canyon hat inzwischen alles über ihren Sohn und seine *Verlobte* gehört.« Er sah Simon stolz an. »Wir freuen uns sehr für dich, Simon. Isabelle scheint ein wunderbares Mädchen zu sein.«

Ohne zu zögern, antwortete Simon: »Das ist sie, Dad.«

Einen Moment lang erwischte sich Vaughn bei dem Gedanken, wie es sich wohl anfühlte, *so* sicher zu sein – ohne Zweifel zu wissen, dass man die eine Person gefunden hatte, mit der man den Rest seines Lebens verbringen wollte. Vaughn hätte erwartet, dass sein Bruder wegen der anstehenden Hochzeit und dem Baby ausflippen würde. Doch stattdessen wirkte Simon vollkommen entspannt.

Vaughn sah zu, wie sein Vater Simon umarmte und ihm dann gratulierend auf den Rücken klopfte. Das brachte ihn zum Lächeln. Er überließ ihnen diesen Vater-Sohn-Moment und ging ins Haus zurück, um die Wagenschlüssel seines Dads zu holen.

Genug der Sentimentalitäten – er zumindest hatte ein Dach neu einzudecken.

Eine halbe Stunde später standen Vaughn und Simon in der Einfahrt, lehnten sich gegen den Transporter ihres Vaters und warteten, während sich die Frauen voneinander verabschiedeten. Vaughns Blick fiel auf die Rundung von Sidneys Hintern, als sie über etwas lachte, das seine Mutter gesagt hatte.

»Mom scheint sie wirklich gern zu haben«, sagte Simon.

Vaughn brummte. Das war ihm auch aufgefallen. Scheinbar war die ältere Sinclair-Schwester in der Lage, jedem außer ihm gegenüber charmant zu sein. »Ich glaube, sie hat Mom für sich eingenommen, als sie diese Tomaten gewürfelt hat.«

»Und wieder spreche ich von Isabelle.«

Natürlich.

Vaughn riss den Blick von der aufreizenden Frau mit dem kastanienbraunen Haar los, die hier im Haus seiner Eltern alle mit ihrem strahlenden Lächeln und ihren Scherzen verzaubert hatte. Es war gut, dass sie jetzt für ein paar Stunden ins Hotel gingen, denn er brauchte eine Pause. Eine Pause von diesen Beinen, den blaugrünen Augen und dem verführerischen Wickelkleid, das um ihre Taille herum festgebunden war und mit einem festen Ruck bestimmt geöffnet werden konnte.

Er dachte wieder unerlaubte Dinge.

Ein paar Minuten später waren die vier in zwei getrennten Autos endlich auf dem Weg. Vaughn nahm den kürzesten Weg in die Stadt, eine zwanzigminütige Fahrt über hügelige mäandernde Straßen.

Sie hielten in der Einfahrt von *Carter Mansion*, einem viktorianisch anmutenden Bed & Breakfast, in dem die Sinclair-Schwestern die Nacht verbringen würden. Sobald Sidneys Wagen hinter dem Transporter angehalten hatte, kletterte Isabelle heraus und lief hinein, ohne auf die anderen zu warten.

»Ich schätze, sie hat es einfach eilig, einzuchecken«, sagte Simon und lachte unbeholfen. Dann stieg er aus, schnappte sich

Isabelles Koffer aus dem Kofferraum des Mercedes und folgte seiner Verlobten in die Lobby.

Und wieder waren sie allein.

Vaughn stieg aus dem Transporter und ging zu Sidneys Wagen. Sie stand neben dem offenen Kofferraum und betrachtete das malerische Städtchen vor ihnen – eine altertümliche gepflasterte Straße flankiert von farbenprächtigen historischen Gebäuden.

»Das hier ist also die ›Stadt‹.« Sie wirkte überrascht. »Es ist so niedlich und charmant.« Dann sah sie ihn mit hochgezogener Augenbraue an. »Hier seid ihr aufgewachsen?«

Ha, ha. »Was hast du denn erwartet? Eine Kneipe, eine Tankstelle und einen Imbiss namens *Flo's*, der für seinen 5-Dollar-99-Hackbraten wirbt?«

»Natürlich nicht.«

Er bedachte sie mit seinem patentierten »Ich kann den ganzen Tag auf die Wahrheit warten«-Blick.

Sie verdrehte die Augen. »Also gut. Vielleicht ist das so ungefähr die Richtung, in die ich gedacht habe.«

Zufrieden mit diesem Geständnis packte Vaughn den Griff ihres Koffers. Er stöhnte, als er ihn aus dem Wagen hob. »Was zum Teufel ist da alles drin?«

»Eine Espressomaschine. Hier ist weit und breit kein *Starbucks*, also musste ich improvisieren.«

Er wollte gerade etwas erwidern – *Das kann ja wohl nicht wahr sein* –, als er ihren amüsierten Blick bemerkte und begriff, dass sie ihn auf den Arm nahm. »Witzig. Und was ist da wirklich drin?«

Sie nahm ihre Laptoptasche und warf den Tragegurt über ihre Schulter. »Hochzeitsmagazine für Isabelle. Jede Menge davon.« Sie klappte den Kofferraum zu, und sie gingen die Kiesauffahrt entlang Richtung Eingang.

»Ah. Du meinst diese Zeitschriften voll mit Kram wie ›Wo registriert man sich am besten für ein absurd teures Porzellanservice, das man niemals benutzt?‹ oder ›Wie verzaubert man seine Gäste mit lächerlich überteuertem Tischschmuck?‹«

»Und ich dachte, ich wäre schnippisch.«

»Komm schon. Du musst doch zugeben, dass die ganze Sache totale Abzocke ist«, sagte er. »Die Hochzeitsindustrie macht Jagd auf gestresste Bräute und trichtert ihnen ein, dass sie Unsummen von Geld ausgeben müssen, um die gesellschaftliche Vorstellung eines perfekten Tages zu erreichen.«

»Und wenn du fünfundvierzig bist und deine vierundzwanzigjährige Verlobte euren großen Tag plant, an den ihr euch für den Rest eures Lebens erinnern wollt, wirst du bestimmt genau diese Rede wiederholen«, erwiderte Sidney ungerührt.

Oh, sie klang schon wieder *sauer* auf ihn. Vaughn drehte sich um und ging rückwärts, um sie ansehen zu können. Seltsamerweise brachte ihn ihr wütendes Gesicht zum Grinsen – und weckte in ihm das Verlangen, sie noch ein wenig mehr zu ärgern. »Mir gefällt dieses Szenario. Erzähl mir mehr von meiner vierundzwanzigjährigen Verlobten. Ist sie scharf? Toller Körper?«

Sidney lächelte zuckersüß. »Weißt du noch, was du im Café zu mir gesagt hast? Dass wir uns am nächsten Tag treffen sollten, damit du mir beweisen kannst, dass du nicht das Arschloch bist, für das ich dich halte? Ich glaube, wir können offiziell festhalten, dass dir das nicht gelungen wäre.«

Er blieb am unteren Treppenabsatz stehen. »Aber ich habe dir doch noch gar nicht meine besten Sprüche präsentiert.«

»Schätzchen, ich kenne all deine besten Sprüche«, sagte sie und sah ihm fest in die Augen. »Und vor fünf Jahren wäre ich noch interessiert gewesen. Aber inzwischen suche ich nach etwas … ernsthafteren Kandidaten.«

Er hingegen war der Meinung, dass es sie nicht umbringen würde, ein wenig Spaß zu haben – sie konnte sich noch ihr ganzes Leben von »ernsthaften Kandidaten« langweilen lassen. »Das ist jetzt schon das zweite Mal, dass du mich ›Schätzchen‹ nennst. Ich kann mich nicht entscheiden, ob ich mich geschmeichelt oder sexuell belästigt fühlen soll«, scherzte er.

Sie seufzte. »Ich glaube nicht, dass ich mit dir zum Altar schreiten kann.«

Seine Stimme wurde tiefer. »Vorsichtig, Sinclair. Das sind ziemlich gewichtige Worte für einen Kerl wie mich.«

Wortlos ließ sie ihn am unteren Treppenabsatz stehen.

Grinsend drehte er sich um und sah ihr nach. *Ja, immer noch zänkisch.*

Aber das hieß ja nicht, dass er ihre Rückseite nicht bewundern konnte.

Vaughn folgte ihr zum Eingang und bemerkte dabei eine Plakette, die besagte, dass das Gebäude 1849 erbaut worden war. Drinnen fiel ihm sofort auf, wie viel Sorgfalt aufgewandt worden war, um den historischen Charakter des Hauses zu bewahren. Zu seiner Linken befand sich ein Salon mit einem brennenden Kamin und antiken Möbeln. Am Ende des Foyers war ein kleiner Empfangsbereich.

Hinter einer kunstvoll verzierten Holztheke saß eine Frau Mitte fünfzig in Jeans und Bluse. Sie begrüßte sie mit einem warmherzigen Lächeln. »Willkommen in *Carter Mansion*.«

Sidney sah sich um. »Meine Schwester Isabelle ist vor ein paar Minuten hereingekommen. Zumindest dachte ich das.«

»Sie und Simon sind schon nach oben gegangen. Sie sagten, Sie wären gleich hinter ihnen. Sidney, richtig?« Die Frau stellte sich ihnen als Mitbesitzerin Lauren vor. Während des Check-ins gab sie ihnen eine Übersicht über die verschiedenen Annehmlichkeiten des Hotels. »Sie haben das Jocelyn-Zimmer.

Das Ihrer Schwester ist gleich nebenan.« Sie schob ihr einen kleinen Schlüsselring aus Metall zu.

Sidney riss erstaunt die Augen auf. »Oh, wow. Sie haben noch echte *Schlüssel*, keine Schlüsselkarten.« Sie holte ihr Handy heraus und machte ein Foto.

»Sie kommt aus der Stadt«, erklärte Vaughn.

Sidney stieß ihn mit der Schulter an. »Du kommst auch aus der Stadt.«

»Aber ich falle nicht auf. Ist so eine FBI-Sache.«

Sie schnaubte. »Du fällst nicht auf? An dem Tag waren im Café mindestens dreißig Leute, und doch bist du mir sofort aufgefallen.«

Interessant. »Du hast wohl ein Auge auf mich geworfen, was?«

Sidney errötete und wandte sich schnell an Lauren. Darauf würde sie wohl nicht mehr antworten. »Um wie viel Uhr müssen wir auschecken?«

»Um zwölf Uhr. Wir servieren Ihnen jederzeit zwischen halb acht und neun Uhr morgens ein großes Gourmetfrühstück.« Lauren wandte sich freundlich an Vaughn. »Ich gehe mit Ihrer Mutter in dieselbe Kirchengruppe. Bitte grüßen Sie sie von mir.«

»Das werde ich tun«, sagte Vaughn.

»Sie hat viel von Simons Verlobung erzählt, aber nichts über Sie.« Die Hotelbesitzerin deutete zwischen ihm und Sidney hin und her. »Sind Sie beide schon lange zusammen?«

Sidney blinzelte verwirrt und deutete dann auf Vaughn. »Er und ich?« Sie lachte. »Oh, nein. Nein, nein, nein.«

Vaughn lächelte Lauren verlegen an. »Für den Fall, dass es noch unklar ist, das wäre ein Nein.«

10

Nach dem Auspacken machten Sidney und ihre Schwester es sich auf Isabelles Bett gemütlich, breiteten die Hochzeitsmagazine aus und legten los.

In den nächsten Stunden entschieden sie, welche Farbe die Brautjungfernkleider haben sollten, finalisierten die Gästelisten für die Brautparty und den Junggesellinnenabschied und stellten Ausschnitte mit Blumenarrangements zusammen, um sie dem Floristen zu zeigen. Sidney wollte gerade zum nächsten Punkt auf der Liste übergehen – potenzielle Veranstaltungsorte für das Probeessen, weil sie das so bald wie möglich buchen mussten –, als sie bemerkte, dass Isabelle eingeschlafen war.

Leise stand Sidney auf und deckte Isabelle vorsichtig zu. Die Zeitschrift, die sie davor gelesen hatte, lag noch aufgeschlagen vor ihr. Als sie ihre Schwester so friedlich schlummern sah, verspürte Sidney einen bittersüßen Stich. Auch sie hatte sich einst glücklich und voller Hoffnung auf ihre Hochzeit gefreut – bevor sie von der *Geliebten* ihres Verlobten unsanft aus dieser Fantasie gerissen worden war.

Sie schob die unwillkommene Erinnerung beiseite und schlich sich aus dem Raum.

Sobald sie in ihrem eigenen Zimmer war, schaute Sidney ihre E-Mails durch und schickte Trish das Foto des *echten* Zimmerschlüssels per SMS.

ICH GLAUBE, ICH BIN IN PLEASANTVILLE, schrieb sie dazu.

Ein paar Sekunden später erhielt sie die Antwort ihrer Freundin. KLEINE STÄDTCHEN HABEN IMMER SCHARFE SHERIFFS. JAG DEN MERCEDES ÜBER DIE HAUPTSTRASSE UND VERSCHAFF DIR EIN DATE.

Sidney grinste. Wenn es nur so leicht wäre.

Sie entschied, dass zum Abendessen ein etwas lässigerer Look angebracht war. Also zog sie sich Jeans, flache Sandalen und ein fließendes weißes besticktes Oberteil an. Dann löste sie den Knoten, in dem sie ihr Haar getragen hatte und das davon leicht wellig geworden war. Sie ging gerade noch mit einem Lockenstab über die Spitzen, als es an der Tür klopfte.

Isabelle schlurfte gähnend herein. »Simon hat mir gerade gesimst. Er holt uns in zwanzig Minuten ab.« Sie musterte Sidney. »Wow. So ungeschäftsmäßig habe ich dich ja seit Jahren nicht mehr gesehen.«

Sidney betrachtete ihr Spiegelbild in der Rückseite der Schranktür. »Irgendwas fehlt. Denkst du, die verkaufen hier Cowboystiefel?«

»Jedenfalls keine von Manolo Blahnik«, scherzte Isabelle.

Tja, das war wirklich eine Schande.

Zum Abendessen wich Kathleen von der traditionellen irischen Kochkunst ab und servierte Hühnchen mit Zitronen, grünen Oliven und Couscous – was Isabelle und dem Baby auch viel besser zu bekommen schien. Sidney saß rechts neben ihrer Schwester und Kathleen am Kopfende des Tisches auf ihrer anderen Seite. Die Stimmung war ausgelassen, alle plauderten durcheinander, und Sidney unterhielt sich ziemlich viel mit Kathleen.

Bei Kaffee und Nachtisch, einem köstlichen Pistazienschokoladenkuchen – einem weiteren Favoriten der »Jungs« –, nahm das Gespräch die Wendung, die Sidney bereits erwartet hatte.

»Mir ist aufgefallen, dass du gar nichts von einem Freund erwähnt hast«, sagte Kathleen. »Heißt das, du bist Single?«

Das Geplauder am Tisch erstarb plötzlich, und fünf Augenpaare richteten sich auf Sidney.

Wie sie es liebte, im Rampenlicht zu stehen.

»Ja, ich bin Single«, antwortete sie.

»Das verstehe ich nicht.« Kathleen deutete auf sie. »Wie kann es sein, dass ein so kluges und hübsches Mädchen wie du noch nicht von einem guten Mann weggeschnappt wurde?«

»Mom«, sagte Vaughn. »Ich bin sicher, dass Sidney nicht über ihr Privatleben ausgequetscht werden will.«

Eigentlich war ihr klar, dass Vaughn – der offenbar gefolgert hatte, dass sie in der Vergangenheit verletzt worden war – nur höflich sein wollte. Aber das war das Problem, sie *wollte* seine Höflichkeit gar nicht. Sie brauchte niemanden, der sie vor solchen Fragen schützte. Das war genauso furchtbar wie dieser verdammte »Arme Sidney«-Blick.

»Schon in Ordnung, das macht mir nichts aus.« Sie wandte sich an Kathleen. »Ich war in New York mit jemandem zusammen, aber diese Beziehung endete, kurz bevor ich zurück nach Chicago gezogen bin.«

»Und jetzt, da du wieder Single bist, nach was für einem Mann suchst du? Vaughn?« Kathleen deutete auf etwas. »Kannst du mir bitte die Sahne reichen.«

Das tat er, dann sah er wieder zu Sidney. Seine Mundwinkel zuckten, der Hauch eines Lächelns war zu sehen. Sie wusste, er forderte sie heraus und wartete darauf, dass sie den Fragen seiner Mutter auswich.

Sie hatte seinen Herausforderungen noch nie widerstehen können.

»Um ehrlich zu sein, habe ich eine Liste der Dinge, nach denen ich suche. »Sidney nahm einen Schluck Wasser.

Vaughn zog eine Augenbraue in die Höhe. »Du hast eine Liste?«

»Ja.«

»Natürlich hast du das.«

Isabelle sah überrascht zu ihr herüber. »Davon hast du mir gar nichts erzählt.«

»Was ist das für eine Liste?«, fragte Kathleen interessiert.

»Es ist eher so eine Art Test«, erklärte Sidney. »Eine Liste mit Eigenschaften, die darauf hindeuten, ob ein Mann zu einer langfristigen Beziehung bereit ist. Sie hilft mir dabei, die Typen mit Beziehungsangst, die Casanovas und andere schwarze Schafe auszusortieren, damit ich mich auf die Kandidaten mit echtem Potenzial konzentrieren kann.«

Vaughn verdrehte die Augen. »Und jetzt habe ich alles gehört, was ich wissen muss.«

»Wo hast du diese Liste gefunden?«, fragte Simon. »Ist das eine von diesen Sachen, über die alle Frauen Bescheid wissen?«

»Warum? Hast du Angst, du fällst durch?« Isabelle zwinkerte ihm zu.

»Ich habe ein wenig Recherche betrieben«, sagte Sidney. »Und sie aufgeschrieben, nachdem ich ein paar Onlineartikel gelesen habe.«

»Listen, Tests, Recherche, Onlinedating, Speeddating … Ich komme bei dem, was ihr Kinder so alles macht, gar nicht mehr mit«, sagte Adam. »Was ist aus der guten alten Zufallsbegegnung geworden, als man im Restaurant oder Café ein Mädchen gesehen hat und einfach hingegangen ist, um Hallo zu sagen?«

Vaughn drehte sich mit einem teuflischen Lächeln zu Sidney um. »Genau, was ist daraus geworden, Sidney?«

Sie warf ihm einen vernichtenden Blick zu. *Nicht übertreiben.* »Wisst ihr was? Es ist ein Dschungel da draußen. Heutzutage muss eine Frau sehr schnell entscheiden, ob ein Mann ihre Anforderungen erfüllt.« Sie schüttelte gespielt betrübt den Kopf. »Leider bringen es einige einfach nicht.«

»Aber eigentlich braucht man nur einen«, sagte Isabelle mit einem liebevollen Blick zu ihrem Verlobten.

Simon legte seine Hand auf ihre. »Den Richtigen.«

Bis er seine Fitnesstrainerin bumst. Sidney trank schnell einen Schluck Kaffee, um den zynischen Kommentar zurückzuhalten. Sie wollte Isabelles und Simons idyllische Verliebtheit nicht verderben.

Vaughn sah das glückliche Paar an. »Oh, seid ihr beiden nicht wahnsinnig … schmalzig?«

Kathleen stieß ihn an. »Hör auf, deinen Bruder zu ärgern.«

»Was denn? Ich warte nur darauf, das Vögel und kleine Waldtiere hereinkommen und ein Lied über die wahre Liebe singen, so ekelhaft süß sind sie.«

Sidney lachte laut auf. Schnell biss sie sich auf die Lippe.

Als sich ihre Blicke trafen, wurde Sidney klar, dass sie einen kurzen Moment lang einer Meinung gewesen waren.

»Und?«, fragte Kathleen mit dem Tortenheber in der Hand. »Wer will einen Nachschlag?«

Nachdem das Geschirr abgeräumt war, verschwand Kathleen kurz und kam dann mit einem Stapel Fotoalben in die Küche zurück.

»Oh, bitte nicht«, stöhnte Vaughn.

»Auf keinen Fall, Mom«, protestierte Simon. »Nicht die Fotoalben.«

»Was denn? Ich bin mir sicher, dass die Mädchen sich das gerne ansehen wollen. Ihr Jungs wart so süß, als ihr jünger wart.« Sie scheuchte sie davon. »Geht und arbeitet am Schuppen, solange wir uns unterhalten.«

Die drei Frauen zogen ins Wohnzimmer um, und Kathleen präsentierte Isabelle und Sidney die Familienfotos. Sie erzählte lustige Anekdoten und wurde ganz nostalgisch, als sie Simons Babyalbum öffnete. »Ich habe alles aufgeschrieben, weil ich wusste, dass er mein letztes Kind sein würde. Adam und ich hatten eigentlich eine sehr viel größere Familie geplant, aber bei Simons Geburt gab es Komplikationen. Ich habe mir immer eine Tochter gewünscht.« Sie sah vom Album auf und lächelte Isabelle an. »Zumindest bekomme ich jetzt eine Schwiegertochter. Endlich.«

Isabelle erwiderte das Lächeln. »Mir ist bewusst, dass Simon und ich uns erst ein paar Monate kennen, aber ich hoffe inständig, dass du weißt, dass meine Gefühle für ihn vollkommen aufrichtig sind. Er ist ganz wundervoll. Er ist lustig und süß und lieb und einfach ein guter Mensch. Ich kann es kaum abwarten, ihn zu heiraten und eine Familie zu gründen, um auch solche Erinnerungen wie diese hier zu schaffen.« Sie deutete auf die Fotoalben auf dem Wohnzimmertisch vor ihnen.

Kathleen stiegen die Tränen in die Augen. »Ich glaube, das ist das Liebste, was ich jemals gehört habe.« Sie lachte und wischte sich eine Träne weg. »Ich würde sagen, das verlangt nach einer Umarmung.« Sie zog Isabelle an sich und drückte sie fest.

Als sie das sah, verspürte Sidney einen kleinen Stich im Herzen. So viele dieser Momente hatten Isabelle und sie nicht erleben dürfen. Aber so sehr sie sich auch für Isabelle und ihre gute Beziehung zu ihrer zukünftigen Schwiegermutter freute, erinnerte es sie doch daran, dass sie sich an diesem Punkt ihres Lebens ebenfalls in dieser Situation gesehen hatte.

Vorsicht, warnte die pragmatische Stimme in ihrem Kopf. *Das fängt ja langsam an, wie Eifersucht zu klingen.*

Sidney erhob sich. »Ich hole mir mal ein Glas Wasser. Möchte sonst noch jemand etwas?«

»Es wäre nett, wenn du den Jungs ein paar Wasserflaschen bringen würdest«, sagte Kathleen. »Und frag sie mal, wie lange sie noch draußen sein wollen.«

Sidney dachte, dass ihr ein bisschen frische Luft guttun würde. »Klar, kein Problem.« Sie schnappte sich drei Wasserflaschen aus dem Kühlschrank, ging in den Garten hinaus, an einer Reihe bunter Blumen vorbei und erreichte schließlich den weiß gestrichenen Schuppen. Sie konnte sehen, dass Simon an einem Bereich des Dachs in der Nähe der Leiter arbeitete, also rief sie seinen Namen und hielt das Wasser hoch. »Deine Mutter möchte wissen, wie lange ihr noch machen wollt.«

Er kletterte die Leiter hinab und nahm sich eine der Wasserflaschen. »Ich denke, wir sollten langsam aufhören. Es wird sowieso bald dunkel.« Er rief nach Vaughn, der seinen Kopf über den Rand des Dachs schob. »Ich mache jetzt Schluss.«

Vaughn nickte und machte sich wieder ans Hämmern.

Da sie keine Lust hatte, den ganzen Abend auf ihn zu warten, stellte Sidney sein Wasser neben der Leiter ins Gras. Sie drehte sich um und wollte Simon ins Haus folgen. Doch dann zögerte sie.

Vielleicht konnte sie noch eine winzig kleine Pause gebrauchen, bevor sie wieder zum bezauberndsten Pärchen diesseits von Chicago zurückkehrte.

Sie bemerkte einen Pfad links vom Schuppen. Als sie sah, dass er in den angrenzenden Wald hinter dem Haus der Roberts führte, entschied sie sich, ihn mal auszuprobieren. Kurz vor der Baumgrenze teilte sich der Pfad. Da es langsam dämmerte, ging sie nicht in den Wald hinein, sondern entschied sich für den Weg, der sie zu einer kleinen Lichtung brachte. Ehrfurchtsvoll blieb sie stehen und betrachtete den malerischen Anblick. Das Grundstück der Familie Roberts lag auf der

Spitze eines Hügels, und von der Lichtung aus konnte sie in das Tal hinabsehen. Das tiefe Blau des Himmels war mit leuchtenden Rot-, Orange- und Gelbtönen durchzogen, während die Sonne langsam hinter den Hügeln verschwand.

Um die verbleibende Helligkeit zu nutzen, setzte sie sich ins Gras, zog die Beine an und stützte ihr Kinn auf ihren Unterarmen ab. Dann genoss sie ein paar kurze, aber segensreiche Momente ohne Hochzeitsgerede.

11

Denk nicht mal daran, ihr zu folgen.

Vaughn wiederholte dieses Mantra in seinem Kopf, während er mit dem Hammer das Dach bearbeitete. Als er mit der Reihe der Schindeln, die er abschlagen wollte, fertig war, entschloss er sich, es für heute gut sein zu lassen und Feierabend zu machen. Er und Simon hatten morgen noch genug Arbeit vor sich, aber sie kamen gut voran – schon über die Hälfte des Dachs war geschafft. Er wischte sich mit dem Unterarm über die Stirn und stieg dann die Leiter hinunter, um sich eine der Wasserflaschen zu nehmen, die Sidney ihnen gebracht hatte.

Ihm war aufgefallen, dass sie heute anders aussah. Die Haare offen, eine Jeans, die jede ihrer Kurven betonte, und ein sommerliches Top, dass eng an ihrem Oberkörper lag und weit um ihre Taille fiel. Er konnte förmlich fühlen, wie seine Finger über ihre sanfte Haut strichen, wie sie sich einen Weg an ihrer Taille entlangbahnten und zu der verlockenden Rundung ihrer Brüste hinaufwanderten.

Herrgott.

Frustriert trank Vaughn einen Schluck Wasser und schaute zu dem Weg, der auf die Lichtung führte. Sie war erst seit ein paar Minuten weg, und er wusste, dass sie nicht weit gekommen sein konnte. Obwohl … Es bestand immerhin die Möglichkeit, dass sie stolperte und vielleicht in Giftefeu fiel. Oder auf einen wütenden Dachs traf. Oder sie könnte mit ihren Designersandalen ausrutschen, kopfüber den Hügel hinunterstürzen und auf einem ganzen *Nest* wütender Dachse landen.

Er sollte vielleicht nach ihr sehen. Nur um sicherzugehen.

Als das entschieden war, folgte er dem Weg durch den kleinen Wald, den er wie seine Westentasche kannte, und sah sie am Rande der Lichtung sitzen. Sie schaute über die Schulter und betrachtete ihn argwöhnisch.

Er blieb neben ihr stehen. »Also. Wie viele Dinge genau stehen auf dieser Liste, von der du gesprochen hast?«

Sie sah zu, wie er sich neben sie ins Gras setzte. »Vierunddreißig.«

»*Vierunddreißig*? Das ist nicht dein Ernst.« Vaughn bezweifelte, dass irgendein Mann diesen Test bestehen würde. Aber vielleicht war gerade das der Sinn.

Sie richtete sich auf und ging in die Defensive. »Ein paar Sachen sind vielleicht unnötig, aber alles in allem ist es eine ziemlich solide Liste, finde ich.«

Jetzt war er neugierig. »Na los, dann lass mal hören. Sag mir, was auf dieser Liste steht, das besagt, ob ein Mann zu einer festen Beziehung bereit ist.« Sie sah ihn gespielt verwirrt an. »Sag noch mal schnell – warum sollte mich kümmern, was du denkst?« Er zog herausfordernd eine Augenbraue hoch. »Hast du Angst, dass ich deine Liste für totalen Mist halten werde?«

Sie hielt seinem Blick trotzig stand und zählte dann die Punkte an ihren Fingern ab: »Er sollte nicht an einer früheren Beziehung hängen. Muss an den Wochenenden Zeit haben. Mit seiner Karriere zufrieden sein. Eine gute Beziehung zu seinen Eltern haben. Seine Freunde sollten ebenfalls in soliden Beziehungen stecken.« Sie machte eine Pause, als ob sie versuchte, sich an die anderen Dinge auf der Liste zu erinnern.

Vaughn runzelte die Stirn. »Ich hoffe, du hast noch mehr zu bieten. Du hast nämlich gerade *mich* beschrieben.« Ihre Augen weiteten sich, ihr Gesichtsausdruck spiegelte ehrliches Entsetzen wider. Dann lächelte sie. »Ah, aber du fällst bei Regel Nummer eins durch, der wichtigsten von allen: Er *sagt* dir, dass er nicht an einer ernsthaften Beziehung interessiert ist.« Vaughn atmete erleichtert aus. Gott sein Dank gab es Regel Nummer eins. Blöder Test hin oder her, er hatte keine Lust, irgendwelche Zeichen von »Bindungsbereitschaft« auszustrahlen. Das war etwas für andere Männer, er genoss sein Leben so, wie es war, danke der Nachfrage.

Sidney atmete erleichtert auf. »Puh, das hat mir jetzt kurz einen Schrecken eingejagt. Kein Mann von deiner Sorte soll sich unerkannt ranschleichen können.«

Dieser Kommentar ging ein wenig unter die Gürtellinie. »Nur damit du es weißt, ›meine Sorte‹ schleicht sich nicht ran. Ich gehe immer sehr offen damit um, dass ich nicht nach einer festen Beziehung suche.«

Ihr Lächeln war süß, ihr Ton staubtrocken. »Oh, das macht dich wirklich zu einem guten Kerl, dass du *ehrlich* zugibst, ein Frauenheld zu sein.«

Also … das ging jetzt aber *richtig* unter die Gürtellinie. »Wäre es dir lieber, ich würde lügen?« Er drehte sich zu ihr um. »Soll ich monatelang mit einer Frau ausgehen und ihr dann sagen, dass ich nichts Ernstes suche? Würde mich das zu einem guten Kerl machen?« Er lehnte sich vor. »Siehst du, deshalb treffe ich mich nicht mit Frauen in den Dreißigern. Ihr seid zynisch und störrisch. Und ihr habt Checklisten mit vierunddreißig verdammten Punkten darauf.« Sie drehte sich zu ihm, und er sah, dass ihre Wangen knallrot waren, als auch sie die Stimme hob. »Schieb das nicht auf mich. Es gibt einen Grund, warum Frauen wie ich eine Vierunddreißig-Punkte-Checkliste haben – wir müssen uns vor Typen wie *dir* schützen.«

»Was ist an einem Typen wie mir denn so schlimm? Ich sehe das so: Wenn du nach ›Sie lebten glücklich bis an ihr Lebensende‹ suchst, dann gibt es da draußen eine Menge besserer

Männer. Aber wenn du einfach Spaß haben willst, dann bin ich genau der Richtige, Süße.«

»Du bist wirklich ganz schön von dir eingenommen.«

Verdammt, ja, das war er – und zwar aus gutem Grund. Er schaute ihr in die Augen. »Ich würde deine Welt auf den Kopf stellen, Sinclair, und das weißt du auch.«

Ungefähr in diesem Moment wurde ihm bewusst, dass sie nur Zentimeter voneinander entfernt saßen. Aber sie bewegte sich nicht, also tat er es auch nicht.

»Ah ja, deine angeblich so tollen Sprüche.« Sie unterstrich das Wort mit einem Kopfnicken. »Das gewisse Etwas, dass nur Special Agent Vaughn Roberts hat.« Dieser *Mund*. Ihre sarkastischen Bemerkungen brachten ihn wirklich in Rage, aber er konnte nicht aufhören, auf ihre vollen, verführerischen Lippen zu starren. Also senkte er seinen Kopf und auch seine Stimme. »Willst du wissen, was ich denke?« Sie hielt kurz inne, als ob sie seine Nähe nun wahrnahm. Er konnte hören, dass ihr Atem schneller ging.

»Eigentlich nicht«, sagte sie.

Die Worte klangen ganz typisch nach der sarkastischen Sidney Sinclair, aber der raue Ton ihrer Stimme war neu. Das zog ihn nur noch mehr an. »Ich glaube, du hast Angst, dass es dir sogar noch gefällt, wenn ich dich jetzt küsse.«

Ihre Augen funkelten – zweifellos wütend, aber auch mit einem Feuer, das einen anderen Ursprung hatte. Und bevor Vaughn überhaupt wusste, was er tat, küsste er sie.

Er öffnete ihre Lippen mit seinem Mund, und all seine Frustration und sein Ärger flossen in diesen einen Kuss. Seine Zunge fuhr grob gegen ihre – er gab sich keine Mühe, sanft oder raffiniert zu sein –, und er spürte, wie sie ihre Hände gegen seine Brust drückte. Er bereitete sich darauf vor, von ihr weggestoßen zu werden, aber stattdessen krallte sie sich an seinem

T-Shirt fest, zog ihn näher und – *du lieber Himmel* – erwiderte seinen Kuss.

Alles, was ihn bis jetzt zurückgehalten hatte … löste sich einfach auf.

Er packte sie und zog sie auf seinen Schoß. Ihre Beine in den engen Jeans umschlangen seine Oberschenkel. Er vergrub seine Hand in ihrem Haar, und ihre Münder verschmolzen wild miteinander. Sie biss ihn in die Unterlippe, saugte und leckte dann in einer Art und Weise darüber, die seine Erektion von innen gegen den Reißverschluss pochen ließ. Er knurrte und drückte sie auf den Boden.

Sie stöhnte, als er sich zwischen ihre Schenkel drängte, und das Geräusch machte ihn nur noch mehr an. Wieder küsste er sie hungrig und griff mit einer Hand in ihren Nacken. Er wollte mehr von ihr schmecken, also neigte er seinen Kopf und ließ seine Lippen über die weiche Haut an ihrem Hals wandern, wobei er ihr Haar zurückzog, um mehr zu entblößen. Sie grub ihre Nägel durch sein T-Shirt hindurch in seinen Rücken, also knabberte er an ihrem Halsansatz. Sie schnappte nach Luft und drückte den Rücken durch. Dabei hob sie ein Knie und ließ ihn so tiefer zwischen ihre Schenkel gleiten, bevor sie damit begann, ihre Hüften langsam gegen die Wölbung seiner Erektion zu bewegen.

Verdammt.

Sein Atem war nur noch ein raues Zischen. Erneut presste er seinen Mund auf ihren. Erwartungsvoll drückte sie ihre Brüste gegen seinen Oberkörper, und er konnte nur noch daran denken, eine davon in den Mund zu nehmen und daran zu saugen, ihre Hose nach unten zu schieben, seinen Reißverschluss zu öffnen und sie hart auf dem Boden zu nehmen, während sie seinen Namen rief …

»Vaughn!«

Simons Stimme aus dem Garten ließ sie beide zusammenzucken und voneinander zurückzuweichen.

Sie starrten sich an, keuchend und mit weit aufgerissenen Augen.

»Oh nein«, sagte Sidney. »Du und ich, wir können nicht … Ich meine, wir können *so was* von nicht … Du weißt schon.« Sie deutete zwischen ihnen beiden hin und her. Ihre Lippen waren von seinen Küssen noch geschwollen, ihre Wangen gerötet, und ihr herrliches kastanienbraunes Haar hing in wilden Wellen über ihren Schultern.

Vaughn legte die Hand über seinen Mund und versuchte, sich darüber klar zu werden, was zum Teufel da gerade passiert war.

Simon rief erneut seinen Namen, dieses Mal klang es schon näher.

Sofort ging er in den Undercovermodus. »Verhalte dich einfach normal«, sagte er zu Sidney. Er zupfte ein paar Blütenblätter aus ihrem Haar und sprach dabei ganz ruhig. »Wir sind zwei Leute, die die schöne Aussicht genießen. Das ist alles. Wir haben uns über die Hochzeit unterhalten und darüber, dass wir ja die Termine für den Junggesellen- und Junggesellinnenabschied abstimmen könnten. Wir haben uns gedacht, dass Simon und Isabelle sie wegen der knappen Zeit am gleichen Tag machen wollen.«

»Alles klar, Junggesellinnenabschied. Verstehe.« Sidney atmete tief durch und sammelte sich.

Vaughns Blick fiel auf ihren Hals. »Du hast einen Knutschfleck.« Er richtete ihr Haar und legte es über ihre Schultern. »Du wirst deine Haare wohl für den Rest des Wochenendes offen tragen müssen.«

Als sie wieder ihre Positionen einnahmen, bemerkte er, dass Sidney ihn böse ansah. »Spar dir den Blick, Sinclair. Du hast mich zuerst gebissen.«

Sie errötete, als Simon die Lichtung betrat.

Vaughn grinste. »Hey, Bruderherz. Wir haben gerade über dich gesprochen.«

Den Rest des Wochenendes sorgte Sidney dafür, dass sie nicht noch mal mit Vaughn allein war.

Das war nicht so schwer, wie sie befürchtet hatte: Mit Isabelle, Simon, Adam und Kathleen waren jede Menge Leute anwesend, und mit ein bisschen Raffinesse schaffte Sidney es stets, dass einer davon bei ihr war. Sie und Isabelle waren zum Hotel zurückgegangen, kurz nachdem Simon sie und Vaughn auf der Lichtung gefunden hatte, und sie kamen am nächsten Tag erst am späten Vormittag zurück, nachdem Isabelles Morgenübelkeit einigermaßen verflogen war. Und als sie am Sonntag zum Haus kamen, war Vaughn schon wieder auf dem Dach des Schuppens beschäftigt. Simon half seinem Bruder, die beiden Männer beendeten ihr Vorhaben und räumten auf.

Beim Mittagessen wechselten Sidney und Vaughn höchstens zwei Worte miteinander – obwohl sie ihn dabei erwischte, wie er sie beobachtete, als sie ihre Haare über die Schulter nach hinten strich. Gott sei Dank war der Knutschfleck auf ihrem Hals schon wieder so gut wie verschwunden und damit auch alle Spuren ihres sonderbaren Stelldicheins mit Vaughn im Wäldchen.

Ein Stelldichein, das sie, so schwor sie sich, nie mehr wiederholen würden.

Nach dem Essen war es Zeit, sich zu verabschieden und auf den Rückweg zu machen.

»Ich bin so froh, dass du dieses Wochenende auch dabei warst«, sagte Kathleen, während sie Sidney vor dem Haus in die Arme schloss.

Dann stellte sie sich neben ihren Mann, und die beiden winkten zum Abschied, als Vaughns und Sidneys Autos über die Einfahrt davonfuhren.

»Und … geschafft«, sagte Isabelle, als die schöne weiße Ranch in Sidneys Rückspiegel langsam kleiner wurde. »Ich glaube, das lief ganz gut. Ich will es ja nicht übertreiben, aber ich glaube, sie mögen mich.« Sie schaute dankbar zu Sidney herüber. »Ich hoffe, das Wochenende war nicht zu langweilig für dich.«

Für einen kurzen Moment war Sidney versucht, ihrer Schwester alles zu erzählen. *Es ist was Witziges passiert: Ich habe Vaughn geküsst*. Aber dann hätte Isabelle wissen wollen, ob der Kuss irgendetwas zu bedeuten hatte – und weil das ganz sicher, hundertprozentig nicht der Fall war, entschied Sidney, dass es besser war, es gar nicht erst zu erwähnen.

»Nein, gar nicht. Es hat Spaß gemacht«, versicherte sie ihrer Schwester.

Isabelle stellte ihren Sitz nach hinten und schloss die Augen. Dabei murmelte sie etwas davon, ein bisschen schlafen zu wollen. Sidney stellte das Radio leiser und folgte Vaughns Wagen durch das inzwischen einigermaßen bekannte Labyrinth aus Waldstücken, Hügeln und Tälern, das dann bald auf den Highway führte. Nach etwa fünfzehn Minuten setzte sich Isabelle plötzlich auf. »Ich glaube, mir wird schlecht.«

Sidney schaute zu ihr rüber. »Soll ich anhalten?«

»Ja, schnell.«

Sidney hielt am Straßenrand. Isabelle beeilte sich, aus dem Auto zu steigen, und rannte zu ein paar Bäumen. Vor ihnen wurde Vaughns Wagen langsamer, machte einen U-Turn und hielt parallel zu Sidneys Wagen auf der anderen Seite der Straße an.

Simon stieg mit einem verlegenen Lächeln aus. »Ihr wird

manchmal beim Autofahren etwas schlecht«, erklärte er Vaughn.

»Mmm-hmm«, brummte Vaughn durch das geöffnete Fenster auf der Fahrerseite.

Simon ging, um sich um Isabelle zu kümmern, die sich noch vornüberbeugte und beschäftigt war.

Vaughn und Sidney schauten sich in ihren Autos sitzend über die Straße hinweg an, aber keiner machte Anstalten, auszusteigen.

Dann wandten sich beide ab. Die grau asphaltierte Straße bot einen willkommenen Abstand zwischen ihnen.

12

Zwei Wochen später hatte Vaughn seinen ersten Auftritt als »Mark Sullivan«, dem Waffenkäufer, der unbedingt die Bekanntschaft von Officer Pritchett und seiner Gruppe korrupter Polizisten machen wollte. Seinen Instruktionen folgend hatte Batista das Treffen für diesen Freitagnachmittag in einem Diner in West Town arrangiert. Als Mark Sullivan – ein Mann, der gutes Geld damit verdiente, schmutzige Dinge zu tun – sah Vaughn aus, als würde er seine freie Zeit damit verbringen, in teuren Stripklubs abzuhängen. Er trug einen Dreitagebart, einen teuren Designeranzug und italienische Slipper sowie eine dicke Rolex am Handgelenk.

Pritchett erschien pünktlich und mit zwei muskulösen Mittzwanzigern im Schlepptau. Ohne das Wissen der drei Polizisten hatte auch Vaughn ein paar Gäste zu dieser Party mitgebracht – sogar eine ganze Meute. Korrupte Polizisten waren gefährliche Zielpersonen. Abgesehen davon, dass sie bewaffnet waren, hatten sie alles zu verlieren, wenn man sie erwischte. Für manche Kriminelle gehörte es einfach zum Leben auf der Straße, irgendwann auch mal ins Gefängnis zu gehen, sozusagen als Initiationsritual. Aber für Polizeibeamte war es das Ende der Welt, vom FBI erwischt zu werden – und wenn jemand dachte, dass seine Welt zu Ende ging, gab es praktisch keine dummen oder gefährlichen Dinge, die er nicht tun würde.

Genau aus diesem Grund hatten Vaughn und Huxley bei diesem Treffen nichts dem Zufall überlassen. Huxley und drei Männer ihres Teams saßen in Autos bereit, die nicht weit entfernt von dem Diner standen, und alle Agenten würden jedes Wort von Vaughns Unterhaltung über das stecknadelkopfgroße Mikrofon mithören, das er an einem seiner Hemdsknöpfe befestigt hatte. Außerdem war eine Spezialeinheit zugegen, ein Team aus acht schwer bewaffneten Agenten, die Pritchett und seinen beiden Schergen – als Officer James Mahoney und Officer Ali Ortiz identifiziert – zu diesem Treffen gefolgt waren. Sie hatten bereits bestätigt, dass die drei Polizisten nur mit ihren Dienstwaffen ausgestattet waren und keine weitere Rückendeckung hatten.

Pritchett sah Vaughn an seinem Tisch sitzen und kam auf ihn zu, die Officers Ortiz und Mahoney folgten hinter ihm. Nach ein paar Minuten des Posierens und gegenseitigen Beäugens kamen Vaughn und Pritchett zum Geschäftlichen.

Er erzählte Pritchett, dass er einige Probleme dabei gehabt hätte, Waffen über die Stadtgrenze nach Chicago zu transportieren, und dass er sehr interessiert gewesen sei, als Batista ihm von dem Schmuggelring berichtet habe, den der Polizist nebenher betreibe.

»Es ist verdammt noch mal genial«, gab Pritchett an. »Ich habe eine tolle Gruppe hier. Was auch immer Sie wollen, wir können es besorgen. Wir mieten Lastwagen oder Transporter, je nachdem, wie groß der Job sein soll. Und sollte uns jemand anhalten, dann zeigen wir ihm nur unsere Dienstmarken und sagen, dass wir außerdienstlich Sachen ausliefern, die jemand bei einer Auktion gekauft hat. Niemand wird genauer nachfragen.«

»Werden Sie denn oft angehalten?«, fragte Vaughn skeptisch.

»Noch kein einziges Mal. Ich meine ja nur, dass wir einen Plan B haben, falls es passiert«, sagte Pritchett, der Vaughn schnell überzeugen wollte. »Ich bin schließlich kein Anfänger.

Wir sind *Polizisten*. Das ist das Schöne daran. Wir wissen, wie Polizisten denken.«

»Nämlich wie?«, hakte Vaughn nach.

»Zum Beispiel fahren wir immer getrennt, wenn wir eine Tour machen, weil eine lange Reihe Transporter, die mitten in der Nacht über den Lake Shore Drive fährt, immer Misstrauen erwecken würde. Wir wissen genau, in welchen Gegenden die meisten Streifenpolizisten patrouillieren. Wir kennen jede Menge solcher Tricks.« Pritchett trank einen Schluck Kaffee.

»Aber man muss sich nicht nur um die Polizisten kümmern. Vielleicht bekommt jemand anders Wind davon, dass man Waffen schmuggelt, und möchte einen Teil vom Kuchen abhaben. Vielleicht denkt er, es wäre einfach, ein oder zwei Schmuggler auszuschalten und die Ware für sich selbst zu stehlen.« Er nickte in Richtung der beiden bulligen Kollegen an seiner Seite. »Auch darauf sind wir vorbereitet. Wir sind wie die verdammten Pfadfinder, richtig Ortiz?«

»Allzeit bereit«, antwortete der muskulöse Polizist zu seiner Rechten mit einem verschlagenen Grinsen.

Vaughn zeigte nach außen keine Reaktion, stellte sich aber vor, wie die Geschworenen und die Presse diese kleine Unterhaltung lieben würden. Korrupte Polizisten, die sich selbst mit den Pfadfindern verglichen – es waren Sätze wie diese, die überall in den Medien wiederholt werden würden, wenn der Fall erst einmal an der Öffentlichkeit war.

»Wir haben Taser, Waffen und schusssichere Westen«, prahlte Pritchett weiter. »Was immer Sie in die Stadt schmuggeln wollen, wir kümmern uns darum. Mit uns legt sich niemand an.« Vaughn lehnte sich zurück und musterte Pritchett, als ob er über all das nachdenken würde. »Ich hätte einen Auftrag von Indianapolis aus«, sagte er dann. »Vielleicht können wir es als Probelauf ansehen.«

Pritchetts Augen funkelten gierig. »Was für Ware ist es?«

»Schusswaffen – eine Mischung aus Sturmfeuer- und Handwaffen.«

Pritchett zuckte lässig mit den Schultern. »Das ist kein Problem.«

»Waffen sind schwer. Wie viele Jungs sind in Ihrem Team?«

»Mit mir fünf.«

»Und alle haben diese praktischen Dienstmarken, von denen Sie gesprochen haben?«

Pritchett grinste. »Jeder einzelne.«

Also hatten sie es mit einem Schmugglerring zu tun, an dem fünf Polizisten beteiligt waren. »Woher wissen Sie, dass Sie denen trauen können? Es sind Polizisten. Was ist, wenn sie plötzlich ein schlechtes Gewissen bekommen?« Vaughn deutete nachdrücklich auf ihn. »Wenn Sie mich verarschen, Pritchett, dann wird es das letzte Mal sein.«

Pritchett beeilte sich, seine Zweifel zu zerstreuen. »Keine Sorge. Ich hab die Jungs alle selbst ausgesucht. Ich habe fast ein Jahr gebraucht, um die Gruppe zusammenzustellen. Die Jungs sind sauber – sie erkennen ein gutes Geschäft, wenn sich ihnen eins bietet.«

Vaughn zog ein Stück Papier aus seiner Hosentasche und schob es Pritchett über den Tisch zu. Genug geplaudert – es war Zeit, das Geschäft abzuschließen. »Die obere Adresse ist die der Lagerhalle in Indianapolis, wo Sie die Waffen abholen werden. Seien Sie am Montag in einer Woche um Mitternacht dort. Parken Sie auf der Südseite der Halle – dort wird Sie ein Typ namens Masso erwarten. Die Waffen bringen Sie mir dann zu der anderen Adresse.

»Wie hoch ist unser Anteil?«, fragte Pritchett.

»Fünfzehntausend«, sagte Vaughn in einem Ton, der keinen Verhandlungsspielraum ließ.

Pritchett schaute noch einmal zu den beiden Polizisten, die neben ihm saßen, und nickte Vaughn dann zu.

»Geht klar.«

Am Abend, nachdem Vaughn die schmierigen Klamotten ausgezogen und die Rolex abgelegt hatte, brachten er und Huxley Cade in einem Pub nahe dem Büro des Staatsanwalts auf den neuesten Stand im Fall Pritchett.

»Also, wer ist dieser Masso?«, fragte Cade. Sobald die ersten Verhaftungen gemacht worden waren, würden die Agenten den Fall zur Anklage an den Staatsanwalt übergeben – aber bis dahin war Vaughn der leitende Ermittler.

»Masso ist Sonderermittler Brent Lyons aus Indianapolis«, sagte Vaughn. »Montagnacht wird er mit einigen Taschen voller Waffen, die alle untauglich gemacht wurden, auf Pritchetts Truppe warten.« Er machte eine Pause, als die Kellnerin ihre Burger brachte, und griff herzhaft zu. Verdeckte Ermittlungen machten ihn immer wahnsinnig hungrig – vielleicht war es der zusätzliche Adrenalinschub.

Er fuhr fort, nachdem er geschluckt hatte. »Wenn also alles wie geplant läuft, dann werden Hux und ich so in etwa einem Monat genug Beweise für dich haben, damit du …« Er hielt inne, weil er den amüsierten Blick sah, den sich Cade und Huxley zuwarfen. »Was ist?«

»Willst du wirklich nichts zu dem sagen, was da auf drei Uhr passiert?«, fragte Huxley. »Die schauen her, seit wir uns gesetzt haben.«

Vaughn spähte unauffällig zu einem Tisch mit drei Frauen Mitte zwanzig, die sich alle zum Ausgehen aufgebrezelt hatten und knallenge Jeans, High Heels sowie freizügige Oberteile trugen. Die Brünette, die ihnen gegenübersaß, schaute ihn an und hielt seinem Blick kühn für einen Moment stand, bevor sie sich wieder der Unterhaltung mit ihren Freundinnen zuwandte.

Er zuckte mit den Schultern. »Ach, die sind alle drei zu viel auf der Sonnenbank gewesen.«

Cade starrte ihn an, dann sagte er ganz langsam: »Es ist Freitagabend. Da sitzen drei attraktive Frauen, die ein Auge auf dich geworfen haben, und das ist alles, was du dazu sagst?« Er musterte Vaughn mit scharfem Blick. »Was ist los mit dir? Bist du krank? Hast du innere Blutungen im Kopf?«

Huxley rieb sich das Kinn und grübelte. »Etwas ganz Ähnliches ist letztens schon mal passiert«, erzählte er Cade. »Die süße neue Barista im *Starbucks* hat mit ihm geflirtet, und er hat es nicht mal gemerkt.«

»Welche süße neue Barista im *Starbucks*?«, fragte Vaughn ungehalten.

Huxley zeigte auf Vaughn. »Siehst du? Es ist, als ob sein Radar kaputt ist oder so was.«

»Hmm.« Cade musterte Vaughn und verschränkte die Arme vor der Brust. »Wie lange ist er schon so?«

Vaughn funkelte ihn finster an, während er sich ein paar Pommes frites nahm. »Wenn ihr beiden dann vielleicht jetzt damit aufhören könntet, über mich zu reden, als wäre ich nicht hier – das wäre nett. Wirklich.«

»Zwei Wochen«, sagte Huxley zu Cade, als hätte Vaughn nicht gesprochen. »Seit er von dem Wochenende bei seinen Eltern zurück ist.«

Als er das hörte, zog Cade eine Augenbraue hoch. »Was für ein Zufall. Korrigiere mich, wenn ich falschliege, Agent Roberts, aber war das nicht auch das letzte Mal, dass du eine gewisse scharfe Trauzeugin gesehen hast?«

»Immer noch die Witze über die Trauzeugin?«, fragte Vaughn.

»Kannst du dich vielleicht noch daran erinnern, wie du mir die Hölle heiß gemacht hast, als ich angefangen habe, mich mit Brooke zu treffen?«, gab Cade zurück.

Vaughn lächelte stolz. Kein Zweifel, er hatte seinem Freund damit wochenlang in den Ohren gelegen.

Mist.

»Und mir, als ich mit Addison zusammengekommen bin?«, schob Huxley nach. Er bezog sich auf seine Verlobte, die ebenfalls in der Abteilung für Wirtschaftskriminalität arbeitete.

»Ein Zufall, der immer noch ein größeres FBI-Geheimnis ist, als das Attentat auf JFK«, scherzte Vaughn.

Sowohl Cade als auch Huxley starrten ihn ungerührt an.

Ein schwieriges Publikum.

»Wie auch immer. Das hier ist etwas komplett anderes«, sagte Vaughn bestimmt. »Ich kann Sidney nicht mal leiden. Sie ist genau das, wonach ich *nicht* suche: streitsüchtig, kompliziert und auf der Suche nach einer festen Beziehung. Ich habe sie seit zwei Wochen nicht mehr gesehen und glaubt mir, das waren mit Abstand die friedlichsten zwei Wochen meines Lebens.« Tatsächlich war es eine Erleichterung gewesen, sich in die Arbeit zu stürzen, seit er von seinen Eltern zurück war. Endlich hatte er Ruhe vor einer gewissen Person, deren Kuss sich für jemanden, der so launisch und schwierig war, *viel* zu erregend angefühlt hatte.

»Du machst es schon wieder«, bemerkte Huxley. »Es wirkt, als ob du noch mehr sagen wolltest.«

»Will ich nicht.«

»Du weißt schon, dass wir dich nicht gehen lassen, bevor du uns einweihst, oder?«, fragte Cade.

Leider wusste Vaughn das genau. Seine Freunde würden sich auf die Sache mit Sidney stürzen und ihn so lange nerven, bis sie die Antworten bekämen, die sie hören wollten. »Also gut«, sagte er. Er konnte das Pflaster auch einfach direkt abreißen und es hinter sich bringen. »Ich habe sie geküsst.«

»Du hast die Trauzeugin geküsst?«, stieß Huxley ungläubig hervor.

»Nein, ich dachte mir, ich knutsche die Frau, die meinen Bruder heiraten will«, erwiderte Vaughn trocken. »Ja, die Trauzeugin.« Als er sah, dass Huxley den Mund aufmachte, hob er die Hand. »Und was immer du sagen willst, tu es nicht. Es war eine aggressive, spontane Sache.«

»Ein aggressiver Kuss, ja?«, fragte Cade. »Wie lief das denn?«

Vaughns Mund verzog sich beinahe zu einem Lächeln. *Sie hat mich gebissen.* Ein Bild zuckte durch seinen Kopf: er und Sidney, die wild im Gras herumknutschten – ein Bild, das sogleich von ihren weit aufgerissenen Augen danach abgelöst wurde.

Oh nein. Du und ich, wir können nicht … Ich meine, wir können so was *von nicht … Du weißt schon.*

»Sagen wir mal, wir haben uns darauf geeinigt, dass es ein Fehler war«, sagte Vaughn.

Als das geklärt war, lenkte er die Unterhaltung weg von der sich nicht wiederholenden Knutscherei mit Sidney und zurück auf die verdeckte Ermittlung gegen die Gruppe korrupter Polizisten, die illegal Waffen in die Stadt schmuggelte.

Das war schließlich eine ziemlich wichtige Sache.

13

Am Dienstagmorgen saß Sidney einmal mehr an einem schicken Granittisch in einem der Konferenzräume bei Monroe Ellers. Dieses Mal gab es allerdings nur drei Augenpaare, die sie anstarrten. Sie gehörten den Partnern, die das Investmentkomitee der Firma bildeten. Sie und ihr Team hatten ihre Arbeit getan. Sie hatte alle finanziellen Aspekte bedacht, alle Vor- und Nachteile abgewogen, und sie war sich sicher, eine Firma gefunden zu haben, die für ihren Private-Equity-Fonds genau richtig war.

Jetzt musste sie nur noch die Seniorpartner ihrer Firma davon überzeugen. Diese Präsentation war ihr erster großer Test, seit ihrer Einstellung bei Monroe Ellers. Wenn die Mitglieder des Investmentkomitees ihre Idee absegneten, war das ein Zeichen für das Vertrauen, das sie in sie hatten. Wenn sie es andererseits *nicht* taten, hieß das, dass sie Zweifel hegten – was definitiv einen holprigen Einstieg in diese Firma bedeuten würde.

»Also, erzählen Sie uns von *Vitamin Boutique*«, sagte Michael, eines der drei Komiteemitglieder. Er deutete auf den von Sidney vorbereiteten Bericht, der vor ihnen auf dem Tisch lag.

»Aber natürlich«, sagte Sidney mit einem selbstsicheren Nicken. Sie fühlte sich auf dem heißen Stuhl wohl und vertraute ihren Instinkten. Sie war nach dem Ausflug nach Wisconsin und der Knutscherei mit Vaughn ein bisschen aus der Spur geraten, aber dieses Gefühl hatte sie hinter sich gelassen. Hier hatte sie die Kontrolle und die Leitung – und sie war bereit, ihre Arbeit zu machen.

»Vor einigen Monaten habe ich einen Artikel im *Journal* über die Einzelhandelsbranchen gelesen, die während der Wirtschaftskrise am besten abgeschnitten haben. Die Vitamin- und Nahrungsergänzungsmittelindustrie stand auch auf dieser Liste«, begann sie. »Das ist eine Fünfundzwanzig-Milliarden-Dollar-Branche und tatsächlich einer der wenigen Bereiche im Einzelhandel, die sich auch während der Konjunkturschwäche gut entwickelt haben. Momentan ist *Vitamin Boutique* vor allem im Mittleren Westen tätig, aber ich glaube, dass es gute Möglichkeiten gibt, die Firma als nationale Kette auszubauen.«

Sie begann mit der PowerPoint-Präsentation, die sie vorbereitet hatte. Auf dem Bildschirm vor ihnen erschien ein Farbschema der Vereinigten Staaten. »Die blauen Punkte zeigen die momentanen Standorte von *Vitamin Boutique*-Filialen. Aber mit der richtigen Strategie und dem entsprechenden Management sehe ich die Firma in fünf Jahren hier.« Sie klickte auf das Touchpad ihres Laptops. Der Bildschirm veränderte sich und zeigte eine signifikante Steigerung der Anzahl der Geschäfte, die über das ganze Land verteilt waren. »Ich glaube, wir können in fünf Jahren ungefähr vierhundert Geschäfte hinzuzählen.«

»Und wie sollen wir das anstellen?«, fragte Rick, das Mitglied des Komitees, das am längsten dabei war.

Ohne zu zögern, antwortete Sidney: »Zuerst könnten wir nach Kalifornien und Florida expandieren, von wo aus die Firma bereits jetzt eine große Anzahl von Bestellungen aus ihrem Katalog erhält. Danach würden wir Modelle für die Standortauswahl nutzen, um weitere potenzielle Orte für Filialen ausfindig zu machen.« Nachdem sie erklärt hatte, dass es wichtig sei, Standorte zu finden, die hohe Sichtbarkeit garantierten – vor allem Geschäfte in großen Einkaufszentren in Vororten und Eckläden in Städten –, führte sie weiter aus, dass es ebenso entscheidend sei, die Onlinepräsenz der Firma zu stärken und die Verkäufe über die Webseite zu steigern. Sie sprach weiter davon, wie sie vorhätte, nur die besten Führungskräfte für *Vitamin Boutique* zu rekrutieren, wie wichtig es für die Firma sei, die Loyalität der Kunden zu verstärken, indem man ein Bonuspunkteprogramm einführte, und wie sie eine aggressive Preispolitik schaffen wollte, bei der es täglich zwischen fünfundzwanzig und vierzig Prozent Rabatt gab.

Dann zeigte sie die finanzielle Aufstellung, die den Hauptaspekt enthielt. »In fünf Jahren werden wir die Firma dann an die Börse bringen, und ich gehe davon aus, dass wir unsere Investitionen verzehnfachen werden. Wenn das zutrifft, werden wir eine Reihe sehr zufriedener Anleger haben.«

»Das hört man gern«, sagte Michael. Die anderen schmunzelten.

Sidney legte die Hände auf den Tisch und bereitete sich auf die Befragung vor. »Und jetzt freue ich mich darauf, all Ihre Fragen zu beantworten.«

Her damit.

Am nächsten Samstag schaute Sidney von einer hinteren Ecke ihres Wohnzimmers aus dabei zu, wie fünfundzwanzig Frauen ganz aufgeregt eine Servierplatte bestaunten, die Isabelle aus einer Geschenkverpackung holte. Die Brautparty war ein voller Erfolg.

Das war eine kleine Meisterleistung, wenn man bedachte, dass sie gerade mal drei Wochen Zeit gehabt hatte, um alles zu organisieren, und dabei den Regeln folgen musste, die sowohl Isabelle, die glückliche Braut, als auch die verrückte Schwangere aufgestellt hatte.

Wir sollten Blumen als Tischschmuck haben, das wäre bestimmt hübsch. Aber bitte keine Rosen, keine Lilien und kein

Lavendel oder irgendetwas anderes mit einem zu starken Geruch. Blumige Düfte sorgen dafür, dass mir richtig schlecht wird. Sid, ich habe die allerschönsten dreistöckigen Miniküchlein bei Martha Stewarts Hochzeiten *gesehen. Die wären perfekt für den Nachtisch. Aber sag der Bäckerei bitte, dass sie Buttercreme verwenden sollen – der Gedanke an diesen klebrigen Zuckerguss bringt mich zum Würgen.*

Oh, und lass uns lustige Drinks mixen.

Aber ohne Alkohol!

Simons Mutter wird nach der Party noch zurück nach Wisconsin fahren, also können wir nicht zu spät anfangen. Aber wir fangen am besten auch nicht zu früh an, es sei denn, du willst, dass ich mich über die Sandwiches mit Eiersalat übergebe. Wobei, vergiss die Eiersalatsandwiches, gelbes Essen bringt mich zum Würgen.

Und immer so weiter.

An ihrem Aussichtspunkt in der hinteren Ecke des Wohnzimmers nahm Sidney einen Schluck Gingerale mit Orangensaft und war froh, dass sie endlich eine Pause machen konnte, jetzt, da die Gäste Mittagessen und Nachtisch serviert bekommen hatten. Maryann, eine von Isabelles Brautjungfern, notierte die Geschenke, die jeder Gast mitgebracht hatte, und die anderen Brautjungfern waren dafür zuständig, Isabelle die Geschenke zu reichen und sie wieder einzupacken, nachdem sie geöffnet worden waren.

Trish kam vom Hof herein, wo die Cateringfirma die Bar aufgebaut hatte, auf Sidney zu.

»Du hast das ganz wunderbar organisiert, *Süße*«, lobte sie betont übertrieben, während sie Sidney mit ihrem Sektglas zuprostete. Sie nahm einen Schluck und verzog das Gesicht. »Allerdings frage ich mich, was das mit den Virgin Mimosas soll?«

»Die Hälfte von Isabelles Freundinnen ist entweder schwanger oder stillt gerade«, erklärte Sidney und benutzte dabei die kleine Notlüge, die sie extra für diese spezielle Frage vorbereitet hatte. »Es sah sehr danach aus, dass der Alkohol unter diesen Umständen verschwendet gewesen wäre.« Tatsächlich trug eine beträchtliche Anzahl der Frauen im Raum niedliche sommerliche Schwangerschaftskleider. »Aber ich habe dem Barkeeper gesagt, dass er eine Flasche Sekt zur Seite stellen soll, falls du interessiert bist.«

»Reid passt auf Jonah auf, was bedeutet, dass ich einen ganzen Nachmittag nur für mich habe, und zwar zum ersten Mal seit fast fünf Monaten. Und wie ich interessiert bin«, sagte Trish.

Also schlichen sich die beiden raus auf den Innenhof und kicherten verschwörerisch, als ihnen der Barkeeper den Sekt einschenkte. Dann gab er einen Spritzer Orangensaft in jedes Glas, damit niemand merkte, dass sie Alkohol tranken.

»Das bleibt unser kleines Geheimnis«, sagte er und zwinkerte Sidney zu.

Mit ihren Gläsern in der Hand kehrten Sidney und Trish ins Wohnzimmer zurück, gerade rechtzeitig, um zu sehen, wie Isabelle ein Paar kristallener Wassergläser auspackte.

Trish lehnte sich zu Sidney und flüsterte. »Er ist niedlich.«

»Wer?«

»Der Barkeeper. Du siehst in diesem Kleid super aus – du solltest ihn unbedingt ansprechen.«

Sidney warf einen zweiten Blick auf den Barkeeper. Sicher, er war niedlich, aber er war außerdem *jung*.

»Er ist ungefähr zwölf.«

Trish grinste verschmitzt. »Wenn er Alkohol ausschenkt, ist er zweifellos volljährig.«

»Komm schon, ich bin mindestens zehn Jahre älter als der

Junge.« Sidney blinzelte, als ihr klar wurde, was sie da gerade gesagt hatte. »Oh mein Gott, wann bin ich zehn Jahre älter geworden als der Junge?«

Trish stieß mit ihr an. »Willkommen in den Dreißigern.«

Gefangen in einem Meer aus verheirateten und/oder schwangeren Frauen Mitte bis Ende zwanzig und an der Seite ihrer besten Freundin, die, obwohl sie wie Sidney dreiunddreißig war, einen Mann und ein Kind hatte, hörte Sidney plötzlich den Wecker ihrer biologischen Uhr klingeln. Er schrillte so laut, dass sie verzweifelt nach der Schlummertaste suchte.

»Ich wollte dich sowieso fragen: Wie läuft es denn mit deinem Datingplan?«, hakte Trish nach.

»Ich hatte acht erste Verabredungen in zwei Wochen«, sagte Sidney.

Trish blinzelte. »Acht? Und du hast mir von keiner einzigen erzählt?«

»Ich wollte bis zur Vermeldung einer *zweiten* Verabredung warten.«

»Keine einzige war gut genug?«, fragte Trish enttäuscht.

Sidney schüttelte den Kopf. »Nicht eine.«

»Also sind die Jungs, die du online kennenlernst, so schlimm?«

»Eigentlich war ich positiv überrascht, wie süß ein paar von ihnen waren. Aber keiner hat den Bindungstest bestanden. Es gab immer etwas, das nicht passte.«

»Was zum Beispiel?«

»Warte, lass mich überlegen.« Sidney ging die Liste an den Fingern durch. »Leo vom letzten Dienstag hing offensichtlich immer noch an seiner Ex. Felix vom letzten Donnerstag meinte, er würde im Dezember Partner in seiner Anwaltskanzlei werden und sei sich nicht sicher, ob er dem gewachsen sei.« Sie zeigte auf Trish. »Denk dran, ein guter Kandidat sollte mit seiner Karriere zufrieden sein. Dann war da Jesse, den ich letzten Freitag zum Abendessen getroffen habe und der mich gefragt hat, ob wir noch zu ihm gehen, um ›etwas zu trinken‹. Das ging viel zu schnell – es bedeutet, dass er die Beziehung genauso schnell aufgeben wird, wie er sie angefangen hat. Ganz im Gegensatz zu Jayden, meiner Verabredung vom Samstag, mit dem es vielversprechend begonnen hat. Doch dann fragte er mich, ob wir uns in zwei Wochen wiedertreffen könnten, wenn es bei ihm auf der Arbeit ›ruhiger‹ sein würde. Laut den Regeln ist das ein Warnzeichen dafür, dass er mit seinem Job verheiratet ist.« Sie versuchte, sich an den Rest zu erinnern. »Hm, wer noch? Ah, Santiago am Montag. Keiner seiner Freunde ist in einer festen Beziehung – er meinte, sie würden sich alle noch ›die Hörner abstoßen‹.« Sie warf Trish einen wissenden Blick zu. »Wie lange dauert es da wohl, bis er feststellt, dass das, was die treiben, mehr Spaß macht als eine feste Beziehung? Stimmt's?«

Sie wechselte zur zweiten Hand, weil sie mehr Finger brauchte. »Am Mittwoch war ich dann mit Mason etwas trinken. Er wohnt noch bei seinen Eltern. Ähm, nein. Dann gab es noch Vince, den ich gestern Abend zum Essen getroffen habe. Der Typ hat mir die ganze Zeit auf die Brüste gestarrt. Ernsthaft, man hätte denken können, ich hätte Augen auf die Brustwarzen genäht.«

Trish lachte. »Warte, das sind erst sieben. Ich dachte, du hättest acht Verabredungen gehabt.«

»Ich hab Karl, den Feuerwehrmann, vergessen. Wir haben uns letzten Mittwoch auf einen Kaffee getroffen.«

»Was stimmte nicht mit ihm?«, fragte Trish.

»Nichts. Eigentlich war er der Einzige, den ich nett fand. Aber er, ähm … hat danach nicht mehr auf meine E-Mail geantwortet.«

»Oh.« Trish überlegte. »Na ja, dann ist er offensichtlich ein Blödmann.«

»Offensichtlich.« Die Stichelei ging Sidney leicht von der Zunge. Und dann, ganz plötzlich, passierte es.

Ihr stiegen Tränen in die Augen.

Gedemütigt flüchtete sie um die Ecke ins Esszimmer.

Trish folgte ihr besorgt. »Sid …«

»Isabelle soll nichts merken«, sagte Sidney und versteckte sich hinter der Wand. Sie atmete tief ein und schüttelte den Kopf. »Das ist so blöd.« Dann lächelte sie ihre Freundin verlegen an. »Es geht gar nicht um den Feuerwehrmann. Es ist einfach … alles. Isabelles Hochzeit, all diese schwangeren Frauen, die Tatsache, dass ich nicht mal ein zweites Date bekommen kann.« Sie wischte die Tränen weg. »Drei Jahre meines Lebens verschwendet, nur weil ich dumm genug war, auf Brodys Ich-bin-ein-neuer-Mensch-Nummer reinzufallen.«

»Dumm genug?« Trish sah ihr in die Augen. »Sid, dir ist schon klar, dass *du* nichts falsch gemacht hast, als du dir Brody ausgesucht hast, oder? Er ist derjenige, der alles versaut hat.«

Sidney sagte einen Moment lang nichts. Dann klingelte es an der Tür, wodurch ihr eine Erwiderung erspart blieb.

Schnell sammelte sie sich, huschte um die Ecke und sah, wie Isabelle zur Haustür ging. Simon trat ein, dicht gefolgt von Vaughn.

Sidney verdrehte die Augen. Genau was sie brauchte – diesen Typen.

Simon lächelte in die Runde, als Isabelle ihn und Vaughn ins Wohnzimmer führte. »Hallo, die Damen, ich hoffe, wir stören nicht.«

»Ich habe Simon und Vaughn gebeten, die Geschenke in meine Wohnung zu bringen«, erklärte Isabelle.

»Es macht mir nichts aus, wegen meiner Muskeln ausgenutzt zu werden. Solange es dafür Kuchen gibt.« Simon küsste sie liebevoll auf die Wange.

Bei dem Wort *Muskeln* wurden zwanzig Augenpaare magisch von dem großen, breitschultrigen Vaughn angezogen, der selbstverständlich wieder verdammt umwerfend aussah. Er trug eine Jeans, die perfekt an seinen schmalen Hüften saß, und ein Hemd mit weißem Kragen, dessen Ärmel er an seinen starken, muskulösen Unterarmen nach oben gekrempelt hatte.

Arme, die Sidney einst auf das Gras gedrückt hatten, als er sie besinnungslos geküsst hatte.

Sie ignorierte das … aufgeregte Gefühl, das diese Vorstellung ausgelöst hatte, und verdrängte das Bild aus ihrem Kopf. Es hatte keinen Sinn, darüber nachzudenken.

Trish drehte sich zu Sidney um und deutete leicht in Vaughns Richtung. »*Das* ist Simons Bruder? Der, der dich angebaggert hat?« Sie schaute sich ein zweites Mal um. »*Heiliger Strohsack* trifft es ganz gut.«

»Glaub mir, das vergeht, wenn er den Mund aufmacht«, brummte Sidney.

Als ob er spürte, dass sie über ihn sprach, blickte Vaughn zu ihr. Er musterte sie, betrachtete ihr Kleid und die Schuhe. Dann biss er die Zähne zusammen und wandte sich ab, um seine Mutter zu begrüßen. »Was war das denn?«, wollte Trish leise wissen.

Sidney tat unschuldig. »Was war was?«

»Dieser Blick zwischen dir und Vaughn«, sagte Trish. »Ich kann mich nicht entscheiden, ob ihr beiden lieber ein paar Runden boxen oder euch in der Vorratskammer den Verstand rausvögeln solltet.«

»Meine Güte, Trish. Seine Mutter steht doch direkt da drüben.«

»In dem Fall würde ich dringend empfehlen, dass ihr die Vorratskammer abschließt, solltet ihr euch für Option B entscheiden.«

Sehr witzig. Da bemerkte Sidney, wie Amanda, Isabelles einzige andere alleinstehende Brautjungfer, Vaughn musterte.

Irgendetwas daran brachte sie dazu, sich zu Trish vorzulehnen. »Wenn ich dir etwas verrate, dann darfst du es nicht Isabelle oder sonst jemandem erzählen.«

Trishs Stimme klang gedämpft. »Oh, diese Einleitung gefällt mir.«

»Ich will nur vermeiden, dass irgendwer auf dumme Ideen kommt«, sagte Sidney.

»Natürlich.«

»Es hatte nichts zu bedeuten.«

»Selbstverständlich nicht.«

Sidney senkte die Stimme noch weiter. »An dem Wochenende, als ich mit Isabelle in Wisconsin war, haben Vaughn und ich rumgeknutscht.«

»Hör *auf*. Warum erzählst du mir das denn erst jetzt?«, flüsterte Trish fordernd.

»Weil es nicht hätte passieren dürfen.«

Trish hob den Kopf. »Warum nicht?«

»Weil ich ihn nicht mal leiden kann. Er ist … nervig. Und arrogant. Er ist zu selbstsicher, zu muskulös, zu attraktiv – und sich all dieser Dinge viel zu bewusst.«

»Keiner hat gesagt, dass du ihn heiraten sollst«, meinte Trish. »Du hast doch deinen Plan. Bleib dabei. Aber warum solltest du dich schuldig fühlen, wenn du ein bisschen Spaß mit jemandem hast, der sich gerade jetzt richtig anfühlt, bevor dir der *richtige* Richtige über den Weg läuft?«

Sidney öffnete den Mund, hielt dann aber inne, weil ihr auf die Schnelle keine Antwort darauf einfiel. »Was soll ich denn mit jemandem anfangen, der sich gerade jetzt richtig anfühlt?«, fragte sie skeptisch.

»Alles, was du willst«, Trish grinste verschlagen. »Willst du meinen Rat?«

Sidney dachte darüber nach. »Lieber nicht.«

Trish sprach trotzdem weiter. »Vergiss einfach, dass er dich nervt, Sid. Freu dich darüber, dass er zu muskulös und zu attraktiv ist. Ich weiß, du hast dir dein Leben mit dreiunddreißig anders vorgestellt, aber Single zu sein, hat einen großartigen Vorteil.« Sie deutete durch den Raum. »Du kannst bedeutungslosen, atemberaubenden Sex mit einem Typen wie ihm haben.«

Sidney riskierte einen Blick über die Schulter und sah, wie Vaughn gerade übertrieben begeistert auf eine mit Blumen verzierte Teetasse reagierte, die Simon aus einer Geschenkbox zog.

Definitiv nicht der *richtige* Richtige.

Mit einem lockeren Lächeln verschränkte er die Arme über der Brust, was sein Hemd gerade so weit nach oben schob, dass man an seiner rechten Hüfte seine FBI-Marke und seine Waffe sehen konnte.

»Bekommst du gerade schon Ideen, was du alles mit ihm anstellen willst?«, fragte Trish herausfordernd.

Sidney starrte diese breiten Schultern und diese Brust an, die sich so unglaublich stark angefühlt hatten, als er sie auf der Lichtung an sich gepresst hatte. Es war tatsächlich eine Weile her, seit sie ein bisschen Spaß gehabt hatte …

Aber dann kam sie wieder in der Realität an. Sie redeten hier von *Vaughn*. Selbst wenn sie über seine nervige Art und die Arroganz hinwegsah – und das war ein großes *Wenn* –, war er immer noch der zukünftige Schwager ihrer Schwester. Sie wandte sich an Trish, um es ihr zu erklären. »Es ist einfach keine gute …«

Trish hielt sie am Arm fest und unterbrach sie. »Wow, er hat sich gerade so was von deinen Hintern angeschaut, als du dich umgedreht hast.« Sie machte einen Schritt beiseite, um besser sehen zu können. »Mmm-hmm. Ich wette, er steht auf Dirty Talk. Ich wette, er kennt Tricks, Sidney. Ernsthaft, du musst an ihm dranbleiben.« Eine Frauenstimme unterbrach sie. »Worüber lästert ihr beiden da drüben denn so angestrengt?«

Sidney drehte sich um und lächelte der kleinen dunkelhaarigen Frau zu, die auf sie zukam. »Kathleen … Hallo«, sagte sie mit einem nervösen Lachen zu Vaughns Mutter. Sie ließ sich schnell eine Antwort einfallen. *Lästern? Nein, wir haben nur ein paar schmutzige Gedanken über deinen ältesten Sohn.* »Trish und ich haben nur gerade festgestellt, wie gut uns das Porzellanmuster gefällt, das Simon und Isabelle ausgesucht haben.«

»Oh, euren Gesichtsausdrücken nach zu urteilen, hätte ich gedacht, dass es etwas Anstößigeres ist als das«, sagte Kathleen und zwinkerte.

Wie unangenehm.

»Hat dir das Mittagessen geschmeckt? Kann ich dir irgendetwas bringen?«, fragte Sidney, die das Thema wechseln wollte.

»Lieb, dass du fragst, aber ich möchte nichts, danke. Es war alles köstlich.«

Sie unterhielten sich einige Minuten lang angeregt, bevor Kathleen sagte, sie müsse nun langsam in Richtung Wisconsin aufbrechen. »Aber bevor ich gehe, habe ich noch etwas für dich.« Sie zog etwas aus ihrer Handtasche, eine elfenbeinfarbene Karte mit einer blauen und orangefarbenen Blumenumrandung, und gab sie Sidney. Ganz oben stand »Aus Kathleen Roberts' Küche.« Sidney lächelte und las, was darunter stand.

»Das ist dein Rezept für Shepherd's Pie.« Es war nur eine kleine Geste, aber sie war davon sehr gerührt.

»Er schien dir gut geschmeckt zu haben«, sagte Kathleen. »Ich dachte mir, du würdest ihn vielleicht gern mal selber machen.«

»Danke. Das werde ich tun.« Sidney umarmte sie spontan, bevor sie sich verabschiedeten.

Trish zog eine Augenbraue hoch, als Kathleen gegangen war. »Wann ist aus dir denn eine Umarmerin geworden?«

Gute Frage. Sidney tat es mit einem Schulterzucken ab. »Sie ist nett. Isabelle ist mit ihr auf Schwiegermuttergold gestoßen.«

Beide schwiegen für einen Moment. Dann drehte sich Trish zu Sidney um. »Sollen wir uns von dem süßen Barkeeper noch einen Sekt holen?«

Sidney lächelte und nickte. »Ich bin dabei.«

Sobald die Gäste gegangen waren, fegten die Angestellten des Cateringunternehmens wirbelwindartig durch Sidneys Erdgeschoss und fingen an, all das Essen, die Getränke und das Geschirr einzupacken. Weil er nicht im Weg stehen wollte, ging Vaughn nach draußen in Sidneys Innenhof und setzte sich in einen der gepolsterten Sessel. Entweder sie oder die Vorbesitzer hatten den Hof in einen gemütlichen Stadtgarten verwandelt, der komplett mit Büschen, leuchtend bunten Blumen, Ziegelsteinen und einem kleinen steinernen Springbrunnen ausgestattet war.

Ganz offensichtlich mochten die Sinclairs Springbrunnen.

Vaughn erhaschte einen Blick auf die Hausherrin, als sie an der Terrassentür vorbeilief, während sie die Fragen eines Cateringmitarbeiters beantwortete. Sie trug wieder eins ihrer modischen Kleider. Dieses Exemplar war ein weich fallendes weißes Minikleid, das an der Taille mit einem dünnen goldenen Band zusammengeschnürt war. Sie hatte es mit goldenen hochhackigen Sandalen kombiniert, die ihre Beine ellenlang wirken ließen.

Er war unter anderem deshalb nach draußen auf den Hof gegangen, um *ihr* aus dem Weg zu gehen. Er hatte festgestellt, dass es nahezu unmöglich war, sich in ihrer und in der Nähe dieses Kleids aufzuhalten, ohne an den Moment auf der Lichtung zu denken, als sie sich rittlings auf ihn gesetzt und diese spektakulären Beine um ihn geschlungen hatte, während sie sich fieberhaft geküsst hatten. Und weil er fand, dass es schlechter Stil war, mit einer heftigen Erektion vor ihrer Schwester und seinem Bruder herumzulaufen, hatte er sich entschieden, auf Distanz zu gehen.

Als ob sie sich vorgenommen hätte, seinen Plan zu vereiteln, trat Sidney durch die Glastür in den Innenhof. Zuerst ignorierte sie ihn, schaute sich im Hof um und stemmte dann die Hände in die Hüften. »Hast du Isabelle gesehen?«, fragte sie ihn schließlich.

»Sie ist vor etwa zehn Minuten mit Simon nach oben gegangen.«

»Oh.« Sie musterte ihn mit ihren kühlen blaugrünen Augen. »Wir haben noch mindestens die Hälfte der Geschenke zu verstauen, falls du dich nützlich machen willst.«

»Ach, nein danke. Sich nützlich zu machen wird überbewertet.« Als er das Funkeln in ihren Augen sah, unterdrückte er ein Grinsen. »Das war ein Witz, Sinclair. Ich brauche Simons Autoschlüssel, um die Geschenke einzuladen, aber ich dachte, es wäre keine gute Idee, Simon und Isabelle nach oben zu folgen. Ich will nicht in etwas hineinstolpern, das sich unweigerlich in meine Augäpfel brennen würde.«

Das entlockte Sidney ein kleines Lächeln. »Ich glaube kaum, dass die beiden da oben rummachen.«

Er zuckte mit den Schultern. »Was weiß ich? Vielleicht

bringt der Anblick von kleinen Teetassen verlobte Paare total auf Touren.«

Sie dachte darüber nach und schnitt dann eine Grimasse. »Wenn sie in ein paar Minuten nicht wieder unten sind, bin ich tapfer und gehe nachsehen.«

Weil es schien, als wüsste sie nicht, was sie sonst tun sollte – er war der einzige Gast, der noch im Haus war –, setzte sie sich ihm gegenüber auf einen Stuhl. Sie schlug ihre Beine übereinander. Dabei schob sich ihr Kleid noch ein paar Zentimeter weiter nach oben. Vaughn schaute kurz hin, sah ihr dann aber schnell wieder in die Augen.

Sie errötete leicht, als ob sie gemerkt hätte, dass er sie angeschaut hatte. Doch ihr Ton blieb gelassen. »Also, wie läuft denn deine Ermittlung? Hat sich dein ›anderes Ich‹ schon in dunklen, zwielichtigen Gassen herumgetrieben und dunkle, zwielichtige Dinge getan?«

»Tatsächlich ist das genau das, was mein ›anderes Ich‹ am Montagabend machen wird«, sagte Vaughn.

»Wirklich?« Sidney hob den Kopf und musterte ihn. »Ich kann mir dieses andere Du gar nicht vorstellen.«

»Du würdest den Typen nicht mögen. Abgesehen davon, dass er kriminell ist, hat er ein ständiges Dreitagebartproblem.«

Als Reaktion auf diesen Kommentar fiel ihr Blick auf die Stoppeln in seinem Gesicht.

Sie rutschte auf ihrem Stuhl herum.

»Ich habe gesehen, wie meine Mutter dir ihr Rezept für Shepherd's Pie gegeben hat«, sagte Vaughn. »Das ist ein großes Zeichen ihrer Anerkennung.«

»Deine Mutter hat offensichtlich ein gutes Urteilsvermögen«, erwiderte sie.

»Und du behauptest, *ich* sei ganz schön von mir eingenommen.«

Die Worte verklangen zwischen ihnen, und beiden war bewusst, dass sie genau diesen Kommentar gemacht hatte, kurz bevor sie auf der Lichtung übereinander hergefallen waren.

Vaughn konnte nicht anders. Wenn er wie jetzt mit ihr allein war, konnte er praktisch spüren, wie sie an seiner Lippe knabberte. Das erotische Gefühl ihrer Finger, die sich in seinen Rücken gruben, war sofort wieder da. Es war dieses verdammte Minikleid. Er stellte sich vor, wie er vor ihr kniete, dieses Kleid noch weiter nach oben schob und sie mit seinem Mund zum Schreien brachte.

Ihre Brust hob und senkte sich, ihr Atem ging ein bisschen schneller. »Du solltest mich nicht so ansehen.«

Seine Stimme war ein tiefes Knurren. »Glaub mir, ich versuche, es nicht zu tun.«

Die cremig weiße Haut an ihrem Hals errötete leicht, und er konnte sehen, wie ihre Brustwarzen unter dem dünnen Stoff des Kleids hart wurden.

Verdammt.

Sie öffnete den Mund, um etwas zu entgegnen und …

»Hier seid ihr!«

Vaughn zwang sich, nicht auf die Störung zu reagieren. Simon schon wieder.

Dann drehte er sich um und sah am Gesichtsausdruck seines Bruders sofort, dass etwas nicht stimmte.

»Was ist los?«

»Es geht um Isabelle.« Simon schaute zu Sidney. »Ich glaube, wir müssen sie ins Krankenhaus bringen.«

14

Sidney sprang sofort von ihrem Stuhl auf. »Wo ist sie?«

»Im oberen Gästebad«, sagte Simon.

Sie nickte und rannte ins Haus, die Treppe hinauf. Simon war ihr dicht auf den Fersen. Das Gästebad lag hinter der ersten Tür links. Sidney stieß die Tür auf und fand Isabelle auf dem Boden sitzend vor. Ihre Schwester hielt sich den Bauch.

»Sid. Ich glaube, es stimmt was nicht mit dem Baby.«

Sidney kniete sich neben sie und erschrak, als sie sah, wie blass ihre Schwester war. »Blutest du?«

»Nein, ich hab schon nachgesehen. Aber es tut richtig weh.« Isabelle stöhnte und atmete zitternd. »Die Schmerzen haben heute Morgen angefangen. Zuerst dachte ich, ich hätte nur heftige Magenkrämpfe, weil mir auch schlecht war. Aber es wird immer schlimmer.« Sie nahm Sidneys Hand.

»Das wird schon wieder, Izz«, sagte sie und klang dabei aufmunternder, als ihr zumute war. »Wir bringen dich ins Krankenhaus und finden raus, was da passiert.«

Als Isabelle nickte, nahm Simon sie in die Arme. »Ich bin ja da«, flüsterte er beruhigend, während er sie hochhob. »Alles wird wieder gut.«

Vaughn wartete am Fuß der Treppe auf sie. Sein Blick wurde noch besorgter, als er sah, dass Simon Isabelle trug.

»Wir müssen sie in die Notaufnahme bringen«, sagte Sidney.

»Ich fahre«, sagte er und war bereits auf dem Weg zur Tür.

Ein paar Augenblicke später lenkte Vaughn sein Auto zügig, aber gekonnt durch den dichten Verkehr auf der Michigan Avenue. Sidney schaute über die Schulter nach hinten und sah, wie Simon auf dem Rücksitz liebevoll Isabelles Arm streichelte. Sie lag an seine Brust gelehnt, hatte eine Hand auf ihrem Bauch und den Mund vor Schmerz zusammengepresst.

»Durchhalten, Izz. Wir sind fast da.« Als sie sich wieder umdrehte, begegnete sie Vaughns Blick. »Es ist nicht mehr weit«, sagte er. »Ich lasse euch am Eingang raus, parke das Auto und treffe euch dann drinnen.«

»Ich glaube, das Krankenhaus hat einen Parkservice.« Sidney wippte nervös mit ihrem Bein und schaute erneut auf den Rücksitz.

»Das ist mein Dienstwagen, den darf niemand anders fahren.« Vaughn griff nach seinem Handy auf der Mittelkonsole und gab es ihr. »Speicher deine Nummer in meinen Kontakten, falls ich dir eine Nachricht schicken muss.« Sidney atmete tief durch. »Klar.« Sie war gerade fertig damit, als sie vor der Notaufnahme des Northwestern-Memorial-Krankenhauses ankamen.

Vaughn hielt den Wagen an und nahm sein Handy entgegen, das Sidney ihm reichte. Dabei berührten sich kurz ihre Hände. »Ich finde euch«, sagte er.

Sie nickte.

Dann stiegen beide aus dem Auto. Vaughn hielt die Tür auf, als Simon Isabelle aus dem Auto half, und dann folgte Sidney Simon, der ihre Schwester in die Notaufnahme trug. Kurz darauf erklärte er der Schwester am Empfang, dass Isabelle schwanger sei und große Schmerzen habe. Dann kam eine andere Schwester mit einem Rollstuhl und schob Isabelle durch eine Reihe Doppeltüren den Flur entlang. Simon lief neben ihnen her und berichtete der Schwester alle Details, während Isabelle die Zähne zusammenbiss und ihre Symptome schilderte.

Sie verschwanden um eine Ecke, und Isabelle wurde in einen kleinen abgetrennten Raum geschoben. Sidney und Simon halfen Isabelle aufs Bett. Dann trat die Schwester zur Tür und bedeutete Sidney, ihr zu folgen. »Wenn ich Sie bitten dürfte, im Flur zu warten«, sagte sie mit einem aufmunternden Lächeln. »Der Arzt wird gleich für die Untersuchung hier sein.«

Aber das ist meine kleine Schwester. Sidney nickte. »Natürlich.« Als sie den Raum verließ, sah sie einen Arzt im weißen Kittel den Flur entlang auf sich zukommen. Sidney ging zur Seite, als er an ihr vorbeirauschte. Sie hörte, wie er sich Isabelle und Simon vorstellte, und dann …

Schloss sich die Tür hinter ihm.

Sidney stand für einen Augenblick einfach da, mitten im Flur. Dann entdeckte sie eine Sitzecke, ging hinüber und setzte sich auf die Bank.

Sie war die ganze Zeit so sarkastisch gewesen und hatte Isabelle in Gedanken die verrückte Schwangere genannt. Und jetzt …

Sie biss sich auf die Unterlippe und versuchte, die aufkommenden Gefühle zu unterdrücken.

Genau in diesem Moment kam Vaughn den Flur entlang. Er sah Sidney, ging zu ihr und setzte sich neben sie auf die Bank.

»Wie geht es Isabelle?«

Sidney schüttelte den Kopf. *Keine Ahnung*. »Ich verstehe nicht, was da passiert ist. Während der Brautparty ging es ihr noch gut, und dann kam das plötzlich wie aus dem Nichts.« Sie kämpfte gegen die Tränen an. Ihre Stimme zitterte leicht. »Sie hat einfach so furchtbare Schmerzen. Ich hab Isabelle noch nie so verängstigt gesehen.« Vaughn legte seinen Arm um sie. »Das wird schon wieder«, sagte er beruhigend. »Sie ist in guten Händen, Sidney. Sie kümmern sich hier schon um sie.« Sidney lehnte den Kopf an seine Schulter. So blieben sie für einige Zeit sitzen. Die Wärme seines Körpers strahlte auf sie ab. Als sie sich schließlich wieder aufrichtete, schaute er ihr in die Augen. Er hob die Hand und strich ihr sanft eine Haarsträhne hinters Ohr.

Der Klang von Schritten unterbrach sie. Sidney blinzelte und rutschte auf der Bank ein Stück von ihm weg, als eine Krankenschwester einen Patienten in den Raum neben Isabelles führte.

»Danke«, sagte sie mit einem kleinen Lächeln zu Vaughn. »Es geht mir schon ein bisschen besser.«

Glücklicherweise mussten sie nur einige Minuten warten. Dann kam der Arzt aus Isabelles Zimmer und verschwand schnell über den Flur. Simon erschien gleich darauf, um sie auf den neuesten Stand zu bringen.

»Es ist nicht das Baby«, sagte er als Erstes. »Sie haben eine Ultraschalluntersuchung gemacht – Isabelle hat einen verdrehten Eierstock. Der Notarzt will noch eine Spezialistin hinzuziehen, aber er sagte, sie müsse sofort operiert werden. Er meinte auch, die Chancen, den Eierstock zu retten, stünden gut, wenn sie schnell handeln.«

Sidney schnappte nach Luft und versuchte, diese Neuigkeit zu verdauen. »Wie geht es Isabelle? Kann ich zu ihr?«

Simon nickte. »Sie hat nach dir gefragt. Die Schwester hat ihr was gegen die Schmerzen gegeben, das schon Wirkung zeigt.«

Gott sei Dank. Sidney verschwendete keinen weiteren Moment, sondern stand auf und ging in das Zimmer ihrer Schwester.

Als Vaughn und Simon allein im Flur standen, stieß Simon ein tiefes Seufzen aus und ließ sich auf die Bank sinken. Er fuhr sich mit den Fingern durchs Haar und versuchte, sich ein bisschen zu beruhigen. Schließlich schaute er Vaughn von der Seite an. »Ich nehme an, jetzt wäre ein guter Zeitpunkt, um zu erwähnen, dass Isabelle schwanger ist.«

Das entlockte Vaughn ein Schmunzeln. »Das habe ich bereits seit ein paar Wochen vermutet.«

Simon nickte. »Isabelle hat das schon befürchtet.«

»Du hättest es mir erzählen können, Simon«, sagte Vaughn. »Mir ist schon klar, dass Mom es vielleicht noch nicht wissen sollte, aber warum hast du es vor mir geheim gehalten?«

Simon beugte sich vor und stütze die Ellbogen auf die Knie. »Ich dachte wohl, du würdest es nicht verstehen.«

»Ich würde nicht verstehen, dass du die Frau heiraten willst, die dein Kind bekommt? Ich glaube, das Konzept kann ich nachvollziehen.«

»Siehst du, das meine ich damit.« Simon gestikulierte aufgeregt. »Ich wusste, dass du es so sehen würdest. Dass ich Isabelle heirate, weil ich sie geschwängert habe. Und ich will nicht, dass du oder Mom oder sonst irgendwer sie als diese Frau ansieht, die ich heiraten *muss*, weil es das Richtige ist. Denn die Wahrheit ist, dass ich Isabelle nach unserem zweiten Date heiraten wollte. Sie hatte mich in ihre Wohnung eingeladen, und ich sah, dass sie alle James-Bond-Filme auf Blu-Ray hat. Und als überzeugter Bond-Fan stellte ich ihr eine kleine Testfrage: ›Wer ist der beste Bond?‹«

Vaughn schnaubte. »Als ob es da mehr als eine richtige Antwort gäbe!«

»Genau. Sean Connery – klarer Fall, oder? Aber pass auf – sie sagt *Daniel Craig*.« Simon sah Vaughns entsetzten Gesichtsausdruck. »Ich weiß, oder? Ich dachte also: Dieses Date ist hiermit beendet, weil sie entweder total verrückt ist oder einen äußerst fragwürdigen Geschmack hat. Aber dann fing sie davon an, dass *Casino Royale* der erste Film ist, in dem Bond wie in der Buchvorlage angreifbar und menschlich ist, und plötzlich waren wir mittendrin in dieser Diskussion, die über eine Stunde gedauert hat. Und als ich da auf ihrem Sofa saß, dachte ich, dass ich keine einzige Person kenne, die ununterbrochen eine ganze *Stunde* lang darüber diskutieren kann, warum Daniel Craig ein besserer Bond ist als Sean Connery. Sie hat die Filme eingelegt und mir Ausschnitte vorgespielt und alles.« Er lächelte, als ob er sich an den Moment erinnern würde. »Und irgendwann währenddessen traf es mich, und ich dachte: Das ist die Frau, die ich heiraten werde.«

Vaughn lächelte und dachte, dass er nicht vergessen durfte, das in seine Trauzeugenrede einzubauen. »Warum hast du mir das vorher nie erzählt?«

Simon hielt inne, als müsste er darüber nachdenken, wie er es am besten erklären konnte. »Ich weiß nicht … Vielleicht weil wir über solche Dinge nicht reden. Du bist derjenige, mit dem ich über einen kurzen Flirt spreche. Oder über das hübsche Mädchen, das mir in der Warteschlange im Supermarkt während der Mittagspause seine Telefonnummer zugesteckt hat. Ich dachte wohl du verstehst etwas, das nicht so seicht ist, nicht so gut.«

Nichts für ungut.

Simon ruderte zurück. »Nicht, dass ich *dich* für seicht halte. Na ja, es ist nur so, dass deine Beziehungen zu Frauen in letzter Zeit nicht wirklich Substanz hatten, verstehst du? Und das ist auch okay so. Das ist eben deine Art – und hey, es war sogar meine Art.«

»Bevor du dich zu diesem tiefgründigeren Ort aufgemacht hast.« Vaughn tat so, als würde er darüber nachdenken. »Eine Frage: Darf ich noch mit dir abhängen, da du doch jetzt an diesem tiefgründigeren Ort bist? Offensichtlich bin ich mehr an das seichtere Zeug gewöhnt, aber vielleicht kann ich Schwimmflügel tragen oder eine dieser Styropornudeln zum Festhalten nehmen oder so.«

»Ich werde für diesen ›Seicht‹-Kommentar noch eine ganze Weile büßen müssen, oder?«

Bevor Vaughn darauf antworten konnte, kam der Arzt mit einer Frau Anfang vierzig um die Ecke des Flurs, die blaue Krankenhauskleidung und Crocs trug. »Mr Roberts, das ist Dr. Takacs von der Geburtshilfe- und Gynäkologiestation«, sagte er zu Simon. »Sie wird sich um den Fall Ihrer Verlobten kümmern.«

Nach einer kurzen Begrüßung gingen Dr. Takacs und der Notarzt in Isabelles Zimmer. Sie warteten in der Tür auf Simon. Simon schaute unsicher zu Vaughn rüber. »Ähm, ist zwischen uns alles okay?«

Obwohl die unterbrochene Unterhaltung noch in der Luft hing, wusste Vaughn, dass sein Bruder sich momentan über wichtigere Dinge den Kopf zerbrechen musste. »Simon?«

»Ja?«

»Kümmere dich um deine Verlobte.« Vaughn nickte in Richtung von Isabelles Zimmer und ließ ein Lächeln aufblitzen, das bedeutete, dass zwischen ihnen alles in Ordnung war.

Simon grinste erleichtert. »Gut.« Er stand auf und eilte in das Zimmer.

Ich dachte wohl, du verstehst etwas, das nicht so seicht ist, nicht so gut.

Na ja. Das war auf jeden Fall ein interessanter Einblick, der ihm zeigte, wie sein Bruder ihn sah. Sicher, er hatte eine ziemlich lockere Herangehensweise, wenn es um Frauen ging, und ja, er war der Typ, der gern von seinem letzten heißen Aufriss erzählte. Aber ihm war nicht bewusst gewesen, dass das plötzlich eine Kluft zwischen ihm und dem neuen Simon geschaffen hatte, der auf einmal fürs Heiraten, die zweieinhalb Kinder und den Minivan im Vorort bereit war.

Vaughn wusste nicht, was er von alldem halten sollte. Er schloss kurz die Augen und senkte den Kopf. Er hörte das sanfte Klackern von Absätzen auf dem Krankenhausboden. Als er die Augen wieder öffnete, fiel sein Blick auf ein Paar goldener Riemchensandalen direkt vor ihm. Er schaute auf.

Sidney blickte zu ihm herunter und musterte seine untypisch ernsthafte Haltung. Vaughn bereitete sich auf den unausweichlichen schnippischen Kommentar oder eine Stichelei vor. Stattdessen setzte sie sich einfach nur neben ihn auf die Bank.

»Was für ein Tag«, sagte sie.

Vaughn schaute sie von der Seite an und nickte.

Allerdings.

15

Sidney schaute ungeduldig auf ihre Uhr, während sie im Wartezimmer der Chirurgie auf und ab lief. »Sie hatten doch gesagt, dass die Operation nur eine Stunde dauern würde, oder?«

Vaughn saß auf einem der Stühle an dem Weg, den sie jetzt schon zum hundertsten Mal gegangen war, seit man Isabelle aus der Notaufnahme hergeschoben hatte, und antwortete mit nervtötender Ruhe. »Ich glaube, dass schließt nicht die Vor- und Nachbereitung mit ein. Das alles dauert seine Zeit.«

War er jetzt etwa Chirurg oder was? Natürlich konnte *er* ruhig bleiben. *Er* hatte ja auch keine Eierstöcke, noch dazu verdrehte – Sidneys Gebärmutter zog sich schon zusammen, wenn sie nur daran dachte, wie sich das angefühlt haben musste. Und in ihm wuchs auch kein elf Wochen altes Baby heran.

Männer. Ahnungslose Trottel, alle miteinander.

»Ich sehe, wie sich deine Lippen bewegen, während du leise über mich schimpfst, weißt du«, sagte er.

Typisch. Von allen Trotteln der Welt war sie mit demjenigen in einen Raum gesperrt, der Superkräfte im Beobachten hatte.

Sie schaute zu ihm hinüber und sah, dass er sie amüsiert betrachtete, während er mit bequem ausgestreckten Beinen dasaß. Ach, egal. Wie auch immer. Vielleicht machte ihre Nervosität sie im Moment ein kleines bisschen übellaunig. Zu ihrer Verteidigung: Es war ihre Schwester gewesen, die man da hineingerollt hatte, ihre kleine Schwester, ihre einzige Schwester, für die sie sich seit ihrer Kindheit verantwortlich fühlte. Eine Schwester, die sie immer noch als niedliche Fünfjährige in Erinnerung hatte, die in dem Sommer nach dem Tod ihrer Mutter auf der Veranda darauf gewartet hatte, dass Sidney aus dem Sommercamp wiederkam. Sie sah immer noch das breite Grinsen auf Isabelles Gesicht vor sich, als das Auto in die Einfahrt gebogen war, sah, wie sie die Treppe hinuntergehüpft war, Sidney fest umarmt und dann bestimmt hatte, dass Sidney nie wieder so lange wegfahren dürfe. *Nicht so wie Mama*, hatte sie gesagt.

Und jetzt war es Sidney, die Tränen in den Augen und eine laufende Nase hatte.

Vaughn stand auf. Das genügte. »Okay, Sinclair. Lass uns gehen.«

»Gehen? Wohin?«

»Raus aus diesem Wartezimmer«, sagte er bestimmt. »Du brauchst eine Pause. Es gibt einen *Starbucks* im Eingangsbereich, und da steht schon ein großer Frappuccino mit deinem Namen drauf bereit.«

»Ich kann jetzt nicht gehen«, sagte sie spöttisch. »Was, wenn sie mit der OP fertig sind und Simon nach uns sucht?«

»Na, zum Glück bist du mit einem FBI-Agenten unterwegs. Und der ist zufällig im Besitz dieses bahnbrechenden Geräts, dass es einer Person erlaubt, jeden zu finden, und zwar überall in der Stadt.« Vaughn zog etwas aus seiner Hosentasche und hielt es ihr hin; sein Handy. Er schaute sich verschwörerisch um und legte einen Finger an die Lippen. »Pst, verrate es keinem. Wir reden hier von supergeheimer FBI-Technologie.«

Sie warf ihm einen finsteren Blick zu. »Bist du fertig mit der Comedyshow?«

Er hielt ihr seine Hand hin und sagte nichts mehr. Er stand nur da und wartete mit diesem unfassbar selbstbewussten Blick.

Mit einem Seufzen – es war den Streit nicht wert – ließ sich Sidney von ihm aus dem Wartezimmer führen. Sie gingen zu den Aufzügen und warteten. Sie konnte das zufriedene Leuchten in Vaughns Augen sehen und wollte gerade etwas dazu sagen, als eine ältere Dame aus dem Wartezimmer kam und sich zu ihnen an den Aufzug gesellte. Sie lächelte die beiden an, als sich der Aufzug öffnete und sie hineintraten. Als sich die Türen schlossen, bemerkte Sidney, dass die Frau sie ununterbrochen musterte.

»Ist schon in Ordnung, ich bin auch ein bisschen emotional« sagte sie mit einem freundlichen Gesichtsausdruck zu Sidney. »Mein Mann hat gerade seine dritte Herzoperation in zwei Jahren. In diesen Wartezimmern zu sitzen … bringt einen zum Nachdenken.« Sie deutete auf Vaughn und lächelte liebevoll. »Ich habe Sie beide beobachtet. Sie erinnern mich an meinen Mann und mich vor dreißig Jahren. Oh, wie wir uns gestritten haben. Wir hätten den ganzen Tag weitermachen können.« Sie zwinkerte. »Mein Mann nannte es Vorspiel.«

Okay. Alles klar. Es ging doch nichts über zu viele Informationen von einer vollkommen Fremden. Aber Sidney war von etwas anderem abgelenkt, das die Frau gesagt hatte. Sie deutete auf sich und Vaughn. Sicher, vielleicht, für den Bruchteil einer Sekunde, hatte sie daran gedacht, bedeutungslosen Sex mit diesem Mann zu haben, aber eine Beziehung? *Auf gar keinen Fall, Schwester*. »Oh, wir sind kein Paar.«

»Ganz sicher kein Paar«, fügte Vaughn hinzu.

»Er ist nicht der Beziehungstyp«, erklärte Sidney.

»Sie hat eine Checkliste«, sagte Vaughn. »Mit vierunddreißig Punkten darauf.«

Die ältere Dame beäugte sie vorsichtig, so als ob sie ihnen das nicht abkaufte. »Aha.«

»Sehen Sie, ihre Schwester heiratet meinen Bruder«, fuhr Vaughn fort. Er schien genau wie Sidney zu denken, dass weitere Erklärungen nötig waren.

»Er ist der Trauzeuge und ich bin die Trauzeugin«, sagte Sidney. »Und wir sind nur wegen dieses ganzen Hochzeits- und heimlichen Babydramas unserer Geschwister ständig zusammen.«

»Es ist nicht wirklich ein heimliches Baby, wenn du allen davon erzählst«, sagte Vaughn leise.

»Sie kennt uns doch nicht, und das liefert den Kontext für die Sache«, flüsterte Sidney zurück. Dann lächelte sie die ältere Dame an. »Sehen Sie, definitiv kein Paar.«

Die Dame lächelte ebenfalls, als der Aufzug im zweiten Stock hielt. »Na ja, offensichtlich habe ich mich getäuscht. Dann machen Sie bitte einfach weiter.« Mit einem freundlichen Nicken verabschiedete sie sich und stieg aus dem Aufzug.

Als sie gegangen war, schauten sich Vaughn und Sidney verwundert an.

»Warum passiert uns das ständig?«, fragte Sidney.

»Sie denkt doch nur an ihren Mann«, sagte Vaughn. »Sie sieht eben überall glückliche Paare.«

Der Aufzug öffnete sich im Erdgeschoss, und Vaughn hielt eine Hand zwischen die Türen, um sie für Sidney aufzuhalten. Sie trat einen Schritt vor und bemerkte plötzlich einen leichten Widerstand. Sie sah hinunter, und da fiel es ihr auf.

Sie und Vaughn hatten die ganze Zeit Händchen gehalten, seit er sie aus dem Wartezimmer geführt hatte. Vaughn starrte auf ihre ineinander verschlungenen Hände, so als würde auch er das gerade erst bemerken. Dann schaute er hoch, und ihre Blicke trafen sich. Beide ließen im selben Augenblick die Hand fallen.

»Du sagtest etwas von Kaffee?«, erinnerte Sidney ihn einen Hauch zu fröhlich.

»Ja, ich glaube, der *Starbucks* ist gleich hier lang«, erwiderte Vaughn in bewusst lässigem Ton.

Sie eilten weiter und behielten dabei immer einen guten Meter Abstand zueinander.

Etwa eine halbe Stunde, nachdem Vaughn und Sidney von ihrer Kaffeepause zurückgekommen waren, betrat ein erleichterter Simon das Wartezimmer und berichtete, dass Isabelles OP gut verlaufen sei und dass es ihr und dem Baby gut gehe. Er führte sie in den dreizehnten Stock des Krankenhauses, wo sich Isabelle in einem Privatzimmer von der Operation erholte.

Vaughn unterdrückte ein Lächeln, als Sidney sich an Isabelles Decke und Kissen zu schaffen machte, weil sie sichergehen wollte, dass ihre Schwester es bequem hatte. Diese kurzen Einblicke auf die sanftere Seite der sonst oft kratzbürstigen älteren Sinclair-Schwester waren irgendwie … niedlich.

»Haben die gesagt, wie lange du hierbleiben musst?«, fragte Sidney.

»Nur vierundzwanzig Stunden, weil es ein laparoskopischer Eingriff war«, antwortete Isabelle, offensichtlich noch von der Narkose benommen. »Und dann soll ich es eine Woche lang ruhig angehen lassen.«

»Eine Woche oder *zwei*. Je nachdem, wie schnell du dich erholst«, korrigierte Simon sie.

Isabelle runzelte die Stirn. »Ich muss alle meine Termine diese Woche absagen. Und dann haben wir das Probeessen im *Lakeshore Club* nächsten Sonntag. Wenn wir das verschieben müssen, weiß ich nicht, wann wir wieder einen Termin bekommen. Die Zeit läuft uns davon.«

Simon saß Sidney auf der anderen Seite des Betts gegenüber und streichelte Isabelles Stirn. »Mach dir keine Sorgen um den ganzen Hochzeitskram. Das findet sich alles. Wir müssen uns jetzt erst mal darauf konzentrieren, dass du und das Baby die Ruhe bekommt, die ihr braucht.«

»Soll ich Dad anrufen?«, fragte Sidney.

Isabelle und Simon sahen sich an, als hätten sie genau darüber schon gesprochen. »Wir wollten meine Schwangerschaft eigentlich noch nicht an die große Glocke hängen, wenn es geht. Das heißt, wenn es euch beiden nichts ausmacht, das Theater noch ein bisschen länger mitzuspielen.« Isabelle sah Vaughn zögernd an, der ein wenig abseits des Betts auf einem Stuhl am Fenster saß.

Vaughn war erstaunt, dass sie überhaupt fragen musste. Ja, gut, vielleicht war er nicht der Typ, mit dem Leute üblicherweise über Liebe, Hochzeit und Babys sprachen, aber er hoffte doch, dass wenigstens kein Zweifel daran bestand, dass er den Mund halten konnte. Das war eine Sache zwischen Simon und Isabelle, und es war ihre Entscheidung, wann sie bereit waren, es zu erzählen. »Für mich ist das in Ordnung«, versicherte er Isabelle. »Und falls du mal wieder jemanden brauchst, der dir ein Stück Shepherd's Pie abnimmt, bin ich dein Mann. Das letzte Mal hat der arme Simon hier fast einen Schweißausbruch bekommen, als er versucht hat, das letzte Stück zu essen.« Isabelle und Sidney lachten, als Simon gut gelaunt den Kopf schüttelte. »Um die Wahrheit zu sagen, musste ich bei den letzten Bissen echt kämpfen.« Er nickte Sidney zu. »Beim nächsten Mal will ich derjenige sein, der den Wein wegtrinkt.«

»Beim nächsten Mal sollte ein gewisser Jemand vielleicht schneller ein Kondom überziehen«, entgegnete Isabelle mit einem frechen Grinsen.

»Das war nicht nur meine Schuld, Schatz.« Simon drehte sich zu Sidney und Vaughn. »Wisst ihr, das war so …«

Sidney und Vaughn hoben abwehrend die Hände.

»Das müssen wir nicht wissen«, sagte Vaughn.

»Ja, lasst uns das als eines dieser kleinen Geheimnisse des Lebens bewahren«, stimmte Sidney zu.

Isabelles Lachen wurde zu einem Gähnen, und ihre Augen fielen zu.

»Ich glaube, wir sollten gehen«, sagte Sidney leise zu Vaughn.

Als ihm klar wurde, dass er Sidney nach Hause fahren musste, nickte er und stand auf. »Kann ich dir noch etwas bringen?«, fragte er Simon, der die Nacht im Krankenhaus verbringen würde. »Ich habe alles, danke. Die Schwestern sagten, ich könne Zahnpasta und so was unten am Kiosk kaufen. Mein Auto steht noch bei dir vor der Tür«, sagte Simon zu Sidney. »Ist es okay, wenn ich es erst mal da stehen lasse? Ich nehme ein Taxi und hole es morgen früh ab.«

Die halb schlafende Isabelle murmelte irgendetwas Unverständliches.

Vaughn, Sidney und Simon schauten sich verständnislos an.

»Ich weiß es nicht genau, aber für mich klang das wie ›Dankeskarten‹«, riet Vaughn.

Simon war sowohl amüsiert als auch erschöpft. »Davon hat sie schon vor der OP gesprochen. Sie wollte, dass ich ihr Dankeskarten für die Brautpartygeschenke mitbringe, damit sie die morgen während ihrer Erholung schreiben kann. Ich habe ihr schon gesagt, dass das alles warten kann, aber sie sagt, sie hat einen Zeitplan gemacht, an den wir uns halten müssen.« Er hob eine Hand, Daumen und Zeigefinger waren nur Millimeter voneinander entfernt. »Wir sind in letzter Zeit nur ein kleines bisschen mit den gleichzeitigen Planungen für eine Hochzeit und ein Baby beschäftigt.«

Vaughn und Sidney sahen sich an. Himmel, allein der Gedanke, eins von beidem planen zu müssen, ließ Vaughns Auge zucken, ganz zu schweigen davon, beides gleichzeitig zu erledigen.

»Können wir irgendwie helfen?«, fragte Sidney.

»Ja.« Simon deutete auf sie beide. »Geht nach Hause. Ihr zwei wart heute einfach großartig – danke für alles.«

Sidney verließ leise das Zimmer, und Vaughn folgte ihr. An der Tür drehte er sich noch einmal um und sah, wie Simon zärtlich Isabelles Wange streichelte. Sie öffnete die Augen und lächelte, und die beiden schauten sich so innig an, dass sich Vaughn wie ein Eindringling fühlte, nur weil er dastand und zusah. Er hatte keine Ahnung, wie es sich anfühlte, eine so tiefe Verbindung mit jemandem zu haben. Aber seinen Bruder in diesem Moment so zufrieden zu erleben, obwohl der Tag so chaotisch gewesen war, gab ihm zu denken.

»Alles okay?«

Vaughn drehte sich um und sah Sidney im Flur auf ihn warten. Er schüttelte das undefinierbare Gefühl ab, das ihn beschlichen hatte, und nickte. »Ja.«

»Hat Simon auf dich leicht gestresst gewirkt?«, fragte Sidney Vaughn, als sie auf dem Weg zu ihrer Wohnung waren.

»Ich würde sagen, mehr als nur leicht«, sagte er.

»Isabelle auch. Sie hat eine Hochzeitsplanerin engagiert, die ihr helfen soll, aber es gibt einfach noch zu viel, was sie selber erledigen muss. Ich habe Angst, dass sie es nach der Operation übertreibt.« Ihre Große-Schwester-Instinkte kamen nach dem heutigen Schreck noch deutlicher zum Vorschein. »Ich werde mit ihr reden. Sie soll einfach mehr Aufgaben an mich abgeben.«

»Vielleicht kann ich auch bei den Vorbereitungen helfen.«

Sidney lachte, dann sah sie, wie Vaughn die Stirn runzelte. »Warte mal … Meinst du das etwa ernst?«

Er zuckte mit den Schultern. »Ja, warum denn nicht?«

»Nichts für ungut, aber du wirkst nicht gerade wie ein Hochzeitsplaner.«

»Na Gott sei Dank. Aber ich glaube, ich kann trotzdem ein paar Aufgaben übernehmen. Wie schwer kann es sein, einen Fotografen auszusuchen? Oder die Band? Frag sie einfach, ob sie vorhaben, ›Y.M.C.A.‹ oder dieses alberne Lied von Kool and the Gang zu spielen, und wenn sie mit Nein antworten, sind sie engagiert.«

»Es erfordert ein bisschen mehr als das, eine Hochzeit zu planen«, sagte Sidney trocken. Dann biss sie sich auf Lippe, sie hatte gar nicht auf das Thema kommen wollen.

Vaughn schaute zu ihr herüber, sagte aber nichts mehr. Sie fuhren einige Minuten lang schweigend weiter, und Sidney konnte es sich nicht verkneifen, ein paar Blicke in seine Richtung zu riskieren. Er war einfach so … attraktiv. Mit den hochgekrempelten Hemdsärmeln und den markanten Gesichtszügen und dem Körper und diesen bemerkenswerten braunen Augen. Special Agent Vaughn Roberts gehörte zu der Sorte Männer, die man als Frau bemerkte – selbst in einem überfüllten Café, wenn man eigentlich mit jemand anders verabredet war.

Ich weiß, du hast dir dein Leben mit dreiunddreißig anders vorgestellt, aber Single zu sein, hat einen großartigen Vorteil. Du kannst bedeutungslosen, atemberaubenden Sex mit einem Typen wie ihm haben.

»Du solltest mich nicht so ansehen«, sagte Vaughn leise.

»Entschuldige, ich musste nur eben an etwas denken, das meine Freundin Trish gesagt hat.«

Er musterte sie. »Wann hast du das letzte Mal etwas gegessen?«

Sidney sah auf die Uhr auf dem Armaturenbrett und stellte fest, dass es schon nach zweiundzwanzig Uhr war. »Wahrscheinlich, als du auch das letzte Mal was gegessen hast.«

»Wir könnten unterwegs irgendwo anhalten.«

Sidney dachte kurz darüber nach. »Eigentlich würde ich wirklich gern nach Hause und raus aus diesem Kleid und den hohen Schuhen.« Sie sah ihn an. »Ich habe den ganzen Kühlschrank voll mit kleinen Sandwiches und Minikuchen, falls du Interesse hast.«

Er erwiderte ihren Blick. Seine Augen waren wie geschmolzenes, dunkel schimmerndes Gold. »Zufällig liebe ich Minikuchen.«

16

Nachdem sie Vaughn hineingelassen hatte, entschuldigte sich Sidney, um sich umzuziehen. Leider lud sie ihn *nicht* ein, sie nach oben zu begleiten. Also begnügte sich Vaughn damit, ihrem Hüftschwung zuzusehen, als sie die Treppe hinaufstieg. Manchmal wusste er nicht, woran er mit dieser Frau war. Er hätte schwören können, dass das im Auto eben ein kleiner Flirt zwischen ihnen gewesen war, aber wenn er sich nicht täuschte, dann bedeutete »Sandwiches und Minikuchen« nur genau das – Sandwiches und Minikuchen.

Mit in den Taschen vergrabenen Händen schaute er sich im Wohnzimmer und dem angrenzenden Esszimmer um und konnte sich jetzt, da nicht noch fünfundzwanzig weitere Menschen darin herumstanden, ein besseres Bild davon machen. Was ihm an der Einrichtung dieser Stadtwohnung sofort auffiel, war die gelungene Mischung aus antiken und modernen Möbelstücken.

Nach einigen Minuten kam Sidney nach unten, gerade als er dabei war, sich eine rustikale afrikanische Statue anzuschauen, die auf einem zeitgenössischen Lacktisch stand.

»Dein Stil ist vielseitiger, als ich gedacht hätte.« Er drehte sich um und sah, dass sie nun eine bequeme schwarze Stoffhose und ein pinkfarbenes Top trug, das tief genug ausgeschnitten war, um den Ansatz ihrer Brüste zu zeigen.

»Ich bin zu diesem Stil eher aus einer Notwendigkeit heraus gekommen. Ich habe New York nur mit der Hälfte der Möbel, die ich dort angesammelt hatte, verlassen. Das war aber nicht genug, um die Wohnung hier zu füllen, und ich dachte, bevor ich etwas kaufe, das nur so halbwegs dazu passt, kann ich es auch mit etwas völlig anderem versuchen.« Sie schaute sich im Zimmer um. »Eigentlich finde ich es so ganz gelungen.«

»Ich nehme an, dein Exverlobter hat die andere Hälfte der Möbel behalten?«

Sie senkte den Kopf. »Also hast du die Geschichte schon gehört?«

»Teile davon.«

»Hm.« Sie klatschte in die Hände und wechselte das Thema. »Also, zurück zu den Sandwiches.«

Sie hatten also tatsächlich über Sandwiches gesprochen.

Verdammt.

Ein paar Augenblicke später saß Vaughn an der Kücheninsel und sah Sidney dabei zu, wie sie ein Tablett nach dem anderen aus dem Kühlschrank holte, die alle mit hohen Stapeln aus winzigen Sandwiches und Küchlein beladen waren. »Besteht die Chance, dass du da auch was rausholst, das es in Extragroß gibt?« Er nahm eins der kleinen Küchlein in die Hand, das wie eine winzige Nachbildung einer dreistöckigen Hochzeitstorte aussah, und hielt es zwischen den Fingern. »Ich fühle mich wie ein Riese.«

Sie lachte – es war weder ein belustigtes Kichern noch ein amüsiertes Schmunzeln, sondern ein lautes Auflachen, das ihr ganzes Gesicht zum Strahlen brachte. »Ich sorge dafür, dass der Küchenchef der Liliputaner von deiner Beschwerde erfährt.«

Sie setzte sich auf den Barhocker neben ihm und nahm ein Gurkensandwich vom Stapel vor sich. Vaughn musterte das Angebot – vielleicht gab es ja irgendwo dazwischen doch eins mit Schinken und doppelt Käse oder eins mit italienischer Wurst. Leider hatte er diesbezüglich kein Glück. Stattdessen nahm er sich ein Brot mit Schinken, Camembert und Apfel.

»Also, wie läuft der Private-Equity-Bereich in letzter Zeit?« Er griff an ihr vorbei nach der Karaffe mit orangefarbener Flüssigkeit, die sie herausgestellt hatte, und goss erst ihr und dann sich selbst ein Glas ein. »Gut.« Sie lächelte stolz. »Das Investmentkomitee meiner Firma hat gerade dem ersten Vorschlag zugestimmt, den ich gemacht habe.«

Vaughn griff nach seinem Glas. »Wie groß ist der Fonds denn genau?« Er nahm einen Schluck von der Limo und verzog das Gesicht. »Was ist *das*?«

»Das ist ein Virgin Mimosa, und wir sprechen von einem Vier-Milliarden-Dollar-Geschäft.«

Er war ehrlich beeindruckt, als er das hörte. »Schau mal einer an. Das ist eine Menge Geld, für die du da verantwortlich bist.«

»Stimmt.«

»Macht dich das nervös?«

Sie schüttelte den Kopf. »Nein.«

»So viele Menschen, die darauf warten, dass du ablieferst, und du willst mir sagen, dass du nicht das kleinste bisschen aufgeregt bist?«

Er entdeckte, dass sie auf der anderen Seite der Theke, die die Küche vom Esszimmer trennte, eine kleine Bar aufgebaut hatte, und ging hinüber, um zu sehen, was sie im Angebot hatte.

Sie drehte sich auf dem Barhocker in seine Richtung, als er durch das Zimmer ging. »Genau das will ich sagen.«

»Ach, komm schon.« Er griff sich eine der Flaschen und kam in die Küche zurück.

»Nein, ehrlich. Ich treffe alle nötigen Vorbereitungen, bevor ich mich auf eine Investition einlasse. Ich wäge Für und Wider ab und überlege mir wochenlang, wie ich eine Firma über das hinaus weiterentwickeln kann, was alle anderen sehen. Aber wenn ich einmal meine Recherchen erledigt und mich entschieden habe, dann bin ich absolut überzeugt.«

»Ah ja. Du und deine Recherchen.« Vaughn öffnete den Kühlschrank und fand, wonach er gesucht hatte – eine Flasche Tonic Water.

»Ja, ich und meine Recherchen. Hey, mach dich darüber nicht lustig – es funktioniert. Je eher du deine Hausaufgaben machst, desto unwahrscheinlicher ist es, dass du auf dem weiteren Weg böse Überraschungen erlebst.«

»Klingt genau wie deine Herangehensweise bei Männern.«

»Es ist eine handfeste Theorie. Und ich wüsste nicht, warum sie nicht auch bei Männern funktionieren sollte.« Sie beobachtete, wie er zwei Gläser mit Eis nahm und ihnen beiden einen Drink eingoss. »Was ist das?«

»Grey Goose Gin Tonic. Nach einem solchen Tag können wir glaube ich mehr vertragen als einen Virgin Mimosa.«

Offensichtlich einverstanden nahm sie einen Schluck.

Vaughn setzte sich neben sie auf den Barhocker und legte seine Hand dicht neben ihre. »Also.«

»Also«, erwiderte sie.

Er streckte die Hand aus und strich ihr mit dem Daumen über die Oberlippe. »Du hast da ein bisschen Frischkäse.« Er wischte sanft darüber und schaute dabei auf ihre vollen, sehr küssbaren Lippen. Dann wanderte sein Blick nach oben zu diesen wunderschönen blaugrünen Augen.

Augen, die ihn seltsamerweise amüsiert musterten.

»Du wendest nicht ernsthaft den ›Du hast da was an der Lippe‹-Trick bei mir an, oder?«, fragte Sidney. »Das ist der mit Abstand älteste Trick, den es gibt.«

Ernsthaft. Diese Frau *liebte* es, ihn auflaufen zu lassen.

Er schnaubte. »Komm schon, Sinclair, ein bisschen was kannst du mir schon zugestehen. Nächstes Mal lasse ich dich einfach weiter mit Essen im Gesicht rumlaufen.« Tatsächlich hatte sie *keinen* Frischkäse am Mund gehabt, es *war* ein Trick gewesen.

Einer, den er ganz offensichtlich sofort von seiner Liste streichen musste.

Und so wie ihre Augen funkelten, kaufte sie es ihm immer noch nicht ab. »Ich bin ein bisschen enttäuscht, Special Agent Roberts. Da dachte ich, ein Profi wie du würde …«

Scheiß drauf. Vaughn hakte seinen Finger in den Träger ihres Tops und zog sie an sich, um sie zu küssen.

Das war wenigstens ein Trick, von dem er wusste, dass er ihr gefiel.

Mit einem leichten Seufzer öffneten sich Sidneys Lippen für Vaughns Kuss. Seine Hand wanderte in ihren Nacken und hielt sie fest, als sein Mund die Kontrolle übernahm und seine Zunge heiß und fordernd über ihre glitt. Ihre Hand fasste nach oben und versank in seinem dunklen Haar, und bevor sie wusste, was geschah, hatte er sie hochgehoben und auf seinen Schoß gesetzt. Sie bewegte sich so, dass die kräftige Wölbung seiner Erektion genau zwischen ihren Beinen lag. Er stöhnte und löste sich von ihr, seine Hände wanderten zu ihrem Po. »Sag mir, dass ich jetzt sofort verschwinden soll, wenn du nicht willst, dass wir heute Nacht miteinander schlafen.«

Sie schloss die Augen und ließ die Welle der Empfindungen über sich ergehen, als sich seine Lippen einen Weg an ihrem Hals entlangbahnten.

»Bring mich nach oben«, sagte sie heiser.

Er hob sie hoch, und sie schlang die Beine um seine Taille. Sie nahm sein Gesicht zwischen ihre Hände, und der Kuss endete nicht, auch nicht, als er sie die Treppe hinauftrug. »Wo ist dein Schlafzimmer?«, raunte er.

»Rechts.« Ihr von Lust verklärtes Hirn versuchte sich zu konzentrieren, als sie den Flur entlangstolperten.

»Das hier ändert gar nichts zwischen uns. Das darf keiner wissen.« *Wow*, die sexy Stoppeln an seinem Kinn fühlten sich so gut und hart auf ihrer Haut an, als er ihren Hals küsste.

»Benutzen Sie mich für Sex, Miss Sinclair?«, fragte er scherzhaft.

»Ja. Absolut, ja«, erwiderte sie. Es war lange her – zu lange –, dass sie so scharf auf jemanden gewesen war. Solange sie beide damit einverstanden waren, dass es sich um eine ›Freundschaft mit gewissen Vorzügen‹ handelte – und selbstverständlich war *er* dafür –, verdammt richtig, dann wollte sie das. Der richtige Richtige war vielleicht noch nicht in ihr Leben getreten, aber derjenige, der sich gerade richtig anfühlte, tat sein Bestes, um sie scharfzumachen und sie in der Zwischenzeit zu beschäftigen.

Er setzte sie auf dem Boden neben dem Bett ab und verlor keine Zeit. Er schob das untere Ende ihres Tops hoch und zog es ihr über den Kopf. Dann öffneten seine Finger gekonnt den Verschluss ihres BHs und ließen ihn über ihre Schultern auf den Boden gleiten.

Ihre Brustwarzen stellten sich in der klimatisierten Luft im Zimmer auf.

»Wenn das kein schöner Anblick ist.« Vaughn nahm ihre Brüste in die Hand und spielte mit ihren Brustwarzen. »Möchtest du meinen Mund hier haben?«

Ihr stockte der Atem. »Ja.«

»Dann leg dich aufs Bett.«

Da gefiel es jemandem offensichtlich, im Schlafzimmer zu bestimmen. Aber weil sie fand, dass dieser Befehl ganz nach ihrem Geschmack war, tat Sidney, was er verlangt hatte. Sie glitt auf die Bettdecke und lehnte sich zurück, während Vaughn sich Schuhe und Socken auszog und dann seine FBI-Marke von seinem Gürtel löste und die Waffe ablegte. Beides legte er auf den Nachttisch.

Seine Augen funkelten im Mondlicht, als er zum Bett kam und sich auf sie legte, sie unter seinem muskulösen Körper einschloss. Er senkte seinen Kopf, bis ihre Lippen nur noch Zentimeter voneinander entfernt waren. »Küss mich.«

Mit einem neckischen Blick hob sie die Hand und fuhr mit ihrem Daumen über seine Unterlippe. Dann legte sie ihre Lippen auf dieselbe Stelle, genau dorthin, wo sie ihn beim letzten Mal gebissen hatte, bevor sie ihren Mund öffnete und ihn langsam und intensiv küsste.

Sie vernahm ein leises Knurren in seiner Kehle. Seine Finger glitten über ihren Körper, wanderten langsam über ihre empfindliche Haut. Er streichelte eine der langen Haarsträhnen, die über ihre Schulter flossen, und ließ sie durch seine Finger gleiten.

»So wunderschön.« Seine Finger glitten weiter hinunter über die Wölbung ihrer Brüste. Dann ließ er seinen Mund folgen.

Sidney bäumte sich auf, als er an einer Brust zu knabbern begann. Sie ließ die Hände über seinen Rücken wandern. Das Gefühl der Baumwolle enttäuschte sie. »Das Hemd muss weg.«

Er unterbrach nur so lange, wie es dauerte, die Knöpfe zu öffnen und das Hemd abzustreifen. Nachdem er es auf den Boden geworfen hatte, wandte er sich wieder ihr zu.

»Warte.« Sie starrte ihn an, so ganz ohne Hemd. »Gib mir einen Moment.«

Heiliger Strohsack, er war einfach perfekt.

Es war, als würde sie eine Statue im Mondlicht betrachten. Jeder Muskel war einzeln definiert und fest. Sie berührte seine Brust, nur um sicherzugehen, dass sie echt war, und ließ ihre Finger über seinen Waschbrettbauch wandern. Er hielt die Luft an, als sie das tat.

»Meine Güte, wie viel trainierst du?«

»Ungefähr anderthalb Stunden jeden Tag. Ich trainiere mit Freunden für den Triathlon.«

Natürlich.

»Ähm, mein Mund war eben noch auf deiner Brust. Können wir das Anstarren beenden und uns wieder damit beschäftigen?«

»Klugsch…«

Sie schnappte nach Luft, als er sich auf sie legte und da weitermachte, wo er aufgehört hatte. Schon bald wand sie sich unter ihm, das Verlangen zwischen ihren Schenkeln wurde beinahe unerträglich.

»Vaughn«, stöhnte sie.

»Was willst du?«, fragte er heiser.

So viele unanständige Dinge gingen ihr durch den Kopf. »Berühr mich.«

Er griff nach dem Bund ihrer Hose und zog sie herunter. »Mit meinem Mund oder mit den Fingern?«

Oh Gott. »Beides. Beides ist gut.« Seine Finger wanderten an ihrem Körper entlang zu ihrer seidenen Unterwäsche, direkt zwischen ihre Beine.

»Du bist so feucht, Sidney. Das ist so verdammt scharf.« Er zog ihr die Unterwäsche aus, schob seine Hand zwischen ihre Schenkel und drang mit einem Finger in sie ein.

Sie zerrte fester an seinen Haaren. »Wenn du nicht bald in mir bist, muss ich dich wieder beißen.«

»Sind wir ein bisschen gereizt?«, fragte er. »Ich werde dafür sorgen, dass dir das richtig gut gefällt. Ich versprech's.« Er begann, sie mit einem langsamen und gleichmäßigen Rhythmus zu streicheln. Sie biss sich auf die Lippe, um nicht laut aufzuschreien. Das war so gut, *er* war so verdammt gut. Er nahm einen zweiten Finger dazu, bewegte beide in ihr, während er den Kopf senkte und mit seiner Zungenspitze über ihre Brüste fuhr. Das war zu viel und sie kam, heftig und schnell.

Sie öffnete die Augen und sah, wie Vaughn aufstand und ans Ende des Betts trat. Sein Blick traf ihren, als er in seine Hosentasche griff und ein Kondom aus seiner Brieftasche zog. Er warf es aufs Bett. Dann zog er sich Hose und Boxershorts aus.

Sidney riss die Augen auf, als sie ihn so vor sich sah. Sie hatte zwar innerhalb der letzten drei Jahre nur einen anderen Penis gesehen, aber dieses Modell war doch … ziemlich beeindruckend.

»Brauchst du noch mal einen Moment?« Er grinste teuflisch.

Sie winkte ihn zu sich, und er kletterte zurück aufs Bett.

»Lass mich dich berühren«, flüsterte sie. Sie fuhr mit den Händen über seine Brust und ließ kleine Küsse auf seinen Hals regnen. Er schloss die Augen, und sein Atem ging schneller, als ihre Hand tiefer wanderte.

»Leg deine Hand um mich«, sagte er.

Sie tat es und streichelte ihn langsam, wobei sie das Gefühl seiner glatten, harten Erektion unheimlich erregend fand. Sie fühlte seine Hand, die mit ihrem Haar spielte.

»Ich will dich. Jetzt«, raunte er mit rauchiger Stimme.

Als er sich über sie beugte und das Kondom nahm, verspürte sie ein heißes Kribbeln in ihrem Unterleib. Er streifte das Kondom über, nahm ihre Handgelenke und hielt sie mit einer Hand auf dem Bett fest.

Ihre Blicke trafen sich und hielten einander, als er in sie eindrang, Zentimeter um verführerischen Zentimeter.

Sie stöhnte, überwältigt von seiner Fülle.

Er biss die Zähne zusammen. »Gott, du fühlst dich so verdammt gut an.«

Er ließ ihr mit langen, sanften Bewegungen Zeit, sich an ihn zu gewöhnen, dann wurde er schneller. Sein Blick brannte sich in ihren, Während er tief in sie eindrang und sie hart nahm. Ihre Körper schlugen aneinander, ihr Stöhnen vermischte sich, und plötzlich gab es keine Checkliste mehr, keine biologische Uhr, keinen betrügerischen Exverlobten. Stattdessen gab es nur diese unaufhaltsame Welle der Lust, die sich in ihr aufbaute, und als sie losließ, brachte er sie noch einmal um den Verstand. Sie schrie auf, grub ihre Nägel in seinen Rücken und schlang ihre Beine noch fester um seine Taille. Er stieß noch einmal hart zu und erschauerte dann, vergrub sein Gesicht in ihrer Halsbeuge und wurde langsamer, bevor er sich auf sie sinken ließ.

Kurz darauf stand er auf und entsorgte das Kondom im Badezimmer. Als er nackt ins Schlafzimmer zurückkehrte, stützte sich Sidney auf einem Arm auf, um ihn anerkennend zu beobachten. »Mmm-hmm.«

Er kam zurück ins Bett und legte seinen Arm um ihre Taille, als sie sich auf die Seite drehte und ihn ansah. »Schau dich an, ganz zufrieden und zur Abwechslung mal nicht kratzbürstig.«

Sie pikste ihn in die Brust.

Er gab ihr im Gegenzug einen Klaps auf den Po.

Und dann schliefen sie zusammen ein.

17

Am nächsten Morgen riss das Klingeln seines Handys Vaughn um halb acht aus dem Tiefschlaf. Er blinzelte und schaute sich um.

Sidneys Bett.

Seine Waffe auf dem Nachttisch.

Sie lag an seine Brust geschmiegt, drehte sich beim Klingeln brummelnd um und steckte den Kopf unter das Kissen. Dabei entkamen ein paar ihrer Haarsträhnen und fielen über ihre nackten Schultern und den Rücken. Offenbar war hier jemand ein ziemlicher Morgenmuffel.

Aber Vaughn musste zugeben, dass sogar er in dieser besonderen Situation einer war. Normalerweise hatte er kein Problem damit, um sieben Uhr dreißig aufzustehen, aber wie man an der nackten Frau neben ihm erkennen konnte, war es eine lange Nacht gewesen. Er griff nach seinem Handy und sah, dass der Anruf von Cade kam. Weil es noch so früh war, ging er im Kopf die Fälle durch, an denen er im Moment mit Cade arbeitete, weil er davon ausging, dass es sich um einen Notfall handelte.

»Ja«, sagte er. Seine Stimme war vom Schlaf noch ganz kratzig.

Der Tonfall seines Freundes klang ziemlich durchtrieben. »Huxley und ich stehen hier vor deiner Wohnung und fragen uns, wo du bist.«

»Das klingt, als würdet ihr mich beschatten.« Vaughn wurde kurz abgelenkt, weil sich Sidney im Bett neben ihm bewegte, dadurch das Laken zur Seite glitt und der Ansatz ihres sehr niedlichen Hinterns entblößt wurde.

Hmm.

Die Stimme seines besten Freundes riss ihn aus seiner Schwelgerei. »Wenn du mit beschatten meinst, dass Huxley und ich hier sind, um dich wie verabredet zu unserem Training abzuholen, dann ja. Wir beschatten dich.«

Das Training.

Scheiße.

Vaughn fiel ein, dass Cade, Huxley und er ihre sonntägliche Trainingseinheit verschoben hatten, weil Cade später noch mit seiner Freundin an den Strand gehen wollte. »Mann, entschuldige – ich habe total vergessen, dass wir es verschoben hatten. Ich bin in zehn Minuten da.«

Er legte auf, als Sidney sich zu ihm umdrehte und ihm ein müdes Sonntagmorgenlächeln zuwarf.

Bei näherer Betrachtung …

Vaughn verwarf die Idee. Er hatte Pläne, seine Freunde warteten auf ihn, und davon abgesehen gab es bei ihm keine faulen Sonntage nach einer gemeinsamen Nacht – das war etwas für Pärchen.

»Irgendein Notfall beim FBI?«, fragte sie, während sie sich auf ihr Kissen stützte und Vaughn sich seine Sachen anzog. Er schüttelte den Kopf. »Ich hab vergessen, dass ich mit den Jungs verabredet war. Wir gehen heute eine Stunde schwimmen und eine halbe Stunde laufen.«

»Viel Spaß dabei. Ich werde wohl noch eine Stunde schlafen und danach eine halbe Stunde baden.« Sie lächelte zufrieden und erstarrte plötzlich, als ihr etwas einfiel.

»Warte – Simons Auto steht noch draußen, oder? Wenn er es früh abgeholt hat, dann hat er deins auch unten gesehen, und ihm ist klar, dass du noch hier bist.«

Vaughn vermutete, dass er in diesem Fall bereits einen Anruf von seinem jüngeren Bruder bekommen hätte – *Hey, ich stehe vor Sidneys Haus, und du bist offensichtlich drinnen. Hast du mir was zu erzählen?* –, aber er ging trotzdem den Flur entlang zum Gästezimmer, um nachzusehen. Er schaute aus dem Fenster und sah, dass Simons Auto noch draußen stand.

Alles in Ordnung.

Vaughn ging zum Schlafzimmer zurück, wo Sidney in die Decke gewickelt im Bett saß.

»Sein Auto steht noch draußen. Wir sind sicher.«

Sie seufzte erleichtert. »Puh. Ich hätte das nicht erklären wollen – du weißt schon, das hier.« Sie deutete zwischen ihnen hin und her.

»Es tut mir leid, dir das sagen zu müssen, aber ich vermute, dass deine Schwester und mein Bruder schon wissen, dass wir ›das hier‹ tun.«

»Nicht miteinander.« Sie sah zu, wie er seine Waffe, das Holster und seine Marke vom Nachttisch nahm und alles anlegte.

»Mir ist aufgefallen, dass du meine Waffe ziemlich oft musterst«, sagte er herausfordernd.

Sie warf ihm einen Blick zu. »Ich mustere deine Waffe nicht. Ich habe nur noch nie jemanden kennengelernt, der eine trägt.« Das Laken rutschte ein wenig herunter und enthüllte eine verlockende Brust mit einer rosigen Brustwarze.

Es ist ein elfwöchiges Trainingsprogramm, dachte Vaughn. *Eine* Schwimmeinheit zu verpassen würde doch wohl keinen Unterschied machen.

»Also, du wolltest gerade gehen?«, fragte Sidney.

Vaughn blinzelte und kam wieder zu sich. Er trat ans Bett und war sich nicht sicher, ob er angesichts ihrer Offenheit amüsiert oder leicht verletzt sein sollte. Vielleicht ein bisschen von beidem. »Nun werd mal nicht sentimental, Sinclair.« Er beugte sich hinunter, küsste sie auf die Stirn und wandte sich ab, um zu gehen. Ihre Stimme erreichte ihn an der Tür. »Vaughn.«

Er sah über die Schulter.

»Sag deinem ›anderen Ich‹, dass es am Montag vorsichtig sein soll, wenn es sich in diesen dunklen, zwielichtigen Gassen herumtreibt.«

Etwas in Vaughns Brust zog sich zusammen; sie hatte sich daran erinnert. »Mach ich.«

Vaughn fand einen Parkplatz nur eine Straße von seiner Wohnung entfernt, parkte und bereitete sich auf das Unausweichliche vor. Cade und Huxley saßen auf der Treppe des Gebäudes, ihre Fahrräder hatten sie auf dem Gehweg abgestellt, da der Plan lautete, für ein zusätzliches Training mit dem Rad zum FBI-Gebäude zu fahren.

Die zwei Männer musterten Vaughn, als er in seinen zerknitterten Klamotten, die die ganze Nacht auf dem Boden von Sidneys Schlafzimmer gelegen hatten, und mit in alle Richtungen abstehenden Haaren auf sie zukam.

»Wenigstens bist du über die Trauzeugin hinweg«, meinte Cade grinsend.

»Nicht wirklich …«, sagte Vaughn ausweichend.

Cades Augen weiteten sich. »Du hast mit der Trauzeugin geschlafen?«

»Sidney.« Vaughn schloss die Haustür auf. Zusammen mit Cade folgte Huxley Vaughn die Stufen hinauf in den ersten Stock zu seinem Loft.

»Oh Mann, ich hatte gehofft, es wäre nur die niedliche Kellnerin vom Mexikaner letzte Woche gewesen.«

Vaughn sah ihn über die Schulter hinweg fragend an. »Welche niedliche Kellnerin?«

Huxley warf Cade einen wissenden Blick zu. »Das wird ja langsam ernst.«

»Nichts wird ernst«, widersprach Vaughn bestimmt, als er sie in seine Wohnung ließ. Er warf die Schlüssel auf die Ablage. »Und warum nervst du mich deswegen, Hux?« Gut, sein Partner war ein wenig konservativ – um ehrlich zu sein, ziemlich konservativ – und war wohl schon gleich nach der Geburt bereit gewesen, einer Frau einen Heiratsantrag zu machen, wenn man bedachte, wie schnell er Addison einen Ring an den Finger gesteckt hatte. Aber normalerweise kommentierte Huxley seine Dates nur mit einem Augenrollen und ein paar sarkastischen Bemerkungen.

»Weil ich glaube, dass es keine gute Idee ist, wenn du dich mit der Schwester der zukünftigen Frau deines Bruders einlässt«, sagte Huxley direkt.

Vaughn schnaubte. »Wir haben uns auf gar nichts eingelassen.« Sowohl Cade als auch Huxley zogen eine Augenbraue hoch. »Okay, ja vielleicht haben wir uns auf eine gemeinsame Nacht eingelassen. Na und? Wir sind erwachsen, wir können damit umgehen.«

»Eure Familien sind jetzt verbunden, du wirst dieser Frau für den Rest deines Lebens immer wieder begegnen. Wenn das schiefgeht« – Huxley deutete auf Vaughns strubbelige Haare und seinen Nach-der-Affäre-Aufzug – »und bei dir wird das unausweichlich passieren, dann könnte die Situation kompliziert werden.«

Vaughn nahm einen Energieriegel aus seinem Küchenschrank. »Letzte Nacht hat mir eine attraktive intelligente Frau gesagt, dass sie mich für Sex benutzen will. Das ist keine komplizierte Situation, sondern eine *großartige*.«

»Attraktiv und intelligent? Das klingt, als ob da jemand ein bisschen verliebt wäre«, stellte Cade fest.

Meine Güte, die beiden hatten sich da ganz schön auf ihn eingeschossen. »War ich wirklich so nervig, als ihr beide Single wart?«

»Schlimmer«, sagten Cade und Huxley, ohne zu zögern, wie aus einem Mund.

Na ja, trotzdem. Die Umstände zwischen ihm und Sidney waren vollkommen anders. Vaughn machte sich eine Flasche Wasser auf, um den Riegel herunterzuspülen. »Hört mal, ich verstehe schon, dass ihr beiden in euren perfekten Beziehungen total glücklich seid und dass ihr deshalb den Teil eures Gehirns ausgeschaltet habt, der es verstanden hat, Spaß zu haben.« Er hielt kurz inne. »Abgesehen von dir, Hux, was das angeht, war bei dir noch nie viel los.«

Sein Partner funkelte ihn wütend an.

»Tatsache ist, dass es mir damit gut geht«, fuhr Vaughn fort. »Sidney hat klargestellt, dass die Sache letzte Nacht vollkommen ohne Verpflichtungen war. Und das, meine Herren, ist genau mein Ding.«

Nachdem er das geklärt hatte, ging er den Flur entlang in sein Schlafzimmer, um seine Sportsachen anzuziehen.

»Schaust du nach, ob sie dir schon eine SMS geschickt hat?«, rief Cade ihm nach.

Vaughn schüttelte den Kopf.

Ja, total auf ihn eingeschossen.

Nachdem Sidney ihren dringend benötigten Schlaf nachgeholt, geduscht und gefrühstückt hatte, fuhr sie ins Krankenhaus, um Isabelle zu besuchen. Als sie nach draußen kam, sah sie, dass Simon sein Auto abgeholt hatte. Zum zweiten Mal an diesem Tag atmete sie erleichtert auf, dass er nicht in den frühen Morgenstunden da gewesen war und Vaughns Auto vor ihrer Tür gesehen hatte. Das wäre … nicht gut gewesen.

Wenn es nach ihr ging, dann brauchten Simon und Isabelle nie zu erfahren, dass zwischen Vaughn und ihr etwas gelaufen war. Letzte Nacht war großartig gewesen und hatte Spaß gemacht, aber das war auch schon alles gewesen – ein One-Night-Stand. Sicher, sie fühlte sich zu Vaughn hingezogen, und sie bereute nicht, dass sie miteinander geschlafen hatten, aber es würde sich nie etwas wirklich Ernsthaftes zwischen ihnen entwickeln. Wie Trish schon gesagt hatte: Er fühlte sich einfach nur im Moment richtig an.

Nicht nur richtig, sondern fantastisch.

Sidney parkte in der Tiefgarage des Krankenhauses und dachte, dass sie wohl versuchen sollte, alle Spuren des »Ich hatte gerade Sex«-Leuchtens aus ihrem Gesicht zu wischen, bevor sie das Zimmer ihrer Schwester betrat. Sie hatte normalerweise keine Geheimnisse vor Isabelle, aber diese Situation war ganz klar anders. Es wäre für sie alle merkwürdig, wenn Simon und Isabelle wüssten, dass sie mit Vaughn geschlafen hatte – vor allem weil weder Vaughn noch sie wollten, dass sich daraus mehr entwickelte.

Verhalt dich einfach normal, sagte sie zu sich selbst, als sie aus dem Aufzug stieg. *So, als ob nichts passiert wäre*. Soweit es ihre Schwester und Simon betraf, hatte Vaughn sie letzte Nacht vom Krankenhaus aus nach Hause gefahren, und dann waren sie getrennte Wege gegangen. Das war ihre Tarnung, und als die selbstbewusste Frau, die sie war, würde sie kein Problem damit haben, diese überzeugend rüberzubringen …

Sie blieb wie angewurzelt vor Isabelles Zimmer stehen, als sie eine vertraute männliche Stimme hörte, die diese markante, leicht raue Note hatte.

Verdammt – Vaughn.

Sidney war dankbar, dass der Vorhang vor Isabelles Bett die anderen davon abhielt, sie zu sehen. Sie brauchte im Moment ein bisschen Abstand von Vaughn, vor allem deshalb, weil die Erinnerungen an letzte Nacht noch so frisch in ihrem Gedächtnis waren. Sie drehte sich um und wollte gehen; sie würde einfach ein paar Besorgungen auf der Michigan Avenue machen und in einer Stunde wiederkommen. Aber dann hörte sie einen Teil der Unterhaltung zwischen Vaughn, Isabelle und Simon.

»Ich habe nachgedacht«, sagte Vaughn gerade, »und bei allem, mit dem ihr euch gerade herumschlagen müsst, gibt es vielleicht ein paar Dinge, bei denen ich euch für die Hochzeit helfen könnte.«

Totenstille folgte.

»Also wisst ihr, ihr könnt aufhören, mich anzustarren, als wären mir gerade die Augenbrauen ausgefallen, nur weil ich diesen Vorschlag gemacht habe«, sagte Vaughn trocken.

Draußen auf dem Flur unterdrückte Sidney ein Grinsen, als Simon und Isabelle zu lachen begannen.

Vaughn fuhr fort. »Mir ist klar, dass ich nicht die erste Person bin, an die alle denken, wenn es um Hochzeiten geht. Aber bei *dieser* besonderen Hochzeit würde ich wirklich gern helfen.«

Sidney konnte nicht mehr anders als grinsen.

Das war wirklich ziemlich süß.

»Das würde uns sehr freuen, Vaughn. Danke«, sagte Simon. Von drinnen kam das Geräusch männlicher Klopfer auf den Rücken – wie niedlich, die beiden Roberts-Brüder umarmten sich –, dann sprach Isabelle.

»Wir haben nächsten Sonntag unser Probeessen im *Lakeshore Club* geplant, damit wir das Menü für den Empfang auswählen können«, sagte sie. »Sie meinten, wir könnten zwei Gäste mitbringen, und wir wollten Sidney einladen. Vielleicht möchtest du auch dazukommen?«

»Ja, gerne«, sagte Vaughn.

Sidney trat von der Tür weg, als sie ihr Gespräch beendeten. Auf dem Weg zurück zum Aufzug dachte sie über Isabelles Bemerkung nach. *Unser Probeessen im Lakeshore Club … Wir wollten Sidney einladen*.

Das letzte Mal, dass sie mit irgendjemandem vom *Lakeshore Club* Kontakt gehabt hatte, war sieben Monate her, als Douglas, der Eventmanager des Klubs, ihr mitgeteilt hatte, dass er leider nicht in der Lage sei, ihr die Anzahlung zu erstatten, die sie für die Hochzeit geleistet habe, weil es einfach zu nah am Hochzeitsdatum gewesen sei, als sie und Brody alles abgesagt hätten. Und jetzt würde sie am Sonntag dorthin zurückkehren, nicht länger als zukünftige Braut, sondern als pflichtbewusste Trauzeugin und betrogene Frau.

Sie bereitete sich auf eine Menge mitleidiger Blicke vor.

18

Vaughn fuhr bis zu dem kunstvoll verzierten Eisentor am Ende der privaten Auffahrt des *Lakeshore Clubs* und nannte dem Wachmann seinen Namen. »Vaughn Roberts. Ich bin für das Probeessen der Roberts-Sinclair-Hochzeit hier.«

Der Wachmann sah auf seine Liste und nickte. »Das ist in der Empfangshalle. Folgen Sie der Auffahrt bis zum Ende. Es ist das weiße Gebäude mit den Säulen und dem Ausblick auf den See.«

Vaughn dankte ihm und fuhr über das Klubgelände, vorbei an Tennisplätzen, einem Innen- und Außenpool, einer Eislaufbahn und einem malerischen Golfplatz, bevor er am Ziel war: einem stattlichen Herrenhaus im georgianischen Stil.

Nicht schlecht.

Als er auf den Parkplatz vor der Empfangshalle fuhr, sah er Sidneys schwarzen Mercedes. Es war nun eine Woche her, seit er sie zuletzt gesehen hatte. Beide waren nach ihrer gemeinsamen Nacht wie erwartet auf Distanz gegangen. Um emotionale Verwicklungen zu vermeiden, hatte er eine strenge Regel, dieselbe Frau nicht zwei Mal innerhalb einer Woche zu sehen.

Doch diese Woche war heute Morgen um fünf nach halb acht vorbei gewesen. Nicht, dass er sich irgendetwas erhoffte, er hatte die Tatsache einfach nur im Kopf behalten.

Durch die offene Eingangstür trat er ein und erblickte den riesigen Kristallleuchter in der Lobby sowie die ausladende Treppe. Die Tür zu seiner Linken führte in den Ballsaal, wahrscheinlich sollte dort der Empfang stattfinden. Vaughn trat in den mit Eichenholz vertäfelten Raum und sah breite Türen, die auf die Terrasse hinausführten. Er ging nach draußen und nahm den Ausblick auf das glitzernde blaue Wasser des Michigansees in sich auf, der vor ihm lag. Er schmunzelte, weil er sich einen Moment lang wie der stolze große Bruder fühlte, als er an Simon dachte, der hier draußen mit Isabelle oder seinen Eltern tanzen würde, die, da war er sich sicher, noch nie bei einer so edlen Hochzeit wie dieser gewesen waren.

Familie Roberts aus Apple Canyon, Wisconsin, war also tatsächlich in der feinen Gesellschaft angekommen.

»Sie müssen Simons Bruder sein.«

Vaughn drehte sich um, als er die Stimme hörte, und stand einem ordentlich gekleideten Mann Mitte vierzig gegenüber, der ebenfalls auf die Terrasse trat. »Schuldig im Sinne der Anklage. Vaughn Roberts.« Er streckte eine Hand aus.

Der andere Mann, der einen makellosen sommerlichen Leinenanzug und ein blaues Hemd trug, lächelte, als sie sich begrüßten. »Douglas Slater, Eventmanager des *Lakeshore Clubs*. Isabelle hat gerade eben angerufen und gesagt, dass sie und Simon sich ein paar Minuten verspäten, weil der Termin beim Floristen länger dauert. Ich habe Sie hier draußen gesehen und dachte, ich frage mal nach, ob ich Ihnen, während Sie warten, etwas zu trinken bringen kann.«

Genau in diesem Moment brummte Vaughns Handy. Er nahm es aus seiner Anzugtasche und sah, dass ihm Isabelle eine SMS geschickt hatte, um ihm mitzuteilen, dass sie sich verspäten würden. »Danke, aber ich möchte nichts«, erwiderte er auf das Angebot. Er steckte das Handy wieder ein. »Haben Sie Isabelles Schwester Sidney schon gesehen?«

»Noch nicht, Sie sind der Erste«, sagte Douglas.

Weil er den Mercedes gesehen hatte, wusste Vaughn, dass das nicht stimmte. Die geheimnisvoll abwesende Miss Sidney Sinclair musste hier irgendwo sein.

Douglas senkte den Kopf, seine Stimme nahm einen sanften Tonfall an. »Da wir gerade von Sidney sprechen … Wie geht es ihr denn? Ich habe viel an sie gedacht, seit … Sie wissen schon.«

Eigentlich wusste Vaughn fast gar nichts, aber er hatte inzwischen eine Ahnung davon, was zwischen Sidney und ihrem Ex passiert sein musste. »Es geht ihr sehr gut«, sagte er zu Douglas und beließ es dabei.

Er sah sich um. »Vielleicht schaue ich mir alles mal ein bisschen genauer an, während ich warte.«

»Natürlich, gern.« Douglas zeigte nach links, wo sich die Terrasse weiter am Ballsaal entlang erstreckte. »Ich weiß nicht, ob Sie gern Golf spielen, aber wenn Sie hier die Stufen runter und um die Ecke gehen und dann dem Weg nach links folgen, kommen Sie zu einem Pavillon, von dem aus man eine schöne Aussicht auf unseren Golfplatz hat.«

Vielleicht hatte sich Sidney auch überlegt, die Aussicht zu genießen, während sie wartete. »Danke für den Tipp.«

Vaughn folgte der Beschreibung, die Douglas ihm gegeben hatte, und fand schnell den Weg, den der Eventmanager gemeint hatte. Er führte ihn fort vom See auf einen breiten grünen Rasen, der von der Straße und vom Parkplatz aus nicht zu sehen war. Der Weg stieg leicht an, und oben auf einem Hügel, direkt neben einer großen Trauerweide, stand der Pavillon. Er sah in dem weißen Pavillon etwas Kastanienbraunes aufleuchten und ging darauf zu. Sidney hatte ihm den Rücken zugedreht und lehnte an dem Geländer des Pavillons. Die Sonne spielte mit den kupfernen und goldenen Strähnen in ihrem Haar. Vaughn verlangsamte sein Tempo, als er näher kam. Er musste zugeben, dass ein Teil seines Interesses der Tatsache geschuldet war, dass sie gewagte rote High Heels und eins ihrer sommerlichen Kleider trug – dieses Mal eins, das mit einem weiten Oberteil und einem kurzen ausgestellten Rock in Rot, Gelb und Blau sowohl künstlerisch als auch sehr nach New Yorker Schick aussah. Aber er hielt auch deshalb inne, weil die Art, wie sie dastand und auf den Golfplatz blickte, etwas Trauriges hatte.

Leise ging er die zwei Stufen zum Pavillon hinauf. Sidney sah über ihre Schulter, als er sich näherte.

Vaughn stellte sich neben sie an das Geländer. »Versteckst du dich hier draußen?«, fragte er geradeheraus.

Sie sah ihn überrascht an. »Nein.« Aber dann lenkte sie ein. »Vielleicht ein bisschen. Ich habe Isabelles Nachricht bekommen, dass sie sich verspäten, und ich hatte keine Lust, drinnen zu warten.«

»Douglas, der Eventmanager, hat nach dir gefragt. Er wollte wissen, ob es dir gut geht.«

»Hat er das so gesagt?« Sie imitierte einen mitleidigen Gesichtsausdruck. »›Wie *geht* es ihr denn?‹« Sie lächelte. »Das bekomme ich ziemlich oft zu hören.«

Vaughn wartete ab, ob sie fortfahren würde.

»Du weißt sicher, dass es dazu eine Geschichte gibt?«

»Weiß ich.«

»Ich vermute, du erwartest jetzt, dass ich sie dir erzähle.

»Nein, ich habe keinerlei Erwartungen.«

Eine längere Stille folgte.

»Na ja … Da Sie mich schon mit all diesen Fragen löchern, Agent Roberts«, scherzte sie. »Ich denke, es ist unvermeidbar, dass du es vor Simons und Isabelles Hochzeit erfährst, und mir wäre lieber, du erfährst es direkt von mir.« Sie deutete auf das Herrenhaus zu ihrer Rechten. »Ich sollte eigentlich letzten Oktober hier heiraten. Aber ich habe die Beziehung zu meinem Verlobten einen Monat vor der Hochzeit beendet.«

»Name?«

»Brody. Du ziehst jetzt aber nicht während der ganzen Geschichte deine FBI-Befragungsmasche durch, oder? Das stört irgendwie den Fluss.«

Er unterdrückte ein Grinsen. »Entschuldige.«

»Es war an einem Sonntag, und ich war für meine letzte Anprobe in einem Brautmodenladen. Die Angestellten haben eine Riesensache daraus gemacht, also sollte ich auch die Schuhe und den Schleier anprobieren, weil es darum ging, dem Moment so nah wie möglich zu kommen. Ich sollte aus der Umkleide kommen und vor den großen Spiegel in der Mitte des Geschäfts treten, und alle riefen ›Ah‹ und ›Oh‹ wegen des Kleids und des Effekts, den das alles hatte. Aber dann kam diese Frau ins Geschäft.« Sidney machte eine Pause, während sie sich erinnerte. »Sie stand nur da und starrte mich in meinem Kleid an, bevor sie fragte: ›Sie sind Sidney Sinclair, richtig?‹ Ich dachte, sie wäre die jüngere Schwester einer meiner Freundinnen, weil ich sie nicht zuordnen konnte. Ich sagte: ›Tut mir leid, kennen wir uns?‹ Worauf sie antwortete: ›Sie sollten mich kennen, ich bin die Frau, die seit drei Monaten Ihren Verlobten vögelt.‹«

»Sidney«, sagte er, seine Stimme war sanfter als sonst.

»Da ist er, der mitleidige Blick.«

In Ordnung. Er wollte ihr sagen, dass sie nicht zynisch zu sein brauchte, aber er merkte, dass sie die Geschichte auf ihre Art erzählen musste. »Und was hast du getan?«

»Na ja, weil wir vor allen Angestellten standen, ganz zu schweigen von den ganzen anderen Kunden, die sich alle für meinen großen Moment versammelt hatten, konnte ich nicht besonders viel tun. Ich habe mich entschuldigt und bin mit der Frau nach draußen vor den Laden gegangen. Als wir auf der Straße standen, hab ich sie nur angeschaut und gesagt: ›Gut, dann lassen Sie mal hören.‹« Sidney zuckte mit den Schultern.

»Dann fing sie an, mir alles zu erzählen. Wie sie und Brody sich im Fitnessstudio kennengelernt hatten, alles, was er ihr über mich erzählt hatte, wie er sich wegen der Hochzeit verrückt machte und wo sie überall Sex gehabt hatten – einschließlich unserer Wohnung und unseres Betts –, wenn ich auf Dienstreise war. Offensichtlich hatte sie schon länger versucht, Brody dazu zu überreden, sich von mir zu trennen. Weil er das nicht tat, hat sie dann den Entschluss gefasst, mir von unserer Wohnung aus in das Brautmodengeschäft zu folgen, weil sie dachte, sie würde mich dort allein antreffen und könnte sich selbst um die Angelegenheit kümmern.«

Sie schaute über den Golfplatz. »Nachdem ich all das gehört hatte, bin ich einfach – losgegangen. Den ganzen Weg nach Hause, zwanzig Blocks. Als ich bei uns zu Hause ankam, hatte ich Blasen an den Füßen, also hab ich die Schuhe ausgezogen und bin die zwei Stockwerke nach oben gestiegen. Als ich die Wohnungstür aufmachte, saß Brody auf der Couch und las das *Wall Street Journal*, als wäre es ein ganz normaler Sonntagnachmittag. Sein Mund blieb offen stehen, als er mich so dastehen sah, barfuß und in meinem Hochzeitskleid. Aber dann lachte er und meinte: ›Bringt das denn nicht Unglück?‹«

»Bitte sag mir, dass du deine Schuhe nach dem Arschloch geworfen hast.«

Das entlockte ihr ein kleines Lachen. »Glaub mir, ich war schwer versucht. Aber zu dem Zeitpunkt hatte ich einfach nur genug. Also hab ich ihm gesagt, er soll seinen Koffer packen und verschwinden.«

Es gab so einiges, was Vaughn als Reaktion auf diese Geschichte loswerden wollte. Aber schlussendlich lief es auf eine einzige Sache hinaus. »Dein Ex ist ein Riesenarschloch.«

»Ja. Und ich bin die Idiotin, die das irgendwie nicht mitbekommen hat.«

Er sah sie nachdenklich an. Es war interessant, dass sie das sagte. »Beim FBI haben wir diesen Leitspruch: Vertrauen ist gut, Kontrolle ist besser. Man sollte eine Geschichte immer überprüfen, egal, wie glaubwürdig die Person, die sie erzählt, erscheint.«

»Vertrauen ist gut, Kontrolle ist besser. Das gefällt mir«, sagte sie. »Zu schade, dass ich da vor drei Jahren noch nicht dran gedacht habe.«

Vaughn drehte sich zu ihr. »Die Sache ist die: Wir sind ausgebildete Profis. Jeder Agent gibt damit an, was für tolle Instinkte er hat, wie gut er die Menschen lesen kann und dass er sofort weiß, ob jemand lügt. Trotzdem prüfen wir eine Geschichte wenn möglich immer nach. Weil wir auch nur Menschen sind – manchmal verlassen wir uns auf die falsche Person. Und du bist auch nur ein Mensch, Sidney.« Er gab ihr einen kleinen Schubs. »Auch wenn es schwerfällt, das zuzugeben.«

»Nur ein bisschen.« Sie warf den Kopf zurück und musterte ihn. »Was soll das? Du bist plötzlich so ... nett.«

»Es ist wirklich süß, Sinclair, wie du es schaffst, das mit so viel Überraschung zu sagen.«

Sie lachte. »Entschuldige.« Dann summte ihr Handy im Inneren ihrer Tasche. Sie schaute darauf. »Isabelle schreibt, dass sie gerade auf den Parkplatz fahren.«

Ein paar Minuten später saß die kleine Gruppe im Ballsaal an einem rechteckigen Tisch, der für das Probeessen aufgebaut worden war. Vaughn saß links von Sidney, rechts neben ihr Douglas, der Eventmanager. Gegenüber grübelte Isabelle über die verschiedenen Vorspeiseoptionen nach, die vor ihnen aufgereiht waren. »Okay, also bis jetzt haben wir den Capresebecher, die mit Salbei und italienischer Wurst gefüllten Pilze, kleine Krabbenküchlein und Shrimps mit Kokosnuss – das heißt, wir brauchen noch zwei weitere Vorspeisen. Was haltet ihr von den Jakobsmuscheln im Speckmantel?« Sie wandte sich an Simon, der neben ihr saß.

»Wenn es nach mir ginge, würde ich dieses ganze Essen in Speck einwickeln.« Simon schaute zu Vaughn. »Unterstütz mich mal, Trauzeuge.«

»Klarer Fall. Nichts schreit so sehr ›Party‹ wie geräuchertes Fleisch.«

Während sich der Rest der kleinen Gruppe auf diese Weise unterhielt, fiel Sidney auf, dass sie sie ausblendete. Ihre Stimmen verschwanden im Hintergrund. Hier zu sein, in diesem Raum, weckte Erinnerungen an ihr eigenes Probeessen, für das sie und Brody extra aus New York hergeflogen waren. Es war ein hektisches Wochenende gewesen, und sie hatte damals schon bemerkt, dass Brody irgendwie gestresst wirkte, so, als wolle er unbedingt zurück nach Hause. Er hatte ihr versichert, er sei nur überarbeitet, aber weil sie heute wusste, wie es wirklich gewesen war, hatte er wohl einfach zurück zu *ihr* gewollt.

Ich bin die Frau, die Ihren Verlobten vögelt.

Wir hatten Sex in eurer Dusche, auf der Küchentheke – sogar in eurem Bett.

»Sid, wie findest du die Kürbiscroustades? Magst du die oder die Frühlingsrollen lieber?«

Aber am besten war es, als wir es an der Wand in der Gasse direkt vor eurer Wohnung getrieben haben, während Sie drinnen das Abendessen für seinen Geburtstag gekocht haben.

»Sid?«

Sie blinzelte und sah, dass alle sie anschauten. »Entschuldigt, ich war nur …« Sie atmete tief durch und sammelte sich. »Ich bin für die Croustades.« Isabelle schaute besorgt vom anderen Ende des Tisches zu ihr herüber, und auch Vaughns Blick spürte sie auf sich.

Sie ignorierte beide.

»Also, was ist als Nächstes dran?«, fragte sie und rieb sich die Hände. »Der Salatgang, richtig?«

Fest entschlossen, nicht noch mehr unschöne Erinnerungen aufkommen zu lassen, sorgte Sidney während der verbliebenen Probegänge dafür, dass sie bei der Sache war – und blieb sogar unbeeindruckt, als es während der Vorspeisen einen etwas merkwürdigen Moment gab.

»Dann hätten wir also das Rinderfilet und den Lachs für die Fleischesser und die Tikki-Kartoffelplätzchen als vegetarische Alternative.« Douglas notierte sich die Auswahl und deutete mit seinem Stift zwischen Isabelle und Sidney hin und her. »Lustig, Sie haben sich beide genau die gleichen Gänge ausgesucht.« Kaum hatte er die Worte ausgesprochen, schaute er Sidney verlegen an. »Das hätte ich nicht sagen sollen …«

»Zwei Dumme, ein Gedanke«, fiel ihm Sidney ins Wort und stieß darauf mit Isabelle an.

Als sie später am Abend auf dem Parkplatz standen und sich voneinander verabschiedeten, nahm Isabelle Sidney zur Seite. »Es tut mir so leid, dass das alles so merkwürdig für dich war, Sidney.« Sie sah zerknirscht aus. »Ich hätte dich nicht fragen sollen, ob du mitkommst.«

Sidney war erwachsen – wenn sie nicht hätte mitgehen wollen, hätte sie einfach Nein gesagt. »Wie oft willst du denn heiraten, Isabelle?«

»Ähm … nur ein Mal, hoffe ich.«

»Genau. Und ich will nichts davon verpassen.« Da ihr Vater nur am Rande an ihren Leben beteiligt war, waren es im Grunde immer nur sie beide gewesen – schon seit einer sehr langen Zeit. Isabelle nahm sie fest in den Arm. »Habe ich dir jemals gesagt, wie froh ich bin, dass du wieder aus New York zurück bist?«

Dann gingen sie zu den Männern, die neben Simons Auto standen und sich unterhielten.

»Ich habe ein Gerücht gehört, dass die Jungs eine Mail wegen des Junggesellenabschieds bekommen haben«, sagte Simon.

»Genau richtig«, sagte Vaughn.

»Auf einer Skala von eins bis zehn, wie beunruhigt muss ich sein, was deine Pläne dafür angeht?«

Vaughn tat das mit einer Handbewegung ab. »*Pfft.* Vielleicht eine zwei.«

Simon zog eine Augenbraue hoch. »Deine zwei oder meine.«

»Das wirst du wohl bald erfahren.«

Als er Sidney und Isabelle näher kommen sah, lächelte Simon. »Alles in Ordnung?«

»Ja, alles okay«, sagte Isabelle. Sie und Simon verabschiedeten sich, stiegen in sein Auto und fuhren los.

Sidney lehnte sich an ihr Auto und sah zu, wie Simon und ihre Schwester abfuhren. Als sie weg waren, seufzte sie und schaute über die malerische grüne Wiese und das elegante weiße Anwesen hinweg.

»Ist es schwer, hier zu sein?«, fragte Vaughn, der sich neben sie an das Auto stellte.

Sie überlegte, ob sie darauf antworten sollte. »Es ruft ein paar Erinnerungen wach, über die ich lieber nicht nachdenken würde.«

Er nickte. Einen Moment lang standen sie einfach so da, dann sah er sie an. »Wie viele von diesen Kleidern hast du eigentlich?«

»Warum? Was stimmt denn nicht damit?«

»Ich habe nicht gesagt, dass damit etwas nicht stimmt.« Er ließ seinen Blick kurz über sie wandern. »Ganz und gar nicht.« Er schien kurz über etwas nachzudenken, dann legte er seine

Hände rechts und links neben Sidney und sperrte sie gegen den Wagen gelehnt ein.

Sie schaute sich um. »Was machst du da?«

Er neigte den Kopf, seine Stimme war tief und sanft. »Sagen wir einfach, ich kenne eine wirklich gute Methode, um dir diese unerwünschten Erinnerungen aus dem Kopf zu schlagen.«

»Du bist unmöglich«, schimpfte Sidney. Obwohl ihr Puls schon schneller ging, wenn er ihr so nahe kam.

Seine Erwiderung war ein teuflisches Grinsen.

Zwanzig Minuten später grub Sidney ihre Finger in den weichen grauen Samtstoff von Vaughns Couch, während er sie hart von hinten nahm.

»Neig deine Hüften ein wenig. Lass mich tiefer eindringen«, verlangte er mit rauer Stimme.

Also lehnte sie ihm ihre Hüften entgegen und stöhnte, weil das Gefühl, ihn so hart und prall in sich zu haben, einfach zu gut war.

»Gut … Genau so, Baby. Verdammt, ich könnte ewig so weitermachen«, keuchte er.

Sie stützte sich mit ihren Händen an der Couch ab und bewegte sich ihm entgegen. *Ja.* Sie brauchte das nach dem heutigen Tag einfach. Genau jetzt dachte sie nicht über die Vergangenheit nach, hatte keine Bedenken, was die Zukunft anging – es gab nur diesen wilden Sex, der einfach dafür sorgte, dass sie sich *gut* fühlte.

Sie und Vaughn hatten schon im Treppenhaus seines Hauses angefangen, sich zu küssen, und als sie endlich in der Wohnung angekommen waren, waren sie beide so scharf aufeinander gewesen, dass sie sich nicht mal mehr ausgezogen hatten. Stattdessen hatte er sie ohne Umschweife auf der Couch nach vorne gedrückt, ihr Kleid nach oben geschoben und ihren Slip heruntergezogen. Dann hatte er seine Hose geöffnet und war tief in sie eingedrungen.

Sie schloss die Augen und gab sich den erotischen Gefühlen hin, die sie durchströmten. »Berühr mich«, flüsterte Sidney. Sie musste seine Hände auf sich spüren.

»Stell dich hin«, sagte er heiser und hielt inne, um ihr aufzuhelfen. Als sie halb aufrecht vor ihm stand – sein Schwanz noch in ihr –, griff er um sie herum und zog die Ärmel ihres Kleids nach unten. Als Nächstes schob er ihren BH herunter. »Lass mich diese wunderschönen Brüste sehen.«

Ihre Brustwarzen wurden sofort hart, und zwischen ihren Beinen zog sich alles zusammen. Er ließ eine Hand weiter nach unten zu ihrem Kitzler gleiten. Sie seufzte, als er begann, sie zu streicheln und seine Finger zu benutzen, um sie weiter zu öffnen. Als er wieder anfing, sich in ihr zu bewegen, stöhnte sie so laut, dass sie fürchtete, die Nachbarn würden es hören. Das Gefühl war so unfassbar gut, sie konnte nichts anderes tun, als sich an der Couch festzuhalten und es zu genießen.

»Ich will deinen Mund«, sagte er mit einem rauen Stöhnen.

Sie drehte den Kopf und öffnete die Lippen. Er küsste sie leidenschaftlich, und seine Zunge spielte mit ihrer. Sie bewegte die Hüften vor und zurück. Ihr Orgasmus begann langsam und gipfelte so hart, dass sie in seinen Mund aufschrie. Ihre Beine zitterten, aber er hielt sie fest und stützte sie, bis sie wieder sicher auf den Füßen stand.

Sie öffnete die Augen und sah, dass er sie mit einem liebevollen, aber verschmitzten Blick ansah.

»Noch mal?«, fragte er.

Heiliger Strohsack.

19

Vaughn kam aus dem Badezimmer und fand Sidney an die Kissen gelehnt auf seinem Bett sitzend vor, wo sie auf ihr Handy schaute.

»Checkst du schon deine Mails?«, neckte er sie. Nicht, dass es ihn gestört hätte – die Frau verwaltete gerade einen Vier-Milliarden-Dollar-Fonds. Da war es klar, dass sie auch am Wochenende ihre E-Mails überprüfen musste.

»Mmm«, antwortete sie abwesend.

Vaughn zog sich Boxershorts und Jeans über. »Ist alles okay?«

Sie schaute zu ihm auf und runzelte die Stirn. »Was bedeutet es, wenn ein Mann dir vier Mails an einem Tag schreibt und dann eine Woche wartet, bis er sich wieder meldet? Ist er zu beschäftigt oder spielt er Spielchen?«

Vaughn starrte sie an. »Du schreibst einem anderen *Mann*? Meine Güte, Frau, das Kondom im Mülleimer ist noch warm.«

Sie warf ihm einen Blick zu. *Ha, ha.* »Ich schreibe keinem anderen Mann, ich habe nach geschäftlichen Mails geschaut und bin dabei auch über diese andere Nachricht gestolpert.« Sie stieg aus dem Bett und ging an ihm vorbei zu ihrer Unterwäsche, die auf dem Boden lag. »Und tu nicht so, als wärst du beleidigt. Denk dran, was du immer sagst.« Sie sprach mit tiefer Stimme, um ihn nachzumachen. »Ich gehe immer sehr offen damit um, dass ich nicht nach einer festen Beziehung suche. Aber wenn du eine gute Zeit haben willst, dann bin ich dein Mann, Süße.«

Er griff nach ihrem Kleid, das über dem Fernseher lag, wo es gelandet war, nachdem er es während Runde zwei ungeduldig über seine Schulter geworfen hatte. »Trotzdem gibt es für so etwas Regeln, Sinclair. Versuch, das zu respektieren.« Er hielt ihr das Kleid hin und zog es wieder weg, als sie danach griff. Als sie ihn böse anfunkelte, lächelte er breit und gab es ihr zurück.

Sie suchte nach ihrem BH und sah ihn auf dem Nachttisch liegen, gleich unter seiner Pistole.

»Also, wer ist der Typ?«, fragte er mit vor der Brust verschränkten Armen.

»Welcher Typ? Oh, ach so. Das ist jemand, mit dem ich zur Highschool gegangen bin. Er hat mich auf Facebook gefunden und gesehen, dass ich wieder nach Chicago gezogen bin. Also hat er angefangen, mir Mails zu schicken«, sagte sie.

Vaughn sah zu, wie sie den Träger ihres BHs nahm und langsam und vorsichtig versuchte, ihn unter seiner Pistole hervorzuziehen, ohne die Waffe berühren zu müssen. Er ging zum Nachttisch, nahm seine Dienstwaffe und seine Marke und gab ihr den BH. »Um deine Frage zu beantworten, er ist nicht zu beschäftigt. Er spielt Spielchen.«

Und damit drehte er sich um, ging in die Küche und ließ sie das erst mal verdauen.

Sie kam eine Minute später auch aus dem Schlafzimmer. Sie hatte das Kleid angezogen, ihre hohen Schuhe baumelten lässig an einer Hand, und das Telefon hatte sie in der anderen. »Du weißt nicht mit Sicherheit, dass er Spielchen spielt.«

Vaughn trank das Glas Wasser aus, das er sich geholt hatte. »Glaub mir, ich weiß, wie Männer denken.« Er füllte ein zweites Glas Wasser für sie. »Wenn ein Mann dir mehrmals hintereinander mailt oder Nachrichten schreibt und dann für mehrere Tage komplett vom Radar verschwindet, dann ist das seine

Masche, damit du dich fragst, ob er wirklich auf dich steht. Und wenn du dann nach einer Weile ein bisschen unsicher wirst, meldet er sich wieder, weil er weiß, dass du *jetzt* ganz besonders froh sein wirst, von ihm zu hören.«

Sidney warf ihm einen angewiderten Blick zu. »Das ist so bescheuert. Und hinterhältig.« Sie schaute ihn an und runzelte die Stirn. »Machst du so was auch?«

Also bitte. »Das habe ich überhaupt nicht nötig.« Die ganze Aktivität im Schlafzimmer – und Wohnzimmer – hatte ihn hungrig gemacht. Er holte eine Tüte Tortillachips und ein Glas mit Salsa aus dem Schrank.

»Ah, genau. Weil du ja Special Agent Vaughn Roberts mit dem gewissen Etwas bist.« Sie setzte sich neben ihn.

Er zwinkerte ihr zu. »Es hat gereicht, um dich ins Bett zu bekommen. Zwei Mal.«

Sie dachte darüber nach und nahm sich einen Tortillachip. »Alles klar, erzähl mir mehr.«

»Mehr worüber?«

»Darüber, wie Singlemänner denken. Wie man die guten Jungs von denen unterscheidet, die Spielchen spielen.«

Vaughn schnaubte. »Ich gebe dir keine Tipps, wie du mit anderen Männern ausgehen kannst.«

»Warum nicht?«

»Weil wir gerade miteinander geschlafen haben. Das ist … schräg.«

Sie berührte seine Hand und lächelte zuckersüß. »Oh, Baby, sei doch nicht so. Wir sind doch Freunde, oder?« Ihre Augen leuchteten verschmitzt. »Sagt ihr Typen das nicht immer so?«

In diesem Fall war es für ihn wohl klüger, sich auf den fünften Zusatzartikel zu berufen und die Aussage zu verweigern. Also antwortete er stattdessen mit einer Gegenfrage. »Übertreibst du es mit der ganzen Datingsache nicht ein bisschen?

Ich dachte immer, ihr ›Und sie lebten glücklich bis ans Ende ihrer Tage‹-Mädels glaubt daran, dass euch das Schicksal den Richtigen schon vorbeischicken wird, wenn die Zeit gekommen ist.«

»Tja, das Schicksal muss sich ein bisschen beeilen«, sagte sie und tauchte einen weiteren Tortillachip in die Salsa. »Die Uhr tickt.«

»Bitte fang nicht an, mir zu erzählen, dass deine Eizellen ein Verfallsdatum haben.« Er zeigt auf ihren Bauch. »Ich möchte so kurz nach dem Sex nicht darüber nachdenken, dass es da drinnen fruchtbare Eizellen gibt.«

»Du hast Kondome benutzt, und ich nehme die Pille. Du magst ein Hengst sein, Roberts, aber selbst deine Kerlchen kommen da nicht durch. Und davon abgesehen habe ich nicht von meiner *biologischen* Uhr gesprochen, sondern davon, dass mir die Zeit bis zur Hochzeit davonläuft. Ich habe mir geschworen, bis dahin einen Begleiter zu haben.« Sie deutete mit ihrem Chip auf ihn. »Also los. Schenk mir reinen Wein ein, was den alleinstehenden, städtischen Mittdreißiger angeht. Wie finde ich heraus, ob es einem Mann nur um den Sex geht?«

»Das ist einfach – *allen* Männern geht es um Sex. Die wichtige Frage ist doch, ob er noch an etwas anderem als Sex interessiert ist.«

»Und da kommt meine Checkliste ins Spiel.« Sie biss von ihrem Chip ab und wirkte dabei sehr selbstsicher.

»Ich will dich ja nicht enttäuschen, aber wenn ein Mann mit dir spielen will, dann weiß er, wie er diese Checkliste umgehen kann. Solche Typen wissen genau, was sie sagen müssen. Sie schicken süße SMS, wünschen dir eine gute Nacht oder schreiben, dass sie nur fragen wollen, wie dein Tag war – weil sie wissen, dass Frauen sie aufgrund solcher Kleinigkeiten für gute Kerle halten.«

»Warte – mach mal genau hier eine Pause.« Sidney griff nach ihrem Handy und begann zu tippen.

Vaughn starrte sie an. »Machst du dir etwa Notizen?«

»Und ob. Das ist richtig gut.« Sie las laut vor. »›Keine Gute-Nacht-SMS‹. Hab ich.« Sie schaute auf. »Was noch?«

»Im Ernst, Sinclair? Ich war vor zehn Minuten noch *in dir*.«

Sie griff nach seiner Hand, ihr Lächeln war wieder zuckersüß. »Oh, Baby. Und du weißt, wie besonders das für mich war.«

Oh ja. Sie *liebte* es, ihn fertigzumachen.

20

Am frühen Mittwochnachmittag ging Sidney in ihrem Büro auf und ab, während sie mit einem Headset telefonierte, um sich die Beine vertreten zu können. Sie sprach seit über einer Stunde mit Gabe Ramos, dem Headhunter, den sie angestellt hatte, um einen neuen CEO für *Vitamin Boutique* zu finden – jemanden, der hartnäckig nach Wachstum strebte, ohne dabei Profit und Einnahmen zu opfern.

Sie kam zur letzten Kandidatin auf einer Liste von drei Führungskräften, die sie Gabe vor ihrer Besprechung gemailt hatte. »Was ist mit Karen Wetzel?«, fragte sie. Wetzel arbeitete als Vizepräsidentin und leitende Angestellte für Merchandising bei *Toys»R«Us* und war laut Gabes Briefing darauf aus, sich beruflich zu verändern.

»Ich habe gehört, dass *PetSmart* mit ihr über die freie CEO-Stelle gesprochen hat«, sagte Gabe.

Sidney überlegte. Wetzel hatte mehr Erfahrung in der Fachmarktindustrie als jeder der anderen Kandidaten und war, zumindest auf dem Papier, Sidneys erste Wahl gewesen. »Wissen wir, ob das schon sicher ist?«

»Ich finde es heraus«, versprach Gabe.

Nachdem das Gespräch beendet war, traf sich Sidney für ein kurzes Mittagessen mit Isabelle in der Stadt. Ihre Schwester war da, weil sie einen postoperativen Untersuchungstermin bei ihrem Gynäkologen gehabt hatte.

»Wie war der Termin bei deinem Arzt?«, wollte Sidney wissen, während sie über ihren Salaten in der *Corner Bakery* saßen.

»Er hat gesagt, dass alles gut aussieht, sowohl bei mir als auch bei dem Würmchen«, verkündete Isabelle. »Er hat ein paar Ultraschallbilder gemacht. Willst du sie sehen?« Sie nahm den Streifen schwarz-weißer Bilder aus ihrer Handtasche und reichte ihn über den Tisch.

»Ach du meine Güte.« Sidney deutete auf die Bilder. »Schau mal, da ist die Nase und dort eine kleine Hand.«

»Der Arzt meinte, dass das Baby mir zuwinkt. ›Hallo, Mama.‹«

Das Klingeln von Sidneys biologischer Uhr wurde plötzlich so laut, dass es mehr wie eine Sirene klang. Sie drückte die mentale Schlummertaste und lächelte ihre Schwester an. »Willst du wissen, was es wird?«

Isabelle schüttelte den Kopf. »Simon und ich haben uns entschlossen, beim allgemeinen Thema dieser Schwangerschaft zu bleiben – wir lassen uns überraschen.« Sie nahm einen Bissen Salat. »Aber genug von mir – was ist mit dir? Gibt es was Neues an der Männerfront?«

Nicht viel. Nur dass Vaughn und ich nach dem Probeessen absolut wahnsinnigen Sex hatten. »Ich habe morgen ein Date.« Sidney hob den Kopf. »Wenn ich so darüber nachdenke, dann könntest du dich sogar noch an den Typen erinnern – Chad Bailey. Er war auf der Highschool ein Jahr unter mir, also müsste er in der Oberstufe gewesen sein, als du in der Unterstufe warst.«

Isabelle legte ihre Gabel ab. »Ist nicht wahr. Ich war damals total in Chad Bailey verknallt. Und ich war nicht die Einzige. Ich glaube, das halbe Cheerleaderteam hat die Jungfräulichkeit auf dem Rücksitz seines Mustang GT verloren.«

»Bitte sag mir nicht, dass du auch eine davon warst, weil – *igitt* – ich mich mit niemandem treffen werde, mit dem du geschlafen hast.«

»Keine Sorge.« Isabelle öffnete die Wasserflasche und sah neugierig aus. »Wie habt ihr zwei euch denn wiedergetroffen? Du musst mich nach dem Date unbedingt anrufen und mir sagen, ob er immer noch so scharf aussieht wie in der Highschool.«

»Er hat mich auf Facebook gefunden. Wir haben ein paar Nachrichten hin- und hergeschrieben und dann hat er gefragt, ob wir was trinken gehen sollen.« Es war nicht so, dass Sidney keine Zweifel hatte – vor allem nach Vaughns Kommentaren darüber, was es bedeutete, wenn ein Mann einem erst ständig Mails schrieb und dann tagelang nichts von sich hören ließ. Aber das war nun mal das, was alleinstehende Dreiunddreißigjährige mit einer laut schrillenden biologischen Uhr taten – sie waren offen für alles.

Und ganz offensichtlich gingen sie auf *eine Menge* erster Dates.

Am Donnerstagabend begann Sidneys Date mit Chad besser, als sie erwartet hatte. Sie trafen sich in einer Weinbar nicht weit entfernt von ihrem Büro und begannen sofort eine lustige und lockere Unterhaltung, indem sie gemeinsam an die Schulzeit zurückdachten.

»Ich war damals in dich verknallt, weißt du?«, gestand er. Er blickte sie mit seinen braunen Augen warm und freundlich an. »Es hat mir das Herz gebrochen, als du an die Uni gegangen bist.«

Das bot ihr genau die Vorlage, auf die sie gewartet hatte. »Nach allem, was ich gehört habe, hast du das ganz gut überwunden«, sagte sie neckisch. »Meine Schwester hat mir von dieser Geschichte mit deinem Mustang GT und dem halben Cheerleaderteam erzählt.«

Chad lachte und wirkte verlegen. »Ach … *das*. Na ja, ich konnte schließlich nicht ewig auf dich warten, oder?« Er lehnte sich vor. »Aber Spaß beiseite. Ich habe mich seit der Highschool ganz schön verändert. Ich bin nicht mehr der Junge von damals.«

Das klang zumindest halbwegs vielversprechend. Sidney nahm einen Schluck Wein und stellte ihr Glas ab. »Alles klar, dann erzähl mir mal, wer du heute bist, Chad Bailey.«

Sie tranken ihren Wein, und er erzählte ihr alles über seinen Job als Berater, seinen Hund und darüber, dass er gerade eine Wohnung in Bucktown gekauft hatte. Außerdem stellte er ihr viele Fragen über sie, und es schien, als wäre er wirklich daran interessiert, mehr zu erfahren.

Aber da war diese eine Sache.

Während des Treffens erhielt er immer wieder Textnachrichten – tatsächlich piepste sein Handy so oft, dass er es irgendwann ausschaltete. »Entschuldige«, sagte er und warf einen Blick auf das Telefon. »Das sind nur ein paar Kollegen, die sich nach der Arbeit noch treffen wollen.« Ein paar Minuten später entschuldigte er sich, um auf die Toilette zu gehen. Sidney sah zu, wie er ging und fand das alles irgendwie … verdächtig. Aber es konnte natürlich auch sein, dass sie inzwischen einfach ein wenig paranoid war, was solche Sachen anging. Bis jetzt hatte Chad ihre Vierunddreißig-Punkte-Checkliste problemlos gemeistert. Er hatte sogar einen Hund – was, wenn sie ihrer eigenen Recherche glauben durfte, ein sicheres Zeichen für Bindungsbereitschaft war.

Ich will dich ja nicht enttäuschen, aber wenn ein Mann mit dir spielen will, dann weiß er, wie er diese Checkliste umgehen kann.

Sie beschloss, sich direkt an die Quelle zu wenden, zog ihr Handy heraus und schrieb Vaughn.

WAS HAT ES ZU BEDEUTEN, WENN EIN MANN STÄNDIG SMS BEKOMMT, WÄHREND ER SICH MIT

MIR TRIFFT, UND SIE NICHT VOR MIR BEANTWORTEN WILL. DUBIOS ODER NUR HÖFLICH?

Nur Augenblicke später kam Vaughns Antwort.

DU HAST JETZT GERADE EIN DATE?

Das war doch ziemlich offensichtlich. JA, MIT DEM HIGHSCHOOL-TYPEN.

ICH DACHTE, DEN HÄTTEST DU AUSGESCHLOSSEN.

ICH BIN FÜR ALLES OFFEN, schrieb sie zurück.

SAGT DIE FRAU MIT DER VIERUNDDREISSIG-PUNKTE-LISTE.

Also jetzt kamen sie etwas vom Thema ab. JETZT BEANTWORTE ENDLICH DIE FRAGE. CHAD IST GLEICH WIEDER DA.

NATÜRLICH HEISST ER CHAD.

Sie hätte ihr Handy am liebsten geschüttelt. Aber weil sie Vaughns Meinung dazu wirklich wissen wollte, atmete sie tief durch und zählte bis zehn. WENIGSTENS EIN KLEINER TIPP? ICH WEISS NICHT, WAS ICH DAVON HALTEN SOLL.

Eine längere Pause folgte.

KOMM SCHON … DU WILLST DOCH NICHT, DASS ICH WIEDER EINEN REINFALL ERLEBE, ODER?, schrieb sie.

Kurz darauf antwortete er.

SEI EINFACH DIREKT. FRAG IHN, OB ER SICH MIT EINER ANDEREN TRIFFT.

Sie verdrehte die Augen. Das war sein Rat? HAB ICH SCHON. ER HAT GESAGT, DASS ER IM MOMENT NIEMAND ANDERS TRIFFT.

Vaughns Antwort kam prompt. FINGER WEG, SINCLAIR. ER VERARSCHT DICH.

Sie geriet ins Grübeln. WOHER WEISST DU DAS?

DAS IST MÄNNERSPRACHE. WENN EIN KERL SAGT, DASS ER »IM MOMENT« NIEMANDEN TRIFFT, DANN MEINT ER AUCH GENAU DIESEN MOMENT. LETZTE NACHT? DAS IST WAS ANDERES.

Sie schnaubte. HÖR DOCH AUF.

FRAG IHN EINFACH.

In diesem Moment wurde sie von Chads Stimme unterbrochen. »Schreibst du einer Freundin, wie es läuft?«

Sidney steckte ihr Handy wieder ein, als Chad Platz nahm. »Vielleicht.«

Er zwinkerte ihr zu. »Und? Wie mache ich mich bis jetzt?«

»Das wird die Zeit zeigen«, sagte sie scherzhaft. Sie spielte mit dem Stiel ihres Weinglases und versuchte, beiläufig zu klingen. »Meine Freundin hat übrigens diese lustige Theorie über etwas, worüber wir vorhin gesprochen haben. Sie meint, wenn ein Mann sagt, dass er *im Moment* niemanden trifft, meint er eigentlich nur, nicht gerade *in diesem Augenblick*.«

Chad öffnete den Mund, als wollte er sich verteidigen. Dann hielt er inne, als ob er etwas in ihrem Blick gesehen hätte.

Er nahm sein Glas in die Hand und trank einen Schluck. Sein freundlicher Gesichtsausdruck war einem arroganten Grinsen gewichen. »Na und, dann bin ich mit meinen Antworten eben ein wenig spitzfindig.«

Und … da geht der Nächste hin.

Später am selben Abend schaute Vaughn, alias Mark Sullivan, dabei zu, wie Officer Pritchett seinen gemieteten Transporter vorfuhr. Sie waren an ihrem üblichen Treffpunkt, in einer Gasse hinter einem verlassen Lagerhaus im Süden der Stadt. Vaughn war schon vor zwanzig Minuten in dem Hummer H3 angekommen, den er als Mark Sullivan fuhr, und hatte sich davon überzeugt, dass der Ort sicher war. Wie immer waren Huxley, das Verstärkungsteam der Abteilung für Wirtschaftskriminalität sowie das Team des Sondereinsatzkommandos alle an verschiedenen Orten rund um die Gasse aufgestellt und hörten über ihre verschlüsselten Funkgeräte alles live mit. Das Treffen an diesem Abend würde einen Wendepunkt in Vaughns Ermittlungen darstellen. Nach dem ersten Probelauf – bei dem Pritchetts Truppe mehrere Koffer voller Handfeuerwaffen geschmuggelt hatte – wollte er nun einen Schritt weiter gehen.

»Nicht schlecht«, kommentierte er, als Pritchett aus dem Wagen stieg. Er nickte in Richtung der Polizeijacke, die Pritchett gut sichtbar im Fenster auf der Beifahrerseite platziert hatte. Die Buchstaben CPD waren deutlich zu erkennen. Pritchett grinste überlegen, als ein anderer Polizist aus dem Transporter stieg – Officer Ortiz. »Dachte ich auch. Wer wird uns schon anhalten, wenn wir die im Fenster liegen haben?«

Vaughn sah die Scheinwerfer eines zweiten Wagens näher kommen. Er trat zur Seite, als ein zweiter Transporter vorfuhr, in dem die Officers Mahoney, Cross und Howard saßen; alle vom sechzehnten Bezirk.

Nachdem die zweite Gruppe ausgestiegen war, befahl Vaughn Pritchett und Mahoney, der am Steuer des zweiten Autos gesessen hatte, die Kofferräume aufzumachen. Er ging zuerst zu Pritchetts Kofferraum. Im Inneren des Wagens lagen zwei große Taschen. Als er eine davon öffnete, kamen alle Officers zusammen, um ihn zu beobachten.

Vaughn zog ein M-16-Sturmgewehr heraus.

Ab hier wurde die Sache richtig ernst. Er hielt ein nicht zurückzuverfolgendes Militärgewehr in Händen, von dem die Polizisten dachten, dass es voll funktionsfähig war. Wenn man bedachte, was sie über »Mark Sullivan« wussten, dann gingen sie wohl davon aus, dass diese Waffe demnächst in den Händen irgendeines Verbrechers landete, der sie gegen andere Verbrecher, Zivilisten oder sogar die Polizei benutzen würde.

Vaughn beobachtete aufmerksam ihre Gesichter und suchte nach irgendwelchen Anzeichen von Zweifel oder Bedenken bei einem von ihnen. Stattdessen nickte Pritchett in Richtung des M-16 und grinste. »Und es sind noch ein paar Freunde dabei.«

Die anderen Polizisten lachten.

So viel zu Zweifel oder Bedenken.

Vaughn zog auch die anderen Waffen heraus und untersuchte sie. Sie waren von den Ermittlern in Indiana untauglich gemacht worden, was allerdings keiner dieser Mistkerle wusste. Als er seine »Untersuchung« der beiden Taschen beendet hatte, verschloss er sie wieder und ging rüber zu Mahoneys Wagen. Im Kofferraum dieses Wagens lagen zwei weitere Taschen. Vaughn öffnete sie und sah, dass jede etwa zwanzig Schusswaffen enthielt, eine Mischung aus Glocks, Rugers und Smith & Wessons. Alle waren neun Millimeter oder größere Kaliber und hatten veränderte Seriennummern. Nachdem er sich davon überzeugt hatte, dass alle Waffen, die er »gekauft« hatte, da waren, schloss er die Taschen wieder.

»Alles klar, laden Sie sie ein«, sagte er.

Er und drei der Polizisten, Pritchett eingeschlossen, trugen die Taschen zum Hummer und luden sie in den Kofferraum. Dann nahm Vaughn einen mit Bargeld gefüllten Umschlag vom Beifahrersitz und reichte ihn Pritchett. »Fünfzehntausend für einen weiteren guten Job. Mein Käufer in Indiana meint, dass er alle zwei bis drei Wochen eine Lieferung fertig haben kann. Denken Sie, Sie bekommen das hin?«

»Ich hab es Ihnen schon mal gesagt, Sullivan. Sie haben es

hier nicht mit verfluchten Amateuren zu tun«, prahlte Pritchett. Er hielt den Umschlag hoch. »Solange Sie bezahlen, bringen wir so viele Waffen in die Stadt, wie Sie wollen.«

Vaughn lächelte. Er war froh, das zu hören.

Wenn die ganze Sache hochging, würde diese Antwort den Vollidioten direkt in den Hintern beißen.

Vaughn öffnete seine Wohnungstür und schälte sich erneut aus einem von Mark Sullivans Designeranzügen. Wie immer war er von der verdeckten Ermittlung total ausgehungert, also schob er eine Tiefkühlpizza in den Ofen, schenkte sich einen Wodka Tonic ein und setzte sich an die Küchentheke, um seine Nachrichten zu checken. Er hatte sein Handy während der Ermittlung zu Hause lassen müssen – offensichtlich konnte Mark Sullivan nicht mit dem Handy von Special Agent Vaughn Roberts herumlaufen. Er sah, dass er eine Reihe ungelesener Nachrichten hatte; eine von Simon, der ihn fragte, wie es mit den Anzügen für die Trauzeugen aussah – *verdammt*, das hatte er total vergessen – und eine weitere von Mollie, der Journalistin von der *Tribune*, die ihn fragte, ob sie sich an diesem Wochenende treffen sollten. Er schob diese Frage erst mal beiseite und rief die in seiner Abwesenheit eingegangenen SMS auf. Er schaute sich Sidneys Nachrichten vom frühen Abend noch einmal an, als sie ihr Date gehabt hatte. Ihm fiel auf, dass sie nicht auf seine letzte SMS geantwortet hatte.

Frag ihn einfach, hatte er geschrieben.

Er überlegte, was der Highschool-Typ wohl geantwortet hatte und ob sie ihn nun endlich abgeschossen hatte.

Und ...?, schrieb er und drückte fast auf Senden. Aber dann fiel ihm auf, dass es schon nach Mitternacht war. Es war wahrscheinlich besser, ihr nicht gerade jetzt zu schreiben, da das so wirken würde, als würde er sich mitten in der Nacht Gedanken über ihr Date machte. Was selbstverständlich nicht der Fall war.

Er war einfach nur … neugierig.

Mehr nicht.

21

Am Freitagmorgen bekam Sidney von ihrem Headhunter gute Neuigkeiten.

»Ich hab mit Karen gesprochen. Sie hat ein Angebot von *PetSmart* bekommen, es aber noch nicht angenommen«, sagte Gabe.

»Sie würde sehr gern nach Chicago kommen und mit Ihnen über die Stelle bei *Vitamin Boutique* sprechen. Aber wir müssen uns beeilen.«

Sidney drehte sich auf ihrem Bürostuhl herum, um in ihren Kalender zu schauen. »Kann sie am Dienstag zu einem Gespräch kommen? Oder Mittwoch? Finden Sie heraus, welcher Tag ihr am besten passt, dann sorge ich dafür, dass das Treffen dementsprechend stattfindet.«

»Wird erledigt.«

Sie verbrachte den restlichen Morgen am Telefon, zuerst mit den Direktoren von *Vitamin Boutique*, um sicherzustellen, dass wenigstens zwei von ihnen in der kommenden Woche für das Gespräch mit Karen zur Verfügung standen. Danach hatte sie ein längeres Gespräch mit der Beraterfirma, die sie in solchen Fällen normalerweise hinzuzog, um herausfinden, wie viel *PetSmart* Karen wohl geboten hatte – und wichtiger, wie viel *sie* anbieten musste, um die Vizepräsidentin vom Wechsel zu *Vitamin Boutique* zu überzeugen. Kurz vor Mittag beendete Sidney das Telefonat und dehnte sich, um ihren Nacken zu entspannen. Sie überlegte gerade, dass sie ihrem Team eine Mail schicken musste, um alle über die neuesten Entwicklungen zu informieren, als ihr Sekretär durchrief. »Ich wollte Ihren Anruf nicht unterbrechen und wollte Ihnen gerade einen Zettel reinbringen«, sagte Darnell mit gedämpfter Stimme. »Ein Special Agent Vaughn Roberts wartet in der Empfangshalle. Er sagt, er würde gern mit Ihnen reden.«

Vaughn? Hier? Sidney wusste nicht, ob sie lachen oder die Augen verdrehen sollte, weil ihr Sekretär so flüsterte. Sie war sich sicher, dass ein gewisser Sonderermittler genau diesen Titel benutzt hatte, um eben diese Reaktion hervorzurufen. »Sagen Sie am Empfang Bescheid, dass ich gleich da bin.«

Während er in der schicken Lobby wartete, schaute sich Vaughn die zeitgenössische Kunst an, die an der Walnussholzvertäfelung hing. Nach ein paar Minuten hörte er das Geräusch von Absätzen, die selbstsicher über den Marmorboden klackerten.

Diesen Gang kannte er.

Er drehte sich um und sah zu, wie Sidney näher kam. Mit einem Lächeln bemerkte er ihr lässig-schickes Outfit – graue Hose, eine elfenbeinfarbene Seidenbluse und ein pfirsichfarbenes Tuch, das sie locker um den Hals geschlungen hatte.

Sie war genau die Frau, die er brauchte.

»Special Agent Roberts. Welchem Umstand verdanke ich das Vergnügen?«

»Ich brauche deine Hilfe.«

Das überraschte sie. Sie trat näher und senkte ihre Stimme, ihr Ausdruck war besorgt. »Ist alles in Ordnung? Es ist doch nichts mit Isabelle, oder?«

»Nichts dergleichen, nein. Ich brauche deinen modischen Rat.«

»Oh, okay.« Sie musterte ihn. »Also, bei diesem Anzug könnte deine Krawatte ein bisschen schmaler sein.«

Vaughn warf ihr einen finsteren Blick zu. Und merkte sich das mit der Krawatte. »Ich muss die Smokings der Trauzeugen aussuchen.«

»Ah, eine wichtige Aufgabe. Die Smokings setzen den Maßstab für die ganze Hochzeit.«

»Das wurde mir schon gesagt«, erwiderte er trocken.

Sie neigte den Kopf und schaute ihn von unten amüsiert an. »Haben Sie etwa ein Problem mit dieser Aufgabe, Agent Roberts?«

Er wusste jetzt schon, dass er das bereuen würde. »Pass auf, Simon hat sich seinen Smoking gekauft und mir dann gesagt, ich soll für mich und die anderen Trauzeugen aussuchen, was ich möchte. Kein Problem. Ich gehe also in den Laden und der Verkäufer fängt an, mir all diese Fragen zu stellen. Fliege oder Krawatte? Wie breit soll das Revers sein? Hose mit Bügelfalte oder ohne? Wie viele Knöpfe an der Jacke? Will ich eine Weste? Oder einen Kummerbund? Wie sehen die Kleider der Brautjungfern aus? Weil es, wie ich kürzlich gelernt habe, sehr wichtig ist, dass die Anzüge der Trauzeugen die Kleider der Brautjungfern *komplementieren*«, sagte er und imitierte dabei den ernsthaften Ton des Verkäufers.

»Das stimmt.«

»Also, was wirst du tragen?«

»Ein schulterfreies Kleid in einem dunklen Champagnerton mit einer Schärpe um die Hüfte.«

Er zog eine Augenbraue hoch. »Ist es sexy?«

Sie zog ihrerseits eine Augenbraue hoch. »Sollte das jetzt gerade von Interesse für dich sein?«

Es war definitiv interessanter, als sich zu überlegen, was *er* zu diesem superschicken Spektakel tragen sollte.

»Ich trage doch jeden Tag Anzüge –also kann ich auch einen aussuchen. Und wenn das meine Hochzeit wäre, dann wäre ich nach fünf Minuten wieder aus dem Geschäft raus.« Er bemerkte, dass sie ihn merkwürdig ansah. »Was ist?«

»Ich warte nur darauf, dass dein Auge zu zucken anfängt, nachdem du gerade über *deine* Hochzeit gesprochen hast.«

Und da kam das Zucken, genau nach Plan. »Die Sache ist die: Das ist Simons und Isabelles großer Tag, und weil ich mir sehr sicher bin, dass es nichts Schlimmeres gibt als die Wut einer schwangeren Braut, deren Hochzeit ruiniert wurde, weil sich der Trauzeuge überlegt hat, eine Weste anstatt eines Kummerbunds zu tragen, dachte ich, ich mache es lieber richtig.«

»Dann lass die Weste weg, Isabelle kann sie nicht leiden.«

»Gut zu wissen, also ein Kummerbund.«

»Auch kein Kummerbund.«

Vaughn runzelte die Stirn. »Brauche ich nicht irgendwas, das farblich zu deinem Kleid passt?«

»Klar, wenn wir 1998 hätten und du mich zum Abschlussball ausführen würdest.«

Und da war er wieder, der Sarkasmus. »Dir macht das Spaß, oder?«

»Ja, sogar ziemlich.«

Er trat einen Schritt näher. »Sieh es mal so, Sidney. Du musst auf dieser Hochzeit mit mir zum Altar schreiten. Wir werden zusammen auf zahllosen Fotos sein – Fotos, die sich die gesamte Sinclair-Familie noch jahrelang anschauen wird. Wenn es als Trauzeuge meine Aufgabe ist, *dich* zu komplementieren, willst du dann wirklich dein Vertrauen in das setzen, was ich mir einfallen lasse?«

Sie dachte kurz darüber nach.

»Ich hole nur schnell meine Handtasche.«

Als sie den Herrenausstatter betraten, kam der Verkäufer, der Vaughn auch vorher bedient hatte, aus dem Hinterzimmer.

Er lächelte, als er sie sah. »Special Agent Roberts, wie ich sehe, haben Sie sich Verstärkung geholt.«

»Das ist Sidney, unsere erhabene Trauzeugin.«

Sie sagte Hallo und zeigte dann auf Vaughn. »Ignorieren Sie alles, was dieser Mann bei seinem ersten Besuch gesagt hat.«

»Sie neigt dazu, ein wenig sarkastisch zu sein«, erklärte Vaughn dem Verkäufer ungerührt. »Das ist wohl typisch für New Yorker, was echt komisch ist, weil sie aus Chicago stammt.«

Sidney gab ihm einen Schubs und ging dann an ihm vorbei zu einem der ausgestellten Smokings. »Hat dir Simon irgendwas über den Smoking erzählt, den er trägt?«

»Er sagte, es sei kein Frack.« Ihrem Gesichtsausdruck nach zu urteilen, war das nicht hilfreich. Er zuckte mit den Schultern. »Wir sind Jungs, wir führen keine ausführlichen Gespräche über das, was wir anziehen. Um ehrlich zu sein, führen wir keine ausführlichen Gespräche über irgendwas, wenn es sich vermeiden lässt.«

Sidney wandte sich an den Verkäufer. »Wir nehmen was Klassisches. Schwarz, zwei Knöpfe am Jackett. Glatte Hosenbeine, kein Kummerbund und …« Sie musterte Vaughn, »eine Fliege. Definitiv.«

»Sehr gute Wahl«, sagte der Verkäufer anerkennend. »Ich hole nur schnell mein Maßband.« Er nahm Vaughns Maße und fragte dann nach seiner Größe, seinem Gewicht und der Schuhgröße. Er verschwand im Hinterzimmer und kam mit einem Anzug und Schuhen zum Probieren zurück. »Die Umkleide ist gleich hier vorne. Rufen Sie einfach, wenn Sie etwas brauchen.« Er zeigte auf eine Kabine hinter dem großen Spiegel in der Mitte des Raumes. Vaughn probierte den Anzug an. Er überprüfte den Anblick im Spiegel, war zufrieden, dass der Anzug gut passte und trat aus der Umkleide.

Sidney hatte ihm den Rücken zugedreht, weil sie sich mit dem Verkäufer unterhielt. Als sie sich umdrehte und ihn sah, blinzelte sie. »Du siehst so …« Sie verstummte und schaute ihn einfach an.

Dann räusperte sie sich und fing von vorne an. »Der Anzug ist nett.« Sie ging zu ihm und musterte ihn, als er vor dem Spiegel stand. »Sieht aus, als ob er passt. Was meinst du?« Plötzlich klingelte ihr Handy in der Handtasche, die auf einem Stuhl gegenüber dem Spiegel stand. »Entschuldige, ich sollte da rangehen, vielleicht ist es die Arbeit.« Während Sidney den Anruf entgegennahm, ging der Verkäufer zu Vaughn. »Möchten Sie in der Zeit vielleicht etwas anderes anprobieren? Wir haben mehrere Varianten, für den Fall, dass Sie einen Vergleich wünschen.«

Vaughn schaute zu Sidney, die gerade über etwas lachte, während sie sich am Telefon unterhielt, und dachte an ihre Reaktion, als er mit dem Anzug aus der Umkleide gekommen war.

»Ich glaube, der hier ist genau richtig«, sagte er.

Der Verkäufer lächelte. »Selbstverständlich.«

Sidney nahm einen Bissen von ihrem Risotto und dachte über die nächste Frage nach. »Okay. Ich hab eine. Wer wird auf der Hochzeit am ehesten betrunken einen spontanen Toast aussprechen.«

Als Dankeschön für ihre Hilfe beim Aussuchen des Anzugs hatte Vaughn sie zum Mittagessen in ein italienisches Bistro in der Nähe eingeladen, wo man draußen sitzen konnte, um das schöne Wetter zu genießen. Ihre Unterhaltung hatte mit einer Wette begonnen – wer würde Isabelle auf der Hochzeit am ehesten fragen, ob sie schwanger sei –, und das hatte zu allen möglichen weiteren Spekulationen über den großen Tag geführt.

Während er seine Spaghetti auf die Gabel drehte, brauchte Vaughn nicht lange, um zu antworten. »Mein Onkel Finn. Du musst wissen, dass meine halbe Familie irisch ist. Also werden wir für alle Zwischenfälle verantwortlich sein, die mit zu viel Alkoholkonsum zu tun haben.«

Sidney lachte und nahm sich noch ein Stück Brot. »Jetzt bist du dran.«

Er goss mehr Olivenöl auf den Teller, der vor ihnen stand. »Okay. Wie wäre es mit … Wer wird am ehesten eine andere Frau zu Boden stoßen, um den Brautstrauß zu fangen.« Er warf Sidney einen Blick zu.

»Wer, ich?«, fragte sie.

Vaughn lachte, als ein Stück Brot auf ihn zuflog. »Was, nicht dein Stil?«

»Definitiv nicht mein Stil. Abgesehen davon hat Isabelle noch eine Brautjungfer, Amanda, die schon angekündigt hat, alle niederzumachen, die sich zwischen sie und den Brautstrauß stellen.« Sie war wieder dran.

»Wer wird am ehesten ins Bild springen, wenn Isabelle und Simon beim Anschneiden der Torte fotografiert werden?«

»Schon wieder Onkel Finn.«

»Dieser Onkel Finn hört sich an ziemlich lustig an. Ich kann es kaum erwarten, ihn kennenzulernen.«

»Ich werde dich daran erinnern, wenn er betrunken ist und versucht, allen Brautjungfern an den Hintern zu grapschen«, sagte Vaughn.

»Fies.«

Er war dran. »Wer wird am ehesten diese dämliche Tradition ausnutzen und ständig anstoßen, damit Braut und Bräutigam sich küssen?«

»Oh, da weiß ich jemanden. Meine Cousine Anna. Sie hat das auf der Hochzeit meiner anderen Cousine letzten Sommer andauernd gemacht. Und wenn sie versucht, diesen Mist auf Isabelles Hochzeit abzuziehen, dann wird sie demnächst aus einer Schnabeltasse trinken müssen.«

»Auf einem Empfang der Sinclairs? Sind das dann rubinbesetzte Schnabeltassen?«, wollte Vaughn wissen.

Niedlich. Sie war dran. »Wer wird während der Trauung als Erstes weinen?«

Er lehnte sich zurück. »Hm. Das ist schwer. Bei Isabelle sprechen die Hormone dafür. Aber in letzter Zeit ist Simon auch sehr sentimental und schmalzig geworden. Dann gibt es noch dich, eine weitere Anwärterin – schau mich nicht so an, ich kenne deine sanftere Seite, die herauskommt, wenn du denkst, dass es keiner sieht –, aber nichtsdestotrotz entscheide ich mich für meine Mutter. Sie ist so aufgeregt, dass es endlich so weit ist, dass wir wahrscheinlich eine ganze Packung Taschentücher nur für sie brauchen.« Er hob den Kopf, als würde ihn etwas Bestimmtes interessieren. »Was ist mit deinem Vater?«

»Mein Vater? Ach, nein. Ich denke, auf einer Hochzeit sentimental und schmalzig zu sein, hat sich für ihn irgendwann nach seiner dritten eigenen abgenutzt.« Sie aß weiter von ihrem Risotto.

»Du redest nicht viel von ihm«, stellte Vaughn fest.

Als sie zu Ende gekaut hatte, zuckte Sidney mit den Schultern. »Es gibt nicht viel zu sagen, denke ich. Wir stehen uns nicht besonders nahe.«

»War das schon immer so?«

Sie spielte mit ihrem Wasserglas. »Nicht immer, nein. Es war anders, als ich noch jünger war. Er nahm mich immer mit zur Arbeit, zeigte mir sein Büro und erzählte allen dort, dass ich eines Tages im Bereich Investmentbanking tätig sein würde, so wie er. Und offensichtlich blieb die Idee wohl an mir hängen«, sagte sie mit einem leichten Lächeln, bevor sie ernster wurde.

»Aber nachdem meine Mutter gestorben war, veränderte sich alles. Mein Vater stürzte sich in die Arbeit, und meine Schwester und ich sahen ihn eine ganze Weile lang fast gar nicht. Und dann kam er mit Cecilia, seiner zweiten Frau, zusammen. Seit dem Tod meiner Mutter waren zu diesem Zeitpunkt erst sechs Monate vergangen, und ich nahm ihm das sehr übel. Vielleicht war das nicht fair, aber ich war damals elf Jahre alt und hatte das Gefühl, er hätte meine Mutter einfach vergessen, und ich … wollte mich noch sehr an sie erinnern.«

Sidney räusperte sich. Sie hatte gar nicht so persönlich werden wollen. »Dann, drei Jahre später, als ich mich gerade an Cecilia gewöhnt hatte, ließen sie sich scheiden. Später erfuhr ich, dass mein Vater sie mit Liza, Frau Nummer drei, betrogen hatte. Liza blieb zehn Jahre, bis sie sich von ihm scheiden ließ, weil er sie mit der fünfundzwanzigjährigen Tennislehrerin betrog«, erzählte sie und gab sich keine Mühe, die Verachtung aus ihrer Stimme herauszuhalten. »Dann lernte er auf irgendeiner Party Jenny kennen und heiratete sie nach nur einem halben Jahr. Sie sind jetzt seit neun Jahren zusammen, und es scheint zu funktionieren. Ich frage nie nach. Ehrlich gesagt will ich es gar nicht so genau wissen.«

»Denkst du, dass sich die Beziehung zwischen dir und deinem Vater bessern wird, jetzt, da du wieder in Chicago wohnst?«, fragte Vaughn.

»Ich weiß es nicht. Eigentlich nicht, wenn man bedenkt, wie die Dinge bisher gelaufen sind. Wenn wir uns über die Arbeit unterhalten, dann geht es, aber wenn es um irgendetwas Persönliches geht, habe ich immer das Gefühl, dass es da diese ganzen unausgesprochenen Sachen zwischen uns gibt. Ich meine, ich weiß inzwischen, dass mein Vater offensichtlich ein Problem mit der Treue hat.« *Um es mal vorsichtig auszudrücken.* »Und wenn ich schon vorher nicht besonders begeistert davon war, sieht die Sache jetzt nach Brody noch mal ganz anders aus. Ich kann meinen Vater einfach nicht mehr so sehen wie vorher. Ich … respektiere ihn einfach weniger wegen der Entscheidungen, die er in seinem Privatleben getroffen hat.« Sie hielt inne. »Und das ist schwer zuzugeben, vor allem weil ich so zu ihm aufgeschaut habe, als ich jünger war.«

Sie schwieg und atmete dann tief durch. »Wie sind wir überhaupt auf das Thema gekommen?« Mit gespieltem Misstrauen deutete sie auf ihn. »Hast du etwa den guten Bullen bei mir raushängen lassen, Roberts?«

Er lachte, griff nach der Wasserkaraffe und schenkte ihnen beiden nach. »In meiner Familie ist es ganz anders. Niemand lässt sich scheiden – wie meine Mutter sagen würde, das ist nicht die ›feine irische Art‹. Ich denke mal, die Leute halten es einfach aus, wenn sie unglücklich sind.«

»Ich weiß ja nicht, wie es um den Rest deiner Familie steht, aber deine Eltern sind definitiv nicht unglücklich miteinander. Sie sind entzückend.«

Er lächelte, und die Zuneigung zu seinen Eltern war unverkennbar. »Sie sind toll, aber lass dich nicht von meiner Mutter täuschen, sie kann ganz schön hart sein, wenn sie will.«

Sidney musterte ihn nachdenklich. »Ich bin neugierig. Wie kann jemand, der in einer so liebevollen Familie aufgewachsen ist, so sehr gegen das Heiraten sein?«

»Ich bin nicht gegen das Heiraten. Ich denke, Leute, die sich festlegen wollen, sollten genau das tun. Es ist nur einfach nichts, das ich persönlich momentan möchte.«

»Okay, vielleicht bist du nicht gegen das Heiraten per se. Aber deine Casanova-Einstellung … War das schon immer so? Warst du jemals in einer ernsthaften Beziehung?«

»Das war ich. Ob du es glaubst oder nicht«, sagte er und nahm einen Bissen Brot.

Sidney blinzelte. *Moment – was?* Dann zog sie skeptisch eine Augenbraue hoch. »Mit ernsthaft meine ich aber nicht, dass du dieselbe Frau mehr als ein Mal angerufen hast.«

»Wenn du es genau wissen willst, Miss Sarkastisch, ich war über ein Jahr mit einer Frau zusammen.«

Tja, das war eine Überraschung. »Ehrlich? Wann? Wie heißt sie?«

»Vor sechs Jahren und ihr Name ist Cassidy«, sagte Vaughn.

»Warum habt ihr euch getrennt?« Sidney schaute ihn vernichtend an. »Sag *nicht*, dass du fremdgegangen bist.«

»Ich gehe nicht fremd. Ich bin stolz darauf, sagen zu können, dass ich Frauen gegenüber fast schon übertrieben ehrlich bin.«

Sidney verdrehte die Augen – *was auch immer* –, beließ es aber dabei, weil sie zu den interessanten Punkten kommen wollte. »Cassidy also. Erzähl mir mehr.«

Er zuckte mit den Schultern. »Wir waren zusammen, wir haben entschieden, dass wir andere Dinge wollen, wir haben uns getrennt.«

»Aber seitdem warst du in keiner ernsthaften Beziehung mehr. Warum?« Sie musterte ihn und versuchte, dahinterzukommen.

»Vielleicht … hat Cassidy dir das Herz gebrochen, und du hast dich nie davon erholt und bist stattdessen zu diesem wüsten Verführer geworden, um deinen Schmerz zu verbergen.«

»Wüster Verführer? Sagt man das heute noch so?«

»Tut man, wenn man höflich sein und nicht männliche Hure sagen will.«

»Sag mir, wie du dich fühlst, Sinclair, halte nicht hinterm Berg.«

»Komm schon«, erwiderte sie lachend. »Du kennst die Geschichte mit meinem Ex. Meine Güte, ich hab dir sogar erzählt, dass ich ohne Schuhe die Treppe hochgelaufen bin.«

»Und ich finde immer noch, dass du sie nach dem Arschloch hättest werfen sollen.« Vaughn beugte sich vor und stützte die Arme auf den Tisch. »Also gut, hier kommt die ganze Geschichte. Als Cassidy und ich zusammen waren, war ich noch nicht so lange beim FBI. Man hatte mich der Abteilung zugeordnet, die gegen Gewaltverbrechen an Kindern ermittelt: Entführungen, sexueller Missbrauch und Internetverbrecher. Es ist ganz normal, Leute wie mich auf diese Posten zu setzen, also Personen, die keine eigenen Kinder haben. Und im Allgemeinen lassen sie dich nur ein paar Jahre dort, bevor es dir zu sehr an die Nieren geht. Versteh mich nicht falsch. Wenn ich meine gesamte bisherige Karriere betrachte, erfüllt mich die Arbeit, die ich in dieser Abteilung geleistet habe, mit dem größten Stolz. Wann immer man jemandem erzählt, dass man beim FBI arbeitet, fragen einen die Leute nach Terrorismus, organisierter Kriminalität oder Serienmördern – aber manchmal sind es die kleineren Fälle, die keine große Aufmerksamkeit in den Medien bekommen, die einen merken lassen, dass man wirklich etwas im Leben der Leute bewirkt. Ich habe einmal ein siebenjähriges Mädchen aus einem Keller getragen, in dem sein Stiefvater es fast zwei Jahre lang eingesperrt und missbraucht hatte. Das werde ich nie vergessen.«

Er hielt inne.

»Aber auf der anderen Seite ist es verdammt hart, so was jeden Tag sehen zu müssen. Es nagt an einem. Nach ungefähr sechs Monaten, in denen ich erfahren musste, was es da draußen für kranke Schweine gibt, kam ich an den Punkt, an dem ich mir sicher war, niemals eigene Kinder in diese Welt setzen zu wollen. Cassidy wollte aber unbedingt eine Familie. Und weil ich ihr das einfach nicht geben konnte, haben wir uns dazu entschlossen, Schluss zu machen.«

Sidney saß nur da und wusste für einen Augenblick nicht,

was sie sagen sollte. »Mir war gar nicht klar, dass du diese Art von Arbeit fürs FBI gemacht hast. Irgendwie ist es verständlich, dass man nach solchen Erlebnissen abgeschreckt ist und lieber keine eigene Kinder haben will. Wow.«

Er nickte. »Das Gute daran ist, dass sich alles wieder normalisiert hat, als ich in eine andere Abteilung versetzt wurde und Abstand zu den Fällen bekam. Ich habe mit den verdeckten Ermittlungen angefangen, und das hat einfach gut gepasst.«

»Freut mich.« Sidney war froh, das zu hören. Aber sie spürte, dass das noch nicht die ganze Geschichte war. »Und als sich die Dinge normalisiert hatten und du wieder in der Lage gewesen wärst, eine feste Beziehung einzugehen, hast du beschlossen, trotzdem weiter der Verführer zu sein … Warum?«

»Weil ich festgestellt habe, dass es Spaß macht, mit vielen Frauen auszugehen?«

Sie schlug sich im Geiste gegen die Stirn. Natürlich war das seine Antwort.

Er vollführte eine abwehrende Geste. »Es tut mir wirklich leid, dass ich dir keinen großen geheimnisvollen Grund nennen kann. Ich habe mein Leben meinem Beruf angepasst und dann festgestellt, dass es mir gefällt. Was soll ich sonst noch sagen?«

Sie schüttelte den Kopf. »Ich bin total auf deine FBI-Geschichte angesprungen, ich habe mich sogar schlecht gefühlt wegen all der Dinge, die ich im Café zu dir gesagte habe. Und plötzlich – *puff* – sind wir wieder da, wo wir angefangen haben.«

»Du bist schon wieder sauer auf mich.«

Sidney dachte kurz darüber nach. Dann seufzte sie. »Nein, nicht sauer. Du hast recht, du bist wenigstens ehrlich. Du bist allseits bekannt, Vaughn. Das ist wohl auch was wert.«

Beide schwiegen lange.

»Wie lief eigentlich gestern dein Date?«, fragte er und wechselte das Thema. »Du hast mir nicht mehr zurückgeschrieben.«

Großartig. Noch ein tolles Thema. Ihre bisher erfolglose Suche nach dem Richtigen.

»Du hattest recht mit dem Highschool-Typen. Kaum hatte ich ihn darauf angesprochen, was genau er mit ›er trifft sich *im Moment* mit niemandem‹ meint, ging es steil bergab.« Sie fuhr sich durch die Haare und seufzte. »Ist es zu spät für mich, lesbisch zu werden? Klar, ich mag Penisse, aber ich bin ein schlaues Mädchen, ich könnte herausfinden, was sich mit den weiblichen Teilen anfangen lässt, wenn es sein müsste.«

»Auch wenn es mich echt anmacht, darüber nachzudenken, wie du versuchst herauszufinden, was man mit den weiblichen Teilen anfängt, glaube ich nicht, dass du dir Sorgen machen musst. Du hast einfach alles: Du bist intelligent, wunderschön, erfolgreich … und eine Granate im Bett noch dazu«, schob er grinsend nach. »Es wird nicht lange dauern, bis ein echter Glückspilz das herausfindet.«

Sie stützte den Kopf auf die Hand und schaute ihn über den Tisch hinweg an. »Das war mit Abstand das Netteste, was du je zu mir gesagt hast, Vaughn Roberts.«

Sie wartete auf einen Kommentar von ihm, darauf, dass er etwas Sarkastisches erwidern würde, aber er schaute sie nur mit einem sonderbaren Ausdruck an.

»Was?«

Er blinzelte. »Äh, nichts.« Was auch immer dieser Blick zu bedeuten hatte, er war sofort wieder verschwunden.

»Also, ich bin eine Granate im Bett, ja?« Sidney war ein bisschen stolz darauf, das zu hören – besonders wenn es von einem solchen Experten kam. Nachdem Brody sie betrogen hatte, war ein kleiner Teil von ihr besorgt gewesen, dass sie nicht sexy genug war, vor allem verglichen mit seiner vierundzwanzigjährigen Freundin.

Vaughn sah sie an, und seine Augen leuchteten in einem warmen goldbraunen Ton. »Baby, du bist so feurig, wie der winzige Landestreifen Haare zwischen deinen …«

»Okay, ich hab verstanden. Danke.« Sie nahm einen Schluck Wasser und stellte ihr Glas ab. »Hör auf, mich so anzusehen, ich weiß genau, woran du denkst.«

Er grinste teuflisch. »Woran denke ich denn?«

»Dass ich wieder mit dir schlafe, weil ich mich von Männern zurückgesetzt fühle und du …« Sie schaute sich seine breiten Schultern, seine Muskeln und sein markantes, attraktives Gesicht an. »Du bist eine nette Ablenkung.«

»Eine nette Ablenkung?« Er warf ihr einen empörten Blick zu. »Und nur damit du es weißt, ich könnte heute nicht mit dir schlafen, auch wenn ich darüber nachgedacht habe. Es gibt da diese Sieben-Tage-Regel.«

»Was für eine Sieben-Tage-Regel?«

»Ich schlafe nie innerhalb einer Woche zwei Mal mit derselben Frau. Sonst wird es mir zu pärchenhaft.« Er sah offenbar, wie sie die Augen verdrehte. »Oh, du hast eine Vierunddreißig-Punkte-Liste, und ich darf nicht eine einzige Regel haben?«

Touché.

Ihre Wege trennten sich vor dem Restaurant.

»Du gehst zurück ins Büro?«, fragte Vaughn.

Sie nickte. »So gern ich an einem Freitagnachmittag wie diesem auch blaumachen würde, ich muss zurück und versuchen, *PetSmart* die CEO zu stehlen.«

»Wenn ich für jedes Mal, wenn eine Frau diese Ausrede benutzt, einen Penny bekäme, wäre ich reich.«

Sie lächelte. »Also, morgen ist der große Tag, ja?« Sie bezog sich dabei auf Simons Junggesellenabschied.

»Allerdings. Für euch ja auch. Habt ihr für den Junggesellinnenabschied einen ausgeflippten Abend geplant?«

»Vielleicht«, antwortete sie geheimnisvoll.

Vaughn stellte sich vor, wie Sidney abends in der Stadt unterwegs war, Cocktails trank, eines von ihren sexy Kleidern trug, mit den anderen Mädels richtig einen draufmachte und wahrscheinlich heftig flirtete. Plötzlich verspürte er einen Anflug von Eifersucht – und schob ihn schnell beiseite. Sicher, er fühlte sich vielleicht ein bisschen für sie verantwortlich. Das war normal, sie waren sich schließlich in den letzten Wochen sehr nahegekommen. Über die Dinge, die er ihr über seine dunklere Zeit in der Abteilung für Gewalt gegen Kinder erzählt hatte, sprach er normalerweise so gut wie nie. Es war schön, sich mit ihr zu unterhalten, er war gern in ihrer Nähe, und er genoss es, mit ihr zu schlafen. Aber das war auch schon alles – sie hatten Spaß miteinander. Sie wollten völlig verschiedene Dinge und wussten das beide.

»Tu nur nichts, was ich nicht auch tun würde«, sagte er.

»Na ja, das schließt nicht besonders viel aus, oder?« Sie zwinkerte ihm zu und ging davon. Ihr langes Haar schwang über ihren Rücken.

Möglicherweise hätte er das anders ausdrücken sollen.

22

Fünfzehn Frauen, inklusive Isabelle, stießen einen lauten Jubelschrei aus, als der Kellner mit einem Tablett voller Lemon Drop Shots an ihren Tisch kam.

Er bediente Isabelle zuerst und stellte eines der Gläser vor ihr ab. »Für die zukünftige Braut.«

Isabelle nahm einen kleinen Schluck und riss die Augen auf. »Wow, ist der stark.«

Als auch die anderen Frauen ihre Gläser vor sich stehen hatten, hob Amanda, die die Runde ausgab, ihres und sprach einen Toast aus: »Auf Isabelle und ihre stürmische Verlobung mit Simon. Ich glaube, ich spreche für uns alle, wenn ich sage: Mädchen, ich dachte allen Ernstes, du wärst schwanger.«

Die Gruppe brach in Gelächter aus.

Isabelle hob ihr Glas. »Darauf hoch die Tassen.« Sie leerte ihr Glas in einem Zug, und während die anderen tranken, zwinkerte sie Sidney zu, die am anderen Ende des Tischs saß. Sidney hatte dem Kellner heimlich zwanzig Prozent mehr Trinkgeld versprochen, wenn er Isabelle alkoholfreie Versionen aller Getränke servierte, die von der Gruppe bestellt wurden. Der Plan hatte schon früher am Abend Wunder gewirkt, als sie bei *RPM Italian* zu Abend gegessen hatten. Bis jetzt hatte Isabelle zwei Cosmopolitans, zwei Martinis und drei Gläser Lemon Drop Shots getrunken – natürlich alle ohne Alkohol – und erlebte wahrscheinlich gerade einen Zuckerrausch von all dem Ananas- Zitronen- und Preiselbeersaft, den sie intus hatte. Sidney lächelte ihrer Schwester verschwörerisch zu und wurde plötzlich von einem unvermittelten Anflug von Nostalgie heimgesucht. Um das zu überspielen, drehte sie sich nach rechts und gab vor, die Aussicht zu genießen. Sie hatten einen VIP-Tisch auf der Dachterrasse der Lounge des *Wit*-Hotels, die im sechsundzwanzigsten Stock lag und einen fantastischen Ausblick über die Skyline der Stadt bot. Sidney hatte dafür gesorgt, dass dieser Abend ganz besonders schön wurde, weil sie wusste, dass Isabelle mit den Hochzeitsvorbereitungen sehr viel zu tun hatte. Und es sah auch nicht so aus, als ob ihre Schwester in nächster Zeit sehr viel *weniger* zu tun haben würde. Nach der Hochzeit würde Isabelle in die Babyvorbereitungsphase gehen, und fünf Monate später würde sie Mutter werden. Deshalb fühlte sich diese Party irgendwie wie eine letzte Reminiszenz an die gute alte Zeit an, an die vielen Jahre, in denen es praktisch nur sie beide gegeben hatte, die Sinclair-Schwestern.

»Mann, Isabelle verträgt wirklich einiges«, meinte Trish, die neben Sidney saß. »Ich hatte ungefähr die Hälfte von dem, was sie hatte, und ich merke es schon.« Eine leichte Brise wehte durch ihr blondes Haar, und sie seufzte zufrieden. »Es ist so schön, mal rauszukommen.« Sie sah Sidney an. »Aber verrate den anderen Müttern in meiner Spielgruppe nicht, dass ich das gesagt habe.«

Sidney lächelte. Trish war in ihrem Viertel einer Gruppe für junge Mütter beigetreten und fühlte sich manchmal ein wenig als Außenseiterin, weil sie die Einzige war, die Vollzeit arbeitete. »Dein Geheimnis ist bei mir sicher.«

Trish nahm einen Schluck von ihrem Cocktail und lehnte sich entspannt zurück. »Dann erzähl mal, wie läuft es mit deinen Dates?«

»Ich habe mich gestern Abend mit Chad Bailey getroffen. Erinnerst du dich an ihn? Aus der Highschool?«

»Oh, ich fand ihn immer ziemlich niedlich. Wie ist er denn inzwischen so?«, fragte Trish aufgeregt.

»Er ist ein ziemliches Arschloch.« Sidney berichtete ihrer Freundin detailliert von der Verabredung.

»Hm. Also diese Tipps, die dir Vaughn in Sachen Männer gibt. Was springt für ihn dabei raus?«, wollte Trish wissen.

»Leider bisher die Genugtuung, absolut recht zu haben«, erwiderte Sidney trocken.

Trish bohrte weiter. »Könnte es … irgendwie sein, dass er versucht, dich von anderen Männern fernzuhalten, weil er eifersüchtig ist?«

Sidney schnaubte. »Auf keinen Fall. Männer wie Vaughn sind nicht eifersüchtig. Er schläft nicht mal innerhalb einer Woche mit derselben Frau, weil er keine ›emotionale Bindung‹ eingehen will. Und er gibt mir diese Tipps, weil wir irgendwie … Freunde geworden sind.«

Trish starrte sie ungläubig an.

»Ich weiß«, sagte Sidney. »Ich habe das Wort aus meinem Mund kommen hören und bin genauso geschockt wie du.«

Beide fingen an zu lachen – über einen Scherz, der zweifellos auch durch den Alkohol lustiger wurde, den sie an diesem Abend schon getrunken hatten.

»Hast du denn mit vielen deiner Freunde wilden Sex auf der Couch?«, hakte Trish nach.

»Verdammt, vielleicht sollte ich das.« Immer noch kichernd stießen sie an.

»So gut, ja?«

Sidney beugte sich verschwörerisch vor. »Oh Mann, Trish, du solltest mal sehen, wie gut er in Form ist. Wenn er sein Hemd auszieht, dann ist es, als ob …« Sie hielt inne und suchte nach einer passenden Umschreibung für den nackten Vaughn Roberts. »Weißt du noch, als wir in Vegas waren, wo es dieses Dessertbuffet im *Bellagio* gab? So ist es. Es gibt so vieles, das ich probieren will, dass ich nicht weiß, wo ich anfangen soll.«

»Ich sagte doch, dass du das brauchen würdest.«

»Du hattest definitiv recht.«

»Und ich muss mir keine Sorgen machen, dass du eventuell anfängst, den Typen zu mögen, oder so? Normalerweise freundet man sich *nicht* mit dem Kerl an, mit dem man gerade eine reine Sexbeziehung hat.«

»Das ist nur wegen der ganzen Hochzeitssache. Und außerdem finde ich es eigentlich ganz gut, dass wir beide eine Unterhaltung führen können, ohne dass ich am Ende total genervt bin.« Manchmal. »Ich werde diesem Mann ständig begegnen, weißt du?« Sie sah ihre Freundin eindringlich an. »Du brauchst dir keine Sorgen zu machen, Trish, ich hab das im Griff.«

»Was hast du im Griff?«, fragte eine Stimme hinter Sidney.

Sie drehte sich um, als sich Isabelle gerade auf den Stuhl neben ihr sinken ließ. »Wir haben nur … überlegt, wer die nächste Runde bezahlt.«

»Super. Ratet mal? Ich habe gute Neuigkeiten«, verkündete Isabelle aufgeregt. »Simon und die Jungs kommen auch her.«

»Tun sie das?«, entfuhr es Sidney überrascht.

Isabelles Gesicht nahm einen verträumten Ausdruck an. »Er hat mir den ganzen Abend SMS geschrieben und wollte wissen, wie es läuft.« Sie warf Sidney einen verschwörerischen Blick zu, der besagte, dass Simons Beschützerinstinkt mal wieder die Oberhand gewonnen hatte. »Er meinte, er hätte den anderen Jungs vorgeschlagen hierherzukommen, und als er ihnen erzählt hat, dass ich eine hübsche alleinstehende Schwester habe, waren alle an Bord. Ich glaube, er ist ziemlich betrunken.«

»Na herzlichen Dank«, brummte Sidney.

Isabelle lachte und drückte ihre Hand. »Nicht weil er gesagt hat, dass du hübsch bist. Ich meinte, dass seine Nachrichten im Laufe des Abends immer sentimentaler geworden sind. Er schreibt, dass er mich vermisst, obwohl wir ja nur einen Tag getrennt sind.« Sie schaute zu Sidney rüber und strahlte. »Dir macht es doch nichts aus, dass sie kommen, oder?«

»Überhaupt nicht. Es ist dein Junggesellinnenabschied, Izz.«

Isabelle ging davon, um den anderen die Neuigkeit zu erzählen, und tanzte dabei praktisch am Tisch entlang. Sidney und Trish sahen sich an. Beide fingen an zu kichern.

»Meine Güte, es ist, als ob sie in einem Disney-Film wäre«, kommentierte Trish. »Bitte sag mir, dass ich mich nicht so liebestrunken verhalten habe, als ich an der Reihe war.« »Liebestrunken? Nein. Aber ich meine, mich daran zu erinnern, dass jemand hemmungslos geheult hat, als euer Trauzeuge auf der Hochzeit die Geschichte eures ersten Dates erzählt hat.«

»Meine Augen waren eben feucht. Es war Allergiezeit.«

»Klar.« Mit einem wissenden Lächeln nahm Sidney einen Schluck von ihrem Martini.

Obwohl er der festen Überzeugung war, dass es gegen jede natürliche Ordnung verstieß, seine Verlobte am Abend des Junggesellenabschieds zu sehen, stand Vaughn eingeklemmt zwischen Simon und dreizehn anderen Männern in dem Aufzug, der zur Dachterrasse des *Wit*-Hotels fuhr.

Nachdem sie den Nachmittag auf einem Casinoboot verbracht und im *Zed451* – einem hochpreisigen Steakhaus im River-North-Distrikt – zu Abend gegessen hatten, war der nächste Teil des Plans eigentlich gewesen, in die Dachterrassenbar des *EPIC* zu gehen. Aber dann hatte Simon, der vor etwa einer Stunde die Grenze zwischen angeheitert und total besoffen überschritten hatte, angefangen, seiner Zukünftigen Nachrichten zu schicken, die ohne Zweifel noch schmalziger als normalerweise waren, wenn man bedachte, wie betrunken er war. Und ganz plötzlich hatte sich der Plan geändert.

Sie waren bisher nur auf ein Hindernis gestoßen: den Türsteher in der Lobby, dem es nicht besonders gefallen hatte, eine so große Gruppe Männer auf einmal reinzulassen. Zum Glück hatten das kurze Aufblitzen von Vaughns FBI-Marke und ein großzügiges Trinkgeld das Problem gelöst.

Nachdem die Gruppe im sechsundzwanzigsten Stock angekommen war, blieb Vaughn zurück, um auf Cade und Huxley zu warten, die einen anderen Aufzug genommen hatten. Er hatte seine beiden Kumpel, die Simon auch gut kannten, ebenfalls eingeladen.

Die beiden stiegen aus dem Aufzug und sahen sich um, während sie auf die Theke zugingen, an der Vaughn wartete. Es gab eine lange Bar, die in verschiedene Innen- und Außenbereiche unterteilt war. Der Laden war gut besucht, aber nicht überfüllt.

»Wenn es dir hier gefällt, Morgan, könnten wir jetzt schon für deinen Junggesellenabschied reservieren«, sagte Vaughn halb scherzhaft.

Cade steckte lässig die Hände in die Hosentaschen. »Ich glaube nicht, dass ich schon irgendwas offiziell gemacht habe.«

»Bis *jetzt*«, bemerkte Huxley, während die drei auf die Bar zugingen. Es war nicht unbedingt ein Geheimnis. Beide wussten, dass Cade Brooke bald einen Heiratsantrag machen würde.

»Hmm«, war Cades einzige Erwiderung.

Vaughn und Huxley sahen sich an und ließen diese Nichtäußerung einen Moment sacken. Als sie an die Bar kamen, bestellte Vaughn drei Gläser achtzehnjährigen Macallan.

Dann sah er Cade an. Wenn er so darüber nachdachte, hatte sich sein Freund schon den ganzen Abend über ein bisschen komisch verhalten. »Irgendwas stimmt nicht.«

»Wie kommst du darauf?«, fragte Cade.

»Instinkt.« Vaughn warf seinem Partner einen Blick zu. »Was denken Sie, Agent Huxley?«

Huxley musterte Cade. »Er verheimlicht uns was.«

Cade warf ungläubig die Hände in die Luft. »Ich schwöre, ich habe keine Ahnung, wie ihr beiden das macht. Seit ich mit Brooke zusammengekommen bin, habt ihr diesen komischen sechsten Sinn.«

»Zunächst mal: Hux und ich haben bei diesen Sachen einen sechsten Sinn, weil wir knallharte FBI-Agenten sind, die alles wissen.«

»Absolut.« Huxley nickte.

»Aber viel wichtiger ist …« Vaughn grinste seinen besten Freund an. »Heilige Scheiße, Morgan. Hast du Brooke gefragt, ob sie dich heiraten will?«

Cade grinste. »Gestern.«

»Und … Was hat sie *gesagt*?«

Cade musste lachen. »Sie hat Ja gesagt.«

Vaughn packte Cades Schulter. »Verdammt, Mann. Sie hat Ja gesagt.«

»Glückwunsch«, gratulierte Huxley und hob sein Glas. »Ach, es kommt mir vor wie gestern, als du sie noch wegen Behinderung der Justiz anzeigen wolltest und sie dir gesagt hat, du kannst sie mal.«

Sie prosteten sich zu, tranken und schwelgten eine Weile lang in Erinnerungen, bis Cade das Thema wechselte. »Also, wie lange willst du uns noch auf die Folter spannen?«, fragte er Vaughn.

»Euch womit auf die Folter spannen?«

»Welche von denen ist Sidney?« Cade nickte in Richtung von Isabelles Party, die Simon und seine Jungs schnell infiltriert hatten.

Kastanienbraunes Haar auf zwei Uhr, wahnsinnig heißes schwarzes Kleid, hält einen halb leeren Pink Martini in der rechten Hand. »Sidney … Wer ist Sidney?«

Huxley schnaubte. »Ich wage mal zu behaupten, dass es die Frau an der Bar ist, die du die ganze Zeit anstarrst.«

Als er merkte, dass er aufgeflogen war, gestattete sich Vaughn einen ausführlichen Blick. Ihr Haar fiel in langen Wellen über ihre Schultern, sie trug Smokey Eyes und roten Lippenstift zu einem schwarzen Kleid, das vorne in einem V-Ausschnitt mündete, und sah absolut verführerisch aus. Sie unterhielt sich mit einer blonden Frau – Trish, wenn er sich an die Brautparty richtig erinnerte –, und die beiden schienen …

Sein Hirn setzte aus, als Sidney sich bewegte und den Blick auf den Schlitz in ihrem Kleid freigab, der sich bis zur Mitte ihres Oberschenkels öffnete.

Herr im Himmel.

Vaughn räusperte sich und drehte sich zu seinen Freunden um. »Wie dem auch sei …«

Cade lachte. »Wie dem auch sei? Huxley und ich waren inzwischen zwei Runden Billard spielen, während du sie angestarrt hast.«

»Dann habe ich sie mir eben angesehen.« Vaughn tat so, als wäre das nichts Besonderes. »Sie ist eine attraktive Frau.«

»Oh bitte. Wir sind seit zwanzig Minuten hier, und du hast noch nicht ein Wort über die Brünette in dem blauen Kleid verloren, die dich die ganze Zeit mit den Augen auszieht«, sagte Huxley.

»Welche Brün…« Als er zur Bar schaute, sah Vaughn sie. Wow, Huxley hatte recht, sie zog ihn tatsächlich mit den Augen aus. »Wie auch immer, das kann sie vergessen.«

»Weil die Trauzeugin es dir angetan hat, gib es einfach zu«, verlangte Cade.

»›Angetan‹ gibt es bei mir nicht, mein Freund.«

»Wenn jetzt also irgendein Typ zu Sidney gehen und sie anbaggern würde, hättest du kein Problem damit?«, wollte Cade wissen.

Wieder verspürte Vaughn diese dumme Eifersucht – und schob sie, wie auch schon beim letzten Mal, energisch von sich. »Wenn sich tatsächlich ein Typ an sie heranmacht, gebe ich ihm fünf Minuten, bevor sie ihn in den Wind schießt. Ihre Checkliste ist wie eine Festung – da kommt keiner durch.«

»Sollen wir wetten? Weil ich nämlich glaube, dass es gerade so weit ist.« Huxley beugte sich vor und fixierte jemanden am anderen Ende der Dachterrasse. »Auf zehn Uhr. Hellbraune Haare, schwarzes Hemd und etwa eins neunzig groß.«

Vaughn hatte den Verdächtigen schnell entdeckt. Er beobachtete, wie der andere Kerl Sidney quer über die Terrasse anerkennend musterte.

»Glaubst du, er traut sich ran?«, fragte Huxley.

Vaughn biss die Zähne zusammen. »Ich würde sagen, es sieht ganz danach aus, Agent Huxley.«

Cade schaute über seine Schulter. »Worüber redet ihr beiden da? Ist irgendwas passiert?«

Vaughn behielt die Augen auf den Verdächtigen gerichtet und beobachtete, wie der Kerl im schwarzen Hemd seinen Drink nahm, sich umdrehte, sich an die Bar lehnte und Sidney in aller Ruhe musterte.

»Irgend so ein Typ macht sich an Sidney ran«, erklärte Huxley.

Cade schaute Vaughn an. »Du wirst hier doch wohl nicht rumstehen und dabei zuschauen, wie ein anderer Mann sie anbaggert, oder?«

Vaughn überlegte. »Der Typ sieht wie ein Volltrottel aus. Sie wird sich nicht mit ihm unterhalten. Ich meine, kommt schon … Ich vermute, ich würde ihr einen Gefallen tun, wenn ich rübergehen und ihn aufhalten würde.«

Cade und Huxley sahen sich an.

»Mach das«, sagte Cade grinsend. »Sei ein Held.«

»Ja. Genau.« Vaughn nickte. »Nur damit das klar ist, ich mache das für *sie*.« Genau in diesem Moment sah er, wie sich der Kerl im schwarzen Hemd von der Bar abstieß und durch die Menge in Sidneys Richtung ging.

Genug geplaudert – er musste einen Volltrottel aufhalten.

23

Trish stieß Sidney an und sagte leise: »Dein *Freund* kommt hier rüber.«

Ja, Sidney hatte es bemerkt. Überhaupt hatte sie Vaughn schon die ganze Zeit bemerkt, seit er in die Bar gekommen war. Und sie war nicht die Einzige: Er sah in seinem Anzug und dem nicht ganz bis oben zugeknöpften Hemd unverschämt gut aus und hatte die Aufmerksamkeit vieler Frauen auf der Dachterrasse auf sich gezogen – einschließlich Amandas, die ihn die ganze Zeit über ungeniert angestarrt hatte.

»Miss Sinclair«, sagte er, als er näher kam.

Dann überraschte er sie, indem er sich vorbeugte und sie auf die Wangen küsste.

»Äh … Hi.« Sie war sich nicht sicher, wann sie zu Begrüßungsküssen übergegangen waren.

»Ebenfalls hi«, sagte er charmant lächelnd. Er stand sehr nah bei ihr.

Als er sich nicht von der Stelle bewegte, flüsterte Sidney: »Was tust du da?« Ihre Schwester und sein Bruder waren in der Nähe, und trotzdem stand er da und lehnte sich sogar noch näher an sie heran.

Ihre Frage schien ihn zu amüsieren. »Das fragst du mich jedes Mal. Ich beginne eine Unterhaltung. Schon wieder.« Er zwinkerte.

Okay … »Und wie viel haben *Sie* heute schon getrunken, Agent Roberts?«

Er lachte, als wäre das total witzig, und berührte ihr Kinn.

»Du musst mich aber auch immer veräppeln, Sinclair.« Dann sah er nach rechts, wo ein Typ in einem schwarzen Hemd an ihnen vorbeiging.

Er wartete, bis er sie passiert hatte, und trat dann zurück, um einen respektvollen Abstand unter Freunden einzunehmen. »Und, habt ihr Spaß?«, fragte er beide Frauen und wirkte wieder ganz normal.

Sidney sah Trish an, die mit den Schultern zuckte. Keine Ahnung, was das alles sollte. »Du erinnerst dich an meine Freundin Trish, von der Brautparty?«

Trish schüttelte Vaughns Hand. »Wir haben uns kurz mal draußen getroffen, als du und Simon euch von eurer Mutter verabschiedet habt.«

»Da wir grade von Simon sprechen, wie macht er sich?«, wollte Sidney wissen.

»Er ist in der Phase, in der er allen erzählt, wie sehr er sie liebt. Und er kennt nur die Hälfte der Leute.«

Sie lachte. »Simon als glücklicher Betrunkener? Unvorstellbar.«

»Und Isabelle? Hat sie Spaß«, fragte Vaughn.

»Ja, jede Menge, soweit ich das mitbekomme«, sagte Sidney.

»Sie hat den Abend über gut gefeiert«, bestätigte Trish. »Ehrlich gesagt hatte ich keine Ahnung, dass sie so trinkfest ist.« Sie trank den letzten Schluck ihres Martinis. »Apropos – die nächste Runde geht auf mich. Ich bin gleich wieder da. Oder so«, fügte sie hinzu und lächelte Sidney vielsagend an.

»Denk dran, bei Dwayne zu bestellen. Er gibt uns Rabatt auf alle Getränke«, erinnerte Sidney sie.

»Alles klar.« Trish machte sich auf die Suche nach dem Kellner.

Vaughn stellte sich neben Sidney an die Bar und zog verwundert eine Augenbraue hoch. »Deine Schwester trinkt Alkohol?«

»Ich habe dem Kellner zwanzig Prozent mehr Trinkgeld versprochen, wenn er ihr nicht alkoholische Versionen aller Getränke bringt.«

»Sehr schlau«, sagte er anerkennend. Dann warf er ihr einen Blick zu, der ihr bekannt vorkam. »Du siehst umwerfend aus.«

Sie merkte, wie ihr von dem Kompliment ganz warm wurde. »Danke. Wir haben uns einen Wellnesstag mit Frisör und Kosmetikerin gegönnt. Ich bin mir nur beim Lippenstift nicht ganz sicher. Zu rot?«

Zu spät wurde ihr klar, dass die Frage seine Aufmerksamkeit auf ihren Mund lenken würde.

Sein Blick blieb an ihren Lippen hängen. »Mir gefällt das Rot.«

Sie suchte hastig nach einem Thema, das die Unterhaltung auf sicheren Boden zurückführen würde. »Ich habe noch mal eine Frage zum Thema Männersprache an dich.«

Er runzelte die Stirn. »Wir haben uns doch erst *gestern* gesehen und du hattest schon wieder ein Date?«

»Kein Date, nein. Nur einen Typ, der mir über die Onlinedatingseite gemailt hat, auf der ich mich angemeldet habe«, erklärte sie. »Und tu nicht so schockiert. Will ich überhaupt wissen, wie vielen Frauen du in letzter Zeit gemailt und Nachrichten geschrieben hast?«

Er zog die Augenbrauen zusammen, als müsste er darüber nachdenken.

Das hieß, nein, sie wollte es nicht wissen. »Also, hier kommt meine Frage: Was bedeutet es, wenn ein Mann schreibt, er ist ›ziemlich Single‹?«

»Das ist einfach. Es bedeutet ›Ich habe eine Freundin, aber ich habe mein Profil noch nicht gelöscht und finde dich scharf‹.«

Sie schüttelte den Kopf. »Ich schwöre, Roberts, je mehr ich

über dein Geschlecht erfahre, desto mehr gewinne ich den Eindruck, dass ein Samenspender, ein guter Handwerker und ein leistungsstarker Vibrator langfristig gesehen die bessere Alternative sind.«

Er lachte lauthals los. »Zur Verteidigung meines Geschlechts: Wir sind nicht alle Schweine. Tatsächlich bin ich mit vielen guten Jungs befreundet oder arbeite mit ihnen zusammen.«

»Oh, ist da jemand dabei, mit dem du mich verkuppeln könntest?«

Er sah sie lange und finster an.

Das hieß wohl Nein.

»Ich hab schon wieder die Etikette für Freunde mit gewissen Vorzügen missachtet, oder?«

»So ziemlich.«

Sidney unterdrückte ein Lachen und kam zu der Erkenntnis, dass Special Agent Vaughn Roberts äußerst niedlich war, wenn er sich ärgerte.

Eine weitere Person stieß zu der Gruppe, die neben ihnen stand, und Sidney wurde näher an Vaughn gedrückt. Als er merkte, dass sie eingeengt wurde, nahm er sie am Ellbogen und zog sie ein Stück weiter die Bar entlang, wo sie eine Betonsäule von den anderen abschirmte.

»Ich hab mich was gefragt«, sagte sie.

»Ja, er spielt mit dir. Nächste Frage.«

Sie stieß ihm in die Brust. »Das war nicht meine Frage. Ich hab mich gefragt, wie wohl deine Mutter reagieren wird, wenn sie erfährt, dass Isabelle schwanger ist. Offensichtlich ist das einer der Hauptgründe, warum sie das alles geheim halten.«

»Lustig, Simon und ich haben uns neulich über genau dasselbe unterhalten.« Er dachte über ihre Frage nach. »Meine Mutter hat sehr traditionelle Vorstellungen. Aber glaubt sie wirklich, dass ihre beiden erwachsenen Söhne nie Sex haben?

Das bezweifle ich. Trotzdem, solange sie keine Beweise hat, kann sie es glaubwürdig abstreiten.« Er zuckte mit den Schultern. »Was soll sie schon sagen, wenn sie nach der Hochzeit herausfindet, dass Isabelle schwanger ist? Dann sind die beiden bereits verheiratet. Außerdem liebt sie Isabelle. Sie liebt euch beide, um genau zu sein.«

Sidney wurde aufmerksam, als sie das hörte. »Wirklich?«

Vaughn nickte. »Jedes Mal, wenn ich mit ihr rede, will sie wissen, ob ich dich gesehen habe und wie es dir geht.«

»Das ist so lieb. Es ist schön, dass ihr zwei euch so nahesteht. Du kannst froh sein, dass ihr eine so gute Beziehung habt.«

Vaughn schaute sie einen Moment lang an. »Wie war deine Mutter so?«

Sidney lächelte zärtlich. »Sie hatte einen wahnsinnigen Sinn für Humor. Bevor sie krank wurde, haben sie und mein Vater sich die ganze Zeit geneckt. Sie war ziemlich temperamentvoll, aber auch sehr lieb und leidenschaftlich. Isabelle sieht genauso aus wie sie. Manchmal ist es richtig unheimlich.«

»Und was hast du von ihr geerbt?«

Das hatte sie noch nie jemand gefragt. »Meine Mutter konnte ziemlich sarkastisch sein, wenn sie wollte.«

Vaughns Hand strich über ihre Wange. »Ich denke, sie wäre stolz zu sehen, dass du in dieser Hinsicht ihr Erbe angetreten hast.«

Es war teils als Scherz, teils als Kompliment gemeint – zumindest nahm sie das an – und teils als etwas sehr Nettes, das Sidney die Brust zusammenschnürte. »Danke.«

»Gern geschehen«, sagte er mit rauer Stimme.

Für einen Moment sah er sie nur an.

»*Da* bist du!«

Die Stimme kam von links. Sidney trat sofort einen Schritt zurück, als ein übermütiger Simon auf Vaughn zusprang.

»Ich hab überall nach dir gesucht«, lallte Simon mit rotem Gesicht und schleppenden Worten. »Ich muss dir was erzählen.« Er schlang die Arme um seinen Bruder und drückte ihn. »Ich liebe dich, Mann. Das war die beste Nacht meines Lebens. Meine Freunde sind da, mein Bruder ist da, und mein Mädch…« Er blinzelte und grinste, als er nach rechts schwankte. »Sidney, hey! Wie geht's dir?«

Sidney lächelte. Ja, definitiv ein glücklicher Betrunkener. »Wahrscheinlich nicht so gut wie dir, aber ich kann mich nicht beklagen.«

Simon deutete mit seiner Bierflasche auf sie. »Isabelle hat mir von dem Trick erzählt, den du dir wegen der Drinks überlegt hast. *Genial*.« Er warf die Arme in die Luft und verpasste mit seiner Bierflasche nur knapp die Betonsäule. »Das ist die beste zukünftige Schwägerin alle Zeiten, Leute. Genau hier.«

»Oh, danke.«

Vaughn manövrierte seinen Bruder unbemerkt von der Betonsäule weg und aus der Gefahrenzone. Simon, der noch nicht fertig war, deutete zwischen den beiden hin und her. »Und ich muss noch was sagen. Ich weiß, dass es anfangs zwischen euch nicht so … gut gelaufen ist.« Vaughn und Sidney sahen sich an. Simon schüttelte energisch den Kopf. »Ich weiß nicht warum, aber es ist auch egal. Wichtig ist nur, dass ihr es für Izz und mich hinter euch lasst. Und *das* ist wirklich cool.« Er schaute Vaughn an und tippte mit seiner Flasche an seine Brust, wobei er sich mit Bier bekleckerte. »Verstehst du mich, Bruder?«

»Ich versteh dich, Bruder.«

Simon drehte sich danach zu Sidney um und tippte sich wieder an die Brust. »Verstehst du mich, Sid?«

»Ich versteh dich.«

»*Abgefahren*.« Er entdeckte jemanden am anderen Ende der Bar. »Mann, da bist du ja!« Mit einem breiten Grinsen torkelte er davon und schlang die Arme um einen Mann in einem dunkelblauen Hemd.

»Morgen wird es ihm furchtbar schlecht gehen«, sagte Vaughn.

»Ach, Isabelle wird sich um ihn kümmern. Wie ich die beiden kenne, wird sie vermutlich denken, dass er so wahnsinnig *niedlich* ist, wie er da verkatert über der Toilette hängt.«

Vaughn lachte und sah sie dann einen Moment lang an.

»Was ist?«, fragte Sidney.

Er deutete mit dem Kopf. »Komm mit mir.«

Sie zog eine Augenbraue in die Höhe. »Ist das dein Ernst?«

»Sieh einer an, wie schnell sich da jemand direkt etwas Versautes vorstellt.« Er nahm ihre Hand. »Komm mit, ich will dir ein paar Leute vorstellen.«

Vaughn führte sie über die Terrasse zum Hauptteil der Bar, wo die beiden Männer, mit denen er gekommen war, standen und tranken. Der größere mit den braunen Haaren stieß den Blonden mit der Brille an, als Sidney und Vaughn näher kamen.

Vaughn blieb vor ihnen stehen und schaute beide ernst an. »Lasst mich das hier nicht bereuen.«

Der größere Mann lachte. »Wer? Wir?«

Vaughn stellte sie vor. »Sidney Sinclair. Das sind Cade Morgan und …«

Der blonde Mann kam ihm zuvor. »Seth Huxley, Vaughns Partner.« Er schüttelte ihre Hand.

Cade schloss sich schnell an. »Schön, dich kennenzulernen, Sidney. Vaughn hat uns …« Er hielt inne und schaute über Sidneys Kopf hinweg zu Vaughn. »Nichts von dir erzählt. Gar nichts. Wer bist du noch mal? Tja, ich denke nicht, dass sie mir das abkauft, Roberts.«

»Du musst entschuldigen, falls wir etwas aufgeregt wirken«,

erklärte Huxley. »Vaughn stellt uns nicht oft eine Frau vor.« Er überlegte. »Eigentlich hat er das noch nie gemacht.«

Vaughn klatschte in die Hände. »Okay … ganz offensichtlich haben manche Leute zu viel getrunken und sich etwas gehen lassen, während ich weg war.« Er drehte sich zu Sidney um. »Ignorier die beiden. Sie kommen nicht viel raus. Traurig, wenn man so darüber nachdenkt.« Er lehnte sich zu ihr runter und sprach so leise, dass nur sie es hören konnte. »Und bevor du fragst, beide sind vergeben, also kann ich dich nicht mit ihnen verkuppeln.«

Sidney schnippte mit den Fingern. »Verdammt.«

»Nur damit ich Bescheid weiß: Wenn ich dir einen Drink ausgebe, wird das den Sarkasmus verstärken oder abschwächen?«

»Definitiv verstärken.«

»Gut.« Seine Stimme klang in ihrem Ohr leise und sexy. »Ich freu mich schon drauf.«

Ein herrliches Prickeln breitete sich in ihrem Unterleib aus.

Er rief den Kellner zu sich und bestellte zwei Drinks. Während sie sich mit seinen Freunden unterhielt, fand sie raus, dass sich Cade gerade verlobt hatte. Die Stimmung unter ihnen wurde bald feierlich, was noch davon angeheizt wurde, dass dieser Abend einer der wenigen war, an denen Vaughn und Huxley ohne ihre Dienstwaffen unterwegs waren, die sie – gemäß FBI-Gesetz – zu Hause gelassen hatten, weil sie wussten, dass sie trinken würden. Dann gesellte sich Trish zu ihnen, was offensichtlich ein weiterer Grund zum Feiern war, und auf einmal tranken sie alle zusammen auf Ausgehabende für Mädels, frischgebackene Mütter und FBI-Agenten. Und die Drinks flossen auf einmal sehr zahlreich.

Irgendwann fühlte Sidney Vaughns Hand, die über ihre streichelte, und dann strich er mit seinem Daumen über ihre

Finger und beschrieb verführerische Kreise auf ihrer Handfläche. Ihr wurde ein wenig zu warm, und sie trat von der Gruppe zurück, um in die Toilettenräume zu gehen, die komplett aus Unisexkabinen bestanden. Sie fand eine freie Kabine und öffnete gerade die Tür, als sie merkte, wie Vaughns Hand ihre ergriff und sie in die Kabine zog.

Vaughn schloss die Tür ab und stürzte sich sofort auf sie. Er drückte sie gegen die Wand, und sein Mund suchte hungrig nach ihrem. Sie schlang die Arme um seinen Hals, und er presste die harte Wölbung seiner Erektion an sie.

»Bist du betrunken?«, fragte er mit vor Lust belegter Stimme.

Ein bisschen, ja, ebenso wie er. »Ich fühle mich gut.« Als seine Hand zu dem Schlitz in ihrem Kleid glitt und sich an ihrem Oberschenkel weiter nach oben bewegte, stöhnte sie. »Mach weiter.«

Er ließ seine Hand in ihr Spitzenhöschen gleiten. »Du bist feucht, Sidney. Woran hast du gedacht?«

Sie packte den Kragen seines Jacketts und gab ihm einen fordernden Kuss als Antwort. Als er sich zurückzog, bohrte sich sein Blick in ihren. »Ich bringe dich heute Nacht nach Hause.«

»Was ist mit deiner Sieben-Tage-Regel?«

Seine Antwort kam leise und heiser.

»Es ist nach Mitternacht, du gehörst mir.«

In Sidneys Schlafzimmer sah Vaughn zu, wie sie langsam ihr Kleid öffnete und es zu Boden fallen ließ. Sie stand in ihrem schwarzen Spitzen-BH und den High Heels vor ihm. Er war sich sicher, dass viele Männer in der Bar an diesem Abend von genau diesem Anblick geträumt hatten, und nun gehörte sie ganz ihm.

»Leg dich aufs Bett«, sagte er. Er spürte definitiv den Alkohol und sah, dass es ihr genauso ging. Aber ihre Augen hatten trotzdem diesen selbstsicheren frechen Glanz, der ihn jedes Mal herauszufordern schien.

Sie legte sich aufs Bett und schlug ein Bein über das andere. Dann sah sie ihn kokett an, als wollte sie sagen, dass sie auf ihn wartete.

Er zog sein Jackett aus, öffnete die Knöpfe seiner Hemdsärmel und ging auf das Ende des Betts zu. Er packte ihre Knöchel und zog sie zu sich. Dann lehnte er sich zu ihr vor und gab ihr einen langsamen intensiven Kuss. Schließlich zog er sie in eine sitzende Position hoch und kniete sich zwischen ihre Beine.

»Wenn ich dir das hier ausgezogen habe«, sagte er und hakte einen Finger in ihr Höschen, um es herunterzuziehen, »spreizt du die Beine. Und dann legst du deine Hände auf die Knie und hältst dich für mich bereit.«

»Ist das so?«, fragte sie.

»Wenn du das willst, was als Nächstes kommt, dann ja.«

Ihre Augen funkelten, aber sie tat, was er wollte.

Sein Schwanz begann zu pochen, als er sie so mit gespreizten Beinen auf dem Bett sitzen sah, nackt bis auf ihren BH und die High Heels. »Du bist das Schärfste, was ich je gesehen habe.«

»Vaughn«, sagte sie heiser. »Berühr mich.«

Diesem Wunsch kam er gern nach. Er schob seine Hände unter ihren Hintern und bog ihre Hüften nach oben. Dann leckte er sie lange und aufreizend. Sie stöhnte und vergrub die Hände in seinem Haar. Er nahm ihre Hände und legte sie wieder auf ihre Knie. »Spreiz weiter deine Beine für mich. Zeig mir, wie sehr du meinen Mund auf dir spüren willst.«

Dann senkte er den Kopf und machte sich daran, sie in den absoluten Wahnsinn zu treiben. Erst als ihr ganzer Körper zitterte und sie heftig stöhnte, ließ er von ihr ab. »Willst du kommen?« Er fuhr mit seiner Zunge über ihre Klitoris.

»*Ja.* Bitte, ja«, hauchte sie.

Er ließ einen Finger in sie gleiten und hielt sie gerade so am Rande des Orgasmus. »Ich liebe es, wenn du so bist. So angetörnt. So süß.« Er saugte erneut an ihrer Klitoris, weil er wusste, dass sie das zum Höhepunkt bringen würde.

Als sie aufschrie und sich ihr Körper um seinen Finger krampfte, drängte sich sein Schwanz von innen gegen seine Hose, so sehr wollte er in ihr sein. Er streichelte sie, bis sie runterkam, dann stand er auf und zog sich aus.

»Jetzt bin ich dran«, sagte sie, als er aufs Bett stieg.

Sobald er sich an die Kissen gelehnt hatte, setzte sie sich auf ihn. Sie ließ ihre Hände über seine Brust gleiten, dann über seinen Bauch und kratzte ihn dabei leicht.

»Ein Mann wie du hat doch bestimmt eine ganz besondere Vorliebe …« Sie nahm seinen Schwanz in die Hand. »… wenn es um Blowjobs geht.«

Heiliger Jesus, Maria und Josef.

»Du kannst damit anfangen, diese roten Lippen über mich zu stülpen«, raunte er mit rauer Stimme. »Daran habe ich schon den ganzen Abend gedacht.«

»Hmm. Und dann?«, fragte sie und streichelte ihn weiter. »Soll ich dich erst ein bisschen lecken? Oder wäre es dir lieber, wenn ich dich so tief in den Mund nehme, wie ich kann?«

Vaughn hatte plötzlich einen trockenen Mund. »Beides. Beides ist gut.«

»War ja klar, dass du das sagen würdest.« Sie beugte sich tiefer und leckte einen Lusttropfen von seiner Eichel, bevor sie ihre Zunge ein Mal an seinem Schaft entlanggleiten ließ. Wie versprochen leckte sie ihn erst und nahm ihn dann ganz in den Mund. Er stöhnte. »Das ist so verdammt gut, Sidney. Mach genau so weiter.« Er vergrub seine Hand in ihrem Haar und sah ihr zu, und als sie ihn bis kurz vor den Orgasmus gebracht hatte, ergab er sich dem besitzergreifenden Gefühl, das ihn den ganzen Abend lang erfüllt hatte. »Schau mich an, Baby. Ich will deine Augen sehen.

Sie schaute hoch und hielt seinen Blick, während sie weiter ihren Mund über ihn gleiten ließ. Der Moment war so verdammt gut, dass er beinahe sofort gekommen wäre. »Du machst mich total verrückt.« Er sah das Funkeln in ihren Augen und berührte ihre Wange. »Ich muss in dir sein. Sofort.«

Sie ließ ihn aus dem Mund gleiten und setzte sich auf, nahm seine Hose vom Boden und warf ihm seine Brieftasche zu. Schwer atmend rollte er sich das Kondom über und sah dann dabei zu, wie sie ihn zwischen ihre Beine führte und sich ganz auf ihn hinabsenkte.

»Leg deine Hände auf meine Brust.« Er umfasste ihre Hüften und begann, sie passend zu seinen Stößen nach vorne zu schieben. Er fing langsam an, bis sich ihr Körper an ihn gewöhnt hatte. Dann wurde er schneller. Sie bewegten sich gemeinsam, während sie ihn hart ritt. »Wir passen perfekt ineinander«, raunte er, während er sie immer näher an den Rand ihres nächsten Orgasmus brachte. »Komm für mich, Baby. Lass es mich fühlen.«

Sie rief seinen Namen, ihr Körper zog sich zusammen und nahm ihn ganz in sich auf. Sein Orgasmus war so heftig, dass sich sein Kiefer verkrampfte. Er zitterte, während ihn eine Welle nach der anderen überrollte, bis Sidney schließlich auf seiner Brust zusammensank, er seine Arme fest um sie schlang und sie dicht an sich zog.

24

Vaughn wachte auf und hörte Wasser rauschen.

Er schoss vom Kissen hoch, blinzelte und versuchte, sich zu orientieren.

Sidneys Bett.

Keine Waffe auf dem Nachttisch.

Keine sexy nackte Sidney. Verdammt.

Nachdem das geklärt war, ließ er sich seufzend zurück auf die Kissen fallen. Er fühlte sich, als hätte jemand seinen Schädel mit einem Hammer bearbeitet. Als sich seine Augen langsam an das Tageslicht gewöhnten, fiel ihm auf, dass doch etwas auf dem Nachttisch stand, das wahrscheinlich für ihn gedacht war. Eine Packung extra starker Kopfschmerztabletten.

Er lächelte. Wie aufmerksam von Sidney. Er warf sich zwei Schmerztabletten ein und dachte an den gestrigen Abend zurück. An all die Sachen, die gesagt worden waren, den Spaß, den alle gehabt hatten, den noch größeren Spaß, den Sidney und er gehabt hatten, nachdem sie zu ihr gefahren waren und – *Augenblick mal* – hatte Huxley wirklich »die dich mit den Augen auszieht« gesagt?

Es hätte keinen besseren Beweis dafür geben können, dass sie alle ganz schön betrunken gewesen waren.

Die Badezimmertür öffnete sich, und Sidney kam heraus. Sie hatte ein Handtuch um sich geschlungen und ihr Haar in einem Knoten auf dem Kopf zusammengebunden. Sie lächelte, als sie sah, dass er wach war.

»Wie fühlst du dich?«

»Als hätte mich jemand ausgewrungen und zum Trocknen aufgehängt.« Vaughn beobachtete, wie sie ein cremefarbenes Spitzenhöschen aus der oberen Kommodenschublade nahm und das Handtuch zu Boden sinken ließ.

Sofort ging es ihm schon viel besser.

Sidney zog ihre Unterwäsche an, öffnete den Haarknoten und ließ ihre Haare über den Rücken fallen. Er stützte seinen Kopf auf die Hände und dachte, dass er sie den ganzen Tag beobachten könnte.

»Ich gehe schnell zu *Starbucks*«, sagte sie. »Was hättest du gern?«

»Du bist eine *Göttin*. Ich nehme einen großen schwarzen Kaffee.«

Sie zog ihre Jeans über und stöhnte leise.

»Alles in Ordnung?«, fragte er.

»Sagen wir mal, ich bin an ein paar sehr interessanten Stellen ein wenig wund.«

Er lachte und rieb sich das unrasierte Kinn, während er aus dem Bett stieg. »Ups.« Er stellte sich hinter sie und küsste ihren Nacken. »Ist es okay, wenn ich deine Dusche benutze, während du weg bist?«

»Äh … ja, kein Problem.«

Er hatte ihr leichtes Zögern bemerkt, neigte den Kopf und sah, dass sie ihrer beider Spiegelbild über der Kommode betrachtete. Eine Sekunde, nachdem sich ihre Blicke getroffen hatten, lächelte sie. »Also. *Starbucks*.« Sie befreite sich aus seiner Umarmung. »Ich bin gleich wieder zurück.« Sie ging zur Schlafzimmertür.

»Ein T-Shirt wäre sicher gut.«

»Richtig.« Sie drehte sich um und verlor keine Zeit damit, sich ein Oberteil aus ihrem Schrank zu greifen – ohne darauf zu achten, was für eins es überhaupt war. Dann eilte sie aus dem

Zimmer und zog sich das Shirt im Gehen über den Kopf, während sie dabei beinahe die Treppe hinunterflog. Vaughn schaute ihr nach und dachte, dass er noch nie gesehen hatte, wie sich Sidney Sinclair so schnell bewegte. Offensichtlich brauchte da jemand dringend seinen Kaffee.

Als Sidney die Treppe hinunterstürzte, zwang sie sich dazu, sich zu beruhigen.

Während sie auf ihr Spiegelbild geschaut hatte, war ihr für einen winzig kleinen Moment der Gedanke gekommen, dass sie und Vaughn zusammen süß aussahen. Na und? Er war ein attraktiver Mann. Er sähe neben einem Toaster süß aus. Das hieß noch lange nicht, dass sie an eine Beziehung mit ihm gedacht hatte – sie wusste es definitiv besser.

Vaughn war der Typ Mann, der irgendwelche Frauen in Cafés ansprach. Der Mann, der eine Sieben-Tage-Regel hatte, um emotional nicht zu involviert zu sein. Der Mann, der seit Jahren keine feste Beziehung gehabt hatte. Er war *nicht* der Richtige. Sie hatte sich darauf eingeschworen und würde sich auch daran halten. Nie mehr Männer mit Bindungsangst, nie mehr Männer, die mit einem spielten, nie mehr Männer mit Problemen, Dramen oder dergleichen. Sie wollte jemanden, der solide und ganz sicher war, dass er bereit war, die Sache durchzuziehen.

So ein netter Kerl wie Trishs Ehemann, dachte Sidney während sie ihre Schlüssel von der Kommode nahm, um die drei Blocks zu *Starbucks* zu gehen. Sie öffnete die Haustür. *Oder Simon*.

Simon.

Wie der Mann, der gerade zusammen mit Isabelle die Treppe heraufkam. Sidneys Magen rutschte ihr in die Knie, als sie versuchte, den Gedanken zu verarbeiten. Isabelle und Simon – hier.

Vaughn in der Dusche.

Oh.

Scheiße.

»Perfektes Timing, ich explodiere gleich«, sagte Isabelle, deren Worte ebenso flink wie ihre Schritte auf der Treppe waren. »Ich muss schon pinkeln, seit wir bei *Starbucks* raus sind.«

Bevor Sidney noch recht wusste, was passierte, stürzte ihre Schwester an ihr vorbei ins Haus und auf die Gästetoilette im Erdgeschoss zu.

Nein.

Simon, der eine Sonnenbrille trug, hielt ein Tablett voller Becher und eine Papiertüte hoch. »Isabelle und ich wollten uns für letzte Nacht bedanken.« Er lächelte. »Wir haben Kaffee und Apfelküchlein gekauft.«

»Das ist wirklich lieb von euch«, brachte Sidney mühsam hervor.

Das durfte einfach nicht wahr sein. Wenn Simon und Isabelle Vaughn in ihrer Wohnung entdeckten – oder noch schlimmer: in ihrer Dusche –, würde es aussehen, als hätten die beiden … genau das getan, was sie tatsächlich getan hatten.

Mit diesem Gedanken im Kopf streckte Sidney Simon eine Hand entgegen, als er gerade ihre Wohnung betreten wollte. »Hey, ich habe eine Idee. Es ist so ein schöner Tag, warum genießen wir Kaffee und Apfelküchlein nicht draußen an der frischen Luft?«

Simon verzog das Gesicht. »Zu viel Sonnenlicht.« Er huschte an ihr vorbei ins Haus. »Ich glaube, ich war seit der Uni nicht mehr so verkatert.« Er ging in ihre Küche.

Scheiße, Scheiße, Scheiße.

Sidney folgte ihm und fragte sich, ob es wenigstens irgendeine Möglichkeit gab, die beiden auf ihre hintere Terrasse zu lotsen, wenn sie Simon einen Platz im Schatten versprach –

oder einen Sonnenschirm, verdammt noch mal. Alles, um sie aus der Wohnung rauszukriegen.

Isabelle kam von der Toilette zurück und gesellte sich zu ihnen in die Küche. »Viel besser. Ich bin inzwischen offensichtlich von der Übelkeit-und-Kotzen-Phase dieser Schwangerschaft zur Alle-halbe-Stunde-pinkeln-Phase übergegangen.«

»Das könnte auch an dem ganzen Fruchtsaft liegen, den du letzte Nacht getrunken hast«, sagte Simon, während er sich ein Apfelküchlein aus der Tüte nahm und von ihm abbiss.

»Hey, die sind für Sidney.« Isabelle ging zu ihr rüber und umarmte sie fest. »Ich hatte gestern keine Gelegenheit mehr, mit dir zu sprechen, bevor wir die Bar verlassen haben, weil jemandem …«, sie schaute Simon demonstrativ an, »… schlecht wurde, nachdem er sich gedacht hatte, es wäre eine gute Idee, gestern seine erste Zigarre zu rauchen.«

»Ein guter Rat: Man sollte nur paffen, nicht inhalieren«, sagte Simon zu Sidney.

Aus dem Augenwinkel nahm Sidney Vaughns Jackett wahr, das über einem ihrer Barstühle hing. »Wisst ihr, ich war eigentlich gerade auf dem Weg nach drau…«

Doch Simon zog Isabelle im gleichen Moment mit weiteren Sprüchen auf. »Außerdem hab ich mir gedacht, dass ich für die Geburt üben muss. Wird das nicht von mir erwartet? Im Wartezimmer abhängen und Zigarren rauchen, während du den ganzen Frauenkram erledigst?«

»Tut mir leid, dir das sagen zu müssen, mein Freund, aber du wirst mir die ganze Zeit zur Seite stehen, bei jeglichem Kram – ob für Frauen oder sonst wie geartet«, sagte Isabelle.

Sidney klatschte in die Hände. »Ich merke, dass ihr beiden euch gerade auf eine Art spielerischen Streit unter Liebenden vorbereitet. Und es wäre sicher superniedlich, das zu beobachten, aber ich habe da diesen Termin, zu dem ich schon echt spät dran bin. Also kann ich dich vielleicht nachher anrufen, Izz?«

»Ich glaube nicht, dass ich mit ›superniedlich‹ dienen kann«, meinte Simon und musterte sie.

Ernsthaft.

»Läuft deine Dusche?«, fragte Isabelle plötzlich. Sie schaute zur Decke hinauf, die genau unter dem großen Badezimmer lag.

Denk nach, Sinclair.

Sidney schlug sich an den Kopf. »Du meine Güte! So spät bin ich zu diesem Termin dran. Ich bin so viel hin und her gerannt, dass ich vergessen habe, die Dusche abzudrehen.«

Natürlich musste das der Moment sein, in dem Isabelle Vaughns Jackett entdeckte.

Sie stöhnte auf und rannte um die Küchentheke herum. »Hier ist jemand.« Sie nahm das Jackett und hielt es hoch. »Ein *männlicher* Jemand.« Isabelle hielt inne und wirkte ein bisschen verletzt. »Du hast mir gar nicht erzählt, dass du jemanden triffst.«

»Was sagt man dazu, Fräulein Heimlich?«, tadelte Simon mit einem Grinsen. »Du versuchst, uns loszuwerden, bevor wir dem Typen über den Weg laufen können, oder?«

»Wer ist es?«, wollte Isabelle wissen. »Wieso weiß ich nichts von ihm?«

Simon neigte den Kopf und starrte auf das Jackett. »Seltsam ist nur, dass das genauso aussieht, wie das …« Er brach ab, und sein Mund blieb offen stehen. »Oh. Mein. Gott.« Er sah Sidney an und schaute dann zur Decke.

Dann sprang er aus der Küche und rannte die Treppe hinauf. Sidney schloss die Augen und machte sich auf das Unausweichliche gefasst. Augenblicke später wurde die Badezimmertür geöffnet, und Simons Stimme hallte die Treppe herunter. »Oh. Mein. Gott.«

»Ähm, ist er gerade ins Bad gegangen, wo ein vollkommen Fremder duscht?«, fragte Isabelle.

»Nicht … wirklich.«

Simon kam zurück in die Küche geschlendert. »Ja. Es ist mein Bruder.«

Isabelle blinzelte. »Was?« Sie drehte sich zu Sidney um. »Vaughn ist hier? Du hast mit *Vaughn* geschlafen?«

»Besteht eine Chance, dass ihr mir glaubt, wenn ich sage, dass wir nur gemeinsam joggen waren?«, fragte Sidney und versuchte es mit einem Lächeln.

Ihren Gesichtern nach zu urteilen wohl nicht.

»Es ist keine große Sache«, sagte sie.

Isabelle deutete anklagend auf sie. »Amanda hat mir gesagt, dass sie fand, ihr beiden hättet gestern viel geflirtet.

Sidney schnaubte verächtlich. »*Pfft.* Amanda. Was weiß die schon?« Mal abgesehen davon, dass sie hier absolut und auf den Punkt genau richtiglag.

Simon deutete jetzt auch auf sie. »Ich erinnere mich. Ihr beide habt euch hinter dieser Säule aneinandergedrängt, als ich mit Vaughn reden wollte.«

»Und das ist dir nicht verdächtig vorgekommen?«, fragte Isabelle ihn.

»Hast du mich letzte Nacht erlebt? Ich hätte ›verdächtig‹ nicht mal aussprechen können.«

Beide schwiegen, als die Dusche oben abgestellt wurde. Man hörte Schritte auf dem Holzboden, und dann wurde es kurz still, bis man wieder Schritte hörte – die dieses Mal die Treppe herunterkamen.

Mit nassen Haaren kam Vaughn in die Küche, während er sich ein Hemd überzog. Zum Glück hatte er wenigstens seine Hose an. »Offensichtlich haben wir heute Morgen Besuch«, sagte er leicht amüsiert.

»Wir? Ihr beiden seid ein *Wir*?«, entfuhr es Isabelle.

»Wir sind definitiv *kein* Wir«, beharrte Sidney.

»Kann ich dich draußen sprechen, Bruder?«, fragte Simon.

Vaughn wandte sich an Sidney. »Das ist Männersprache und bedeutet: Du steckst total tief in der Scheiße.«

Nachdem Vaughn und Simon auf den Hof verschwunden waren, setzte sich Sidney neben Isabelle an die Theke. »Du hast wahrscheinlich ein paar Fragen.«

»Meinst du?«, entgegnete Isabelle. »Wie lange läuft das schon?«

Es war nur der One-Night-Stand zweier Betrunkener. Die Lüge lag Sidney für einige Augenblicke auf der Zunge. »Das erste Mal war an dem Abend nach deiner Operation.«

»Verstehe. Und wie oft habt ihr euch seitdem getroffen?«

»Zu unserer Verteidigung: Ihr beiden findet immer wieder Wege, uns zusammenzubringen. Diese Hochzeit ist wie ein verdammter Schnellkochtopf.« Sidney sah, dass ihre Schwester wartete. »Noch zwei Mal. Und in Wisconsin haben wir uns geküsst. Aber das war's.«

Isabelle blinzelte. »Im Haus ihrer Eltern? Wo war ich da?«

»Weiß ich nicht, wahrscheinlich hast du dich gerade irgendwo übergeben.« Als Sidney sah, wie ihre Schwester das Gesicht verzog, entschloss sie sich, reinen Tisch zu machen. »Du hast dir mit Kathleen alte Fotos angeschaut. Ich bin nach draußen gegangen, um Simon und Vaughn Wasserflaschen zu bringen, und ich … wollte einfach eine Pause von dem ganzen Hochzeitskram. Und auch davon, wie du und Kathleen euch näherkamt und wie du genau da warst, wo ich hätte sein sollen. Also bin ich spazieren gegangen. Vaughn ist mir gefolgt, und wir haben angefangen, uns zu streiten, und ich weiß auch nicht, irgendwie kam es dann dazu, dass wir uns küssten.«

Isabelle neigte den Kopf, schaute Sidney besorgt an und ignorierte für einen Moment den Teil mit Vaughn. »Warum hast du mir nicht früher gesagt, dass dich das Hochzeitszeug so mitnimmt?«

»Du hast diesen mitleidigen Blick aufgesetzt!«

»Komm schon, Sidney. Ich bin's.«

Sidney seufzte. »Ich hab nichts gesagt, weil ich dir nichts verderben wollte. Bei dieser Hochzeit geht es nicht um mich, Izz, es geht um dich. Und ich glaube, ich hab auch deshalb nichts gesagt, weil ich gar nicht will, dass es mich mitnimmt. Brody und ich haben uns vor über acht Monaten getrennt. Ich muss weitermachen – was genau das ist, was ich auch versuche.«

»Ich wünschte mir nur, du hättest mir von alldem erzählt.« Isabelle nickte in Richtung des Gartens. »Vaughn eingeschlossen.«

»Ich dachte eben, dass es für dich und Simon komisch wäre zu wissen, dass wir uns treffen, vor allem weil es nichts Festes ist.« Sidney konnte die Männer draußen reden hören, ignorierte sie aber und konzentrierte sich stattdessen auf das, was zwischen ihr und ihrer Schwester passierte. »Ich hoffe wirklich, dass das zwischen uns nichts ändert. Du weißt, dass ich das niemals wollen würde, Izz.«

»Ich weiß.« Isabelle ergriff Sidneys Hand und drückte sie. »Und ich weiß, dass ich in letzter Zeit ziemlich von diesem Hochzeits- und Babychaos eingenommen war. Alles ändert sich. Aber eins bleibt immer gleich, Sid. Du und ich.«

Sidney lächelte und wiederholte das Mantra aus ihren Jugendjahren. »Sinclair-Schwestern für immer, richtig?«

Isabelle erwiderte das Lächeln. In ihren Augen standen Tränen. »Für immer.« Sie umarmte Sidney fest und wischte sich dann über die Augen. »Also. Jetzt zu dieser Sache mit Vaughn.«

»Verdammt. Ich hatte wirklich gehofft, du hättest es inzwischen vergessen.«

»Offensichtlich muss ich noch eine ganze Menge erfahren. Das letzte Mal, als du und ich uns über Vaughn unterhalten haben, hatte ich Angst, dass du ihn nicht mal leiden kannst«, sagte Isabelle.

»Okay, es gibt da etwas, dass ich dir sagen muss«, gestand Sidney. »Vaughn und ich waren uns schon vor dem Abendessen mit dir und Simon begegnet. Es geschah ganz zufällig: An dem Abend sind wir beide vorher in dasselbe Café gegangen. Ich war wegen eines Blind Dates da, und nachdem der Typ gegangen war, baggerte Vaughn mich an.«

»Du machst Witze.« Isabelle dachte darüber nach und verschränkte dann die Arme vor der Brust. »Du sagst mir also gerade, dass ihr beiden uns schon vom ersten Tag an angelogen habt.«

»Lügen ist so ein heftiges Wort. Ich würde lieber ›der Wahrheit aus dem Weg gehen‹ sagen.« Sie sah, wie Isabelle den Mund öffnete, um etwas zu erwidern. »So ähnlich wie das, was Simon und du mit dieser Schwangerschaft macht.«

Isabelle schloss den Mund wieder. Schon klar. »Okay. Aber gibt es noch irgendwas, dem du ›aus dem Weg gehst‹, Sidney? Du hast gesagt, dass du ein paar Mal mit Vaughn geschlafen hast. Er hat hier übernachtet, er benutzt deine Dusche … Wäre es vielleicht irgendwie möglich, dass daraus mehr wird?«

Sidney überlegte eine Sekunde und ging dann im Kopf Vaughns Hitliste durch.

Ich gehe immer sehr offen damit um, dass ich nicht nach einer festen Beziehung suche.

Ich schlafe nie innerhalb einer Woche zwei Mal mit derselben Frau. Sonst wird es mir zu pärchenhaft.

Weil ich festgestellt habe, dass es Spaß macht, mit vielen Frauen auszugehen.

Die pragmatische Frau in ihr wusste, dass es auf Isabelles Frage nur eine Antwort geben konnte.

Währenddessen fiel Simon auf dem Hof über Vaughn her, sobald sich die Terrassentür hinter ihnen geschlossen hatte. Er warf die Hände in die Luft. »Sidney? Wirklich?«

»Komm schon«, sagte Vaughn. »*So* schlimm ist das nun auch nicht.«

»Nicht so schlimm? Du hast mit der Schwester meiner Verlobten geschlafen. Wenn du nun das machst, was du immer machst, nachdem du mit einer Frau geschlafen hast – nämlich nichts –, bedeutet das, dass die Dinge zwischen dir und Sidney unangenehm werden. Und als *Nächstes* werden sie zwischen dir und Isabelle unangenehm und dann zwischen dir und mir und vielleicht sogar zwischen mir und Isabelle. Es wird diese Aneinanderreihung von unangenehmen Momenten geben, um die *ich* mich dann kümmern muss, weil du deinen verdammten Schwanz nicht in der Hose behalten konntest.«

»Noch ein bisschen lauter, Simon. Ich glaube, die Leute einen Block weiter haben dich noch nicht gehört.« Er führte Simon von der Terrassentür weg und um das Haus herum, wo Sidney und Isabelle sie nicht mehr sehen konnten.

»Okay, vielleicht hätte ich was sagen sollen«, räumte Vaughn ein. »Aber ich hab's nicht getan, weil ich nicht wollte, dass du dich deswegen aufregst. Zwischen Sidney und mir ist alles in Ordnung. Es wird nicht unangenehm werden.«

»Wie kannst du das denn wissen?«, fragte Simon.

»Na ja, weil ich seit drei Wochen mit ihr schlafe und es noch kein bisschen unangenehm geworden ist. Ganz im Gegenteil.«

»Was?« Simon warf die Hände erneut in die Luft. »Drei Wochen?«

»Oh … richtig. Du hast wahrscheinlich gedacht, dass das nur ein One-Night-Stand war.« Vaughn gab vor, darüber nachzudenken. »Ja, das wäre sicher besser angekommen. Das muss ich mir für deine nächste zukünftige Schwägerin merken, mit der ich schlafe.«

Simon starrte ihn nur an.

Ein schwieriges Publikum.

»Komm schon, Simon, denkst du nicht …«

»*Pst.*« Simon stand näher am Haus und brachte ihn zum Schweigen. Er deutete auf das Fenster in Brusthöhe, das etwa einen Meter hinter ihnen lag, und Vaughn merkte, dass es das Fenster über Sidneys Spüle war.

»Ich kann die Mädels reden hören«, flüsterte Simon. Er trat einen Schritt näher, um besser hören zu können.

»Weißt du, falls es dir hilft, könnte ich sicher eine Wanze in Sidneys Zuckerdose schmuggeln«, kommentierte Vaughn trocken.

Simon sah ihn an – *ha, ha* –, deutete dann zum Fenster und flüsterte: »Ich will wissen, in wie großen Schwierigkeiten du mit meiner Zukünftigen steckst, du Idiot « Er schlich sich noch näher heran und wartete. Er schaute Vaughn an. »Sie reden über dich.«

»Nein, echt?«

Simon hörte noch eine Weile zu, und dann verengten sich seine Augen, als er wieder zu Vaughn schaute. »Du hast Sidney in einem Café getroffen? *So* muss ich das erfahren?«, wisperte er.

Also machten die beiden offensichtlich gerade reinen Tisch deswegen. Vaughn duckte sich und schlich sich auf die andere

Seite des Fensters. Er fragte sich, welche anderen Geheimnisse Sidney noch ausplauderte.

Er hörte Isabelle reden.

»Du sagst mir also gerade, dass ihr beiden uns schon vom ersten Tag an angelogen habt.«

Auf der anderen Seite des Fensters nickte Simon energisch. *Ganz genau.*

»Lügen ist so ein heftiges Wort. Ich würde lieber ›der Wahrheit aus dem Weg gehen‹ sagen. So ähnlich wie das, was Simon und du mit dieser Schwangerschaft macht.« Vaughn grinste Simon an. *Nimm das.*

»Okay. Aber gibt es noch irgendwas, dem du ›aus dem Weg gehst‹, Sidney? Du hast gesagt, dass du ein paar Mal mit Vaughn geschlafen hast. Er hat hier übernachtet, er benutzt deine Dusche … Wäre es vielleicht irgendwie möglich, dass daraus mehr wird?«

Vaughn hielt inne und wartete auf Sidneys Antwort.

»Du müsstest mich besser kennen, Izz. Du weißt doch, dass ich nicht so dumm bin, mich in einen Typen wie *Vaughn* zu verlieben.«

Vaughn starrte einen Moment lang auf das Fenster. Ihm war sehr bewusst, dass sein Bruder ihn beobachtete. Er schaute zu ihm rüber und zuckte mit den Schultern. »Siehst du? Ich hab dir doch gesagt, dass du dir keine Sorgen machen musst.«

25

Am Montagnachmittag stürmte Vaughn in sein Büro beim FBI. Er war bereit, mit jemandem ein Hühnchen zu rupfen.

Während er kurz draußen gewesen war, um sich ein Sandwich zu holen, hatte er eine Mail von Cade bekommen. Sein Freund war beim FBI vorbeigekommen, um einen Zeugen zu befragen und mit Vaughn zu »reden«.

Nachdem er aus dem Aufzug gestiegen war, eilte Vaughn über den Flur zu seinem Arbeitsplatz. Er sah Cade, der sich gerade mit Huxley unterhielt.

»Hey, wir haben gerade von dir gesprochen«, sagte Cade.

Vaughn verschränkte die Arme vor der Brust und kam gleich zur Sache. »Provozieren einer strafbaren Handlung? Müssen wir uns ernsthaft darüber unterhalten?«

Cade musterte ihn und schien seine schlechte Stimmung zu bemerken. »Du bist sauer wegen meiner Mail? Ich habe nur geschrieben, dass wir reden müssen.«

»*Pritchett* hat Batista angesprochen«, betonte Vaughn. »Er hat Batista von seiner Polizistengang erzählt, die praktisch alles in die Stadt transportieren kann, ohne hochgenommen zu werden. Er hat Batista gefragt, ob er ihn mit jemandem zusammenbringen könnte, der daran interessiert wäre. Wie kann das Provozieren einer strafbaren Handlung sein?«

»Ich habe nicht gesagt, dass es das ist«, antwortete Cade ruhig. »Ich habe lediglich gesagt, dass es in Fällen, in denen das FBI als verdeckter Ermittler sowohl den Käufer als auch den Verkäufer von illegaler Ware spielt, nötig ist sicherzustellen, dass wir eindeutige Beweise für eine Prädisposition haben.«

Vaughn schnaubte. Generell mochte er die Arbeit mit den Anklägern der Staatsanwaltschaft. Wirklich. Und persönlich waren er und Cade seit Jahren gute Freunde, und er respektierte ihn wirklich sehr. Aber manchmal, von Zeit zu Zeit, waren die Ankläger so darin verstrickt, Anwälte zu sein und das große Ganze im Blick zu behalten, dass sie vergaßen, dass es die Agenten waren, die jeden Tag auf der Straße ihren Hals riskierten, um ihnen die nötigen Beweise zu liefern, damit sie ihren Job erledigen konnten. »Und warum ist Batistas Aussage nicht der beste Beweis dafür?«

»Ich schaue mir das Ganze doch nur durch meine Prozessbrille an«, sagte Cade. »Batista ist ein verurteilter Verbrecher. Ich würde es lieber sehen, wenn mein einziger Gegenbeweis zu einer möglichen Verteidigung nicht unbedingt seine Aussage wäre. Je mehr wir also aus Pritchett über die anderen Jobs herausbekommen, die er und seine Truppe schon durchgezogen haben, desto besser.«

Huxley meldete sich zu Wort. »Was wir, wie ich Cade eben schon erklärte, sicherlich erledigt haben«, sagte er zu Vaughn. »Ich hab ihm erzählt, wie gesprächig Pritchett war und wie viel du während eurer Treffen aus ihm rausbekommen hast.«

»Das ist alles, was ich hören wollte«, sagte Cade. »Ich will nur sichergehen, dass wir jetzt bis aufs i-Tüpfelchen genau sind, damit wir später keine Probleme bekommen.«

Na ja … In Ordnung. Vaughn nahm an, dass das wohl nicht ganz unbegründet war. »Gut. Ich bin froh, dass wir das geklärt haben«, brummte er düster.

Nachdem sich der Staub gelegt hatte, musterte Cade ihn. »Hört sich so an, als ob da jemand heute Morgen seinen Vanilla Latte mit fettarmer Milch nicht bekommen hätte. Alles in Ordnung?«

Vaughn tat das ab. »Sicher, alles in Ordnung.« Er nahm auf seinem Bürostuhl Platz.

»Ich habe Addison übrigens haarklein wiedergegeben, was uns Sidney über die entzückende Kleinstadt erzählt hat, aus der du kommst«, sagte Huxley. »Sie war genauso schockiert wie Cade und ich.«

Am Samstagabend, als sie alle betrunken gewesen waren, hatte Sidney die Gruppe mit Geschichten aus Apple Canyon unterhalten und diverse ›Aaahhs‹ und ›Ooohhs‹ geerntet, als sie ihnen das Bild von dem richtigen Schlüssel gezeigt hatte, den sie dort im Bed & Breakfast bekommen hatte. Obwohl er sich nicht hundertprozentig an alles erinnern konnte, wusste Vaughn noch vage, dass sie an diesem Abend alle sehr viel gelacht hatten. Und auch, dass sich ein warmes, unbekanntes Gefühl tief in seiner Brust eingestellt hatte, als er gesehen hatte, wie gut sie sich mit seinen Freunden verstand.

»Ich habe Brooke die gleiche Geschichte erzählt«, sagte Cade. »Sie hat vorgeschlagen, dass wir uns demnächst mal zu sechst zum Abendessen tr…«

Vaughn hob eine Hand und unterbrach ihn. »Ich glaube, wir sollten es nicht übertreiben. Sidney und ich werden uns nicht zu einem Pärchenabend mit euch verabreden. Zuallererst mal sind wir nämlich kein Paar.«

Huxley sah überrascht aus. »Ihr zwei habt am Samstag aber sehr vertraut gewirkt.«

Vaughn zuckte mit den Schultern. »Ich sage ja auch nicht, dass ich sie nicht mag. Sie ist toll. Wir haben viel Spaß miteinander. Aber das zwischen uns ist nur was Kurzfristiges – und glaubt mir, wenn sie jetzt hier wäre, würde sie genau das Gleiche sagen.«

Weil er nichts weiter dazu beizutragen hatte, drehte er sich zu seinem Computer um und machte sich wieder an die Arbeit.

Am Dienstagmorgen hatte Sidney gerade eine Telefonkonferenz mit der Beraterfirma beendet, die sich mit den letzten Details zu dem Ablöseangebot für Karen beschäftigt hatte, als sich ihr Sekretär über die Gegensprechanlage meldete.

»Ihr Vater hat angerufen, als Sie telefoniert haben«, sagte Darnell.

Ah, gut. Sidney hatte auf seinen Rückruf gewartet. Sie hatte ihm gestern eine Nachricht hinterlassen und gesagt, dass sie gern vorbeikommen und in den alten Hochzeitssachen ihrer Mutter stöbern wollte, die ihr Vater auf dem Dachboden aufbewahrte. Sie dachte, dass es perfekt wäre, wenn sie etwas finden würde, dass ihre Mutter an ihrem Hochzeitstag getragen hatte. Sie rief ihn auf seinem Handy zurück. Sie wollte diesen Punkt so schnell wie möglich von ihrer To-do-Liste streichen, bevor sie zu dem Bewerbungsgespräch mit Karen aufbrach.

»Ich fürchte, ich werde dir keine große Hilfe sein«, sagte ihr Vater, als er abnahm und gleich zur Sache kam.

Sie wusste, dass ihr Vater nicht in der Stadt war, weil er sich ein paar Tage freigenommen hatte, um mit Freunden in Pebble Beach Golf zu spielen. Offensichtlich hatte er ihre Frage falsch verstanden. »Oh, du musst die Sachen gar nicht selbst durchgehen. Ich wollte nur fragen, wann ich vorbeikommen dürfte. Wäre Jenny morgen Abend da, um mich reinzulassen?«

»Sidney … Ich habe die Hochzeitssachen deiner Mutter nicht.«

»Doch, natürlich hast du sie.« Als Kind war sie oft auf den Dachboden gegangen, um sich heimlich mit dem Brautkleid, dem Schleier und den Schuhen ihrer Mutter zu verkleiden. »Ihr Kleid und alles andere ist auf dem Dachboden in dem alten Garderobenschrank, den wir von Großmutter geerbt haben.«

»Der Schrank ist weg und alles, was drin war, auch. Als Liza das Haus damals neu eingerichtet hat, hat sie den Dachboden komplett ausgeräumt, um Platz für die Möbel zu schaffen, die wir nicht mehr benutzen wollten. Ich habe Jenny gestern gebeten nachzusehen, und na ja, es sieht so aus, als ob die Sachen deiner Mutter bei der Aktion verschwunden sind.« Ihr Vater klang zerknirscht. »Es tut mir leid.«

Sidney starrte aus dem Fenster in ihrem Büro und auf ein Boot, das auf dem Chicago River fuhr, während sie versuchte, diese Information zu verarbeiten.

Das Hochzeitskleid ihrer Mutter war »bei der Aktion verschwunden«, als Gattin Nummer drei sich mit einem dämlichen Shabby-Chic-Rundumschlag beschäftigt hatte, zweifellos, um alle Spuren von Gattin Nummer zwei zu beseitigen. Es war genau die Art von Antwort, die sie von ihrem Vater erwartet hatte; sie wusste nicht mal, warum es sie überraschte.

Trotzdem musste sie die Tränen unterdrücken, die ihr in die Augen stiegen. Und irgendetwas in ihr brannte durch. »Natürlich ist es so passiert. Danke, Dad.«

Er schwieg. Offenbar überraschte ihr Kommentar ihn. »Es ist nicht meine Schuld, Sidney. Ich habe nicht mal …«

Ja, ja. Sie unterbrach seine Entschuldigung. »Vergiss es. Ich denke mir für Isabelle was anderes aus. Ich muss auflegen, ich habe ein Bewerbungsgespräch vorzubereiten.« Sie verabschiedete sich schnell, legte auf und starrte auf das Telefon. Nachdem sie drei Jahre teurer Therapie in New York hinter sich gebracht hatte, konnte sie sich sagen, dass nicht jeder eine enge Beziehung zu seinen Eltern hatte – und dass das für sie in Ordnung war.

Sicher.

Sie atmete tief ein, sammelte sich und unterdrückte ihre Enttäuschung. Dann richtete sie sich auf ihrem Stuhl auf und widmete sich der bevorstehenden Aufgabe.

Als sie im *Vivere*, einem modernen italienischen Restaurant im Herzen der Stadt, beim Pastagang angekommen waren, war Sidney davon überzeugt, dass sie die neue CEO für *Vitamin Boutique* gefunden hatte. »Ich muss zugeben, dass ich sehr überrascht war, als Gabes Anruf kam«, sagte Karen. »Seit ich weiß, dass Ihre Firma Vitamin Boutique gekauft hat, wollte ich wissen, wen Sie wohl an Bord holen.«

Sidney lehnte sich zurück. Sie war neugierig, etwas ganz Bestimmtes zu erfahren. »Ich habe eine Frage: Nachdem Sie das Angebot von *PetSmart* schon in der Tasche haben; was interessiert Sie an unserem Angebot so sehr, dass Sie es so kurzfristig einrichten konnten, zu dem Gespräch zu kommen?« Die zweiundfünfzigjährige Geschäftsführerin nickte verständnisvoll und sah dabei in ihrem grauen Kostüm sehr selbstbewusst und modisch aus. »Die Stelle bei *PetSmart* wäre fantastisch, verstehen Sie mich nicht falsch. Aber in *Vitamin Boutique* sehe ich ein Expansionspotenzial, das einfach aufregend ist«, sagte sie und klang begeistert. »Die Firma hat starke Marken und hier im Mittleren Westen einen loyalen Kundenstamm. Um die Art von Wachstum zu erreichen, die Sie mit Ihrem Fonds in fünf bis sieben Jahren erreichen wollen, brauchen Sie jemanden, der den Weg dafür ebnet, auf dieser Basis zu expandieren und Kapital daraus zu schlagen. Ich bin von Ihrer Strategie absolut eingenommen, Sidney. Ich glaube, dass *Vitamin Boutique* ein landesweit agierendes Unternehmen werden kann, und es wäre aufregend, ein Teil des Teams zu sein, dem das gelingt.«

Sidney lächelte. Sie war von Karens Enthusiasmus begeistert. Dann kamen sie zur Sache und unterhielten sich über das

Leistungspaket für Karen, das Sidney und die Berater zusammengeschnürt hatten. Wie erwartet gab es ein paar kleinere Punkte, die noch zu verhandeln waren, aber bis das Dessert serviert wurde, waren sie sich einig geworden. »Willkommen an Bord«, sagte Sidney und schüttelte die Hand ihrer neuen Geschäftsführerin.

Sie verließen das Restaurant und gingen zurück in Richtung des Büros, das nur einige Blocks entfernt lag. Es war ein wunderschöner Sommernachmittag, einer dieser Tage, an denen sich alle Chicagoer draußen aufhielten und es einfach genossen, in einer so lebendigen und charismatischen Stadt zu leben. Nachdem sie den ganzen Morgen auf das Geschäftliche konzentriert gewesen waren, unterhielten sich Karen und sie nun über persönlichere Themen.

»Es ist genau die richtige Zeit für einen Umzug«, sagte Karen. »Mein Jüngster ist gerade aufs College gegangen, und mein Mann und ich sitzen offiziell im leeren Nest.« Sie blieben an einer Straßenecke stehen und warteten, bis die Ampel grün wurde. »Haben Sie Kinder?«

»Nein«, antwortete Sidney und ignorierte dabei das Ticken ihrer biologischen Uhr. »Wo geht Ihr Sohn denn aufs College?«

Als Karen antwortete, fiel Sidney ein Mann auf, der ebenfalls an der Ampel stand – groß, attraktiv, dunkelblondes Haar, vermutlich Anfang dreißig – und zu ihr herübersah. Er kam ihr bekannt vor, aber sie konnte ihn nicht einordnen.

Er lächelte. »Sidney, richtig?« Er ging um einige Leute herum, die zwischen ihnen standen und hielt ihr seine Hand hin. »Tyler Roland. Wir haben uns vor ein paar Monaten kurz im *Morton's* getroffen. Sie waren dort zum Mittagessen mit Michael Hannigan, und ich kam an den Tisch, um Hallo zu sagen.«

Jetzt fiel es ihr wieder ein. »Richtig. Das war, als ich gerade für mein Bewerbungsgespräch in der Stadt war. Gutes Gedächtnis«, sagte sie und war beeindruckt, dass er sich an ihren Namen erinnern konnte. Er deutete um sich. »Sie sind jetzt also offensichtlich in Chicago. Demnach gehe ich davon aus, dass die Bewerbung in Michaels Firma gut gelaufen ist. Und … falls nicht, wird es für mich jetzt sicher unangenehm.«

Sie lachte. »Schon in Ordnung. Ich bin dort Abteilungsleiterin. Und da wir gerade davon sprechen …« Sie drehte sich zu Karen um und stellte die beiden einander vor. »Karen Wetzel, Tyler Roland.«

Karen und Tyler begrüßten sich. Die Ampel wurde grün, und die drei überquerten die Straße. »Wenn ich mich recht erinnere, sind Sie und Michael alte Freunde, oder?«, fragte Sidney ihn. Er nickte. »Unsere Eltern kennen sich schon seit Jahren. Außerdem spielen er und ich Squash – obwohl er richtig schlecht ist.«

»Wirklich?«

Er grinste. »Nein. Aber erzählen Sie ihm, dass ich das gesagt habe. Er ist so dermaßen ehrgeizig, dass ihn das richtig ärgern wird.«

An der nächsten Ecke verlangsamten sie ihr Tempo. »Ich muss hier lang. Zum Gericht«, sagte Tyler und deutete nach Süden. »Und Sie?«

»Da lang.«

»Also, es war wirklich nett, Sie wiederzusehen, Sidney …?« Tyler neigte fragend den Kopf.

»Sinclair.«

»Sidney Sinclair. Gefällt mir.« Er hielt für einen Moment ihren Blick und verabschiedete sich dann.

»Er wirkt sehr nett«, meinte Karen, als sie in die andere Richtung weitergingen.

Sidney nickte. »Ja, allerdings.«

Am Donnerstagmorgen klopfte es an Sidneys Bürotür. Sie schaute auf und sah Michael in der Tür stehen, der eine Zeitung in der Hand hielt.

»Wie ich sehe, haben wir es heute Morgen ins *Journal* geschafft«, sagte er, trat ein und nahm an ihrem Schreibtisch Platz. Es gab einen Artikel darüber, dass Karen Wetzel die neue CEO von *Vitamin Boutique* geworden war. Der Erwerb der Firma wurde darin als ein »Geschäft, das zu beobachten ist« bezeichnet.

»Ich glaube, Karen passt perfekt«, sagte Sidney. Sie unterhielten sich eine Weile übers Geschäft, und Sidney erzählte Michael, was sie als Nächstes für *Vitamin Boutique* geplant hatte, sowie alles über eine weitere Firma, die sie als Neuerwerb im Auge hatte.

»Ich bin mir sicher, dass ich für das ganze Investmentkomitee spreche, wenn ich sage, wie beeindruckt wir von Ihrer Führung und der Leitung dieses Fonds sind. Und als derjenige, der Sie eingestellt hat, habe ich alle Lorbeeren eingeheimst«, witzelte Michael.

Sidney lachte. »Ich wette, das haben Sie.«

Michael trommelte auf die Armlehne seines Stuhls. »Es gibt noch einen anderen Grund, warum ich vorbeigekommen bin. Offensichtlich sind Sie meinem Freund Tyler begegnet, richtig?«

In den Wirren um Karens Einstellung hatte Sidney das total vergessen. »Oh, ja. Ich soll Ihnen von ihm ausrichten, dass Sie fürchterlich Squash spielen.«

»Interessant, wenn man bedenkt, dass ich ihn gestern in Grund und Boden gespielt habe.« Michael zog etwas aus der Tasche seines Anzugs. »Als wir aus der Sporthalle kamen, hat er mich gebeten, Ihnen das hier zu geben.«

Er reichte ihr eine Visitenkarte.

»Ich glaube, Sie haben Eindruck auf ihn gemacht. Er meinte, er hätte Ihnen die Karte schon bei der ersten Begegnung geben wollen, hätte aber den Eindruck gehabt, dass Sie mitten in einem Geschäftsessen gewesen seien und fand es daher nicht angemessen.« Bevor sie etwas erwidern konnte, hob Michael abwehrend die Hände. »Hören Sie, ich weiß nicht, ob Sie Single sind, und ehrlich gesagt muss ich das auch nicht wissen. Rufen Sie ihn an, schreiben Sie ihm, oder lassen Sie es bleiben. Ich bin nur der Bote – der Rest liegt bei Ihnen.«

Michael stand auf, um ihr Büro zu verlassen, blieb aber an der Tür stehen. »Ich soll Ihnen außerdem sagen, dass er einer von den Guten ist.« Er hob wieder die Hände. »Das war's, ich schwöre. Ich bin raus aus der Sache.«

Sidney arbeitete gern mit Michael zusammen, und seine Meinung bedeutete ihr viel. »Und was meinen Sie? *Ist* er einer von den Guten?«

Michael schenkte ihr ein kleines Lächeln, als ob er sagen wollte, dass das offensichtlich sei. »Ich hätte Ihnen seine Karte nicht gegeben, wenn es nicht so wäre.«

Sidney starrte auf die Karte, nachdem er gegangen war. Sie drehte sie um und sah, dass Tyler eine Nachricht auf die Rückseite geschrieben hatte.

Vielleicht können wir uns beim nächsten Mal länger als zwei Minuten unterhalten?

Tja, das war … unerwartet. Nach einer schnellen Suche bei Google wusste sie, dass er Partner bei Kendall & Jameson war, einer erfolgreichen Anwaltskanzlei für Arbeitsrecht. Also konnte sie diesen Punkt schon abhaken; er hatte eine sichere Karriere. Aber darüber hinaus brachte er noch ein besonderes Merkmal mit sich; er war ihr von jemandem empfohlen worden, dem sie vertraute. Vielleicht hatte sie damit den ersten entscheidenden Hinweis auf der Suche nach dem Richtigen bekommen.

26

Mit dem Freitag kam für Vaughn das Ende einer langen Arbeitswoche.

Er und Huxley hatten einen weiteren Fall übernommen. Ein Nachtklubbesitzer behauptete, ein Mitarbeiter des Ordnungsamts hätte ihm angeboten, er könne durch eine Schmiergeldzahlung ein hohes Bußgeld für einen Verstoß umgehen, bei dem es sich seiner Meinung nach ohnehin um einen ungerechtfertigten Vorwurf handele. Als Teil dieser Ermittlung sollte ein Undercoveragent den Geschäftsführer des Nachtklubs darstellen und gemeinsam mit dem Besitzer dem Kontrolleur des Ordnungsamts das Schmiergeld geben. Leider war Vaughn bereits mit der Pritchett-Ermittlung beschäftigt, und da Agenten nicht gleichzeitig in mehreren Undercoverrollen auftreten durften, hatten sie entschieden, dass Huxley die Rolle des Geschäftsführers übernehmen würde. Es war sein erster eigener Undercovereinsatz, nachdem er sich bei einer anderen geplanten Gelegenheit unglücklicherweise ein Magen-Darm-Virus eingefangen hatte.

Huxley war, um es milde auszudrücken, begeistert.

Die Ermittlung hatte nach diesem Nachmittag ein wenig an Fahrt aufgenommen, als zwei verschiedene Ordnungsamtkontrolleure im Nachtklub aufgetaucht waren, um den Besitzer an seinen – falschen – Verstoß zu erinnern und ihm ins Gedächtnis zu rufen, dass sie die Autorität hatten, seinen Laden jederzeit dichtzumachen. Das hatte alles beschleunigt, und darum war Vaughn den Rest des Tages damit beschäftigt gewesen, Huxley bei der Ausarbeitung seiner Undercoverlegende zu helfen und mit dem Technik- und Verstärkungsteam alles Nötige zu besprechen, damit am Samstag die Übergabe stattfinden konnte.

Danach hatten er und Huxley sich mit Cade zu ihrem Training getroffen. Da es nur noch drei Wochen bis zum Triathlon waren, mussten sie ihr Trainingsprogramm intensivieren – heute war er eine halbe Stunde lang geschwommen, fünfundvierzig Minuten gelaufen und hatte dann eine Stunde lang Gewichte gestemmt. Vaughn hatte das FBI-Fitnessstudio vollkommen geschafft verlassen und wollte jetzt nur noch ins Bett.

Zugegeben, er hatte sich schon die ganze Woche ein wenig daneben gefühlt. Er konnte nicht genau sagen, woran das lag, aber er war irgendwie … gereizt. Unruhig. Er freute sich auf einen ruhigen Abend daheim, damit er dieses Problem – was immer es war – abschütteln und wieder auf Spur kommen konnte.

Aber als er nach Hause fuhr, erhielt er eine SMS, die alles veränderte.

Ein einziges Wort von Sidney.

HILFE.

Als Sidney ihre Tür öffnete, stand ein wutschnaubender, ein Meter achtzig großer, neunzig Kilo schwerer FBI-Agent davor.

»Tu das nie wieder«, knurrte Vaughn.

»Okay, okay. Ich hab's dir doch erklärt – ich bin übermüdet. Ich habe nicht nachgedacht. Meine Güte.« Und außerdem hatte sie sich bereits nach seiner ersten Standpauke bei ihm entschuldigt.

Ja, es war dumm gewesen. Sie hatte Vaughn HILFE geschrieben und dann den pfeifenden Teekessel gehört. Sie hatte ihr Handy im Schlafzimmer gelassen und war in die Küche gegangen. Rückblickend betrachtet war das sicher keine gute

Idee gewesen, aber zu ihrer Verteidigung musste man sagen, dass sie in der Nacht nur eine Stunde geschlafen hatte. Und nachdem sie die Zitrone für den Tee geschnitten hatte, waren ihr die vertrockneten Pflanzen auf der Terrasse aufgefallen, und sie war hinausgegangen, um sie zu gießen. Dann erst war sie ins Schlafzimmer zurückgekehrt, um zu entdecken, dass ihre SMS bei Vaughn, der versucht hatte, sie zurückzurufen, ein ziemliches Tohuwabohu ausgelöst hatte.

»Ich habe deine Nummer schon an unsere Technikabteilung weitergegeben, um dein Handy zu orten.«

»Ist das überhaupt legal?«

Wieder starrte er sie böse an.

Sidney lächelte zuckersüß. »Was ich meinte, war: Vielen Dank, Agent Roberts. Ich weiß Ihre Sorge um mein Wohlergehen sehr zu schätzen.«

Vaughn trat ein und legte eine Hand auf ihren Rücken, während er sie ernst ansah. »Jag mir nie wieder so einen Schrecken ein, Sinclair. Verstanden?«

Etwas an seinem Blick – diese Ernsthaftigkeit an ihm war ihr vollkommen neu – löste ein warmes Gefühl in ihrem Bauch aus. »Verstanden«, sagte sie mit plötzlich belegter Stimme.

Da war es wieder, ein lautes Doppelpiepsen, direkt oben vor ihrem Schlafzimmer.

Sie lehnte ihre Stirn gegen Vaughns Brust und stöhnte: »Bitte. Mach einfach, dass es aufhört.«

Ihr Rauchmelder im oberen Stock hatte gegen Mitternacht alle zehn Minuten gepiepst. Sie war davon ausgegangen, dass er neue Batterien brauchte, also hatte sie sich schnell wieder angezogen und war zu einem ein paar Blocks entfernten Gemischtwarenladen gegangen, der rund um die Uhr geöffnet hatte. Dort hatte sie eine Packung Batterien gekauft, war wieder nach Hause gestiefelt und hatte ihre kleine Klappleiter aufgestellt. Das Problem war, dass sie die Abdeckung nicht aufbekommen konnte. Sie hatte zugegebenermaßen nicht den besten Griff darauf, weil die Decken ihres Altbaus ziemlich hoch waren und sie auf Zehenspitzen stehen musste, doch das dämliche Ding war einfach nicht aufgegangen. Um fünf Uhr morgens war es plötzlich verstummt, nur um sie zu ärgern, und sie war in dem Glauben zur Arbeit gegangen, dass jetzt alles wieder in Ordnung war. Aber nein – das *Piep-Piep* hatte am Abend wieder begonnen, gerade nachdem sie es sich mit den Hochzeitsalben ihrer Eltern und einer schönen Tasse Kamillentee gemütlich gemacht hatte.

In dieser Stunde der Not hatte sie Vaughn gesimst.

»Weißt du, eigentlich sollte die Abdeckung ganz einfach zu öffnen sein«, sagte er ihr.

Ja, vielen Dank, sie wusste, wie es *eigentlich* gehen sollte. Sie hatte das Problem um zwei Uhr morgens gegoogelt und sich unzählige Videos mit dämlich grinsenden Männern auf Klappleitern angesehen, die erklärten, wie man die Batterie bei einem Rauchmelder austauschte. Aber keiner der dämlich grinsenden Männer – *nicht einer* – hatte gesagt, was man tun musste, wenn sich die Abdeckung *nicht* ganz einfach öffnen ließ.

»Sie klemmt«, sagte sie.

»Hast du sie beim letzten Mal richtig aufgesetzt?«, fragte er. »Du musst darauf achten, dass …«

»Wenn du mir jetzt was von rechts zudrehen und links aufdrehen erzählen willst, werde ich dich wieder beißen, das schwöre ich. Das Ding *klemmt*.«

Er schmunzelte. »Schon gut, ich schau mir das mal an.«

Vaughn folgte ihr nach oben, wo die Klappleiter unter dem Rauchmelder vor ihrer Schlafzimmertür stand. Er stieg hinauf, griff nach dem Rauchmelder und drehte daran.

Nichts.

»Die Abdeckung klemmt«, sagte er stirnrunzelnd.

Sie schnaubte. »Ach was?« Als er böse zu ihr heruntersah, lächelte sie und berührte sein Knie. »Und damit meinte ich eigentlich: *Vielen* Dank, dass du hergerast bist, um mir dabei zu helfen, dieses Rätsel zu lösen.«

»Du und dein Sarkasmus«, sagte er und schüttelte den Kopf. Er drehte sich wieder zum Rauchmelder und starrte ihn eine Weile lang an. »Ah, da liegt das Problem. Wer auch immer die Decke gestrichen hat, war ziemlich nachlässig. Der Rand dieses Dings ist übermalt, und das hat den Deckel wahrscheinlich verklebt.«

Er griff nach oben und drehte erneut, diesmal fester. Sidney fand es sehr befriedigend, dass selbst Captain America Probleme damit hatte – und dann ging der Deckel plötzlich ab.

»Gott sei Dank.« Sie eilte in ihr Schlafzimmer, um die neuen Batterien zu holen. Diese reichte sie Vaughn, der sie gegen die alten austauschte, die Abdeckung wieder daraufdrehte und die Leiter herunterstieg.

»Das sollte es gewesen sein, aber ich bleibe noch, um sicherzugehen«, sagte er. »Wir könnten jetzt auch noch schnell die Batterien des Rauchmelders im Erdgeschoss austauschen. Wer weiß, wie lange die noch halten.«

Er nahm die Klappleiter und trug sie nach unten. Das verschaffte Sidney die Gelegenheit zu bewundern, wie sein muskulöser Rücken den Anzug ausfüllte. Und der war nicht mal besonders gut geschnitten – *mmm*, was sie mit diesem Mann in der Herrenabteilung von *Barneys* alles anstellen könnte –, aber das spielte keine Rolle. Zu wissen, was sich unter der Kleidung verbarg, und ihn so … kompetent zu sehen, reichte ihr aus.

Unten entdeckten sie, dass der Rauchmelder dort ebenfalls mit Farbe verklebt war. Mit einem heftigen Ruck gelang es Vaughn, ihn zu öffnen.

»Ich wollte mir eigentlich eine Pizza bestellen«, sagte Sidney, während sie die alten Batterien entsorgte. »Wenn du nichts anderes vorhast, würde ich dich zum Dank gerne einladen.« Sie lächelte unschuldig. »Ich verspreche sogar, meine Hände bei mir zu behalten, falls du dir um deine Sieben-Tage-Regel Sorgen machst.«

»Mir ist klar geworden, dass die Sieben-Tage-Regel bei dir nutzlos ist«, erwiderte er trocken.

Sie wusste nicht genau, wie sie darauf reagieren sollte. »Das … ist also ein Ja?«

»Wenn es dich nicht stört, dass ich es mir gemütlich mache. Ich hatte einen echt langen Tag auf der Arbeit.« Er zog sein Jackett aus und warf es über einen ihrer Barhocker. Dann riss er sich die Krawatte vom Hals und öffnete die obersten Knöpfe seines Hemds.

Mach ruhig weiter.

Sidney räusperte sich. »Was willst du auf deiner Pizza haben?«

Sie gab die Bestellung auf und öffnete eine Flasche Chianti. »Du sagtest, du hättest einen langen Arbeitstag gehabt? Warum?« Sie schenkte jedem von ihnen ein Glas ein.

»Huxley und ich haben einen neuen Fall bekommen. Und bei dem müssen wir uns total beeilen, also wurde es heute ein wenig hektisch, um alles vorzubereiten.«

»Du kannst an zwei verschiedenen Fällen undercover arbeiten?«

Während sie ins Wohnzimmer gingen, erklärte er ihr, dass sein Partner in diesem Fall der verdeckte Ermittler sein würde.

Das führte zu einer amüsanten Anekdote darüber, wie Huxley und seine Verlobte, die ebenfalls beim FBI arbeitete, zusammengekommen waren, nachdem sie für eine verdeckte Ermittlung als Pärchen auftreten mussten.

Er setzte sich auf das Sofa und stellte sein Weinglas auf den Tisch. »Was ist das?«

»Ach, nur die Hochzeitsalben meiner Eltern.« Sie hatte vergessen, dass die noch herumlagen. »Ich wollte sie heute Abend eigentlich durchsehen. Ich überlege die ganze Zeit, was ich mir für die Hochzeit Besonderes ausdenken könnte. Du kennst doch diesen Spruch: ›Etwas Altes, etwas Neues, etwas Geliehenes, etwas Blaues‹. Ich dachte, es wäre nett, wenn ich Isabelle etwas geben könnte, das meine Mutter bei *ihrer* Hochzeit anhatte. Leider habe ich vor ein paar Tagen erfahren, dass eine der Exfrauen meines Vaters alle Hochzeitssachen meiner Mutter weggeworfen hat. Angeblich war es ein Versehen – ich nehme an, dass bei der hohen Fluktuation von Ehefrauen in diesem Haus irgendwann mal etwas verloren gehen musste.« Frustriert und enttäuscht schüttelte sie den Kopf. Dann zwang sie sich für Vaughn zu einem Lächeln. »Du hast vielleicht bemerkt, dass ich deswegen einfach ein bisschen geknickt bin.«

»Verständlicherweise.«

Sie seufzte. »Und jetzt denke ich eben darüber nach, ein altes Foto von Mom in ein Medaillon zu kleben, damit Isabelle stattdessen das tragen oder es in ihre Handtasche packen kann.« Sie zuckte mit den Schultern. »Es ist nicht die beste Idee, aber was anderes ist mir noch nicht eingefallen.«

»Es wird deiner Schwester bestimmt gefallen.« Vaughn deutete auf die Fotoalben. »Darf ich mal?«

Die Frage überraschte sie. »Na klar.«

Er nahm ein Album und lehnte sich auf dem Sofa zurück. Sidney rückte näher an ihn heran, als er die erste Seite aufschlug. Sie zeigte ein Foto von ihrer Mutter, die vor einem Fenster stand und auf ihren Brautstrauß blickte.

Sidney lächelte nostalgisch. »Früher habe ich mir diese Alben die ganze Zeit angesehen, aber jetzt schon länger nicht mehr.«

Vaughn blätterte um. Als Nächstes kam ein Schnappschuss von ihrer Mutter, die mit einer ihrer Brautjungfern lachte. »Du hast recht. Isabelle sieht ihr wirklich ähnlich. Aber du hast ihr Lächeln geerbt.« Er deutete darauf. »Ich kann praktisch hören, wie sie dieser Frau gegenüber eine sarkastische Bemerkung äußerte, während der Fotograf dieses Bild schoss.«

»Das ist Ginny Gastel, ihre beste Freundin«, sagte Sidney. »Und du hast wahrscheinlich recht. Ich erinnere mich daran, dass sie und meine Mutter zusammen immer viel gelacht haben.«

Vaughn blätterte weiter zu einem Foto von Sidneys Vater mit seinen Trauzeugen. Er grinste beim Anblick der Männer in grauen Siebziger-Jahre-Anzügen mit Rüschenhemden. »Sieht echt schick aus, Mr Sinclair.«

»Wenn dieses Outfit auf dem Müll gelandet wäre, hätte ich kein Problem damit«, sagte Sidney.

Vaughn zeigte auf das Foto auf der nächsten Seite. »Und das sind wohl deine Großeltern? Werde ich sie auf der Hochzeit kennenlernen?«

Sie gingen beide Alben durch, während Sidney entspannt und im Schneidersitz neben ihm saß. Gerade als sie fertig waren, kam die Pizza, und sie beschlossen, im Wohnzimmer zu essen. Im Fernsehen lief gerade ein Actionfilm, und Vaughn ärgerte sich über die Darstellung der FBI-Agenten.

»Ach bitte. Wo ist denn sein Verstärkungsteam?«, sagte er zum Fernseher.

Sidney hatte es sich auf dem Sofa gemütlich gemacht und fühlte sich nach zwei Gläsern Wein angenehm dösig. Ihr Schlafmangel machte sich langsam wieder bemerkbar. »Hast du immer ein Verstärkungsteam?«, fragte sie und lehnte den Kopf gegen ihn.

Er hob seinen Arm, damit sie sich an seine Brust schmiegen

konnte. »Immer. Das FBI liebt es, die Bösen mit überlegener Mannstärke und Feuerkraft zu überrumpeln.«

»Gut.« In ihrem schläfrigen Zustand war es ihr plötzlich sehr wichtig zu wissen, dass er so sicher wie möglich war, wenn er seine Agentennummer durchzog.

Ihre Lider fühlten sich schwer an, also machte sie sie für einen winzigen Augenblick zu. Das Letzte, woran sie sich erinnerte, waren Vaughns Finger, die ihren Arm streichelten.

Ein paar Minuten nachdem Vaughn gespürt hatte, wie Sidney sich an seiner Brust entspannte, bewegte sie sich und machte es sich noch bequemer, indem sie seinen Oberschenkel als Kissen benutzte. Er strich ihr die Haare aus dem Gesicht und fuhr mit seinen Fingern über die langen kastanienbraunen Strähnen.

Der Film dauerte nur noch zehn Minuten. Als er vorbei war, schaltete Vaughn den Fernseher aus. Das brachte Sidney dazu, sich zu rühren. Sie drehte sich auf den Rücken und sah ihn an.

Sie fuhr mit ihren Fingern durch sein Haar. »Bleib heute Nacht hier.«

Während Vaughn sie ansah, fiel ihm nicht ein einziger Grund ein, der dagegensprach. Heute Abend bei ihr zu sein, hatte diese gereizte Unruhe, die ihn die ganze Woche über geplagt hatte, verschwinden lassen. »Solange du mir versprichst, dass morgen früh nicht wieder dein verrückter zukünftiger Schwager auftaucht und mich anbrüllt.«

Sie begann zu lachen, als er Simons Gesichtsausdruck nachäffte, den sein Bruder offenbar zur Schau getragen hatte, als er Vaughn unter der Dusche entdeckt hatte. Und als sie im Schlafzimmer waren und er Sidney in seine Arme zog, konnte er nicht anders, als darüber nachzudenken, wie *schön* es immer mit ihr war.

Etwas war anders, als sie ihn dieses Mal zum Bett führte. Statt des ungeduldigen Verlangens, sie nackt zu sehen, das er zuvor immer verspürt hatte, ließ er sich dieses Mal Zeit damit, sie auszuziehen. Er bemerkte kleine Dinge, die ihm zuvor entgangen waren, wie die Ansammlung von Sommersprossen auf ihren Schultern, die er küsste, während er die Träger ihres BHs herunterstreifte.

Unter den Laken bewegten sich seine Hände und sein Mund langsam über sie. Inzwischen wusste er, was ihr gefiel, kannte all die Dinge, die sie in der Dunkelheit leise seinen Namen stöhnen ließen, und als er schließlich in sie eindrang, bewegte er sich ein paar Augenblicke lang nicht, während sie sich küssten, weil er einfach das Gefühl genießen wollte, in ihr zu sein.

Und in diesem Moment war er sich ziemlich sicher, dass sich nichts zuvor jemals so gut angefühlt hatte.

Vaughn wachte am nächsten Morgen auf und beschloss, dieses Mal selbst für den Kaffee zu sorgen. Er zog sich leise an, um Sidney nicht zu wecken, und ging nach unten. Er hatte am Abend zuvor ihre Schlüssel auf der Küchentheke bemerkt, also schnappte er sie sich und ging die drei Blocks zu *Starbucks*. Dort fiel ihm ein, dass er gar nicht wusste, wie Sidney ihren Kaffee trank. Also bestellte er einen mittelgroßen Becher einer milden Röstung, weil er dachte, dass er damit am wenigsten danebenliegen würde.

Er schloss die Tür zu Sidneys Wohnung wieder auf und legte die Schlüssel wieder zurück auf die Theke. Daneben stand Sidneys Laptop. Er war nur im Schlafmodus.

Und da sah er sie.

Eine kleine weiße Visitenkarte neben dem Laptop, darauf die handgeschriebenen Worte: *Vielleicht können wir uns beim nächsten Mal länger als zwei Minuten unterhalten?*

Vaughn drehte die Karte um und sah, dass sie von einem Anwalt namens Tyler Roland stammte. Er legte die Karte dorthin zurück, wo er sie gefunden hatte, und ging nach oben.

Als er sich auf die Bettkante setzte, blinzelte ihn Sidney mit einem Auge an. »Du bist ein Gott«, sagte sie, als sie die Kaffeebecher in seiner Hand sah. Sie setzte sich auf, nahm einen der beiden Kaffees und trank einen Schluck. »*Mmm*. Danke sehr.«

Er trank ebenfalls einen Schluck. »Sieht so aus, als stünde bald das nächste Date an, oder?«, fragte er beiläufig. Als sie innehielt und ihn ansah, erklärte er: »Seine Visitenkarte lag neben den Schlüsseln auf der Theke. ›Vielleicht können wir uns beim nächsten Mal länger als zwei Minuten unterhalten?‹«

»Oh. Tyler.« Sie starrte einen Augenblick lang auf ihren Kaffee und spielte an der Papiermanschette herum. »Wir wollten uns am Mittwoch zum Essen treffen.«

Vaughn spürte Eifersucht an sich nagen, doch er schob das Gefühl beiseite. Natürlich hatte sie ein Date – sie ging die ganze Zeit zu welchen. So lief es nun mal. Sie waren einfach zwei Leute, die zusammen Spaß hatten. Klar, sie waren sich nähergekommen, und ja, er konnte bei ihr ganz er selbst sein, aber das machte die Situation ja auch so ideal. Es gab keine Verlegenheit zwischen ihnen – nur eine perfekte Sexfreundschaft.

Genau so, wie es sein sollte.

»Ah. Ein weiterer Kandidat, der sein Glück gegen die Vierunddreißig-Punkte-Liste versucht«, sagte er neckend. »Wie hast du ihn kennengelernt?«

Sie sah ihn an. »Du willst dich wirklich darüber unterhalten?«

»Du erzählst mir doch die ganze Zeit von deinen Dates. Warum sollte es jetzt anders sein?«

In ihren Augen flackerte etwas auf, war im nächsten Moment aber wieder verschwunden. »Genau. Natürlich. Ähm …

Ich habe Tyler vor ein paar Monaten kurz kennengelernt, und dann sind wir uns letztens zufällig auf der Straße wiederbegegnet.«

Was für ein glücklicher Zufall. »Und er hat dich direkt zum Abendessen eingeladen? Keine Drinks oder wenigstens ein Kaffee vorher? Hm. Scheint ein bisschen direkt zu sein.«

»Wir haben einen gemeinsamen Bekannten«, erklärte sie. »Er ist ein Freund einer der Partner meiner Firma, mit dem ich gut auskomme. Er hat mir gesagt, dass Tyler wirklich nett ist. Mit einer solchen Empfehlung dachte ich mir, dass wir ruhig direkt zu einem Abendessen übergehen können. Außerdem will ich schon seit meinem Umzug unbedingt ins *Sogna*.«

»Er führt dich ins *Sogna* aus?« Vaughn kannte das Restaurant. Es war eins der exklusivsten der Stadt. Gegessen hatte er dort noch nicht – das Menü kostete zweihundertzehn Dollar, was nicht gerade seinem Budget entsprach –, aber letztes Jahr hatte er dort eine Abhöraktion durchgeführt, und es hatte schick ausgesehen. Richtig schick. »Klingt für mich, als würde der Kerl ein bisschen angeben wollen.«

Sidney sah ihn nachdenklich an. »Das glaube ich nicht. Vielleicht ist er nur ein Feinschmecker. Ihn hat sehr interessiert, was ich ihm von den Restaurants in New York erzählt habe.« Sie gestikulierte mit ihrem Kaffee. »Ach, dabei fällt mir ein – ich muss mir noch überlegen, was ich anziehe, falls ich es heute noch zur Reinigung bringen muss. Vielleicht das pinkfarbene Kleid, das ich bei der Sommerparty meines Vaters anhatte.«

Vaughns Hand krallte sich um seinen Kaffeebecher. Er erinnerte sich noch gut an dieses Kleid. »Ich weiß nicht … Irgendwas stimmte damit nicht. Der eine Träger ist immer heruntergerutscht.« Natürlich wollte er ihr nur dabei helfen, bei ihrem Date einen modischen Fehltritt zu vermeiden.

Sie lächelte. »Nein, das ist schon ganz richtig so. Das verleiht mir das gewisse *Extra*.«

Natürlich.

Am Nachmittag stellte Vaughn seinen Wagen kurz nach Huxley auf dem FBI-Parkplatz ab. Als er ihn sah, wartete Huxley vor dem Sicherheitsgebäude, durch das alle Agenten und Besucher gehen mussten.

Vaughn schmiss seine Autotür zu – wahrscheinlich ein wenig härter als nötig – und ging zu seinem Partner.

»Die Tür ist mir aus der Hand gerutscht«, sagte Vaughn mit einem lässigen Schulterzucken.

Er ignorierte Huxleys skeptischen Blick und marschierte zur Sicherheitsschleuse, wo er den Wachmännern seine Marke zeigte.

Er für seinen Teil musste einen korrupten Ordnungsamtmitarbeiter auffliegen lassen.

27

Am Mittwochabend betrat Sidney das *Sogna* und lächelte die Empfangsdame an. »Ich bin mit jemandem verabredet. Die Reservierung müsste unter dem Namen Roland sein.«

Die Mitarbeiterin ging ihre Liste durch und nickte. »Natürlich. Mr Roland ist bereits da. Ich führe Sie zu Ihrem Tisch.«

Sie begleitete Sidney die Treppe aus Glas und Stahl hinauf in den oberen Speisesaal. Sidney sah Tyler an einem Tisch vor den Panoramafenstern sitzen. Sie würden also während des Essens einen romantischen Ausblick auf die belebte Michigan Avenue haben. Als er sie sah, lächelte er. In seinem maßgeschneiderten Sportjackett und dem blauen Hemd sah er klassisch gut aus.

Sie zögerte kurz, bevor sie zu ihm ging, und verspürte ein Kribbeln im Bauch – was sie sofort als Vorfreude abtat. *Das könnte es sein*, sagte sie sich. Das letzte erste Date, der Richtige, der Mann, mit dem sie den Rest ihres Lebens verbringen würde.

Die Schmetterlinge in ihrem Bauch legten noch eine Schippe drauf.

Sie setzte ihr charmantestes Lächeln auf, als sie zum Tisch ging, und war fest entschlossen, das beste erste Date aller Zeiten zu haben.

»Vermisst du New York denn überhaupt nicht?«

Sidney legte ihre Gabel auf den Teller und dachte über Tylers Frage nach. Wie sich herausgestellt hatte, war er tatsächlich ein Feinschmecker – sie hatten die letzte halbe Stunde über ihre Lieblingsrestaurants geredet, was zu seiner letzten Frage geführt hatte. »Manchmal schon. Aber eher so, wie man einen schönen Urlaubsort vermisst, oder die Stadt, in der man während der Studienzeit mal den Sommer verbracht hat. So sehr ich es auch genossen habe, in Manhattan zu leben, würde ich es doch nie wieder mein Zuhause nennen wollen.« Sie drehte die Frage um. »Und was ist mit dir? Schon mal darüber nachgedacht, woanders als in Chicago zu leben?«

Bis jetzt hatte sich Tyler, was ihre Liste anging, gut geschlagen. Zusätzlich zu ihrer Unterhaltung über Lieblingsrestaurants während der Vorspeise hatten sie eine Menge grundlegender Themen abgehandelt. Sie wusste nun, dass er eine jüngere Schwester hatte, der er sehr nahstand – etwas, das sie gemeinsam hatten –, dass er in Harvard studiert hatte und dass er gerne Golf und Squash spielte. Normalerweise war das jetzt der Moment – wenn die Fragen etwas tiefgründiger wurden –, in dem die Kandidaten zu schwächeln begannen.

»Nein, eigentlich nicht«, sagte er. »Ich meine, ich reise gern und mag es, andere Orte zu besuchen, und natürlich waren da die sieben Jahre, die ich während meines Studiums in Boston gelebt habe. Aber sowohl meine Familie als auch mein Job sind hier in Chicago. Also bin ich hier ziemlich verwurzelt.«

Das gab Sidney die Gelegenheit, näher auf seinen Beruf einzugehen. »Wie lange arbeitest du schon in deiner Kanzlei?«

»Seit zwei Jahren. Wir sind eine relativ neue Kanzlei – wir existieren erst seit drei Jahren.«

Sidneys Radar schlug aus. Als Geschäftsfrau wusste sie, wie unsicher frisch gegründete Firmen sein konnten – und wenn er berufsmäßig nicht gefestigt war, besagten die Regeln, dass sie ihn aussortieren musste. »Und wie laufen die Geschäfte so?«, fragte sie bewusst beiläufig.

»Großartig«, antwortete er ohne Zögern. »Die beiden Partner, die die Kanzlei gegründet haben – übrigens gute Freunde von mir –, haben einen großen Mandanten mitgebracht, als sie unsere alte Kanzlei verlassen haben. Wir haben seitdem eine Menge neuer Mandanten gewonnen, also haben wir jetzt fünf zusätzliche Angestellte und zwei weitere Partner. Und ich denke, dass wir noch weiter expandieren müssen, wenn die Geschäfte so weiterlaufen.

Toll. Er ist also ein Workaholic. »Klingt, als hättest du immer viel zu tun.«

»Na ja, schon – als Anwalt willst du schließlich *nie* wenig zu tun haben. Aber einer der Grundsätze, die meine Freunde festgelegt haben, als sie die Kanzlei gründeten, lautet, dass sich niemand zu Tode schuften soll, wie man das bei den großen Kanzleien häufig sieht.« Er lächelte. »Und wenn du wüsstest, was für ein Leben J. D. und Payton in unserer alten Kanzlei geführt haben – nämlich im Grunde gar keins –, würdest du verstehen, warum ihnen das so wichtig ist. Das war einer der Hauptgründe, warum ich mich ihnen angeschlossen habe … Na ja, nachdem ich ein Jahr abgewartet habe, um zu sehen, ob sie das Ding tatsächlich ans Laufen bekommen.« Er schmunzelte. »Eine gesunde Balance zwischen Arbeit und Privatleben zu finden, ist mir ebenfalls sehr wichtig.«

Meine Güte, der Kerl antwortete ja wie aus dem Lehrbuch.

Sidneys innere Pragmatikerin stieß sie an.

Ich meine, hurra! Er antwortet ja wie aus dem Lehrbuch!

»Mir auch.« Dann lächele sie entgegenkommend. »Zumindest inzwischen. Als ich noch in New York gearbeitet habe, war die Arbeit immer ein bisschen wichtiger. Aber nun habe ich diesen neuen Job mit viel besseren Arbeitszeiten, und ich fühle mich viel ruhiger. Es fühlt sich an, als würde dieser Teil meines Lebens nun feststehen – die Karrieresache steht. Und darum bin ich jetzt an dem Punkt, an dem ich über andere Sachen nachdenke.«

Sidney wartete ab, wie Tyler reagieren würde. Sie ging ganz offen damit um, dass sie das große Ganze im Auge hatte und nicht nur auf der Suche nach jemandem war, mit dem sie ein wenig Spaß haben konnte. Jeder andere Kandidat – wenn sie nicht schon bei den anderen Punkten ihrer Liste versagt hatten – war hier kläglich abgeschmiert. Sie sprachen zweideutig darüber, was sie von einer Beziehung erwarteten, stotterten herum oder gaben irgendwelche Plattitüden von sich, die man bestenfalls als ambivalent bezeichnen konnte.

Tyler sah ihr fest in die Augen, als er sagte: »Mir geht es genauso.«

Als Sidney das hörte, atmete sie tief durch.

Das war ja … fantastisch. Großartig. Sidney schenkte Tyler ein Lächeln. Sie wusste zwar nicht, warum sie schon wieder dieses nervige zögerliche Gefühl verspürte. Aber das war auch egal. Das Schicksal war ihr endlich hold. Tyler war attraktiv, klug, erfolgreich und hatte eine unbeschwerte Art, die ein guter Ausgleich zu ihrem Sarkasmus sein würde. Und während des Desserts sprach er davon, dass er bereit war, eine Familie zu gründen, nachdem er gesehen hatte, wie glücklich seine Freunde J. D. und Payton nach der Geburt ihrer Kinder gewesen waren. Sidney sah über seinem Kopf praktisch das blinkende Neonschild: *Er ist es! Dieser hier! Ja!*

Als er sich also während der Verabschiedung vor dem Taxi, das sie nach Hause bringen würde, vorlehnte und sie leise fragte, ob seine zwei Minuten vorbei seien oder er sie wiedersehen dürfe, wusste die Pragmatikerin in ihr die einzig mögliche Antwort.

Sie sagte Ja.

Am anderen Ende der Stadt bereitete sich Vaughn gerade Steak-Fajitas zum Abendessen zu und machte es sich damit auf der Couch gemütlich, um fernzusehen. Er hatte sein Handy bereitliegen, denn er wusste, was kommen würde.

Es war Mittwoch. Dateabend für Sidney. Was bedeutete, dass jeden Moment eine SMS kommen würde, in der Sidney ihm von irgendeinem Problem – echt oder ausgedacht – mit dem neuen Typen berichten würde, der offensichtlich einen so kleinen Schwanz hatte, dass er das durch teure Restaurantbesuche ausgleichen musste.

Echt traurig.

Aber es war egal, wie schick das Restaurant war oder ob Sidneys Mentor behauptet hatte, dass Tyler »einer von den Guten« war. Wie Vaughn Cade und Huxley erklärt hatte, war ihre Checkliste wie eine Festung: Kein Mann kam daran vorbei.

Apropos …

Er warf einen Blick auf sein Handy. Er überprüfte, ob es auch wirklich an war, und wandte sich dann wieder seinen Fajitas zu.

Zugegeben, er war ein wenig neugierig, wie ihr Date lief. Nicht weil er eifersüchtig war oder so etwas – sondern weil er das Arrangement, das sie hatten, so praktisch fand. Er schlief *gerne* mit Sidney. Aber das würde natürlich aufhören, sobald sie einen Freund hatte. Und jetzt, da er darüber nachdachte … würde alles andere natürlich auch aufhören. Wie die süßen Textnachrichten. Und ihre Gespräche. Und er würde nicht länger derjenige sein, den sie um Hilfe bat, wenn ihr Rauchmelder verrücktspielte. Oder derjenige, gegen den sie sich an einem Freitagabend auf dem Sofa lehnte. Das alles würde so ein namenloser, gesichtsloser neuer Typ übernehmen.

Vaughn warf erneut einen Blick auf sein Handy.

Er schob diese Gedanken beiseite – um so etwas brauchte er sich an diesem Abend keine Sorgen zu machen. Jede Sekunde würde er das Signal einer neuen SMS hören, die den Niedergang des reichen, schleimigen Tyler Roland verkündete.

Vielleicht können wir uns beim nächsten Mal länger als zwei Minuten unterhalten, was zufällig auch genauso lange ist, wie ich beim Sex durchhalte.

Vaughn sah nach, ob er Empfang hatte.

Ja, sie würde sich bestimmt gleich melden.

28

Eine Woche später traf sich Vaughn mit seinem Chef, dem leitenden Special Agent Nick McCall, um ihn bei der Pritchett-Ermittlung auf den neuesten Stand zu bringen.

»Die Polizisten haben gestern eine weitere Waffenlieferung hergeschmuggelt«, sagte Vaughn. »Wir haben in zwei Wochen noch eine weitere geplant, und ich denke, dass wir danach ausreichend Beweise haben, um die Verhaftungen durchzuführen.«

»Sagen Sie mir dann Bescheid«, erwiderte Nick. »Ich will, dass Sie so viel Verstärkung bekommen, wie Sie brauchen. Diese Kerle sind Polizisten. Wenn ihnen klar wird, dass sie ins Gefängnis wandern, könnten sie ausrasten.«

Vaughn nickte. »Wenn alles wie geplant läuft, werden wir die Verhaftungen am Montag nach der letzten Lieferung durchführen. Zusätzlich zu dem Verstärkungs- und Technikteam würde ich gerne ein Sondereinsatzkommando dabeihaben.« Das bedeutete, dass er acht weitere schwer bewaffnete Männer auf seiner Seite haben würde, nur für den Fall.

Er dachte an das, was er Sidney bei ihrem letzten Treffen gesagt hatte. *Das FBI liebt es, die Bösen mit überlegener Mannstärke und Feuerkraft zu überrumpeln.*

Eine Erinnerung tauchte in seinem Kopf auf: Sidney, die sich auf ihrem Sofa an ihn schmiegte. Schnell schob er das Bild beiseite und konzentrierte sich wieder auf die aktuelle Aufgabe.

»Das ist eins der Dinge, die ich am meisten an der aktiven Arbeit vermisse«, sagte Nick. »Den Gesichtsausdruck dieser

Arschlöcher, wenn man mit einer FBI-Marke vor ihrer Tür steht.«

Da konnte Vaughn nicht widersprechen. »Apropos, es gibt da noch etwas anderes, was ich gerne mit Ihnen besprechen würde«, sagte Vaughn. »Mit diesen ganzen Fällen ist meine Abteilung ziemlich ausgelastet. Um das alles zu schaffen, wäre es hilfreich, einen weiteren Agenten zu haben, der das Undercovertraining absolviert hat.«

Nick dachte darüber nach. »Haben Sie da jemand Bestimmtes im Sinn?«

»Ich würde Huxley empfehlen.« Vaughn sah den überraschten Gesichtsausdruck seines Chefs. »Ich weiß. Wenn Sie mir vor zwei Jahren gesagt hätten, dass wir diese Unterhaltung führen würden, hätte ich Ihnen niemals geglaubt. Aber Huxley hat wirklich gezeigt, was in ihm steckt. Er ist gründlich, durchsetzungsfähig und unglaublich organisiert. Und er erledigt seine Aufgaben immer zu meiner vollsten Zufriedenheit. Erst letzte Woche musste er ganz kurzfristig undercover auftreten, und ich war wirklich beeindruckt, wie gut er das gemeistert hat.«

Nick lehnte sich zurück. »Also gut. Ich werde über Ihre Empfehlung nachdenken. Wenn ich entscheide, es zu genehmigen, werde ich als Erstes mit Huxley sprechen, um zu sehen, ob er das überhaupt will.«

»Aber wenn Sie das tun, sagen Sie ihm bitte nicht, dass ich von seiner Arbeit beeindruckt bin. Das bekomme ich sonst ewig zu hören.«

Sein Chef schmunzelte. »Verstanden.« Dann musterte er Vaughn in seinem Nadelstreifenanzug, der neuen Seidenkrawatte und dem hellblauen Hemd, das er zur Abwechslung mal bis oben hin zugeknöpft hatte. »Sie sehen irgendwie schicker aus als sonst. Haben Sie heute etwas Besonderes vor?«

»Meine Eltern kommen in die Stadt, und ich führe sie zum Abendessen aus.« Vaughn rieb sich über sein stoppeliges Kinn. »Meine Mutter ist von dem Dreitagebart nicht besonders begeistert. Ich dachte, ich könnte sie mit dem Anzug vielleicht beschwichtigen.«

Das war natürlich der einzige Grund, warum er sich für dieses Abendessen so schick gemacht hatte.

Jedenfalls redete er sich das ein.

Vaughn war der Erste, der im *Rosebud Steakhouse* ankam, dem Restaurant, in dem sein Vater jedes Mal essen gehen wollte, wenn er in Chicago war. Seine Eltern hatten in der Stadt ein paar Dinge zu erledigen – offenbar wollte seine Mutter mit Isabelle Brautschuhe kaufen – und sie waren schon heute angekommen, damit sie morgen früh starten konnten. Natürlich wollten sie mit ihm, Simon und Isabelle essen gehen.

Und sie hatten auch Sidney eingeladen.

Es würde seit dem Date mit Tyler Vaughns erster Kontakt mit ihr sein. Er war an dem Abend viel länger aufgeblieben, als er zugeben würde, und das nur, weil er auf eine SMS von ihr gewartet hatte, die niemals gekommen war.

Aber das war vollkommen in Ordnung. Er war natürlich ein wenig enttäuscht, dass ihm echt scharfer Sex entgangen war, und na gut, vielleicht vermisste er es auch ein wenig … einfach mit ihr zu quatschen, aber sie hatten beide gewusst, worauf sie sich einließen. Er sowieso. Wenn Sidney also gleich in das Restaurant kam, würde er sie anlächeln und sein freundliches und ruhiges Selbst sein. Und dieses seltsam beklemmende Gefühl, das ihn in der letzten Woche heimgesucht hatte, konnte sich verpissen und sich irgendeinen Emo-Teenager zum Quälen suchen. Denn das fing langsam an, ihm ziemlich auf die Nerven zu gehen.

Nachdem er das für sich entschieden hatte, bestellte er an der Bar einen Drink und nahm Platz. Seine Eltern hatten angerufen, dass sie sich wegen des Berufsverkehrs ein paar Minuten verspäten würden. Sidney war die Erste, die eintraf. Sie trug noch ihre Arbeitskleidung, einen schicken schwarzen Hosenanzug, und hatte ihr Haar zu einem eleganten Knoten hochgesteckt.

Sie sah … ganz okay aus, fand er.

Netter Versuch, Arschloch.

Sie entdeckte ihn an der Bar und kam herüber. »Na du.«

»Miss Sinclair«, flötete er charmant. Doch dann bemerkte er etwas. »Was ist los?« Er konnte es an ihrem Blick sehen. Sie hatte etwas auf dem Herzen.

Sie atmete tief durch und winkte ab. Dann setzte sie sich neben ihn. »Es ist nichts. Ich habe nur gerade das Medaillon mit dem Foto meiner Mutter abgeholt, das ich für Isabelle besorgt habe. Es ist nett, aber nicht das Gleiche, wie etwas zu haben, das tatsächlich meiner Mutter gehörte. Ich kann immer noch nicht glauben, dass all ihre Hochzeitssachen weggeworfen wurden.« Sie seufzte und schüttelte es ab. »Und … wie geht es dir?« Sie sah ihn an und lächelte. »Hey, du hast meinen Rat wegen der schmaleren Krawatte befolgt.« Sie zupfte ein wenig daran. »Sieht gut aus.«

Vaughn sah ihr in die Augen und dachte, dass es einfach … sehr schön war, sie wiederzusehen. »Danke«, sagte er ein wenig heiser. Er räusperte sich und wurde etwas scherzhafter. »Genieße es, solange es dauert, denn modischer werde ich nicht.«

»Kein Einstecktuch für dich?«

»Nicht mal, wenn ich an einem ausverkauften Tag komplett nackt mitten auf dem Rasen im Wrigley Field stehen und mir jemand aus der Menge eins zuwerfen würde, um mein Gehänge zu verdecken.«

Sie lachte herzlich. »Das ist dann wohl ein Nein.«

Er lächelte. »Genau.«

Der Barkeeper kam und fragte sie, ob sie etwas trinken wollte, und sie bestellte ein Glas Cabernet.

»Ich wollte dich das schon die ganze Zeit fragen«, sagte sie zu Vaughn. »Was treibt eigentlich dein ›anderes Ich‹ so? Ich stelle fest, dass du immer noch den Dreitagebart trägst.«

Sagen wir mal, ich bin an ein paar sehr interessanten Stellen ein wenig wund.

»Mein ›anderes Ich‹ hatte eine beschäftigte Woche. Gestern Abend gab es ein großes Treffen«, sagte er.

»Und läuft alles gut?«

»Ja.«

»Gab es schon mal einen Fall, wo *nicht* alles gut lief?«, wollte sie wissen.

»Den gab es. Vor zwei Jahren musste ich mich als Waffenkäufer ausgeben und fuhr diesen protzigen Cadillac Escalade. Ich habe ihn in einem Parkhaus abgestellt, wo ihn irgendein Arschloch gestohlen hat, während ich mich mit den Verdächtigen getroffen habe.«

»Wirklich?« Sie lachte wieder. »Was hast du getan?«

»Ich musste ein Taxi rufen, um zum Hauptquartier zurückzukommen.« Er hob eine Hand, während sie noch lauter lachte. »Na ja, ich konnte ja wohl kaum mit meinem Verstärkungsteam zurückfahren, falls jemand das Parkhaus beobachtete.« Er schüttelte den Kopf und lächelte angesichts der Erinnerung. »Glaub mir, diese Sache musste ich mir noch für eine *Ewigkeit* anhören.«

»Darauf wette ich.« Mit funkelndem Blick trank sie einen Schluck Wein.

Vaughn war die Tatsache, dass die anderen jeden Moment auftauchen konnten, sehr bewusst, und es gab etwas, das er wissen wollte. »Tja, ich hab dich seit deinem Date mit dem Zwei-Minuten-Typen nicht mehr gesehen.« Er stellte sich dumm. »Wie war noch mal sein Name?«

»Tyler.«

»Genau. Wie lief es denn mit euch beiden?«

Sie sah ihn an, und zuerst dachte er, dass sie darauf nicht antworten würde. »Es lief ziemlich gut.« Sie lächelte. »Keine Männersprache. Er ist wirklich sehr nett. Morgen sehe ich ihn wieder. Wir wollten uns schon in der Woche treffen, aber er musste geschäftlich die Stadt verlassen. Wenn morgen alles gut läuft, werde ich ihn wahrscheinlich fragen, ob er mich zur Hochzeit begleitet.« Sie wischte sich scherzhaft über die Stirn. »Puh. Da es nur noch zwei Wochen sind, habe ich mir langsam echt Sorgen gemacht.«

Vaughn saß einen Moment lang da und spürte einen Stich in seinem Herzen. Aber dann schob er das Gefühl so weit von sich, dass er vorgeben konnte, es würde nicht existieren.

Das war doch … toll. Sidney hatte so sehr darauf gehofft, den Richtigen zu finden, und das hatte sie jetzt vielleicht. Sie und Vaughn waren in den vergangenen Wochen gute Freunde geworden, und als Freund wusste er, dass er sich für sie freuen sollte. Natürlich wollte er sie glücklich sehen.

Also hob er sein Glas. Und wenn die Worte auch bitter schmecken mochten, so ignorierte er das ebenfalls. »Darauf stoße ich an«, sagte er betont fröhlich. »Du hast die geheimnisvollste aller Kreaturen entdeckt, die es im urbanen Datingdschungel gibt: den alleinstehenden normalen und beziehungsbereiten Mann Mitte dreißig. Die Checkliste hat gesiegt.«

Er streckte ihr sein Glas entgegen. Sie zögerte kurz, und stieß dann mit ihm an. »Auf die Checkliste.«

»Oh … Worauf stoßen wir an?«, fragte eine vertraute Stimme hinter ihnen.

Vaughn drehte sich um und sah, wie Isabelle mit Simon auf sie zukamen.

»Ach, gar nichts«, sagte Sidney schnell. Sie stieg von ihrem Barhocker und umarmte ihre Schwester.

Kurz darauf kamen seine Eltern an. Seine Mutter bedachte Sidney und Isabelle mit liebevollen Umarmungen. Eine Kellnerin führte sie zu ihrem Tisch, und die Stimmung wurde schnell so gut wie bei ihrem letzten gemeinsamen Abendessen im Haus seiner Eltern. Alle lachten und unterhielten sich durcheinander. Vaughn saß Sidney gegenüber, und ab und zu verspürte er dieses Stechen in der Brust, als er sah, wie sie mit seinen Eltern oder Simon scherzte. Doch er fiel kein einziges Mal aus der Rolle des ungebundenen Frauenhelden, die er die letzten Jahre über gespielt hatte. In dieser Rolle fühlte er sich wohl.

Und als das Essen vorüber war und sich alle voneinander verabschiedeten, tat er so, als würde er nicht bemerken, dass Isabelle Sidney beiseitezog.

»Ruf mich Sonntagmorgen an und erzähl mir, wie dein Date war«, sagte Isabelle leise. »Wenn es gut läuft, will ich den Kerl kennenlernen.« Sie zwinkerte Sidney zu und drehte sich dann wieder zu den anderen um.

Während Vaughn ganz hervorragend so tat, als würde er nicht zusehen, wie Sidney davonging.

Am Samstagabend brachte Tyler Sidney zu ihrer Wohnung zurück. Sie hatten ein nettes Abendessen im *Le Colonial* genossen, einem französisch-vietnamesischen Restaurant, das nur ein paar Blocks von ihrem Zuhause entfernt lag. Sie war an der Reihe gewesen, etwas auszusuchen, und hatte sich wegen des ebenso exotischen wie romantischen Dekors für das *Le Colonial* entschieden. Es gab sogar Außentische auf dem Balkon, von dem aus man einen schönen Ausblick auf die darunterliegende Straße hatte. Die Unterhaltung, der Wein und das Essen waren gut gewesen – die Grundpfeiler eines perfekten zweiten Dates.

Und es war tatsächlich perfekt gewesen. Na ja, größtenteils. Natürlich hatte Sidney die ganze Zeit über dieses nagende, zögerliche Gefühl gehabt, aber sie hatte angenommen, es läge einfach daran, dass dies ihr erstes zweites Date seit ihrer Trennung von Brody war. Natürlich war sie nervös; das letzte Mal, als sie diesen Weg eingeschlagen hatte, war sie betrogen worden und hatte am Ende mit gebrochenem Herzen dagestanden. Da waren ein paar Befürchtungen wohl zu erwarten.

»Mir hat das Restaurant sehr gut gefallen. Eine hervorragende Wahl«, sagte Tyler. Er ergriff ihre Hand, während sie den Bürgersteig entlangschlenderten.

Oh. Sie hielten nun also schon Händchen. Denn das tat man während eines Dates natürlich. »Das war mein erster Litschi Mimosa«, sagte Sidney. »Das war mal was ganz anderes.«

»Da müssen wir irgendwann noch mal hingehen«, erwiderte Tyler.

Na klar. Sicher. Vielleicht würde es ja so was wie »ihr Ort« werden. Sie würden ein Paar sein und einen Ort haben, und alles würde schön sein.

Sag etwas über die Hochzeit, drängte sie ihre innere Pragmatikerin, während sie die Stufen zu ihrem Hauseingang hinaufstiegen.

Ja, die Hochzeit. Das war die perfekte Gelegenheit. Das Thema war während des Essens kurz aufgekommen, als sie Tyler erzählt hatte, dass ihre Schwester in zwei Wochen heiraten würde. Als sie oben angekommen waren, drehte sie sich zu ihm um … Doch aus irgendeinem Grund konnte sie die Worte nicht aussprechen.

Er lehnte sich vor und küsste sie.

Tja … ähm. Zuerst war sie nicht wirklich mit an Bord, aber dann veränderte sich etwas. Da sie annahm, dass es nur ihre Zweifel und Befürchtungen waren, die sie zurückhielten, sagte sie innerlich »Scheiß drauf« zu alldem. Endlich vergaß sie ihre Checkliste und die Hochzeit und beschloss, ihren Kopf außen vor und stattdessen ihr Herz entscheiden zu lassen. Und nachdem all das in ihren Kuss geströmt war, lehnte sie sich zurück und sah ihn lächelnd an.

Sie blinzelte, weil seine Augen die falsche Farbe hatten –sie waren blau statt haselnussbraun.

In diesem Moment wurde ihr klar, was gerade passiert war: Sie hatte ihr Herz entscheiden lassen und sich daraufhin vorgestellt, Vaughn zu küssen.

»Oh je«, stieß sie leicht panisch hervor.

»Ich weiß. Ich fühle es auch«, sagte Tyler.

Jetzt war sie wirklich am Arsch.

Das Gute war, dass Tyler es äußerst gefasst aufnahm.

Sidney betrat ihre Wohnung und fühlte sich wegen der Unterhaltung, die sie gerade geführt hatte, wirklich schrecklich – aber sie wusste auch, dass es das Richtige gewesen war. Zum einen verdiente Tyler es, mit einer Frau zusammen zu sein, die sich keine anderen Männer vorstellte, während sie ihn küsste. Um seine Gefühle zu schonen, hatte sie ihm eine kleine Notlüge aufgetischt und ihm gesagt, sie hätte gerade gemerkt, dass sie immer noch nicht über ihren Exverlobten hinweg war. Er hatte sich wirklich anständig verhalten, und als er die Stufen hinuntergegangen und aus ihrem Leben verschwunden war, tröstete sie sich damit, dass ein Mann wie Tyler nicht lange allein bleiben würde. Eine glückliche Frau würde ihn schon bald wegschnappen.

Leider würde nicht sie diese Frau sein.

Sie ging schnell nach oben und zog sich etwas Bequemes an. In T-Shirt und Shorts rollte sie sich auf ihrem Bett zusammen und überlegte, was sie als Nächstes tun sollte. Die Checkliste war irrelevant, zumindest fürs Erste. Sie würde also für Isabelles und Simons Hochzeit keinen Begleiter haben. Und ihr war klar geworden, dass sie ausgerechnet Gefühle für den Mann entwickelt hatte, der mit ihr auf ihr Date mit einem anderen angestoßen hatte.

Du weißt doch, dass ich nicht so dumm bin, mich in einen Typen wie Vaughn *zu verlieben.*

Und nun musste sie sich das mehr denn je zuvor ins Gedächtnis rufen.

Was bedeutete, dass ihr nächster Schritt klar war. Sie würde Vaughn in den nächsten Wochen so gut es ging aus dem Weg gehen – keine lustigen Flirts, kein sexy Dreitagebart, keine persönlichen Gespräche, kein Kuscheln auf dem Sofa, während sie sich die Hochzeitsalben ihrer Eltern ansahen. Das alles war *vorbei*. Sie musste diese Hochzeit irgendwie durchstehen, und danach konnten Vaughn und sie getrennte Wege gehen. Ja, sie würden sich gelegentlich durch Isabelle und Simon sehen, aber damit kam sie klar. Doch jetzt im Moment brauchte sie Abstand zu ihm, damit diese »Gefühle«, oder was es auch war, wieder verschwinden konnten.

Und das würden sie. Dafür würde sie sorgen.

29

Nachdem er am Shedd-Aquarium vorbei war, rannte Vaughn durch die Unterführung am Lake Shore Drive und folgte dem Bürgersteig bis zum Columbus Drive. Eine Ecke noch, dann ging es bis zur Ziellinie nur noch geradeaus.

Auf beiden Seiten der Straße stand eine große jubelnde Menge. Über eine Viertelmillion Zuschauer hatte sich versammelt, um fast elftausend Teilnehmer beim Chicago-Triathlon anzufeuern. Um kurz nach halb acht hatten Vaughn, Cade, Huxley und die anderen hundertfünfzig Teilnehmer ihrer Startgruppe mit einer strammen anderthalb Kilometer langen Schwimmstrecke im Michigansee begonnen. Nachdem sie das Wasser am Jachtklub verlassen hatten, waren sie barfuß und in ihrer Schwimmkleidung über einen mit Teppich ausgelegten Weg zur ersten Zwischenstation gelaufen, wo sie ihre Fahrradkleidung mitsamt Helmen angelegt hatten. Die Stimmung war sehr gut gewesen, als Vaughn und Huxley für die vierzig Kilometer lange nächste Strecke ihre Räder bestiegen hatten, und sie war noch besser geworden, als sie Cade eingeholt hatten, der seit Jahren schwamm, um einer Schulterverletzung entgegenzuwirken, und sich daher beim ersten Abschnitt einen leichten Vorsprung hatte erkämpfen können.

Nun befanden sich alle drei nach einer Zehn-Kilometer-Strecke auf der Zielgeraden. Huxley war ein wenig zurückgefallen, aber Vaughn und Cade kämpften immer noch um die Führung. Sie hatten einander den ganzen Wettbewerb über gegenseitig angetrieben, was genau das war, was Vaughn brauchte: Jemanden, der dafür sorgte, dass er konzentriert blieb. Auf der Rennstrecke zu sein und seinen Körper an seine Grenzen zu bringen, verschaffte ihm eine Möglichkeit, die Rastlosigkeit zu bündeln, die er die ganze Woche über verspürt hatte.

»Der zweite bezahlt das Mittagessen?«, keuchte er.

»Die Wette gilt«, erwiderte Cade, der mit ihm gleichauf lag.

Anfangs hatten sie noch sehr viel energischer versucht, sich gegenseitig aus der Reserve zu locken, aber nach dem Schwimmen, dem Radfahren und den vielen gelaufenen Kilometern waren sie außer Atem und hielten es kurz und knackig. Sie bogen auf den Columbus Drive ein, und die Ziellinie am Hutchinson Field im Grant Park kam in Sicht. Sie hörten, wie sie eine weibliche Stimme zu ihrer Linken anfeuerte.

»Schneller, Jungs! Los, Cade! Los, Vaughn!«

Cade grinste. »Das ist Brooke.« Plötzlich legte er einen Zahn zu.

Dann rief eine zweite weibliche Stimme: »Komm schon, Roberts! Weiter so!«

Vaughn drehte sich nach links. Sein Herz klopfte, als er neben Brooke eine Frau mit rötlichen Haaren stehen sah, und für einen Sekundenbruchteil dachte er …

Oh. Natürlich. Es war Huxleys Verlobte Addison.

Er zahlte den Preis für diese kurzzeitige Ablenkung. Er blickte nach vorne und sah, wie Cade ein paar Meter vor ihm die Ziellinie überquerte. Beide kamen langsam und unter dem Jubel der begeisterten Menge zum Stehen.

Schwer atmend ging Vaughn zu Cade und streckte ihm die Hand entgegen. »Angeber«, sagte er grinsend.

Sie gingen an die Seite und holten sich Wasser. Da bahnte sich Brooke ihren Weg durch die Menge. Sie trug Jeans und T-Shirt und ihr blondes Haar in einem Pferdeschwanz. Sie schlang die Arme um Cades Hals. Er hob sie hoch, während sie ihn küsste.

»Was macht die Schulter?«, fragte sie.

»Schulter? Oh *Scheiße*.« Cade tat so, als würde er sie fallen lassen, fing sie dann aber grinsend auf.

»Immer noch der alte Trick?«

Er zwinkerte ihr zu. »Dieser alte Trick hat mir mal sehr viel Glück gebracht.« Er zog sie an sich und küsste sie erneut.

Vaughn trat beiseite, um ihnen ein bisschen Privatsphäre zu geben. Er sah zur Ziellinie, die Huxley gerade überquerte. Er ging zu ihm und beglückwünschte seinen Partner, dann wich er auch dort dem glücklichen Paar aus, nachdem Addison aufgetaucht war und Huxley einen Kuss verpasst hatte, durch den seine Brille beschlagen wäre, wenn er denn eine getragen hätte.

Vaughn, der sich ein wenig wie das fünfte Rad am Wagen fühlte, trank einen weiteren Schluck Wasser, während er versuchte, wieder zu Atem zu kommen. Er stand allein am Rand, während um ihn herum Tausende von Leuten ihre Liebsten umarmten, küssten und abklatschten.

Dann fühlte er eine Hand auf seiner Schulter.

»Ich würde dich ja umarmen, aber du bist gerade echt total verschwitzt, Mann.«

Vaughn grinste beim Klang dieser Stimme. Er drehte sich um und war gerührt, Simon vor sich stehen zu sehen. »Solltest du nicht gerade deine Hochzeit planen?« Auch wenn er seinem Bruder gesagt hatte, dass er für den Triathlon trainierte, hatte er ihn nicht gebeten, sich den Wettkampf anzusehen. Er hatte angenommen, dass Simon zu beschäftigt sein würde, da es nur noch sechs Tage bis zur Hochzeit waren.

»Na ja, offenbar darf man sich mal kurz von der Hochzeitsplanung davonstehlen, wenn der eigene Bruder bei einem Triathlon mitmacht«, erwiderte Simon. »Wie fühlst du dich?«

»Ich bin ein bisschen sauer, weil ich Morgans Mittagessen bezahlen muss, aber ansonsten geht es mir echt gut.«

»Kann ich mich euch anschließen?«, fragte Simon.

»Das wäre toll«, sagte Vaughn. »Brooke und Addison sind auch dabei – je mehr, desto besser.«

Simon folgte ihm zu seiner Wohnung, wo Vaughn erst mal duschte und sich umzog. Als sie im *O'Malley's* ankamen, saßen Brooke und Cade bereits an einem Tisch für sechs Personen.

»Mal sehen … Was ist denn hier das Teuerste auf der Karte?«, überlegte Cade. »Ich muss aus meinem Mittagessen das meiste herausholen.«

Vaughn ignorierte die Spitze. Er stellte Simon Brooke vor und deutete dann auf den Ring an ihrem Finger. »Wie ich höre, wirst du aus Morgan endlich einen ehrbaren Mann machen.«

Sie sah Cade gespielt überrascht an. »Oh, dazu habe ich mich also bereiterklärt? Ich habe nur einen Diamanten gesehen und ›Ja!‹ zu einem neuen Schmuckstück gerufen.« Sie drehte sich zu Vaughn um. »Ups.«

»Sehr witzig«, erwiderte Cade.

»Und wie sieht deine Version der Geschichte aus, Morgan? Du hast nie erzählt, wie du ihr den Antrag gemacht hast«, sagte Vaughn.

»Es war nichts Ausgefallenes. Ich habe Brooke an diesem Tag Frühstück gemacht.« Cade sah zu seiner Verlobten und sie grinsten sich verschwörerisch an. »Ein Omelette.«

»Er hatte alles vorbereitet, als ich in die Küche kam – das Omelette, den Kaffee und den frisch gepressten Orangensaft«, erklärte Brooke. »Und als ich meine Kaffeetasse umdrehte, lag auf der Untertasse ein Ring.«

So wie sich das Paar ansah, schloss Vaughn, dass an der Omelettegeschichte wahrscheinlich mehr dran war. Aber keiner von beiden führte das weiter aus.

Kurz darauf kamen Huxley und Addison an. Simon fragte Vaughn, Cade und Huxley, welcher Teil des Rennes der schwierigste gewesen sei, und das zog eine lange, testosterongetränkte Diskussion darüber nach sich, wie alle drei noch viele Kilometer mehr hätten laufen können. Sie meinten, dass sie vielleicht eine größere Herausforderung bräuchten, wie den Iron Man, oder dass sie womöglich etwas Abenteuerlicheres versuchen sollten. Wie das Erklimmen des Mount Rainier.

»Ach, jetzt willst du also einen Berg besteigen«, sagte Brooke. »Warum genau?«

»Weil wir es können«, antwortete Cade trocken.

»Oh mein Gott, ihr seid solche *Männer*«, kommentierte Addison.

Simon deutete auf sich. »Moment mal … Wenn ihr drei das macht, will ich auch dabei sein.«

Huxley hatte bereits sein Handy herausgeholt und googelte, welche Jahreszeit für einen Aufstieg am besten war. Die Diskussion ging weiter, und sie erzählten und scherzten noch lange, nachdem sie ihr Essen verspeist hatten.

Als die restliche Gruppe das Pub verließ, zog Simon Vaughn beiseite. »Lass uns noch auf ein Bier bleiben.«

Vaughn war sofort misstrauisch – wahrscheinlich sollte sein Bruder jetzt eigentlich den Sitzplan ausknobeln, den Hochzeitstanz üben oder etwas anderes machen, das mit der Hochzeit zu tun hatte. »Warum?«

»Seit wann brauche ich einen Grund, um mit meinem Bruder ein Bier zu trinken?«, fragte Simon und sah ihn beleidigt an. »Ich werde in sechs Tagen heiraten. Und ich habe bald ein Kind. Wer weiß, wie viele Gelegenheiten es dann noch gibt, einfach so mit dir abzuhängen?«

Hmm. Vaughn blieb misstrauisch, folgte seinem Bruder aber dennoch an die Bar.

Sie schnappten sich zwei Hocker, und Simon wartete ganze fünf Sekunden, nachdem ihnen der Barkeeper zwei Bier hingeschoben hatte.

»Also. Diese Sache mit Sidney«, begann er.

Himmel. Vaughn schüttelte den Kopf. »Ich wusste es.«

Simon tippte mit einem Finger nachdrücklich auf die Theke. »Hey, ich bin dein Bruder. Du hast seit ein paar Wochen offensichtlich etwas auf dem Herzen, also werden wir darüber reden. Das *machen* wir einfach so.«

»Ach ja, richtig. Das machen wir einfach so.« Vaughn spielte den Verwirrten. »Wie lange hast du noch mal gebraucht, um mir von Isabelles Schwangerschaft zu erzählen?«

»Okay, na gut, dann machen wir das eben *ab jetzt* so.« Simon musterte ihn, als ob er darüber nachdenken würde, wie er anfangen sollte. »Ich habe gesehen, wie du Sidney im *Rosebud* angesehen hast, als wir mit Mom und Dad essen waren.«

Vaughn trank einfach einen Schluck Bier.

»Also, man nennt es *Dialog*. Das bedeutet, dass du auch was sagen musst«, erklärte Simon.

Vaughn sah ihn kaum an.

»Tja, ich weiß ja nicht, was du denkst, aber ich finde das hier sehr ergiebig«, fügte Simon hinzu.

Da Vaughn wusste, dass sein Bruder nicht lockerlassen würde, gab er nach. »Was soll ich denn sagen? Dass ich die ganze Zeit an Sidney denke? Wem würde das etwas nützen?« Er gestikulierte mit seiner Bierflasche. »Sie ist jetzt mit diesem Tyler zusammen.«

»Apropos, sie war letztens bei Isabelle, um mit ihr zu reden. Sie haben mich ins Wohnzimmer verbannt, aber als ich am Schlafzimmer vorbeigegangen bin, um etwas aus dem Arbeitszimmer zu holen, habe ich ein paar Worte mitbekommen.«

»Ich will nichts davon wissen«, beharrte Vaughn.

Simon warf ihm einen Seitenblick zu.

»Also gut«, gab Vaughn sich geschlagen. »Was hast du gehört?«

»Ich habe gehört, wie Sidney sagte, dass sie ihn geküsst hat.«

Zuerst sagte Vaughn nichts, dann widmete er sich wieder seinem Bier. »Tja, jetzt fühle ich mich wirklich sehr viel besser. Vielen Dank für dieses Gespräch, Bruder. Das müssen wir echt öfter machen.«

»Das war's? Du gibst einfach auf?« Simon schnaubte. »Das ist ja ganz schön schwach.«

Jetzt wurde Vaughn ein bisschen sauer. »Moment mal … Ich glaube, dass du gerade mindestens fünf Schritte in deinem *Dialog* übersprungen hast. Nimm diesen Tyler doch nur mal ganz kurz aus der Gleichung raus. Indem du sagst, ich würde ›aufgeben‹, nimmst du an, dass ich mit Sidney eine Beziehung haben will. Und da gibt es ein Problem – mir gefällt mein Leben nämlich so, wie es ist. Es ist unkompliziert, es macht Spaß, und ich muss mich nicht mit dieser … Verwirrung herumschlagen und dieser … Ruhelosigkeit und diesem Stechen in meiner Brust, das ich jedes Mal verspüre, wenn ich sie mir mit diesem anderen Kerl vorstelle. Denn eins kann ich dir über diese Gefühle sagen: Die gehen einem echt auf die Nerven.«

Er sah, wie Simon den Mund öffnete, und hob eine Hand. »Nein, ich bin noch nicht fertig. Du wolltest, dass ich über meine Gefühle spreche, also mache ich das jetzt auch. Und eins sage ich dir: Selbst *wenn* wir diesen Tyler aus der Gleichung nehmen und davon ausgehen, dass ich – hypothetisch – mein unkompliziertes, schönes Leben für die Verwirrung, die Ruhelosigkeit und den ganzen anderen Scheiß eintauschen wollen würde, gäbe es immer noch das kleine, aber entscheidende Problem, dass Sidney nicht mit *mir* zusammen sein will.«

»Das weißt du nicht«, gab Simon zu bedenken.

»Ich habe es ziemlich laut und deutlich gehört, als wir vor ihrem Fenster standen.«

»Sie hat gesagt, dass sie nicht so dumm wäre, sich in einen Typen wie *dich* zu verlieben.«

Vaughn hob die Hände. *Hallo?* »Ganz genau.«

»Dann musst du sie vielleicht einfach davon überzeugen, dass du nicht mehr *du* bist.«

Vaughn lehnte sich vor. »Und wenn ich nicht mehr ich bin, wer soll ich dann sonst sein?«, fragte er trocken.

Simon starrte ihm in die Augen. »Der Mann, den sie verdient.«

Dann wandte er sich wieder seinem Bier zu. »Du kannst so hypothetisch reden, wie du willst. Aber am Ende zählt doch nur das eine: Willst du dieser Mann sein?«

Er nahm noch einen großen Schluck aus seiner Flasche, bevor er Vaughn allein ließ, damit er darüber nachdenken konnte.

Als Vaughn wieder in seiner Wohnung war, streckte er sich auf seiner Couch aus und legte den Kopf auf die Kissen. Simons Worte spukten ihm immer noch durch den Kopf, und die Erschöpfung des Rennens holte ihn endlich ein. Er schloss die Augen und wollte nur ein paar Minuten haben, in denen er nicht denken musste.

Vaughn wachte auf, als sein Handy klingelte.

Er nahm das Telefon vom Couchtisch und merkte, dass er ein paar Stunden lang geschlafen hatte. Die Nummer des Anrufers erkannte er nicht.

»Hallo?« Seine Stimme klang rostig.

»Spricht da Special Agent Vaughn Roberts?«, fragte eine weibliche Stimme.

»Das ist richtig.« Vaughn setzte sich auf und versuchte, seine Schläfrigkeit abzuschütteln, während die Frau ihm ihren Namen nannte. Es dauerte einen Augenblick, bis er endlich schaltete. »Ach ja, richtig, ich habe mich schon gefragt, ob Sie meine Nachricht bekommen haben.«

»Entschuldigen Sie, dass ich mich erst so spät zurückmelde«, sagte sie. »Mein Mann und ich waren letzte Woche im Urlaub. Wir sind erst heute Nachmittag wiedergekommen.«

»Kein Problem. Es ist ja ohnehin eher ein Schuss ins Blaue«, meinte er.

»Leider habe ich das, wonach Sie suchen, nicht. Aber ich kenne jemanden, der es haben könnte. Natürlich vorausgesetzt, Sie sind noch interessiert. Seit Ihrem Anruf ist ja fast eine Woche vergangen.«

Das war zumindest eine Sache, derer sich Vaughn ganz sicher war.

»Ich bin immer noch interessiert. Sehr sogar.«

30

Am späten Mittwochmorgen hatte Sidney eine Videokonferenz mit der Kundenanalysefirma, die sie mit an Bord geholt hatte, um ihr bei der Expansion von *Vitamin Boutique* zu helfen.

»Sobald die Sache ins Rollen kommt, lautet der Plan, jede Woche eine neue Filiale zu eröffnen und diese Geschwindigkeit die nächsten zwei Jahre lang beizubehalten«, sagte sie. »Jetzt müssen Sie mir nur noch sagen, wo genau ich diese Filialen eröffnen soll.«

Das Beratungsteam aus Markt- und Produktspezialisten saß an einem Konferenztisch und machte sich Notizen. »Und sie wollen in Kalifornien und Florida beginnen?«, fragte Brandon, der Seniorvizepräsident der Akquisition.

»Ja.« Sidney, die bereits mit Brandon und seinem Team zusammengearbeitet hatte, wusste, dass ihre Arbeit aus einem zweiteiligen Prozess bestand: Zuerst würden die Teammitglieder die Kundenvorlieben und die existierende Geschäftsdichte innerhalb der potenziellen Absatzgebiete analysieren. Dann würden sie zu den Standorten reisen und diese auf Aspekte wie die Nähe zu großen Highways, die Zugänglichkeit und die Sichtbarkeit des Ladens prüfen.

Nachdem jeder seine Anweisungen erhalten hatte, setzte Sidney eine Folgebesprechung in zwei Wochen an, um die Ergebnisse des Teams und die Empfehlungen für die ersten Filialeröffnungen zu besprechen. Nach der Konferenz schnappte sie sich zum Mittagessen ein Sandwich und entschied, sich mit einem Brownie aus der Bäckerei um die Ecke von ihrem Büro zu belohnen – derselben Bäckerei, in der sie die Desserts für Isabelles Brautparty bestellt hatte.

Als sie die Miniküchlein in der Auslage sah, kam ihr eine Erinnerung an die erste Nacht mit Vaughn in den Sinn.

Besteht die Chance, dass du da auch was rausholst, das es in Extragroß gibt? Ich fühle mich wie ein Riese.

Sie machte auf dem Absatz kehrt und verließ die Bäckerei. Wer brauchte schon einen Brownie?

In den letzten anderthalb Wochen war es ihr ganz gut gelungen, nicht an Vaughn zu denken. Meistens zumindest. Ein Mal hatte sie Isabelle gefragt, wie er sich beim Triathlon geschlagen hatte, aber das war schließlich nur eine normale Konversation gewesen. Na gut, vielleicht hatte es sie auch ein wenig interessiert, da sie wusste, dass Vaughn elf Wochen lang trainiert hatte und gut abschneiden wollte. Aber es war nicht so, dass sie sich gewünscht hätte, sie wäre dort gewesen, um an der Ziellinie auf ihn zu warten oder so etwas. *Pfft*, auf keinen Fall. Ein anderes Mal hatte sie sich nach seiner verdecktem Ermittlung erkundigt – Isabelles vollkommene Unkenntnis darüber, ob er an diesem dunklen, zwielichtigen Orten vorsichtig war, hatte sich als keine große Hilfe erwiesen –, aber das war nur, weil sie nicht wollte, dass Simon und Isabelle bei der Hochzeit ein Trauzeuge fehlte. Das würde … die Symmetrie der Hochzeitsfotos durcheinanderbringen.

Als Sidney wieder im Bürogebäude war, hielt sie die Empfangsdame in der Lobby auf.

»Sie haben Besuch, Sidney – eine Ms Ginny Gastel.« Die Empfangsmitarbeiterin deutete auf den Wartebereich.

Sidney war überrascht, den Namen der Freundin ihrer Mutter zu hören, die sie seit fünfzehn Jahren nicht mehr gesehen hatte. Sie drehte sich um und sah eine blonde Frau mit beigefarbener Hose und einem leichten Sommerpullover, die sich von einem der Stühle erhob.

Sie kam lächelnd auf sie zu. »Ach du meine Güte, Ginny. Ich bin glatt an dir vorbeigegangen.«

»Sidney, wie schön dich zu sehen. Es ist ja eine Ewigkeit her.« Ginny stellte die großen Einkaufstaschen ab, die sie dabeihatte, und umarmte Sidney. Dann trat sie einen Schritt zurück. »Sieh dich nur an. Das letzte Mal, als ich dich gesehen habe, warst du vielleicht fünfzehn? Oder sechzehn?«

»So um den Dreh. Komm mit, wir gehen in mein Büro, da können wir uns unterhalten.«

Ginny schaute sich bewundernd in dem schicken Gebäude um, während sie neben Sidney den Flur entlangging. »Wie ich sehe, bist du in die Fußstapfen deines Vaters getreten.«

»So ungefähr. Es gibt ein paar Unterschiede zwischen Hedgefonds und Private-Equity-Fonds, aber wenn ich sie erkläre, sind die meisten Leute schnell ziemlich gelangweilt. Also erspare ich dir diesen Teil.«

Ginny lachte und folgte Sidney in ihr Büro. »Na ja, du hast dich offenbar gut gemacht.«

Sidney entschied sich gegen die Formalität ihres Schreibtischs und deutete stattdessen auf die cremefarbenen Ledersessel am Panoramafenster. »Bitte setz dich doch. Möchtest du etwas trinken?«

»Nein danke«, sagte Ginny und stellte die Taschen auf den Boden. »Ich kann nicht lange bleiben. Ich muss vor meiner nächsten Hausbesichtigung noch ein paar Besorgungen erledigen.«

»Du bist also immer noch Maklerin?« Sidney schloss die Tür und setzte sich auf den Sessel gegenüber von Ginny. Sie plauderten und brachten sich gegenseitig auf den neuesten Stand, was natürlich zu Isabelles bevorstehender Hochzeit führte.

»Es sind nur noch drei Tage, wie ich höre«, sagte Ginny. »Und du magst Simon?«

Sidney war ein wenig überrascht, dass Ginny sowohl das Datum als auch Simons Namen kannte, da weder sie noch Isabelle seit Jahren mit ihr gesprochen hatten. Wahrscheinlich hatte sie es von einem gemeinsamen Bekannten gehört. »Simon ist toll. Er macht Isabelle sehr glücklich.«

»Wenn er seinem Bruder ähnelt, kann ich mir ungefähr vorstellen, warum.«

Diese Bemerkung erwischte Sidney eiskalt. »Du kennst Vaughn?«

»Ich würde nicht sagen, dass ich ihn *kenne*. Aber die paar Telefongespräche, die ich mit ihm geführt habe, haben mich ziemlich beeindruckt.« In diesem Moment bemerkte sie offenbar Sidneys Verwirrung. »Dir ist schon klar, dass das Ganze *seine* Idee war, oder?«

Sidney hatte keine Ahnung, was das bedeuten sollte. »Tut mir leid, ich scheine irgendwas verpasst zu haben. Was war Vaughns Idee?«

Ginny riss die Augen auf. »Oh nein. Habe ich jetzt was versaut? Er hat nicht gesagt, dass es sich um eine Überraschung handelt. Ich wollte heute ohnehin in die Stadt, also habe ich angeboten, bei dir im Büro vorbeizuschauen und dir die Sachen selbst zu geben. Er hat mir deine Arbeitsanschrift gegeben, und hier bin ich.«

Okay … Sie hatte immer noch keine Ahnung. »Um mir was genau zu geben?«

Ginny lachte. »Dann ist es wohl tatsächlich eine Überraschung.« Sie griff in eine der Einkaufstaschen und zog eine mittelgroße Kiste heraus. »Sieh es dir selbst an.«

Sidney nahm die Kiste und stellte sie auf ihren Schoß. Sie hob den Deckel ab und zog eine Lage Seidenpapier heraus. Als sie sah, was sich in der Kiste befand, war sie sich zuerst nicht sicher, was sie da vor sich hatte.

Das konnte doch nicht sein.

Sidney sah auf. »Ist das …?«

Ginny lächelte. »Die Handtasche, die deine Mutter bei ihrer Hochzeit getragen hat. Vaughn sagte, du würdest versuchen, etwas zu finden, das Isabelle als ›etwas Altes‹ tragen kann. Ich weiß, dass alles andere verloren gegangen ist, aber zumindest hast du jetzt diese Handtasche.«

Sidney stiegen Tränen in die Augen. Vorsichtig hob sie die Tasche aus der Kiste.

Das war die mit Abstand aufmerksamste Sache, die jemals jemand für sie getan hatte.

Die schlichte Handtasche war aus weißem Satin, das ein wenig gealtert war, mit goldenem Verschluss und Riemen. Sidney strich mit der Hand darüber und räusperte sich. »Woher wusste er, dass du sie hast? *Ich* wusste nicht mal, dass du sie hast.«

»Er wusste es nicht genau. Aber soweit ich das verstanden habe, habt ihr beide euch das Hochzeitsalbum deiner Eltern angesehen, und du hast ihm erzählt, dass deine Mutter und ich beste Freundinnen waren.«

Sidney nickte. »Ich kann nicht glauben, dass er sich das gemerkt hat.«

»Wahrscheinlich ist es bei solchen Dingen hilfreich, FBI-Agent zu sein. Er hat meine Telefonnummer aufgetrieben und mir eine Nachricht hinterlassen, in der er mir erklärt hat, dass alle Hochzeitssachen deiner Mutter weggeworfen wurden. Er sagte, er hoffe, dass ich noch irgendetwas hätte, was deiner Mutter gehörte. Und er hatte Glück.«

Ginny deutete auf die Tasche. »Das ist also die Geschichte dahinter: Deine Mutter war die Erste von uns Freundinnen, die heiratete. Das war die Tasche, die sie bei ihrer Hochzeit trug, und als ich dann heiratete, lieh sie sie mir. Dann verlieh ich sie an Carol, eine weitere unserer Freundinnen, für ihre Hochzeit, und Carol lieh sie schließlich Sandra. Nachdem ich Vaughns Nachricht gehört hatte, schrieb ich Sandra eine E-Mail, und wir hatten Glück. Sie hatte die Tasche gut weggepackt beim Rest ihrer Hochzeitssachen. Ich habe sie Anfang der Woche bei ihr abgeholt, und jetzt bringe ich sie dir.«

»Ich weiß nicht, was ich sagen soll, Ginny. Vielen Dank.«

»Sie gehört dir und Isabelle. Und ganz ehrlich, das alles war Vaughns Idee. Am Sonntag, als wir das erste Mal miteinander sprachen, scherzte ich, dass er seine Pflichten als Trauzeuge wohl wahnsinnig ernst nehme, wenn er sich solche Mühe gebe, ›etwas Altes‹ für Isabelle aufzutreiben.«

»Und was hat er gesagt?«

»Dass der FBI-Agent in ihm nicht widerstehen könnte, einen ungeklärten Fall zu lösen.«

Sidney lachte. »Das klingt ganz nach ihm.«

»Aber als ich ihn zurückrief, um ihm mitzuteilen, dass es mir gelungen war, die Tasche aufzutreiben, sagte er: ›Sie wird sich so freuen.‹« Ginny sah Sidney nachdrücklich an. »Irgendwie glaube ich nicht, dass er damit Isabelle meinte.«

Sie unterhielten sich noch ein wenig länger, dann sammelte Ginny ihre Taschen ein, um zu gehen. Sie bat Sidney, Isabelle alles Gute für ihre Hochzeit auszurichten, gab Sidney ihre Visitenkarte und schlug vor, dass sie in Kontakt blieben.

Nachdem Ginny gegangen war, kehrte Sidney zum Sessel zurück und nahm die Tasche, um sie sich noch einmal anzusehen. Sie schaute hinein, stellte fest, dass sie leer war, und lehnte sich gegen ihren Schreibtisch.

Sie wusste nicht, was sie von der Tatsache halten sollte, dass Vaughn sich für sie solche Mühe machte. Ein Teil von ihr war versucht, ihn direkt anzurufen, aber sie war durcheinander und wollte nicht zu viel in die Situation hineininterpretieren. Doch Ginnys Besuch hatte ihr eine Sache sehr deutlich vor Augen geführt, und sie konnte es einfach nicht länger leugnen, egal, wie sehr sie es versuchte.

Sie vermisste ihn.

31

Vaughn traf sich am Donnerstagabend mit Huxley und dem Rest seines Verstärkungsteams, um den Plan für sein späteres Treffen mit Pritchett durchzugehen. Er fasste sich kurz – das würde sein viertes Treffen mit den Polizisten sein, und alle wussten, was sie zu erwarten hatten.

Jedenfalls bis zu einem Anruf der Sondereinheit, die die Verdächtigen beschattete.

»Wir haben ein Problem«, sagte Agent Romero, der Leiter der Sondereinheit. »Es gibt einen Neuen in der Gruppe.«

»Was wissen wir über ihn?«

»Er tauchte an ihrem Treffpunkt auf, bevor sie nach Indianapolis losgefahren sind. Wir haben ihn überprüft. Sein Name ist Mike Mahoney – *Officer* Mike Mahoney, Bruder von Officer James Mahoney. Er hat erst letztes Jahr bei der Polizei angefangen.«

Zwei korrupte Polizisten in einer Familie – wie rührend. »Also hat James beschlossen, seinen Bruder an der Sache teilhaben zu lassen«, sagte Vaughn.

»Sieht so aus. Auch wenn es so wirkte, als hätte er das nicht vorher mit Pritchett besprochen«, erwiderte Romero. »Es gab eine Art Diskussion zwischen Pritchett und den Brüdern, als sie auftauchten. So wie er Pritchett entgegengetreten ist, scheint es sich bei ihm wohl um einen kleinen Hitzkopf zu handeln. Vielleicht ist Pritchett besorgt, dass er schlecht fürs Geschäft ist.«

»Was für eine Waffe hat Mahoney?«

»Nur seine Pistole, wie die anderen.«

»Haben Sie Lyons schon informiert?«, fragte Vaughn. Das war der verdeckte Ermittler, der sich in Indianapolis als Waffenhändler ausgab.

»Noch nicht. Wir wollten zuerst Sie informieren.«

»Ich schalte ihn dazu.« Vaughn rief Lyons an und brachte ihn auf den aktuellen Stand. Romero sagte, er würde sie über ungewöhnliche Aktivitäten informieren, während sein Team die Verdächtigen nach Indianapolis verfolgte. Und Lyons wollte sich melden, sobald er die Waffen an Pritchetts Truppe übergeben hatte.

Nachdem Vaughn die Konferenzschaltung beendet hatte, informierte er Huxley und sein Team.

»Denkst du, dass dieser neue Kerl ein Problem darstellt?«, fragte Huxley.

»Ich denke, dass wir uns auf diese Möglichkeit vorbereiten müssen.« Es konnte natürlich auch einfach nur sein, dass Mike Mahoney vom Nebenverdienst seines Bruders erfahren hatte und nun etwas davon abhaben wollte. Aber dennoch wollte Vaughn auf alles vorbereitet sein.

Er öffnete eine seiner Schreibtischschubladen und schloss die Metallkiste auf, in der er seine Kimber 1911 aufbewahrte, die Waffe, die er für diese Operation ausgewählt hatte, da Glocks als FBI-Pistolen bekannt waren. Er lud sie.

Später, als Vaughn wieder daheim war und einen seiner »Mark Sullivan«-Anzüge anzog, meldete sich Lyons.

»Sie sind gerade mit den neuen Waffen abgefahren«, sagte der andere Agent.

»Wie war der Neue?«, wollte Vaughn wissen.

»Jung. Kräftig. Großes Ego. Ich habe Pritchett dafür angeschissen, dass er einen Neuen mitbringt, und Mahoney gefiel das nicht besonders«, sagte Lyons.

»Von mir wird er das Gleiche zu hören bekommen«, erwiderte Vaughn. Nachdem er aufgelegt hatte, rief er Romero an, der in einem der Wagen saß, die den Polizisten zurück nach Chicago folgten. »Wie sieht es aus?«

»Alles wie immer«, berichtete Romero. »Ich verfolge den Transporter, in dem die Mahoney-Brüder sitzen, und sie folgen ihrer üblichen Route.«

»Ich wollte nur sichergehen, dass der Neue nicht auf die Idee kommt, mit meinen Waffen abzuhauen.«

»Wenn das passiert und mein Team diese Idioten einkassieren muss, möchte ich bitte derjenige sein, der ihnen verkündet, dass die Knarren überhaupt nicht funktionieren«, sagte Romero.

»Auf keinen Fall. Dieses Schmankerl spare ich mir für Pritchetts Verhaftung auf.« Vaughn beendete das Telefonat und zog die Rolex an, die er als Teil seiner Tarnidentität bekommen hatte. Er ließ sein eigenes Handy in der Küche und steckte das Telefon, das er als Sullivan benutzte, in seine Jackentasche.

Es war Showtime.

Aus dem Hummer heraus sah Vaughn die Scheinwerfer der beiden Transporter. Er stieg aus und wartete, bis die Wagen vor ihm zum Stehen kamen.

Vaughn musterte Mike Mahoney, als der junge Polizist aus dem zweiten Transporter stieg. Er war etwa dreiundzwanzig oder vierundzwanzig Jahre alt, wie ein Panzer gebaut, und trug sein T-Shirt in seine Cargohose gestopft, sodass man seine Waffe sehen konnte.

Ganz schlechte Form.

»Wer zum Teufel ist das?«, fragte Vaughn Pritchett mit einem Nicken in Mikes Richtung. Er spielte schließlich die

Rolle eines Waffenhändlers, dessen Schmuggler gerade mit einem ungeladenen Gast aufgetaucht waren.

»Ich bin der Kerl, der dafür sorgt, dass die Sache richtig läuft«, schoss Mike Mahoney zurück.

Der jüngere Mahoney-Bruder schien ein richtiger Charmeur zu sein.

Pritchett, der Geschäftsmann der Gruppe, versuchte schnell, die Wogen zu glätten. »Das ist James' Bruder Mike. Auch ein Bulle. James hat ihm von unserer Operation erzählt, und jetzt will er dabei sein. Ich dachte, da wir ja ohnehin eine große Menge Waffen in die Stadt schmuggeln, ist es vielleicht keine schlechte Idee, unsere Truppe ein wenig zu verstärken, verstehen Sie? Nur um auf Nummer sicher zu gehen.«

Vaughn wusste, dass Pritchett log. Laut Romero war der Polizist alles andere als begeistert, dass Mike heute Abend aufgetaucht war. Aber Vaughn musste ihm zugestehen, dass er ein halbwegs guter Lügner war. »Klingt, als müsste James mal daran arbeiten, sein Maul zu halten.« Vaughn trat einen Schritt auf Pritchett zu und sagte leise: »Das nächste Mal fragen Sie mich vorher, bevor neue Leute dazugeholt werden, verstanden?«

Pritchett schluckte nervös. Sein sonst so selbstbewusstes Auftreten war verschwunden. »Sie sind der Boss.«

»Verdammt richtig.« Vaughn deutete auf die Lieferwagen. »Mal sehen, was ihr heute für mich habt.«

Pritchett war sichtbar erleichtert, dass sie wieder zum Tagesgeschäft übergegangen waren. Er trat zu seinem Wagen und öffnete den Kofferraum. Vaughn sah darin zwei große Taschen, genau wie bei den vorherigen Lieferungen. Ein Blick in die Taschen enthüllte zehn halb automatische AR-15-Gewehre, die Vaughn vor den Polizisten musterte, damit klar war, dass sie wussten, was sie schmuggelten.

Sobald er alle Gewehre überprüft hatte, ging er zum zweiten Transporter. Darin waren zwei weitere Taschen, jede mit fünfundzwanzig Handfeuerwaffen gefüllt.

»Sieht gut aus«, sagte Vaughn. »Ladet die Dinger ein.«

Er und die Polizisten nahmen die Taschen aus den Transportern und trugen sie zu seinem Hummer. Dabei warf er einen Blick über die Schulter und sah, dass die Mahoney-Brüder und Howard beim zweiten Transporter stehen geblieben waren, wo noch die vierte Tasche lag. Die drei Männer standen dicht beieinander und sprachen miteinander.

Und das war der Moment, in dem Vaughn ahnte, dass sich am Horizont ein Sturm zusammenbraute.

»Geht hier etwas vor, von dem ich wissen müsste?«, fragte er Pritchett.

»Besser nicht«, knurrte Pritchett.

Um Zeit zu schinden, ging Vaughn ganz gelassen auf die drei Männer zu. Er war jetzt davon überzeugt, dass etwas im Busch war, und ging im Kopf die verschiedenen Möglichkeiten durch. Er bezweifelte, dass die Mahoney-Brüder und Howard vorhatten, seine Waffen zu stehlen, weil die drei anderen Taschen bereits in seinem Wagen waren. Wahrscheinlich wollten sie ihn um mehr Geld erleichtern.

Es sei denn, sie hatten vor, ihn aus dem Weg zu räumen und mit den Waffen *und* dem Geld abzuhauen.

Vaughns Verstärkungsteam und die acht Männer vom Sondereinsatzkommando waren in der Nähe, hörten mit und sahen, was sich hier anbahnte. Genau wie Vaughn hatten auch diese zwölf Männer die Mahoney-Brüder und Howard als potenzielle Probleme erkannt – bewaffnete Probleme. Was bedeutete, dass alle in höchster Alarmbereitschaft waren.

Als Vaughn den Lieferwagen fast erreicht hatte, trat Mike Mahoney vor die Tasche. Er verschränkte seine bulligen Arme vor der Brust. »Bevor Sie die Ware bekommen, müssen wir reden, Sullivan.«

Vaughn blieb in seiner Rolle und verwarf den Vorschlag einfach. »Nein, das müssen wir nicht. Ich kenne Sie nicht mal.« Er trat vor, um sich die Tasche zu nehmen.

Vaughn erfuhr nie, ob es Wut, Draufgängertum oder schlichte Dummheit war, doch in diesem Moment griff Mahoney nach seiner Waffe.

Verdammt. Instinktiv griff Vaughn nach seiner eigenen Pistole. Er hatte die Kimber auf Mike gerichtet, noch bevor dieser seine Waffe aus dem Holster gezogen hatte.

»Machen Sie keinen Scheiß, Mahoney«, sagte Vaughn ruhig.

Leider blieb nicht jeder so ruhig. Die anderen Polizisten reagierten auf den Anblick des vermeintlichen Waffenhändlers, der eine Pistole auf einen der ihren richtete, und zogen ebenfalls ihre Waffen.

Innerhalb eines Sekundenbruchteils hatte Vaughn fünf geladene Waffen auf sich gerichtet.

»Keine Bewegung, Sullivan«, warnte ihn James Mahoney.

Als Vaughn umgeben von einer Gruppe korrupter Polizisten, die alle auf ihn zielten, in dieser dunklen, zwielichtigen Gasse stand, wusste er, dass sich der Sturm nicht länger am Horizont zusammenbraute.

Er war schon da.

32

Vaughns Herz hämmerte wie wild in seiner Brust.

Er hatte nur wenige Augenblicke, um die Situation zu entschärfen, bevor die Hölle losbrach. Als Erstes musste er das nicht gerade kleine Problem der fünf auf ihn gerichteten Waffen lösen. Aber es gab noch ein weiteres Problem: seine Verstärkung, die den Treffpunkt umstellt hatte und im Hintergrund agierte.

Er wusste genau, was im diesen Moment passierte. Sein Team, einschließlich Huxley, hatte gesehen, wie die Polizisten ihre Waffen auf ihn gerichtet hatten, und machte sich zum Eingreifen bereit. Die Scharfschützen des Sondereinsatzkommandos hatten die sechs Zielpersonen bereits im Visier und die Finger schussbereit am Abzug.

Vaughn hatte laut Standardprotokoll einen Codesatz – in diesem Fall: »So einen Scheiß brauche ich heute nicht« –, der für die anderen Agenten das Signal war, dass er die Situation nicht mehr unter Kontrolle zu haben glaubte. Wenn er ihn aussprach, würden die Polizisten ausgeschaltet werden.

Aber er sprach ihn nicht aus. Noch nicht.

»An Ihrer Stelle würde ich jetzt ganz genau über Ihren nächsten Schritt nachdenken, Pritchett«, sagte Vaughn, der sich gezielt an den Anführer der Gruppe wandte.

Doch stattdessen antwortete Mike Mahoney. Sein arroganter Tonfall war ein Hinweis darauf, dass er sich sicher war, Vaughn unter Kontrolle zu haben. »Sieht so aus, als würden wir jetzt doch miteinander reden, Sullivan. Mein Bruder sagt, dass Sie pro Lieferung nur fünfzehntausend zahlen.« Sein Blick fiel auf Vaughns Rolex. »Ich glaube, Sie können sich mehr leisten.«

»Das ist Ihr großer Plan? Sie wollen mir eine höhere Summe aufzwingen?«, fragte Vaughn.

»Ja, das trifft es ziemlich genau.«

»Dann sollten Sie sich einen neuen Plan ausdenken«, riet ihm Vaughn.

»Und warum?«, schnaubte Mahoney.

»Weil ich nur fünfzehntausend dabeihabe, Sie Mistkerl.«

Das selbstgefällige Grinsen in Mahoneys Gesicht erstarb.

Nachdem er die Vorstellung, die Polizisten könnten durch diese Vorgehensweise etwas gewinnen, zerstreut hatte, wandte sich Vaughn wieder an den Anführer der Gruppe. »Wir haben hier eine gute Sache am laufen, Pritchett. Sie machen mit jeder Lieferung fast viertausend pro Kopf. Versauen Sie es nicht, indem Sie auf dieses Arschloch hören.«

»Er blufft«, unterbrach Mike Mahoney.

Vaughns Tonfall blieb ruhig. »Mein Verkäufer weiß, wer Sie alle sind. Wenn ich heute verschwinde – und mit mir die Waffen –, werden die Leute, mit denen ich zusammenarbeite, wissen, dass Sie es waren. Und ich garantiere Ihnen, dass Sie das nicht wollen.« Er ließ seine Worte wirken. »Also schlage ich Folgendes vor: Ich nehme mir jetzt meine Tasche und gehe zu meinem Wagen. Sobald ich drin bin, werfe ich den Umschlag auf den Boden und fahre davon.« Er beobachtete die Gruppe. »Hat jemand ein Problem damit?«

Die Polizisten schwiegen. Schließlich antwortete Pritchett mit einem Blick zu Mahoney: »Nein.«

»Gut.« Während Vaughn weiter auf den jüngeren Mahoney-Bruder zielte, schnappte er sich mit der linken Hand den Gurt der Tasche und streifte ihn über seine Schulter. Seine Nerven waren bis zum Zerreißen angespannt, und er war bereit, sofort zu reagieren, falls sich jemand bewegen sollte.

Er ging langsam zu seinem Wagen zurück, während die Polizisten weiter ihre Waffen auf ihn gerichtet hielten. Mike Mahoneys Kiefer zuckte, aber abgesehen davon blieben alle ruhig. Als Vaughn am Hummer angekommen war, legte er die Tasche in den Kofferraum und klappte ihn mit der linken Hand zu. Sobald er eingestiegen war, startete er den Motor und griff ins Handschuhfach.

Er öffnete sein Fenster und warf den Umschlag mit dem Geld kurzerhand auf den Boden.

Er atmete erleichtert aus, als er davonfuhr, da er wusste, dass die Scharfschützen in diesem Moment endlich die Finger von den Abzügen ihrer Gewehre nahmen.

Als Vaughn am verabredeten Treffpunkt ankam – ein paar Kilometer von der Lagerhalle entfernt, vor der die Konfrontation mit Pritchetts Männern stattgefunden hatte –, warteten Huxley und die anderen bereits auf ihn.

Huxley kam zum Hummer und sah zu, wie Vaughn ausstieg.

»Ich glaube, wir wissen jetzt, dass der Neue ein Problem darstellt«, sagte Vaughn.

Huxley schüttelte den Kopf und streckte ihm seine Hand entgegen. »Gut gemacht.«

Zur Abwechslung reagierte Vaughn nicht mit einem Scherz. »Danke, Seth.«

Die übrigen Teamkollegen versammelten sich um sie, und auch das Sondereinsatzkommando kam nun an. »Gute Arbeit, Roberts«, sagte Romero, als er aus dem Auto gestiegen war. »Sie haben es geschafft, sich nicht umbringen zu lassen.«

Vaughn wusste, dass der Kommentar absichtlich scherzhaft formuliert war. Nach dieser extrem heiklen Situation mussten sie alle noch von ihrem Adrenalinkick runterkommen. Ein wenig Ungezwungenheit tat jetzt gut.

Alle blieben noch eine Weile und tauschten ihre persönliche Sicht auf die Ereignisse aus. Nachdem sich die Gruppe zerstreut hatte, hielt Vaughn am Büro, um den Hummer gegen seinen eigenen Wagen zu tauschen. Er und Huxley trennten sich auf dem Parkplatz des FBI-Gebäudes.

»Alles in Ordnung?«, fragte Huxley.

»Bestens.« Vaughn wollte einfach nur noch nach Hause, um abzuschalten und alles zu verarbeiten.

»Wenn so etwas passiert, kommt man ins Grübeln, oder?«

Vaughn lächelte. Ein wenig abgegriffen, aber umso wahrer. »Wir sehen uns dann am Montag, Hux.«

Vaughns Heimfahrt ging schnell. Es war kurz nach zwei Uhr, und auf den Straßen herrschte kaum Verkehr. Als er seine Wohnung betrat, machte er nur wenig Licht und beschränkte sich im Schlafzimmer auf eine kleinen Lampe auf seinem Nachttisch.

Er saß auf der Bettkante und atmete tief durch. Er ließ die Ereignisse des Abends noch ein paar Mal Revue passieren und landete dabei immer wieder bei einem bestimmten Augenblick. Als alle nach ihren Waffen gegriffen und auf ihn gezielt hatten, war ihm ein Gedanke durch den Kopf geschossen. *Das war's jetzt.*

Und in diesem Moment hatte er an Sidney gedacht.

Es war nur ein kurzes Aufblitzen ihres Lächelns gewesen, als sie im Restaurant seine Krawatte gerichtet hatte. Er unterdrückte es die ganze Zeit und tat so, als würde ihm das alles nicht nahegehen, aber jetzt konnte er nur noch daran denken, dass er etwas hätte sagen sollen, irgendetwas, anstatt Sidney zu diesem neuen Kerl zu *beglückwünschen*.

Er war ein verdammter Idiot.

Er fuhr sich durchs Haar und fühlte sich unruhiger als zuvor. Er zog sein Jackett aus, weil er seine Tarnkleidung loswerden wollte. Dabei bemerkte er Mark Sullivans Handy in der Innentasche. Dadurch fiel ihm ein, dass sein eigenes Telefon noch in der Küche lag. Also ging er es holen.

Er schaltete das Licht an. Als er sein Handy nahm, bemerkte er, dass ihm jemand auf die Mailbox gesprochen hatte.

Sidney.

Sofort drückte er auf abspielen.

»Hi, ich bin's. Eigentlich wollte ich bis morgen bei der Probe warten, aber jetzt … wollte ich dich doch anrufen. Ginny hat mir die Handtasche vorbeigebracht und mir alles erzählt. Vaughn, das ist das Netteste, was jemals jemand für mich getan hat. Ich muss die ganze Zeit an dich denken, und … Ach, ich weiß auch nicht. Jedenfalls vielen Dank. Oh, und ich habe gehört, dass du beim Triathlon ganz toll abgeschnitten hast und dass ihr jetzt vorhabt, einen Berg zu besteigen. Warum überrascht mich das nicht, Roberts?«

Vaughn lächelte. Während er ihrer Stimme lauschte, schnürte sich seine Kehle zu.

»Jedenfalls, noch mal danke für die Handtasche. Ich kann es kaum abwarten, sie Isabelle zu zeigen. Dann sehen wir uns wohl morgen. Gute Nacht.«

Damit endete die Nachricht. Vaughn legte sein Handy auf die Theke und starrte es lange an.

Sie sollte hier bei ihm sein.

Nach diesem total furchtbaren Tag auf der Arbeit war sie die eine Person, die er sehen wollte. Sie war die eine Person, die er *immer* sehen wollte.

Und plötzlich wusste er, was er zu tun hatte. Keine Spielchen mehr. Schluss damit, so zu tun, als wäre ihm alles egal. Vielleicht würde er gewaltig auf die Nase fallen, vielleicht würde es gar keinen Unterschied machen, was er Sidney zu sagen hatte.

Aber es gab nur einen Weg, das herauszufinden.

33

Die Uhr tickte. Noch zwanzig Minuten bis zum für die Hochzeitsprobe eingeplanten Zeitfenster von einer Stunde, und ihnen fehlten immer noch der Bräutigam, der Trauzeuge und zwei Brautjungfern.

Offenbar hatte das Schicksal entschieden, mit der Sinclair-Roberts-Hochzeit ein wenig Spaß zu haben.

»Wie unwahrscheinlich ist das?«, fragte Isabelle Sidney ungläubig. Sie warteten wie die anderen Hochzeitsgäste, die es rechtzeitig geschafft hatten. »Mal ehrlich, wie standen die Chancen, dass am Tag vor meiner Hochzeit ein *Flugzeug* auf dem Lake Shore Drive notlanden muss?«

Da Sidney davon ausging, dass es sich um eine rhetorische Frage handelte, schaute sie weiter schweigend auf ihr Handy, wo sie die neuesten Nachrichten las. Nicht nur, weil sie an der Geschichte interessiert war, sondern auch, um ihr Lächeln zu verbergen, das die gestresste Braut gerade wahrscheinlich nicht besonders gut aufnehmen würde. Es war einfach eins dieser zufälligen verrückten Dinge: Der Pilot einer einmotorigen Maschine war gezwungen gewesen, mitten auf dem Expressway am See zu landen, nachdem sich ein stabilisierendes Teil vom Flugzeug gelöst hatte. Die gute Nachricht lautete, dass auf wunderbare Weise niemand verletzt worden war. Die schlechte lautete, dass alle, die zu diesem Zeitpunkt auf dem Drive gewesen waren, nun langsam auf Nebenstraßen umgeleitet wurden.

»Hier steht, dass der Pilot mit seiner Landung warten konnte, bis eine rote Ampel den Verkehr aufgehalten hat. Ist das nicht unglaublich?« Sidney schaute auf, sah den düsteren Gesichtsausdruck ihrer Schwester, und schob schnell nach: »Unglaublich, aber unter den Umständen nicht besonders praktisch.«

Isabelle sah nervös auf ihre Uhr. »Wir haben nur bis achtzehn Uhr Zeit, bevor die nächste Hochzeitsgesellschaft dran ist.«

Weil diese Kirche so unheimlich beliebt war, gab es samstags bis zu drei Hochzeiten – was morgen der Fall war. Sidney legte einen Arm um ihre Schwester. »Und bei denen werden sich auch Leute verspäten. Ich bin mir sicher, dass die Kirche das Ganze unter diesen Umständen nicht so eng sehen wird.«

»Vielleicht sollte ich Corinne bitten, mit dem Pastor zu sprechen«, sagte Isabelle. »Vielleicht kann sie ihn überreden, uns noch ein wenig mehr Zeit zu geben.«

Als Isabelle davoneilte, um die Hochzeitsplanerin zu finden, ging Sidney zu ihrem Vater und Jenny, die bei Kathleen und Adam Roberts standen.

»Schon was Neues von Vaughn und Simon?«, fragte Kathleen.

»In Simons letzter SMS an Isabelle stand, dass Vaughn sagte, er werde einen FBI-Hubschrauber anfordern, wenn es nicht langsam weitergehen würde.«

Kathleen lachte und sah sich in der Kirche um. Das Gebäude hatte eine außergewöhnlich schöne Architektur, eine Mischung aus englischer und französischer Gotik. »Ich habe gerade zu deinem Vater gesagt, wie schön eure Kirche ist.« Sie nickte in Richtung des Ostfensters. »Dieses Buntglas muss Sonntagmorgens im Sonnenlicht atemberaubend aussehen.«

Sidney hatte keine Ahnung, wie das Buntglasfenster an einem Sonntag aussah, da sie schon lange nicht mehr beim Gottesdienst gewesen war – etwas, wofür ihr Heidenhintern bestimmt für alle Ewigkeit im Höllenfeuer schmoren würde. »Es ist eine herrliche Kirche«, wich sie der Bemerkung aus. »Ich kann es kaum abwarten, sie morgen mit dem Blumenschmuck zu sehen.«

Kathleen nickte. »Ja, morgen ist der große Tag.« Sie schniefte und hatte plötzlich Tränen in den Augen.

Adam zog eine Packung Taschentücher aus seiner Hosentasche und reichte sie seiner Frau. »Ich dachte, die würden wir wohl brauchen.«

Kathleen tupfte an ihren Augen herum. »Ich befürchte, ich werde morgen nur heulen.«

Sidney legte eine Hand auf ihre Schulter. »Keine Sorge, laut Vaughn werde ich mindestens genauso viel heulen.« Sie hatte es als Scherz gemeint, aber sobald die Worte ihren Mund verlassen hatten, bedauerte sie den Kommentar. Er ließ ihre Beziehung so … vertraut wirken.

Eine Tatsache, die Kathleen augenscheinlich nicht entgangen war. »Wirklich? Wann habt ihr zwei euch denn darüber unterhalten?«

Sidney zuckte mit den Schultern. »Das war wohl während des Probeessens im *Lakeshore Club*. Isabelle und Simon haben uns gebeten mitzukommen.«

»Oh, natürlich.«

»Apropos Vaughn«, sagte Sidneys Vater. »Ich habe von der Sache mit der Handtasche gehört.« Er sah Sidney nachdrücklich an. »Ich bin sehr froh, dass das geklappt hat.«

Oh, oh. Wahrscheinlich war das nicht der beste Moment, um damit anzufangen. Ja, Isabelle war außer sich vor Freude gewesen, als Sidney ihr die Handtasche ihrer Mutter gegeben hatte. Aber diese Unterhaltung vor Vaughns Eltern zu führen, schrie geradezu nach weiteren Fragen – Fragen, auf die sie keine guten Antworten hatte.

»Isabelle hat uns die ganze Sache erzählt«, sagte Jenny. »Unglaublich, dass es Vaughn gelungen ist, die Handtasche nach all der Zeit aufzuspüren.«

»Vaughn hat eine Handtasche aufgespürt? Klingt, als hätte das FBI gerade nicht viel zu tun«, scherzte Adam.

»Davon wissen wir noch gar nichts. Was hat es denn damit auf sich?«, fragte Kathleen.

»Sidney wollte Isabelle etwas geben, das ihre Mutter bei ihrer Hochzeit getragen hat. Leider ist alles, was ich auf dem Dachboden aufbewahrt hatte, verloren gegangen.« Ross warf Sidney einen entschuldigenden Blick zu. »Das war meine Schuld. Etwas so Besonderes kann man niemals ersetzen, das weiß ich.«

Sidney stand schweigend da. Die Worte und der bedeutungsvolle Tonfall ihres Vaters hatten sie überrascht. Sie wusste nicht, wie sie reagieren sollte, also nickte sie einfach.

Nach einer langen Pause brach Jenny die Stille. »Aber Ihr Sohn hat den Tag gerettet«, erzählte sie Adam und Kathleen. »Vaughn konnte eine alte Freundin von Sidneys Mutter ausfindig machen, und diese Freundin war in der Lage, die Tasche zu finden, die Sidneys Mutter am Tag ihrer Hochzeit getragen hat.«

Ross lächelte Sidney zu. »Ich weiß immer noch nicht, woher Vaughn überhaupt Ginnys Namen kannte. Woher hat er gewusst, dass sie die beste Freundin deiner Mutter war?«

Alle vier Augenpaare richteten sich auf Sidney.

Sie behielt ihren lockeren Tonfall bei. »Ich … nehme an, dass ich ihren Namen wohl mal erwähnt haben muss.«

Und plötzlich hatte Kathleen wieder dieses Funkeln in den Augen.

In diesem Moment öffneten sich die Doppeltüren der Kirche. Simon und Vaughn kamen herein. Grinsend schritt Simon zum Altar. »Offenbar hat Chicago jetzt eine neue Landebahn.«

Die Gruppe lachte. Sidneys und Vaughns Blicke trafen sich, als er seinem Bruder folgte. Sie erwischte sich dabei, wie sie kurz den Atem anhielt.

Als Isabelle kam, um ihn und Simon zu begrüßen, sah er weg.

Sidney atmete aus und drehte sich um. Vor ihr stand Kathleen und musterte sie.

»Weiß er es«, fragte Kathleen leise.

Sidney wollte gerade protestieren, doch bevor sie ein Wort herausbrachte, klatschte Corinne, die Hochzeitsplanerin, in die Hände.

»Also gut, Leute. Wir haben eine Braut, einen Bräutigam und einen Pastor. Jeder, der jetzt noch fehlt, kann nachher die Zusammenfassung lesen. Fangen wir mit der Probe an«, sagte Corinne.

Hektisch nahmen alle ihre Plätze ein. Simon und die Trauzeugen stellten sich am Altar auf, während eine Kirchenmitarbeiterin die Einzugsmusik aus den Lautsprechern ertönen ließ.

Die beiden fehlenden Brautjungfern rannten gerade noch rechtzeitig in die Kirche, umarmten Isabelle und entschuldigten sich. Dann gab Corinne Amanda, der ersten Brautjungfer in der Reihe, ihr Stichwort.

Sidney wartete hinten darauf, dass Jayne, die Brautjungfer vor ihr, die abgesprochene Position in der Mitte des Gangs erreichte, und ging dann ebenfalls los. Als Erstes sah sie Simon, der ihr zulächelte, dann wanderte ihr Blick zu Vaughn, der direkt neben seinem Bruder stand.

Er starrte sie unverwandt an.

Sein Blick war so intensiv, dass Sidney den ganzen Weg bis zum Altar nicht wegsehen konnte. Dann stieg sie die zwei Stufen hinauf und stellte sich zu den Brautjungfern.

»Na, das war ja interessant«, sagte Simon, der zwischen ihr und Vaughn stand.

Dann kam Isabelle am Arm ihres Vaters den Gang entlang. Der Pastor führte einen verkürzten Probelauf der Zeremonie durch, um sicherzugehen, dass alle Mitwirkenden ihre Stichworte kannten, und dann gingen Simon und Isabel den Kirchgang entlang.

Sidney und Vaughn waren als Nächste dran. Er trat auf sie zu und sie hakte sich bei ihm ein. Dann stiegen sie gemeinsam die Stufen hinab und folgten ihren Geschwistern.

»Ich habe gestern Abend deine Nachricht bekommen«, sagte Vaughn. »Ich hätte dich zurückgerufen, aber es war schon nach zwei, als ich sie abgehört habe.«

»Ganz schön spät.« Als sie darüber nachdachte, was ihn bis zwei Uhr nachts beschäftigt haben könnte, wurde ihr plötzlich mit einem Knoten im Magen bewusst, dass er wahrscheinlich bei einer anderen Frau gewesen war. Wo er natürlich auch sein durfte – sie hatte keinerlei Ansprüche auf ihn.

»Wir müssen reden«, sagte er und ignorierte ihren letzten Kommentar.

»Okay, rede.«

»Allein«, erwiderte er. »Lass uns nach der Probe zusammen zum Restaurant fahren.«

Sie waren fast am Ende des Gangs angelangt, wo Isabelle und Simon warteten. Sidney zögerte und wusste plötzlich nicht mehr, was das alles zu bedeuten hatte – wie Vaughn sie angestarrt hatte, die Handtasche ihrer Mutter, dass er erst so spät nach Hause gekommen war, und jetzt dieses »Wir müssen reden«.

»Bitte, Sidney«, sagte er. So drängend hatte sie ihn noch nie gehört.

Sie nickte. »Klar.« Als sie Simon und Isabelle erreichten, lächelte sie. »Wow. Das ist ein echt langer Gang.«

Die restlichen Brautjungfern und Trauzeugen sammelten sich hinter ihnen. Weil sie so spät angefangen hatten, wartete die nächste Hochzeitsgesellschaft bereits. Alles wurde ein wenig chaotisch, als die Hochzeitsplanerin alles zusammenpackte und die Leute aus der Kirche scheuchte. Taschen und Jacken wurden eingesammelt, und alle sprachen sich ab, wer mit wem ins Restaurant fahren würde.

Sie sah, wie Vaughn mit Simon sprach. Wahrscheinlich wollte er ihm erklären, dass Sidney mit ihm fahren würde. Die Brüder tauschten einen Blick aus, und Simon klopfte Vaughn auf die Schulter, bevor er zu den anderen ging.

Vaughn kehrte zu Sidney zurück und legte ihr seine Hand auf den Rücken, um sie aus der Menge zu einer Seitentür zu führen. Sie traten in einen begrünten Innenhof.

»Hier entlang«, sagte er und führte sie durch den Garten. Auf der anderen Seite des Hofs stand, versteckt hinter ein paar Büschen, eine Bank.

Er deutete darauf. »Warum setzt du dich nicht?«

Jetzt bekam sie langsam richtig Angst. Er benahm sich so … ernst. »Also gut«, sagte sie misstrauisch und nahm Platz.

Vaughn sah zu ihr herunter. »Nur als Vorwarnung, ich werde wahrscheinlich furchtbar herumstottern. Also sei bitte nachsichtig.«

Sie hatte keine Ahnung, was er meinte. »Wobei wirst du herumstottern?«

Er sah sie einen weiteren Moment lang an, dann ging er vor ihr auf die Knie.

Sidneys Herz sprang ihr fast aus der Brust. »Oh mein Gott, was tust du da?«

»Ähm … mit dir auf Augenhöhe gehen, damit wir uns unterhalten können«, sagte er, als wäre das offensichtlich.

»Oh. Na klar.«

»Dabei habe ich mich schon vorher ein wenig komisch gefühlt.« Vaughn stand wieder auf und setzte sich neben sie auf die Bank. Er fuhr sich durchs Haar, als ob er nicht wüsste, wie er anfangen sollte. »Gestern ist bei der Arbeit etwas passiert. Während eines Treffens mit ein paar Verdächtigen wurde es ein wenig heikel.«

Sidney runzelte besorgt die Stirn. Das klang nicht gut. »Wie heikel?«

»Einer der Kerle zog seine Waffe, also zog ich meine Waffe, also zogen seine fünf Freunde ihre Waffen.«

»Oh. Mit ›ein wenig heikel‹ meinst du also, dass du gestern fast getötet wurdest. Ich bin zwar kein FBI-Agent und kenne mich daher nicht so gut damit aus, aber für mich klingt das doch nach mehr als nur *ein wenig* heikel. Zum Beispiel eher *monumental* heikel. Oder *kolossal* heikel. Und na ja …« Sie fühlte sich gleichzeitig erleichtert und besorgt. Aber bezüglich einer Sache brauchte sie Gewissheit. »Bist du in Ordnung?«

Er berührte ihre Wange. »Ich bin in Ordnung. Weißt du, was geholfen hat? Deine Nachricht zu hören, als ich gestern spät nach Hause gekommen bin. Deine Stimme hat mich zum Lächeln gebracht, so wie du mich immer zum Lächeln bringst.« Er drehte sich zu ihr um. »Wir sind ein tolles Team, Sidney. Und ich weiß, dass du das auch so empfindest. Ich habe in den vergangenen Monaten gegen diese Gefühle angekämpft, weil es nicht geplant war, aber die Wahrheit ist … Ich liebe dich.«

Als sie überrascht die Augen aufriss, sprach er einfach weiter. »Ich weiß, dass du Angst davor hast, wieder verletzt zu werden. Ich weiß, dass du denkst, ich wäre nicht der Richtige für dich. Als wir uns das erste Mal getroffen haben, hast du dir deine Meinung über mich gebildet. Und du hast recht, der Kerl, der dich damals in dem Café angesprochen hat, war nicht an einer festen Beziehung interessiert. Aber dieser Kerl ist weg.«

Er sah ihr in die Augen. »Er wurde von einem Mann ersetzt, der sich sein Leben ohne dich nicht mehr vorstellen kann.«

Sie sah ihn fragend an. »Vaughn …«

»Geh mit mir die Checkliste durch«, drängte er.

Als sie schwieg – ihr schwirrte alles durch den Kopf, was er gerade gesagt hatte –, begann er selbst mit der Liste.

»Hängt nicht mehr an früheren Beziehungen. Check. Berufliche Beständigkeit. Check. Jederzeit verfügbar. Check. Ich erfülle alle Qualifikationen. Das Einzige, was nicht stimmte, war die Tatsache, dass ich gesagt habe, ich würde keine feste Beziehung wollen.« Er lehnte sich zu ihr herüber und verschränkte seine Finger in ihren. »Aber jetzt weiß ich, dass ich das mit dir will. Mehr als alles andere. Gib mir bitte eine Chance, Sidney. Lass mich beweisen, dass ich der Richtige sein kann. Ich verspreche, dass du es nicht bereuen wirst.«

Sidney saß ein paar Momente lang nur mit zusammengeschnürter Kehle da. Er hatte recht – sie wusste, was für ein gutes Team sie waren. Sie konnte sich so leicht vorstellen, wie sie mit ihm während des Abendessens oder Frühstücks lachte, mit ihm bei Freunden war oder gemeinsam mit ihm, Simon, Isabelle und einem Haufen Kinder den Urlaub bei seinen Eltern in Wisconsin verbrachte. Sie konnte sich auch die ruhigeren Momente vorstellen – wie sie nach einem harten Arbeitstag für ihn da war, oder wie er ihr zuhörte, während sie über eine neue Entwicklung in der komplexen Beziehung zu ihrem Vater erzählte.

Und sie wollte all das von ganzem Herzen. Sie wollte glauben, dass sie es schaffen konnten.

Aber zuerst musste sie noch eine Sache wissen.

»Eine Frage habe ich noch.« Sie blickte Vaughn in die Augen und versuchte zum ersten Mal nicht, ihre Verletzlichkeit zu verbergen. »Was bedeutet es, wenn ein Kerl, der jahrelang jeder festen Beziehung aus dem Weg gegangen ist, plötzlich behauptet, dass er seine Meinung geändert hat? Ist das nur so dahingesagt, und er bedauert es in ein paar Monaten, oder meint er es ernst?«

Er strich ihr liebevoll über die Wange, und in seiner Stimme klangen jede Menge Emotionen mit. »Es bedeutet, dass er die Frau gefunden hat, mit er glücklich bis an sein Lebensende zusammen sein will. Also her mit den verdammten singenden Vögeln und Waldtieren.«

Sidney lächelte. Tränen stiegen ihr in die Augen. »Gute Antwort.« Sie legte ihre Hand auf seinen Hinterkopf und zog seinen Mund zu ihrem. Er küsste sie, erst zärtlich, dann leidenschaftlicher. Als sie sich schließlich voneinander lösten, warf er ihr einen strengen Blick zu.

»Ich muss wohl nicht extra erwähnen, dass du diesen Zwei-Minuten-Tyler sofort wieder von der Hochzeit ausladst.«

»Zwei-Minuten-Tyler habe ich schon vor zwei Wochen abgeschossen«, sagte sie.

Vaughn wirkte unverkennbar erfreut, das zu hören. »Warum?«

Sie schlang ihre Arme um seinen Hals. »Weil ich, als wir uns geküsst haben, an dich gedacht habe.«

»Tja, ich hoffe, du hast es genossen, Sinclair. Denn das war der letzte erste Kuss, den du jemals bekommen wirst.« Er lehnte sich zu ihr vor und sagte mit tiefer und besitzergreifender Stimme: »Alle anderen gehören mir.«

34

Zugegebenermaßen war er, was Hochzeiten anging, kein Experte. Aber soweit Vaughn das beurteilen konnte, war die Sinclair-Roberts-Hochzeit ein großer Erfolg.

Er stand an der Bar und betrachtete die elegante Szenerie vor sich. Gäste unterhielten sich an den kunstvoll eingedeckten und mit Kerzenleuchtern erhellten Tischen, die mit Rosen und Orchideen geschmückt waren. Die Band spielte Louis Armstrongs »What a Wonderful World«, während sich die Paare auf der Tanzfläche drängten, und durch die weit geöffneten Doppeltüren sah er auf der Terrasse noch mehr Gäste, die lachten, plauderten und die Aussicht auf den See genossen.

Selbst ein paar kleinere Pannen hatten dem Abend nichts anhaben können. Onkel Finns angeheiterte Stegreifrede, in der er alle aufgefordert hatte, auf »Simon und Annabelle« anzustoßen. Ein kurzer peinlicher Moment, als sich Vaughns Großmutter über die hohe Scheidungsrate der »Jugend von heute« ereifert hatte, während sie mit Isabelles und Sidneys zum vierten Mal verheirateten Vater sprach. Der Flunsch, den Cousine Anna gezogen hatte, als sie von der Toilette zurückkam und ihr Sektglas – das sie während des Salatgangs fast ununterbrochen angestoßen hatte – durch Plastik ersetzt fand.

Vaughns Blick wanderte nach links zum Foyer, wo er Sidney hinter ihrer Schwester die breite Wendeltreppe hinaufsteigen sah. In einer Hand hielt sie Isabelles Schleppe – es schien eine Art Garderobenfehlfunktion zu geben, auch wenn beide lachten, während sie die Stufen hinaufstiegen. Am unteren Treppenabsatz beeilte sich der Fotograf, den Moment einzufangen, während Vaughn überlegte, was reizender war: Sidneys Lächeln oder das schulterfreie champagnerfarbene Kleid, das sich um ihre Kurven schmiegte. Dies, ihre kastanienbraune Mähne, der verführerische Lidstrich und die Riemchensandalen mit den hohen Absätzen waren der Grund dafür gewesen, dass er kaum die Augen von ihr hatte lassen können, seit sie während der Hochzeitszeremonie neben ihm den Gang entlanggeschritten war.

Gestern hatten sie die Entscheidung getroffen, ihre Beziehung noch ein wenig länger geheim zu halten, da sie nicht von Isabelles und Simons großem Tag ablenken wollten. Auch wenn sie sich während des Probeessens lange, innige Blicke zugeworfen hatten, war es ihnen im Großen und Ganzen doch gelungen, ihre üblichen Rollen als Trauzeuge und Trauzeugin zu spielen und nichts allzu Offensichtliches zu tun, was sie als Paar geoutet hätte.

Dann hatte Sidney ihm während einer Rede, als sie nebeneinander am Tisch ihrer Familien gesessen hatten, die schlechte Neuigkeit verkündet.

»Ich kann es kaum abwarten, dich heute Nacht ganz für mich allein zu haben«, hatte Vaughn ihr ins Ohr geflüstert, während alle anderen über die lustige Geschichte gelacht hatten, die Simon über seinen Freund Kimo erzählte.

»Oh … das habe ich ganz vergessen: Ich schlafe heute gar nicht Zuhause«, hatte sie erwidert. »Ich verbringe die Nacht mit Isabelle in einem Hotelzimmer im *Four Seasons*. Wir dachten, dass es so am Morgen leichter wäre, weil das Hotel direkt gegenüber der Kirche liegt.«

Oh nein.

»Diese Hochzeit fängt langsam an, mir ziemlich auf die Eier zu gehen«, hatte Vaughn gebrummt.

Sidney hatte gelacht und unter dem Tisch beruhigend seinen Oberschenkel gedrückt.

»Das ist nicht besonders hilfreich, Sinclair.« Doch er hatte ihr zugezwinkert und zusammen mit allen anderen Simons Rede beklatscht, von der er kein einziges Wort gehört hatte.

Eine Stunde später, nachdem man Simon und Isabelle mitgeteilt hatte, dass Vaughn und Sidney nun auch offiziell ein »wir« waren, hatten sich die beiden Paare am *Four Seasons* verabschiedet. Um dem Brautpaar dabei ein wenig Privatsphäre zu geben, hatten Vaughn und Sidney draußen vor dem Eingang gewartet.

Die Nachtluft war warm gewesen, als sie umgeben von den funkelnden Lichtern der Stadt auf dem Bürgersteig gestanden hatten. Vaughn hatte sich zu Sidney vorgelehnt, um ihr einen Kuss zu geben. Er war vollkommen überwältigt davon gewesen, wie sehr er sie nicht gehen lassen wollte. »Ich warte dann morgen am Altar auf dich.«

Sanft hatte sie ihre Lippen auf seine gedrückt. »Das ist wahrscheinlich ein guter Zeitpunkt, um dir zu sagen, dass ich dich auch liebe.«

Bei der Erinnerung lächelte Vaughn. Er sah auf die Uhr. Die Hochzeitsfeier würde nur noch zwei weitere Stunden dauern, dann gehörte sie ganz ihm.

»Das bedeutet wohl, dass die geplante Standpauke darüber, was für ein Trottel du wärst, wenn du diese Frau gehen lässt, ausfallen kann«, sagte eine Stimme zu seiner Rechten.

Ja, es gab nicht viel, was peinlicher wäre, als sich von seiner Mutter dabei erwischen zu lassen, wie man einer Frau hinterherschaute.

»Mom. Hi«, sagte er und drehte sich zu ihr um. »Ich habe nur gerade … den Kronleuchter bewundert.«

»Ich hoffe sehr, dass du ein besseres Pokerface hast, wenn du undercover arbeitest.«

Vaughn lachte. »Okay, na gut. Ja, du kannst dir die Predigt sparen. Eigentlich wollte ich sogar heute Abend mit dir über Sidney sprechen. Und … Warum grinst du mich so an, als ob du überhaupt nicht überrascht wärst?«

»Überrascht?« Sie schmunzelte. »Nein, ich bin nicht überrascht. Ich hatte bei euch beiden schon länger so ein Gefühl.«

Vaughn starrte sie an. »Seit wann?«

»Ach, schon seit ich nach eurem Besuch auf der Lichtung ein paar meiner Astern abgeknickt vorgefunden habe. Fast so, als hätte sich jemand – oder zwei jemande – darübergerollt.«

Sofort fiel Vaughn wieder ein, wie er Sidney eine Blume aus dem Haar gepflückt hatte.

Ups.

»Das müssen wohl Simon und Isabelle gewesen sein. Diese verrückte Jugend«, sagte er.

Seine Mutter schnaubte. »Ich bitte dich. Dem armen Mädchen war das ganze Wochenende lang so schlecht, dass sie sich garantiert nirgendwo herumgerollt hat.«

Vaughn warf seiner Mutter einen Blick zu. *Ähm … was?*

Sie lächelte. »Ach, natürlich. Das andere große Geheimnis, das ich auf keinen Fall erfahren durfte.« Sie zwinkerte ihm zu. »Sag deinem Bruder nicht, dass ich es weiß. Ich übe seit Wochen mein überraschtes Gesicht.«

»Ich … habe keine Ahnung, wovon du da redest, Mom«, sagte er vorsichtig.

Sie tätschelte seine Wange. »Natürlich weißt du das nicht.« Dann kam sie auf ihre ursprüngliche Frage zurück. »Also, was Sidney angeht. Du hast gesagt, dass du mit mir über sie reden wolltest. Dann mal los.«

»Brauchen wir ein griffbereites Taschentuch, bevor ich etwas dazu sage?«, fragte Vaughn neckend.

Sie sah ihn schief an. »Ich glaube, das hängt davon ab, was genau du zu sagen hast.«

Er dachte darüber nach, wie er es am besten in Worte fassen sollte. Schließlich entschied er sich für Folgendes. »Ich bin verrückt nach ihr, Mom.«

Zuerst sagte seine Mutter nichts, dann öffnete sie ihre Handtasche und holte ein Taschentuch heraus. »Ja. Sicher ist sicher.«

Oben im Umkleidezimmer der Braut warf Sidney einen prüfenden Blick auf die Raffung an Isabelles Kleid. »Die Haken sind alle in Ordnung. Sieht so aus, als wären einfach zwei aufgegangen.«

»Jemand ist mir beim Tanzen aufs Kleid getreten«, sagte Isabelle, während Sidney die beiden Haken schloss. »Dabei ist es wahrscheinlich passiert.«

Sidney arrangierte den hinteren Teil des Kleids und sorgte dafür, dass alle Falten richtig fielen. »Bitte sehr. So gut wie neu.«

Sie stand neben dem Spiegel und betrachtete lächelnd ihre Schwester, während sich Isabelle den Lippenstift nachzog.

»Sieht man schon was? Es ist offensichtlich, oder?«, fragte Isabelle.

Das war nicht der Grund, warum Sidney gelächelt hatte. Es waren nur … Erinnerungen. »Ehrlich, man kann in dem Kleid überhaupt nichts sehen. Du siehst wunderschön aus, Izz.«

Isabelle steckte den Lippenstift in die Handtasche ihrer Mutter zurück und klappte sie zu. Dann legte sie einen Arm um Sidney. »Genau wie du. Du strahlst den ganzen Tag schon regelrecht«, neckte sie ihre Schwester.

»Das glaube ich gern. Die Kosmetikerin hat mir ungefähr zwei Kilo ägyptische Erde ins Gesicht geklatscht.

»Schon klar.« Isabelles Gesichtsausdruck verriet, dass sie Sidney kein Wort glaubte.

Sie sahen sich im Spiegel an, und Isabelle legte den Kopf auf Sidneys Schulter. »Wenn du Vaughn heiratest und seinen Namen annimmst, macht uns das dann eigentlich zu den *Roberts*-Schwestern?«

Sidney dachte darüber nach. »Nein. Ich sage, wir sind dann immer noch die Sinclair-Schwestern.«

Isabelle lächelte zustimmend. »Für immer.«

Ein paar Minuten später kehrte Sidney mit Isabelle in den Ballsaal zurück. Vaughn sprach gerade mit einer ihrer Cousinen – sie hatte dreiundzwanzig davon und wusste nicht von allen die Namen. Sidney durchquerte den Raum bewusst so, dass er es sehen musste. Sie schaute über ihre Schulter, ihre Blicke trafen sich, dann ging sie weiter zur Terrasse.

Draußen ging sie über die Treppe zu dem Pfad herunter, der über das Anwesen führte. Der Mond stand tief am Spätsommerhimmel und leuchtete ihr den Weg zum Pavillon. Als sie hineintrat und zum Geländer ging, klackerten ihre Absätze leise auf dem Holzboden.

Sie sah zum Klubhaus und beobachtete die Gäste auf der Terrasse. Eine leichte Brise streichelte ihre Schultern, und sie lauschte den Anfangstönen von Etta James' »At Last«, die zum Pavillon herüberhallten. Sie hörte Schritte, dann spürte sie Vaughns Arme um ihre Taille.

Sie schloss die Augen und lehnte sich nach hinten gegen seine Brust.

Er flüsterte ihr ins Ohr. »Gibt es nicht so eine Tradition, dass der Trauzeuge und die Trauzeugin miteinander tanzen?«

Sie lächelte. »Da bin ich mir nicht sicher. Aber die Idee gefällt mir.« Sie drehte sich um und ließ ihre Hand in seine gleiten.

Langsam begannen sie, zur Musik zu tanzen. Ihre Körper waren sich sehr nah.

»Ich habe über etwas nachgedacht«, sagte Vaughn mit einem spitzbübischen Funkeln in den Augen.

»Das kann ich mir vorstellen.«

»Nicht das. Na ja, das auch, aber auch über etwas anderes.« Er studierte ihr Gesicht. »Deine Reaktion im Kirchhof, als ich mich vor dich gekniet habe … Wenn es mal so weit kommt, ist das dann deine Antwort? Ein panisches ›Oh mein Gott, was tust du da?‹«

Sidney schmiegte sich noch enger an ihn. »Das war keine Panik, das war ein Schock. Vor zehn Minuten dachte ich noch, dass du die Nacht mit einer anderen Frau verbracht hast.«

»Hmm.«

Als er nichts weiter sagte, sah sie schmunzelnd zu ihm auf.

»Was?«, fragte er.

»Ich warte nur darauf, dass dein Auge zu zucken beginnt, nachdem du ›wenn es mal so weit kommt‹ gesagt hast.«

Statt zu antworten, begann er einfach, das Lied mitzusummen. Kein Augenzucken.

»Dir ist aber schon klar, dass es im Allgemeinen schon mit einem Antrag verbunden wird, wenn ein Mann vor einer Frau auf die Knie geht?« Sidney sprach weiter. »Einem *Heirats*antrag?«

Seine warmen braunen Augen sahen sie herausfordernd an, während er leise die nächste Liedzeile mitsang. »›*You smiled … and then the spell was cast.*‹«

Okay, gerade war ihr vor Niedlichkeit fast das Herz stehen geblieben.

Doch sie hatte sich noch nie vor einer Herausforderung von Vaughn Roberts gedrückt. »Also gut, wenn das dein Auge nicht zum Zucken bringt, dann vielleicht das. Ich hatte heute Morgen den komischen Gedanken, dass unsere Kinder denen von Isabelle und Simon wahrscheinlich unheimlich ähnlich sehen werden.«

Das Lied war jetzt bei seiner letzten Zeile angelangt – *At last* –, und Vaughn nahm ihre Hände und legte sie um seinen Nacken.

»Kinder, Roberts«, sagte sie, nur um auch ganz deutlich zu sein. »Ich habe fruchtbare Eizellen in mir, und ich spreche davon, *Babys* zu machen.«

Sie wartete auf das Augenzucken. Oder darauf, dass er das Gesicht verzog.

Stattdessen zog er sie lächelnd an sich, um sie zu küssen.

Danksagungen

Ich bin einer Menge Leute zu Dank verpflichtet, die mir dabei geholfen haben, dieses Buch zu dem zu machen, was es heute ist. Zuerst und vor allem Brent Dempsey, dessen Wissen und Kenntnisse bei der Ausarbeitung dieser Geschichte unschätzbar wertvoll waren. Ich bin für all seine Hilfe zutiefst dankbar. Weiterer Dank geht an Dave Scalzo für die Beantwortung meiner vielen Fragen über die Welt der Private Equity und des Investmentbankings. Seine Begeisterung für das Thema hat eine Schlüsselrolle bei der Ausarbeitung meiner Hauptfigur gespielt.

Darüber hinaus bin ich Pamela Clare für ihr Wissen über Schusswaffen und dafür dankbar, dass sie mir die technische Expertise für eine Schießstandszene geliefert hat, die leider aus dem Buch gekürzt werden musste. Außerdem bedanke ich mich bei Dr. Alex Lin für seine Kompetenz in Sachen Geburtshilfe.

Ich bin froh über meine wunderbaren Betaleserinnen Elyssa Papa und Kati Brown, zwei kluge und aufmerksame Frauen, die meine Geschichten stärker machen und mit denen die Zusammenarbeit eine Freude ist. Weiterer Dank geht an meine Lektorin Wendy McCurdy, die immer weiß, wie sie mich bei einer Geschichte in die richtige Richtung lenkt, und deren Erfahrung mir bei den frühen Entwürfen dieses Buches sehr geholfen hat.

Ich danke meiner Publizistin Erin Galloway und dem gesamten Team von Berkley und außerdem meiner Agentin Robin Rue für all ihre Unterstützung, ihr Wissen und ihre Ermutigungen im vergangenen Jahr.

Schließlich danke ich noch meinem Mann, der eine Anwältin geheiratet hat und nun mit einer Frau zusammenlebt, die ihn um drei Uhr morgens aufweckt und sagt, dass sie keine Ahnung hat, in welche Richtung sie mit ihrem Buch gehen soll. Danke, dass du mir immer zuhörst.

Kira Licht

Süße Sünden

Roman

Witzig, frech und mit ganz viel Gefühl!

Ein Kurzurlaub im »Single-Hotel«, um dort das Einmaleins des Flirtens zu lernen?! Maya ist empört, als ihre Freundinnen sie zu dem Trip überreden wollen! Zugegeben, jedes Mal hinter der Theke ihres kleinen Cafés in Deckung zu gehen, wenn Max ihr von seinem Sportladen aus zuwinkt, ist wahrscheinlich nicht der richtige Weg, um sein Herz zu erobern. Vielleicht kann ein bisschen Nachhilfe tatsächlich nicht schaden. Allerdings ist Maya überzeugt, dass sie nicht die Einzige ist, die in Sachen Liebe noch etwas lernen kann …

»Ein wunderbarer, lockerer Roman über die Schwierigkeiten des Flirtens, Freundschaft und Beziehungen.« *LoveLetter*

320 Seiten, kartoniert mit Klappe
€ 9,99 [D]
ISBN 978-3-8025-9402-1

www.egmont-lyx.de

LYX
EGMONT